Fuga dall'innocenza
(Il racconto di un risveglio)

Joe Perrone Jr.

Fuga dall'innocenza
(Il racconto di un risveglio)

Copyright ©2023 Joseph Perrone Jr.

Altri titoli di Joe Perrone Jr

Narrativa

La mela non cade mai lontano: Un mistero di Matt Davis — Alcune donne vengono violentate e strangolate nel quartiere di Chelsea a New York. Gli unici indizi: passaggi sottolineati nelle Bibbie trovate sulla scena del crimine, che fanno riferimento all'infedeltà, e un cuore inciso sul petto di ogni donna con le iniziali dell'assassino e della vittima. Tocca al detective della omicidi Matt Davis e al suo partner Chris Freitag mettere insieme i pezzi e porre fine alla follia.

Il giorno d'apertura: Un mistero di Matt Davis — Giovani ragazze stanno attraversando un piccolo villaggio dell'Upstate New York, ma . . . non ne escono tutte vive! Il giorno d'apertura è il secondo della serie Un mistero di Matt Davis e riprende da dove si era interrotto La mela non cade mai lontano. È stato premiato con l'Indie BRAG Medallion.

Doppio morso: Un mistero di Matt Davis — Mentre è in prigione, Ron Trentweiler, un ladruncolo, fa amicizia con un predicatore itinerante e si fa 'credente'. Una volta libero, fonda una piccola chiesa in stile pentecostale nel suo paese natale, l'Alabama rurale. Winona Stepp, una visitatrice di una delle sue funzioni, sembra sapere tutto di 'Fratello Ron' e si allea con lui. Le cose vanno bene per la coppia, finché Winona non suggerisce di usare serpenti velenosi nel loro 'spettacolo' e si scatena l'inferno. Alla fine, i due si dirigono verso nord, nel 'giardino di casa' di Matt, dove le cose prendono una piega omicida.

Promesse infrante: Un mistero di Matt Davis — Una donna di 86 anni viene trovata morta sul terreno abbandonato di un hotel bruciato. Non è stato un infarto o un ictus. Le hanno sparato al cuore! Chi può essere stato? La risposta risale agli anni '40 e mettere insieme i pezzi è una delle sfide più sconcertanti che Matt Davis, capo della polizia di Roscoe, deve affrontare.

Riscatto mortale: Un mistero di Matt Davis — Un vecchio amico del Montana chiede aiuto a Matt e al suo ex partner Chris Freitag. Il toro da gara del vicino è stato ucciso e il caposquadra del ranch rapito. A malincuore, il sindaco di Roscoe Harold Swenson lascia andare Matt e lui e Chris si dirigono verso ovest. Nel frattempo, Rick Dawley, capo della polizia ad interim, e il suo dipartimento sotto organico devono arrestare un folle piromane a Roscoe.

Saggistica

Guida al divorzio per un uomo "vero" (prima ti pieghi e . . .) — Uno sguardo umoristico al processo di divisione coniugale da un punto di vista marcatamente maschile. È pieno di risate e di consigli utili da parte di uno che 'c'è già stato, l'ha fatto'. Un must per ogni uomo che deve affrontare il divorzio o che ci sta pensando!

Pesca con i figli (Come portare i bambini a pesca e rimanere amici) — Una guida per genitori per portare a pesca i propri figli. Il coautore Manny Luftglass e Joe si sono uniti per eliminare il mistero dell'insegnamento della pesca ai bambini. Più che un libro di 'istruzioni per l'uso', questa è una guida psicologica per evitare le insidie dei non iniziati, completa di istruzioni passo dopo passo per aiutare i genitori a iniziare il percorso verso un hobby che durerà tutta la vita e che potranno condividere con la loro prole.

Fuga dall'innocenza
(Il racconto di un risveglio)

Joe Perrone Jr.

Dedica

Questo libro è dedicato ai miei genitori. A mio padre, Joseph Perrone, i cui enormi doni di amore, ottimismo e perseveranza mi hanno aiutato a superare le limitate aspettative della mia giovinezza e a realizzare finalmente il mio potenziale di essere umano. A mia madre, Lyle Perrone, che, leggendomi prima che entrassi a scuola e incoraggiandomi ad andare in biblioteca, ha piantato un seme che è sbocciato in un amore per le parole che ho apprezzato per tutta la vita. Mi mancano entrambi e so che avrebbero apprezzato questo libro.

"No, non è solo il nostro destino ma anche il nostro mestiere perdere l'innocenza e, una volta persa, è inutile tentare un picnic nell'Eden."
— ELIZABETH BOWEN, *Orione III*

Prologo

Mi chiamo David Justin. Vivo in una piccola città del Kentucky, non lontano da Lexington e proprio nel cuore della regione dei cavalli. È un posto bellissimo in cui vivere e ho una bella vita. Ho uno studio legale di successo, due figli grandi e tre nipoti (tutte femmine), e un altro in arrivo. Segretamente spero in un maschietto, ma pubblicamente proclamo: 'L'importante è che sia sano'.

Di recente, mentre sfogliavo la posta del mattino, mi sono imbattuto in un invito alla quarantesima riunione della mia classe universitaria. L'invito di per sé non era niente di che: era la tipica busta colorata (senza dubbio scelta da un membro femminile della classe), un bel cartoncino coordinato, una grafica intelligente e diverse offerte allettanti di alloggio a prezzi scontati. Niente di eccezionale. Ma poi, in fondo alla carta intestata color malva, qualcosa ha attirato la mia attenzione. In caratteri piccoli che riuscivo a malapena a leggere (Dio, sto davvero invecchiando, pensai) c'era un elenco dei membri del comitato organizzatore dell'evento. Avvicinai l'invito e scrutai lentamente i nomi, sperando di trovarne uno o due che mi fossero familiari. Tuttavia, c'era solo *un* nome che mi interessava davvero e mancava. Peccato, pensai. Poi mi venne in mente che il fatto che il suo nome non fosse sulla lista non significava necessariamente che non sarebbe venuta. Mi illuminai al pensiero.

Controllai il calendario per vedere se le date proposte erano libere e rimasi piacevolmente sorpreso nel constatare che lo erano. Ma con chi sarei andato? Mia moglie con cui ero rimasto sposato molti anni e madre dei miei figli era rimasta uccisa in un terribile incidente stradale meno di due anni prima. Portavo ancora le cicatrici di quella fatidica notte: una figurata nel profondo della mia anima e una letterale, lunga meno di due centimetri e mezzo, che ricordava l'intervento chirurgico in artroscopia necessario per riparare un disco danneggiato. Avevo guidato e ancora oggi, a volte, devo forzarmi a mettermi al volante, tanto erano terribili i ricordi. Il fatto che l'incidente non fosse colpa mia (l'altro conducente era ubriaco fradicio, letteralmente) non attenuava il senso di colpa che nutrivo.

Mi concessi un breve momento di dolore al pensiero di quella tragica notte (non era mai lontana dalla superficie), e poi mi concentrai di nuovo sull'invito. Ridacchiai all'immagine di me che 'giravo' per la pista da ballo alla riunione, sperando di riallacciare i rapporti con una vecchia fiamma o, meglio ancora, con una divorziata con molte 'acquisizioni'. No, ragionai, non era il mio stile. E poi, cosa sarebbe successo se fosse venuta Loretta? Ecco, avevo pronunciato il suo nome, o almeno l'avevo pensato: "Loretta," dissi dolcemente, lasciando che la parola rotolasse sulla mia lingua. Erano passati più di quarant'anni da quella sera, eppure il solo pensiero del suo nome mi riportava tutto alla mente; il ricordo era fresco come se fosse accaduto il giorno prima. Sorrisi e appoggiai l'invito sulla superficie dura della scrivania in quercia scura e massiccia del roll top che fungeva da stazione di legatura delle mosche. Abbassai la capote e mi voltai. Passai il resto della giornata a tagliare il prato, a sistemare il garage e a preparare il sugo per gli spaghetti di quella sera.

Dopo cena, il mio pensiero tornò all'invito. Misi dei cubetti di ghiaccio in un bicchiere di cristallo e vi versai sopra dello scotch single malt, fermandomi quando il liquido ambrato si avvicinava al bordo. Andai nel mio studio e mi sdraiai sulla poltrona di pelle, di fronte al televisore al plasma appena acquistato e montato sulla parete. Ma non presi il telecomando. Invece, sorseggiai con cura il liquore dal sapore affumicato e lasciai che la mia mente tornasse a quella luce notturna di anni prima. Non che fosse stata una notte meravigliosa, tutt'altro, a dire il vero. In realtà, quella notte era servita solo come punto esclamativo alle esperienze di vita che l'avevano preceduta e che avrebbero definito per sempre chi sarei diventato. Fu un viaggio incredibile, pieno di esperienze meravigliose e illuminanti. Fu un periodo della mia vita che non dimenticherò mai, e questo è il modo in cui tutto è accaduto . . .

1
Il sogno

Una donna entrò silenziosamente nella mia camera da letto. I suoi lunghi capelli setosi erano neri come l'ebano e lisci, con una frangetta morbidamente acconciata che sembrava galleggiare appena fuori dalla superficie della sua fronte piena. Il suo viso, al contrario, era come una maschera bizzarra. Un pesante strato di make-up, opacizzato da una spolverata di cipria, faceva da sfondo ai lineamenti perfetti che sembravano essere stati disegnati da un artista con il senso dell'umorismo. Le ciglia artificiali ondeggiavano come anemoni di mare neri intorno ai suoi occhi blu profondo, e le sopracciglia sottili sembravano essere permanentemente sospese sopra di loro in archi perfetti. Un naso piccolo e all'insù conduceva a una bocca succulenta a forma di cuore, ricoperta di rossetto rosa brillante.

Passò in punta di piedi attraverso il lussureggiante prato di moquette verde che ricopriva il pavimento della mia camera da letto e i suoi occhi si concentrarono intensamente sui miei. Era difficile stabilire la sua età. In effetti, un momento sembrava un'adolescente e un istante dopo una casalinga trentenne. Decisi che non aveva importanza. Indossava una lunga vestaglia nera diafana. Una luce fioca le delineava il corpo da dietro, permettendomi di vedere i contorni delle sue forme nude sotto l'indumento semitrasparente. I miei occhi erano attratti ipnoticamente dall'immagine che avevo davanti, come quelli di un cervo sono attratti dal bagliore dei fari in arrivo. Ero completamente paralizzato.

Mi era vagamente familiare. Beh, non era del tutto vero. Ci conoscevamo intimamente. No, pensai, in realtà ci eravamo incontrati sulla spiaggia. O forse al Museo d'Arte Moderna? Non potevo esserne certo. Forse non ci eravamo mai incontrati. Forse la conoscevo da cento anni. Di nuovo, decisi che non era importante. Lei continuò a fissarmi e io dovetti distogliere lo sguardo per non arrossire. Percepii la mia erezione e mi imbarazzai per la mia reazione. Una traccia di sorriso le attraversò le labbra, poi si trasformò lentamente in un'espressione concentrata e sessuale. La sua lingua rosa guizzò maliziosamente sulle labbra pallide e piene e i suoi occhi trasmisero un messaggio chiaro e diretto. Ancora una volta, dovetti distogliere lo sguardo per evitare la crescente vergogna.

All'improvviso, sentii un fruscio accanto a me sul letto e percepii l'aroma di un profumo esotico, fortemente impregnato di muschio. Shalimar, pensai. Rovesciai la testa all'indietro e chiusi gli occhi contro le vertigini che minacciavano di sopraffarmi. Dopo un po', li aprii con cautela, uno alla volta, e scoprii una mano sottile e molto curata che scivolava lentamente intorno alla mia erezione pulsante. Sussultai e chiusi di nuovo gli occhi, poi li riaprii rapidamente. La mano era sparita. Merda! Scrutai la stanza con ansia, temendo che avesse deciso di andarsene. Mi sembrava di averla vista scivolare attraverso la porta aperta. Non potevo esserne sicuro . . .

Sbattei gli occhi e le nubi del sonno si dissolsero lentamente. Mi guardai intorno nella stanza e le mie peggiori paure si realizzarono. Ero solo. Non c'era profumo, non c'era una mano e sicuramente non c'era una ragazza: non c'era nulla! Ero completamente sveglio. Solo per il gusto di farlo, chiusi ancora una volta gli occhi e mi concentrai con forza. Volevo disperatamente che tornasse. Ma era impossibile. Lascia perdere. Era finita.

Abbassai lo sguardo e scoprii con stupore che i miei pantaloncini Jockey erano macchiati dei residui della liberazione sessuale. Finalmente era successo: avevo fatto il mio primo sogno erotico! Era la primavera del 1959 e avevo quattordici anni.

"Farai tardi, David," chiamò mia madre dal piano di sotto, in cucina. La sua voce risuonò nell'esatto momento in cui gridai: "Porca puttana! Ce l'ho fatta!"

"Che cosa hai detto?"

"Ho detto 'vengo'." *Beh, in realtà sono venuto.* Ridacchiai dolcemente per l'ironia della mia risposta.

Una rapida occhiata alla sveglia mi disse che era meglio che mi muovessi. Sorrisi compiaciuto tra me e me, desideroso di godermi il momento. Dopo tutto, quella era la prima volta. Non avevo mai fatto un sogno bagnato prima. Ma si *stava* davvero facendo tardi e, se non mi fossi mosso, sarei arrivato tardi a scuola, di nuovo, e non potevo permettermi quel lusso.

A quanto sembrava, non ero l'unico a rendersi conto dell'ora. La voce della mamma squarciò il silenzio. "David?" Mi hai sentito? Stai facendo tardi!" *Il direttore sta chiamando.*

"Sì, sì," risposi. "Scendo tra un minuto!"

Con riluttanza, mi vestii e mi spruzzai un po' d'acqua sui capelli, facendo un valoroso sforzo per trasformare quel disordine indisciplinato in qualcosa di più accettabile. Scesi di corsa le scale con i lacci delle scarpe slacciati e inciampai in cucina.

"Scusa, mamma, non c'è tempo per la colazione. Devo andare a scuola."

"Ma . . ."

"No. Non posso farlo. Ci vediamo dopo!"

Ero già fuori dalla porta e a metà dell'isolato prima di rallentare fino al trotto e infine a una camminata regolare. Lasciai che la mia mente tornasse al sogno. In realtà, non era la prima volta che lo facevo. Era già successo molte volte, e ogni volta mi svegliavo con un'erezione dolorosa, ma, ahimè, senza raggiungere l'orgasmo.

Ma, finalmente, era successo e desideravo avere qualcuno a cui poterlo raccontare. Non sapevo che quel 'qualcuno' sarebbe entrato a breve nella mia vita.

2
"Questo non ci rende 'omo', vero?"

Cosa posso dire di Craig Reilly? L'ho visto per la prima volta nella sala di consultazione della biblioteca pubblica di Oliver Street. Con un'altezza di un metro e ottanta e un peso di oltre novanta chili, era difficile non notarlo. Aveva capelli biondi, tagliati corti, fissati da uno spesso strato di cera 'Butch', e penetranti occhi blu che sembravano sempre sorridere.

Erano passate due settimane dal sogno erotico e io stavo cercando furiosamente informazioni sulla Rivoluzione americana. Craig, invece, stava cercando qualcosa di natura completamente diversa.

"Ehi, guarda qui," sussurrò nella mia direzione.

"Cosa?" Risposi, non sapendo bene se stesse parlando con me o meno.

"Questo!" disse, voltandosi con un ampio sorriso sul volto e una donna nuda in mano. Per essere più precisi, quello che teneva in mano era una copia di *U.S. Camera*, e quello che stavo guardando era una fotografia a colori di due pagine di una modella nuda.

"Porca puttana!" sbottai. "Dove l'hai presa?"

"Proprio qui," disse, indicando lo scaffale di fronte a lui. "Vengo sempre qui. Ogni mese c'è un nuovo numero e ci sono *sempre* molte ragazze nude."

Le ragazze, ovviamente, erano modelle d'arte e posavano in modo piuttosto tranquillo. Tuttavia, la mia gola si seccò e i miei pantaloni divennero improvvisamente molto stretti nel cavallo. Tossii nervosamente.

"Allora, come ti chiami?" chiesi, cambiando argomento.

"Craig Reilly," rispose. "Chi sei?"

"Uh . . . David . . . David Justin. Sei una matricola?"

"Sì," rispose. "Come l'anno scorso."

Ridemmo insieme ad alta voce della sua sfortuna.

"Cosa hai fatto, sei stato lasciato indietro?" Chiesi.

"Sì," fece lui. "Sono stato bocciato in algebra." Poi, spiegando meglio, aggiunse: "Non c'era modo di sudare come un matto nei corsi estivi. Inoltre, in questo modo avrò più ragazze."

"Sì," concordai. "So cosa vuoi dire." In realtà non lo sapevo, ma volevo farlo.

Da quel giorno in poi diventammo praticamente inseparabili. Si scoprì che aveva avuto molta più esperienza del mio unico sogno erotico, mi confidò. In realtà, avrei imparato che gli piaceva molto di più.

Un caldo giorno di luglio, con la madre di Craig proprio al piano di sotto nel loro salotto, Craig e io facemmo sesso per la prima volta. No, no, non tra di noi. Eravamo *soli*. Beh, non *proprio* da soli, ma più o meno *insieme*.

Mi spiego. Craig era entrato in possesso di un paio di riviste maschili di avventura, di quelle con le foto di donne voluttuose (forse aliene, o meglio ancora spie) vestite con pantaloni attillati e camicette scollate. Ad ogni modo, avevamo i paginoni centrali sparsi sul letto dei genitori di Craig e lui e io stavamo scrutando

6

vigorosamente la pulcritudine esposta, quando un pensiero mi colpì. La signora Reilly era in casa e poteva entrare da un momento all'altro. Qualcuno poteva farsi un'idea sbagliata.

"Ehi Craig," sussurrai. "Pensi che sia una buona idea? Voglio dire, con tua madre di sotto e tutto il resto?"

"Non preoccuparti," disse Craig. "Ho chiuso la porta a chiave."

Mi voltai e vidi che si era abbassato i pantaloni e si stava accarezzando il pene con froza. I suoi occhi erano puntati sulle riviste stese sul letto.

"Ma che cazzo?" Ero mortificato.

"Rilassati," disse Craig, quando vide l'espressione di disgusto sul mio volto. "Mi faccio solo una sega."

"Sì, ma che ne sarà di tua madre?"

"Non le interessa. Non viene mai qui. Non ti preoccupare. Lo faccio sempre." Sul suo volto si stava diffondendo un'espressione vitrea. "Non fare il cagasotto, fallo, amico!"

"Ma non ho mai . . . Voglio dire, non so come . . ."

"Fallo e basta, amico!" disse Craig.

Così, con il mio amico già pronto, tirai fuori a malincuore il mio gracile amico e mi unii a lui. Non ero del tutto sicuro di cosa mi stessi unendo, e nemmeno di cosa mi aspettassi una volta arrivato a destinazione. Dovevamo essere un bello spettacolo, noi due, in piedi sopra il letto, a masturbare vigorosamente i nostri organi adolescenziali mentre fissavamo con attenzione i seni parzialmente esposti delle ragazze del servizio centrale.

All'improvviso gridai: "Oh mio Dio. Credo che stia succedendo qualcosa. Craig. Ho paura!"

"Continua ad andare avanti!" ordinò Craig.   "Ti piacerà!" Rise ad alta voce.

"Ok!" Ansimai. Continuai a toccarmi.

In pochi secondi scoprii che Craig aveva ragione. Era una sensazione fantastica.   Chiusi gli occhi, mi irrigidii, rabbrividii e raggiunsi l'orgasmo sul copriletto della signora Reilly!

"Oh, merda! Guarda cosa è successo! E adesso che facciamo?" Ero fuori di me dalla vergogna.

"Rilassati . . . non preoccuparti . . . Oh merda, sto arrivando!" Craig emise una specie di grugnito e poi, con un rantolo, spruzzò lo sperma quasi fino all'estremità opposta del letto.

"Dio!" Esclamai, sinceramente stupito dalla bravura del mio amico.

"Svelto," disse Craig, lanciando un asciugamano logoro nella mia direzione. "Pulisci il tuo con questo." Presi l'asciugamano e feci come mi aveva ordinato.

Improvvisamente, fui colpito da un pensiero spaventoso. "Ehi, questo non ci rende 'omo', vero?"

"No! Gli 'omo' lo fanno tra di loro. Sai, come un ragazzo e una ragazza."

Sollevato, cominciai a pensare a come sarebbe stato farlo di nuovo. Dopotutto, era stata davvero una bella sensazione ed ero certamente disposto a ripetere l'esperienza.   In quel momento, un bussare alla porta ruppe l'atmosfera. Nel nostro sforzo cieco e solitario, non ci eravamo accorti che la signora Reilly aveva salito le scale e, trovando la porta della sua camera da letto chiusa a chiave, stava bussando forte e cercando di entrare nella stanza.

"Craig, cosa sta succedendo lì dentro?"

"Ehm . . . niente, mamma. Stiamo solo parlando, tutto qui."

"Beh, non vedo perché tu debba chiudere la porta a chiave." Poi, come ripensamento, chiese: "E comunque, cosa ci fai in camera *mia*?"

Rapidamente, Craig nascose le riviste tra il materasso e la rete. Io armeggiai con la cerniera, la chiusi e mi sedetti sulla macchia umida che avevo creato sul letto.

Craig corse verso la porta e la aprì con un colpo secco, rivelando una signora Reilly accigliata, con la birra in mano, incorniciata nell'ingresso aperto. Ero certo che potesse vedere il mio pene adolescenziale nascosto sotto le mie mani piegate. Mi contorcevo a disagio, ma Craig passò all'attacco. "Ehi mamma, dacci tregua! Potremmo avere un po' di privacy, ok?"

"Beh, vai a cercarla nella tua stanza!" rispose la signora Reilly.

"Ma mamma, sai che fa caldo nella mia stanza . . . . e poi hai questo bel ventilatore." (Indicò l'unità della finestra con un gesto teatrale della mano). La vecchia signora Reilly rimase ferma sulla sua posizione. Imperterrito, Craig implorò con finto rispetto: "Andiamo *mamma*, per favore!"

La signora Reilly si grattò la testa. "Beh, suppongo che . . ."

"Oh, grazie, mamma. Sei la migliore!" Poi, si spinse davvero oltre. "Ehi, mamma! È rimasta della soda?" Mi rivolse quel sorriso alla Craig. *Cristo santo!*

"Non lo so," rispose lei. "Ma, invece di stare quassù, perché non andate a fare un tuffo in piscina?"

"Sì, certo . . . ok mamma," Craig strizzò l'occhio nella mia direzione. "Andiamo Dave. Hai portato il costume, vero?"

"Oh, sì . . . certo," risposi nervosamente.

La signora Reilly ci lasciò soli e noi scoppiammo in una risata nervosa.

"C'è mancato poco," dissi.

"Sì, ma ne è valsa la pena, no?"

Scoppiammo a ridere entrambi.

Per settimane avevo letto e riletto un capitolo sulla masturbazione, contenuto in un manuale di sesso che avevo preso di nascosto dalla biblioteca. Ora l'avevo fatto. *Che figata!* Per i sei mesi successivi, presi in mano la situazione tre volte al giorno, in media. Mi masturbai nel bagno, nel seminterrato e nel bagno degli uomini della biblioteca. Lo feci poi nello spogliatoio del club di nuoto e nel bagno della tavola calda, dietro il distributore di bibite. In breve, mi masturbavo in qualsiasi luogo in cui potessi rimanere da solo per un minimo di tre minuti, o anche *meno*, se le condizioni lo consentivano. Naturalmente, qualsiasi situazione che accennasse alla sessualità era per me motivo sufficiente per cercare sollievo, anche se non sapevo mai quando l'impulso sarebbe arrivato.

Una volta, mentre un gruppo di noi era in fila al cinema, una ragazza sconosciuta si mise in fila dietro di noi. Aveva circa quindici anni, era bionda e molto 'robusta'. Ma ciò che attirò la mia attenzione su di lei fu la sua camicetta: era aperta fino al terzo bottone, esponendo una scollatura spettacolare, come quella che avevo visto solo sulle riviste.

Fuga dall'innocenza (Il racconto di un risveglio)

Oh Dio! Non ci posso credere! La mia virilità minacciava di entrare nei jeans, mentre mi concentravo sulle incredibili protuberanze che si mostravano seducenti sotto la sua camicetta fragile. Con finta indifferenza, lasciai cadere la mano destra sull'inguine e feci finta di grattarmi la parte superiore del braccio destro con la mano sinistra. Ogni cinque secondi, sbirciavo dietro le spalle per scorgere l'incredibile panorama sessuale alle mie spalle.

Mi sembrava che quei seni sodi sarebbero saltati fuori se il quarto bottone si fosse allentato. La mia immaginazione si scatenò e immaginai ogni possibile scenario, uno più lurido dell'altro. Erano tutti atti provocatori che prevedevano un mio contatto con quelle magnifiche 'mammelle'.

Mentre pagavo il biglietto, osservai ad alta voce (a nessuno in particolare): "Uh, sarò fuori tra un minuto. Devo andare in bagno." Porgendo al volo il biglietto all'anziano signore che lo ritirava all'ingresso, mi precipitai nell'atrio e scomparii nel bagno degli uomini. Dovevo solo mettere le mani sulla mia erezione pulsante. Cinque minuti dopo, riemersi sollevato e rinnovato, e raggiunsi i miei amici in teatro per lo spettacolo.

E così le mie avventure nella sessualità solitaria continuarono nei mesi successivi, finché alla fine la novità della masturbazione era svanita. Ben presto, masturbarsi era diventato meno una moda e più un'abitudine (a volte persino una necessità) confinata principalmente nell'intimità della mia camera da letto.

Joe Perrone Jr.

3
Condivisione

"Vai pure, ti sta aspettando," disse la voce.

'La Voce' apparteneva a Craig e *lei* era Patty O'Brien, la sua ragazza, che per coincidenza era la 'ragazza più veloce del primo anno'. Proprio in quel momento, stava aspettando al buio, sui gradini del suo seminterrato, che io scendessi a 'palparla'. Dopo tutto, era la ragazza di Craig e, in quanto tale, avrebbe fatto *tutto ciò che* Craig voleva che facesse. E se questo comportava 'fare il filo' al suo migliore amico, tanto meglio.

Era un venerdì sera di gennaio. Il paesaggio era coperto di neve e Craig e io eravamo saliti con le nostre slitte Flexible Flyer sulla lunga collina che, oltre la chiesa di Santa Caterina, portava a casa di Patty. Eravamo a casa O'Brien da circa quarantacinque minuti (i signori 'O' erano a un ballo della chiesa e non sarebbero tornati prima di mezzanotte) e, mentre io mi occupavo di guardare la replica di un film di John Wayne, Craig approfittava della generosità sessuale di Patty. Finalmente era arrivato il *mio* turno!

Non solo Craig era il mio migliore amico, ma poiché condividevamo tutto, in questo caso Patty, era anche un po' un pappone (gratuito, ovviamente!). Aprii la porta del seminterrato e per poco non inciampai su Patty, che era seduta al buio sul terzo gradino. L'odore del suo profumo (credo fosse *Ambush*) aleggiava pesantemente nell'aria e io tremavo, sia per l'attesa *che* per la trepidazione. La verità era che avevo una paura fottuta!

Sebbene non potessi vedere il suo viso, la sagoma del busto di Patty era abbastanza evidente, dal momento che indossava una camicetta bianca trasparente. Manovrando goffamente il mio corpo come una specie di robot, riuscii a sedermi accanto alla ragazza immobile senza cadere dalle scale. Poi, con una destrezza che derivava da infinite prove nella mia mente, le circondai accuratamente la vita con il braccio e trattenni il respiro. Per sua fortuna, rimase perfettamente immobile, anche se percepii un sospiro sommesso quando la mia mano libera le prese il seno sinistro attraverso la stoffa della camicetta e del reggiseno. Con le dita tastanti procedetti a stuzzicare quello che pensavo fosse un capezzolo, incoraggiandolo a gonfiarsi sotto il mio tocco. Tuttavia, divenne presto evidente che quello che avevo pensato fosse un tessuto erettile non era altro che una cucitura nel tessuto dell'indumento intimo di Patty. Imperterrito, continuai a esplorare il terreno finché, finalmente, trovai il mio obiettivo. Sapevo di aver colpito nel segno perché Patty ebbe un sussulto involontario e gemette dolcemente quando il suo capezzolo divenne turgido.

Incoraggiato dal mio crescente successo, girai lentamente il mio viso verso quello di Patty e premetti le mie labbra sulle sue. Cominciammo a baciarci, a palparci e a toccarci nel buio, fermandoci di tanto in tanto per riprendere fiato. *Bene, ci siamo.* Con dita tremanti, le sbottonai maldestramente la camicetta e infilai la mano nel reggiseno. Non dimenticherò mai la sensazione che provai quando la morbida carne del suo seno si ricoprì di pelle d'oca. Una stretta si diffuse nel mio inguine e l'inizio di un'erezione mi fece tremare. Trovai la carne nodosa

14

del capezzolo di Patty e lo sentii indurirsi mentre lo massaggiavo delicatamente con l'indice. *Oh mio Dio, sto davvero tastando Patty O'Brien!* Ero già in 'seconda base'. Chi poteva sapere come sarebbe andata a finire? Merda, potrei anche andare a segno. Le mie fantasticherie durarono poco, però, perché un forte 'P-S-S-S-T-T-T!' squarciò il silenzio, ponendo fine all'inning e lasciandomi bloccato in seconda.

"Sbrigatevi, per favore!"

Era Craig e, a quanto sembrava, stava perdendo la pazienza perché mi ero dilungato oltre il tempo stabilito. Ritrassi rapidamente la mano dalla camicetta di Patty e mi alzai in piedi, tutto in un unico movimento, riuscendo a sbattere la testa contro la ringhiera delle scale.

"Ahi!" Gridai, sia per l'indignazione che per il dolore. Mentre stavo lì, imbarazzato, a massaggiarmi la testa, Patty ridacchiava selvaggiamente. A peggiorare le cose, Craig aprì la porta e fummo subito avvolti dalla luce dura del lampadario del corridoio, che pendeva sospeso sopra la testa del mio amico come un'aureola diabolica. Sorridendo in modo peccaminoso, lo superai di corsa verso il soggiorno, con un rigonfiamento significativo che stringeva il davanti dei miei pantaloni.

"Ehi Dave," gridò Craig alle mie spalle, "non devi essere a casa per le undici." Sghignazzò per la sua immaginaria genialità.

Vaffanculo, Craig! Feci una pausa, massaggiandomi la testa ancora dolorante, e considerai le implicazioni della domanda di Craig. Borbottando altre imprecazioni sottovoce, risposi rapidamente: "Oh, sì, grazie per avermelo ricordato." Con riluttanza, indossai il cappotto

15

e mi avviai verso la porta d'ingresso. Poi, sempre con un po' di tatto, mi fermai e mi voltai, dicendo alle mie spalle: "Grazie mille, Craig!" Immagino che Patty mi abbia considerato un vero ingrato.

Con il mio fidato Flexible Flyer al seguito, iniziai la lunga camminata su per la collina verso casa mia. Il cielo era sereno e l'aria era molto fredda. La neve dura e compatta scricchiolava sotto i miei piedi; l'aroma del profumo di Patty O'Brien mi riempiva le narici e i pensieri esotici la testa. *Un giorno*, pensavo, *avrò la* mia *Patty O'Brien.*

4
"... Solo tra me e Dio ..."

Ero il più basso della classe e, come se non bastasse, ero anche il più giovane. Mia madre veniva dal 'Sud', e il suo rifiuto di rinunciare all'accento che denotava la 'sua eredità', non miglioravano le cose. Mi rese il bersaglio di così tante battute sul 'modo buffo in cui parla tua madre' che persi il conto. E, come se non bastasse, ero italiano *e* cattolico, e vivevo in una cittadina del New Jersey piena di protestanti bianchi, e la ricetta per il disastro era pronta. La famiglia di mio padre aveva abbreviato il suo nome da Justerini a Justin. Inoltre, per aggravare la situazione, ci eravamo trasferiti a Emerson da una casa popolare di Brooklyn e io soffrivo di un forte shock culturale. La 'questione cattolica' aveva un suo stigma. Oltre a frequentare le lezioni di catechismo e la messa domenicale, noi cattolici eravamo soggetti all'imbarazzante rito della *confessione*. E, anche quando non c'era nulla da confessare, era obbligatorio parteciparvi, per evitare che qualcuno nella nostra parrocchia sospettasse che stavamo evitando 'il confessionale' a causa di qualche terribile peccato che avevamo commesso. Credo che ciò rientrasse nel titolo ufficiale di: sei dannato se lo fai, e dannato se non lo fai.

Per mia fortuna, avevo molto da confessare in quel particolare sabato sera. Una cosa positiva della confessione era che dava a noi cattolici la possibilità di uscire di casa, senza dover inventare una scusa fasulla. Ci dava anche l'opportunità di stare in mezzo alle ragazze, dato che, se noi ragazzi eravamo colpevoli di qualche piccola trasgressione sessuale, c'era un complice altrettanto tale del sesso opposto a condividere il peccato insieme a noi.

Quella sera non faceva eccezione, e almeno una dozzina di giovani donne ridacchianti e con il fazzoletto in testa si affollavano nel nartece, senza dubbio pianificando come presentare i loro peccati al sacerdote che si confessava. Fuori, un numero uguale di ragazzi stava in piedi, agitandosi nervosamente, scherzando e pianificando come cadere ancora di più nelle grinfie del diavolo.

Non volendo rivelare i miei peccati a chi non portasse un crocifisso e una tunica, mi affrettai a superare i peccatori maschi e femmine e a entrare in chiesa. Dopo aver intinto le dita nell'acquasantiera, mi feci il segno della croce, *occhiali, genitali, sinist, destr,* e mi infilai tranquillamente in un banco in fondo alla chiesa. La chiesa cattolica romana di San Michele era l'unica parrocchia in una città composta in gran parte da residenti protestanti. Non che noi cattolici fossimo inferiori ai nostri fratelli metodisti e presbiteriani, ma piuttosto eravamo percepiti come se marciassimo a un ritmo diverso.

Mentre sedevo in silenzio nel retro della chiesa, con l'odore dell'incenso che mi solleticava le narici, mi sforzavo di evocare l'immagine di Patty O'Brien; naturalmente, era solo per poter descrivere accuratamente il mio peccato al sacerdote nella cabina. Chiusi gli occhi e all'istante l'aroma di *Ambush* sostituì quello tipico del luogo. Le mie dita formicolavano al ricordo tattile della sensazione di morbidezza della carne contenuta nel reggiseno di Patty. Sentii i fremiti rivelatori di un'erezione all'interno della salopette. *Merda! Cazzo! Smettila!*

Fantastico! Ero lì, pronto a scaricare il mio fardello su qualche clero ignaro, e già stavo lavorando a una nuova serie di peccati da confessare. Davanti a me vidi Ann Brown alzarsi e iniziare il viaggio in punta di piedi, da una parte all'altra del banco, verso la cabina della confessione. *Non mi sarebbe dispiaciuto darle una possibilità.* Era inutile; più cercavo di non pensare al sesso, più la mia mente si affollava di immagini vogliose di ragazze nude. Se non fossi entrato presto nel confessionale, non sarebbe rimasto abbastanza tempo per confessarmi completamente.

Poi realizzai. *Dio vede tutto, ascolta tutto e conosce tutto*: è il principio fondamentale del cattolicesimo. È stata la prima cosa che ho imparato al catechismo. Ebbene, pensai, se era così, perché dovevo confessarmi? Di sicuro i sacerdoti avevano sentito abbastanza cose brutte da durargli per tutta la vita. Perché avevano bisogno di sentire i miei miseri peccati? Inoltre, non volevo spiegare come avevo massaggiato le tette di Patty O'Brien la sera prima. Mi dispiaceva, e Dio sapeva tutto. Era già stato abbastanza grave quando avevo raccontato a Padre Anthony di essermi masturbato nel bagno della camera della madre di Craig. Tutto *ciò* mi era valso una ramanzina sullo spargere il mio seme nel ventre di una prostituta e un avvertimento contro i pericoli dell'omosessualità.

Così presi una decisione che avrebbe cambiato per sempre il corso della mia vita spirituale. Scelsi di tenere i miei peccati tra me e Dio, solo tra noi due, come se fossimo amici. Naturalmente, il peso di condividere con *Lui* qualsiasi peccato futuro sarebbe ricaduto sulle mie spalle. Era un piccolo prezzo da pagare per la libertà che la relazione mi avrebbe permesso. Inoltre, razionalmente, chi diavolo avrebbe voluto raccontare a un vecchio sporcaccione di una ragazza dolce e carina come Patty? Non io. Non avrei mai più fatto il lungo e ansioso viaggio verso il vecchio confessionale. D'ora in poi saremmo stati solo io e Dio, come doveva essere.

5
Che amico abbiamo in Gesù

Anche se eccellevo in palestra e in falegnameria, non ero esattamente in grado di infiammare il mondo accademico. Man mano che si avvicinava la fine dell'ultimo anno, diventava sempre più evidente che la classe di laurea del 1962 non avrebbe potuto annoverarmi tra i suoi membri. Alla base delle mie difficoltà c'era un corso intitolato *Civiltà comparate*. In parole povere, non me *ne fregava niente* se Sargon il Grande aveva conquistato la valle mesopotamica o qualsiasi *altra* valle, a dirla *tutta*: *odiavo la* storia!

Una sera, dopo aver ricevuto una bocciatura a metà trimestre, mi confrontai con mia madre al tavolo della cucina.

"Mamma, tanto questa roba non mi servirà mai. Che differenza fa chi ha esplorato il Sud America?"

Mia madre scuoteva la testa avanti e indietro.

"Voglio dire, seriamente, mamma, sei mai stata in Sud America? Certo che no, giusto? Giusto! Vedi, non importa!"

"Zitto! È importante!" Era papà, che mi ammoniva dal soggiorno. Il buon vecchio papà. Immaginavo che se era lui a dirlo , doveva essere importante, perché non potevo diplomarmi senza aver superato il corso.

Qualche giorno dopo, mamma, papà e io eravamo diretti all'ufficio orientamento per discutere del mio precario status di diplomato con il signor Fazekas, il mio consulente scolastico. Clive Fazekas era un ometto magro e untuoso, che pettinava i pochi capelli che aveva, dall'origine nella parte posteriore della sua testa, per lo più calva, fino alla parte anteriore, dove terminavano in una finta attaccatura. La mancanza di peli sul petto era stata ampiamente compensata dalle sopracciglia, che spuntavano come siepi brune non curate sopra gli occhi azzurri, pallidi e acquosi. Aveva un naso prominente, ornato da un paio di occhiali con la montatura di corno che traballavano precariamente sulla punta. Mentre ci incamminavamo lungo il corridoio verso l'ufficio del consulente scolastico, riflettei sul fatto che forse la storia non era poi così male come materia (soprattutto se volevo diplomarmi) o, cosa più importante, se volevo guidare.

"Signori Justin," esordì il signor Fazekas, "non vedo alcun motivo per cui Dave non possa passare in storia."

Oh, fantastico, ecco che arriva.

"Certo," proseguì il signor Fazekas, "in effetti, i suoi risultati del Test Attitudinale sono piuttosto buoni. Devo dire che Dave ha un buon Q.I.."

"Oh, bene," disse la mamma.

"Non è convinto nel dire 'voglio farlo'." A quel punto, il signor Fazekas rise di gusto per la sua piccola battuta. Oh, era *così* intelligente. *Stronzo!* A papà piacque così tanto la battuta del signor Fazekas che continuò a ripeterla, più e più volte, fino a casa.

Quindi, il dado era tratto. La scelta che mi si presentava davanti era piuttosto semplice. Potevo scegliere tra: passare il corso di *Civiltà comparate*, ergo guidare un'auto, avere molte ragazze, eccetera; oppure fallire l'esame, non diplomarmi ed essere costretto a frequentare i corsi estivi. Niente macchina, niente ragazze! La mia vita sarebbe finita. Che scelta!

C'erano solo altri due esami nel periodo di valutazione e avevo bisogno di ottenere almeno una B in ciascuno di essi, insieme ad almeno una C all'esame finale, per superare il corso e laurearmi. Al primo esame mancavano tre giorni e studiai in ogni occasione possibile. Portai persino il mio libro a tavola, spingendo papà a informarsi sullo stato della mia salute mentale, anche se non si espresse in quel modo.

Arrivò il giorno dell'esame numero uno e io mi feci strada stancamente, convinto che non sarei mai riuscito a passare, tanto meno a prendere il voto necessario per evitare il disastro. Tuttavia, sorpresi me stesso ottenendo una B, con un punteggio superiore alla soglia, uno fatto e uno da fare.

A meno di due settimane dagli esami finali, mi preparai per l'ultima prova della 'sessione regolare'. Se fossi riuscito a ottenere la B richiesta, sarei riuscito ad arrivare alle 'finali'. Oltre alle solite domande a risposta multipla, c'era una sezione di saggi. Normalmente mi sarei arreso a quel punto, poiché scrivere un saggio completo era il mio tallone d'Achille. Tuttavia, il signor Sherman (di concerto con i miei genitori, senza dubbio) mi aveva avvertito dell'argomento del saggio: 'Discutere l'impero inglese sotto la regina Vittoria' e, a differenza dei test precedenti, mi ero preparato sull'argomento. Avevo guardato il film *Gunga Din* in TV per tre sere consecutive ed ero più che pronto.

In qualche modo, nel mio contorto processo di pensiero, avevo concluso che guardare un film sui

Lancieri del Bengala che combattevano una setta religiosa in India mi avrebbe preparato meglio che leggere la vera storia dell'Impero britannico. Così, armato di una scatola di caramelle *Good 'n' Plenty*, entrai fiducioso nell'aula del signor Sherman, ansioso di affrontare il test critico. Con la mia matita numero 2 che volava virtualmente sulla pagina, superai la sezione a scelta multipla, incespicai un po' sulle definizioni e mi lanciai senza paura nella mia nemesi, il temuto saggio, piena di fiducia.

Gunga Din in persona sarebbe stato orgoglioso di me, mentre andavo avanti con il mio trattato. Descrissi con cura le differenze tra le caste indiane, mostrando in particolare il rapporto tra la setta assassina del film e i suoi oppressori britannici. Infine, descrissi la grande scena (la mia preferita di sempre) in cui il piccolo santone salta nella fossa con i cobra e si uccide, piuttosto che essere preso vivo. Avevo capito tutto, tutto! Fu impressionante.

Sfortunatamente, il signor Sherman non rimase così facilmente impressionato: la sezione del saggio produsse solo una D ('Per l'immaginazione', osservò l'insegnante a margine), ma, grazie a un ottimo risultato nelle scelte multiple, riuscii a superare il test. Anche se non era quello che speravo, il voto fu sufficiente per lasciarmi almeno una possibilità di superare il corso. Ma, a quel punto, avevo bisogno di una B all'esame finale, piuttosto che di una C, e sarebbe stata dura. Le mie spalle si afflosciarono, mentre tornavo a casa con il test infilato nel mio libro di storia.

Tutte le cose a cui tenevo: il diploma di scuola superiore, il diritto di guidare *e la* capacità di attrarre quelle ragazze sempre più sfuggenti, erano alla mia portata. C'era solo un ostacolo sulla mia strada, l'esame finale. Ma ero ancora ottimista, fino a quando il signor Sherman non fece la fatidica dichiarazione: "Oh, a proposito, l'esame finale sarà un saggio." Fu quello, il chiodo finale sulla mia bara. Non c'era modo di ottenere una B a quel punto. Alla luce del mio rendimento deludente nell'ultimo esame, sapevo di non avere alcuna possibilità.

Poiché ritenevo che le mie possibilità di superare l'esame fossero scarse o nulle, pensai: perché disturbarsi a provarci? Decisi di trascorrere la serata prima del fatidico esame facendo qualcosa di più costruttivo dello studio (e infinitamente più adatto a me): giocare a biliardo!

La sera prima dell'esame, spiegai la logica della mia decisione ai miei genitori, che mi ascoltarono pazientemente mentre esponevo il mio caso.

"Sapete come si dice," argomentai. "Non è bene studiare la sera prima di un esame." E poi: "Se non lo sai già, non lo saprai mai." Continuai, finché non ebbi esaurito la mia scorta di luoghi comuni, cercando di giustificare il fatto di non studiare. Tuttavia, a quanto pareva le mie argomentazioni erano abbastanza convincenti, perché, con mia grande sorpresa, mamma e papà accettarono di lasciarmi andare. Ora, prima che iniziate a condannare i miei genitori per negligenza nei confronti dei figli per avermi permesso di rinunciare allo studio a favore del biliardo, considerate i fatti. Dopo un lungo esame di coscienza, avevano indubbiamente ammesso che forse 'un altro anno in quinto potrebbe fargli bene . . . dopo tutto, *prima o poi* deve iniziare a prendersi la responsabilità del suo futuro!" Come me, i miei genitori erano realisti, se non fatalisti. In realtà si trattò di una decisione collettiva: *tutti* sapevamo quando ero spacciato.

Chiamai Craig e lui accettò di incontrarmi al Banta Billiards, la sala da biliardo locale, alle sette e un quarto. Come al solito, arrivò in ritardo e, quando chiedemmo un tavolo, erano quasi le otto. Presi una stecca da 13 mm dalla rastrelliera, studiai il tavolo mentre Craig raccoglieva le palle e, nel momento in cui tolse il triangolo dalla sua superficie, sparai prontamente la palla della stecca fuori dal tavolo. Lo Shepherd's era quasi deserto, tutti gli altri stavano studiando, e l'inquietante silenzio era sconfortante. Craig recuperò la stecca da sotto il tavolo adiacente e la pose con cura dietro il punto del feltro verde. Con la lingua si leccò l'angolo della bocca, e procedette a lanciare cinque palle di fila, prima di mancare di poco la palla sei nella buca laterale.

Con la palla nel mirino, riuscii a malapena a far scivolare la quattordici oltre la sei e nell'angolo in fondo a sinistra. Da quel momento in poi, fui brillante e mi pavoneggiai davanti a tutto il mondo: in questo caso, il mondo era Craig e i due vecchietti che occupavano l'ultimo tavolo in fondo alla sala da biliardo.

Alleggerito dalla tensione di dover superare un esame che sapevo avrei fallito in ogni caso, martellai una pallina dopo l'altra nelle varie buche intorno al tavolo. Craig fu colto alla sprovvista dalla mia nuova competenza e non recuperò mai l'equilibrio finché non ebbi vinto nove partite di fila a palla otto. Alla fine persi una partita quando trascurai di gessare la mia stecca da biliardo e graffiai su un colpo di break troppo zelante che vide la palla numero otto cadere nell'angolo in fondo a destra.

Il giorno dell'esame arrivò e passò, con una partecipazione minima da parte mia. Certo, mi impegnai a fondo, ma alla fine del test ero certo di aver fallito. Il risultato effettivo era solo una formalità e attesi pazientemente il suo arrivo nei giorni successivi.

Finalmente l'attesa era finita: era arrivato il momento. Ci sedemmo tutti nervosamente sulle nostre sedie, allungando il collo per vedere la reazione dei nostri vicini, mentre il signor Rightmeyer passeggiava per la stanza, con le carte in mano, e dava la notizia. Ci furono suoni di gioia e gemiti di disperazione, mentre uno alla volta ognuno di noi riceveva il suo biglietto. Infine, fu il mio turno e alzai cautamente la mano per accettare la busta marrone dalla mano tesa del signor Rightmeyer. Estrassi rapidamente il cartoncino giallo e rigido dalla sua busta e diedi un'occhiata alla sua superficie, sicuro di ciò che avrei visto. Con mio grande stupore, non c'era traccia di inchiostro rosso, *da nessuna parte!* Al posto della temuta 'F', sotto la colonna 'voto finale', accanto a Civiltà comparate, c'era la magnifica lettera 'D' in inchiostro *nero*. Ce l'avevo fatta!

C'era qualche dubbio?

Una settimana dopo, il giorno del diploma, il signor Sherman si chinò sulla mia spalla durante la cerimonia di chiusura e mi sussurrò piano all'orecchio: "Buon compleanno, Dave."

"Cavolo, grazie," risposi. "Non credo che avrei potuto sopportare un altro anno."

Il signor Sherman si limitò a sorridere.

Come ci ricorda giustamente l'antico canto: *'Che amico abbiamo in Gesù!'*

6
"Se io devo essere qui, tu devi essere qui!"

Frequentare l'università non era mai stata una delle mie priorità, mentre arrancavo per le scuole superiori, quindi non fu una particolare sorpresa per nessuno, tanto meno per me, quando uscii dalla Emerson High School senza un posto dove andare. Avevo fatto domanda a diverse scuole specializzate in educazione fisica, ma senza essermi guadagnato nemmeno una medaglia in uno sport, non nutrivo molte speranze di essere accettato. Perciò non fui particolarmente deluso quando ognuna di quelle scuole, a sua volta, rifiutò di ammettermi alla classe delle matricole. La mia reazione fu contrastante. Da un lato, speravo segretamente che *qualche* università, *da qualche parte*, mi avrebbe accettato. Ma, nel profondo, probabilmente ero sollevato. La risposta di papà fu tipicamente un po' più pragmatica.

"Beh, credo che dovrai trovarti un lavoro," dichiarò, dopo che ebbi finito di leggere il mia ultima lettera di rifiuto.

"Hmmm," risposi.

Riflettei sulle possibilità. *Potevo* rimanere alla vecchia A&P, dopotutto *c'è* chi fa carriera nella ristorazione, o forse potevo fare il benzinaio, come il vecchio Duffy, l'ubriacone della città. A quel punto, avevo una scelta: o puzzare di uova marce e latte versato, o puzzare di benzina. C'era però una terza scelta, disponibile da tempo, ma che avevo preso poco in considerazione.

Potevo lavorare al negozio di vini e liquori Emerson. Il proprietario era Harry Feinstein e mi aveva detto spesso: "Ehi ragazzo, quando avrai la patente, vieni a trovarmi, se vuoi un lavoro."

Quindi, quale opzione scegliere? Vediamo, la carta batte il sasso; le forbici tagliano la carta; il sasso *rompe* le forbici. Quindi, la benzina batte il cibo, ma l'alcol batte la benzina. Fammi pensare, aspetta, aspetta. Questa è difficile. Ok, scelgo l'alcol!

"È questa la sua risposta definitiva, signor Justin?"

Ci puoi scommettere!

Meno di una settimana dopo il diploma, andai a trovare Harry e, fedele alla sua parola, mi diede un lavoro. Ora, non solo avevo un lavoro retribuito, ma anche, finalmente, un cavallo su cui mettere la sella. Avrei lavorato *e* guidato, consegnando liquori a tutti i 'segugi dell'alcol' locali, come Harry chiamava i suoi clienti. Cosa poteva volere di più un ragazzo di diciassette anni?

"E ti darò due e cinquanta all'ora, naturalmente in nero," disse Harry, con la sigaretta che gli penzolava dall'angolo della bocca. Quello era il colmo! Sarei stato l'invidia di tutti i miei amici lavoratori, la maggior parte dei quali guadagnava solo la metà. Naturalmente mio padre non vedeva di buon occhio il mio status di esentasse e commentava sarcastico: "È la tua vita, amico." Senza dubbio sarei finito come Al Capone, a marcire in un penitenziario federale, una volta che i miei modi di violare la legge fossero stati scoperti in qualche controllo fiscale casuale. Ma non mi importava. La vita sarebbe stata bellissima.

Harry Feinstein era *in realtà* un comproprietario del negozio di liquori, avendo ereditato la sua metà dell'attività alla morte del padre. Era anche uno scapolo, a cui piacevano le auto veloci, le moto veloci e le donne ancora più veloci! Naturalmente, quelle attività occupavano la maggior parte del suo tempo, lasciando ben poco spazio per le mansioni banali necessarie per gestire il negozio di liquori. Quell' atteggiamento creava un conflitto di interessi con il suo socio d'affari, Murray Zell, che si confermava un maniaco del lavoro. Come se non bastasse, Murray era anche lo zio di Harry. In realtà, era un parente nel senso più stretto del termine, poiché era solo il cognato della madre di Harry.

Chiunque abbia detto 'l'infelicità ama la compagnia', aveva ovviamente in mente Murray Zell. Poiché era vedovo e non aveva, come giustamente diceva, 'nessuna vita', non fu una sorpresa che chiedesse che anche Harry scontasse la stessa pena. O passava la maggior parte del tempo al negozio di liquori, a fianco dello zio sofferente, *o* poteva fornire un sostituto, cioè me, a sue spese. La concezione che lo zio Murray aveva del rapporto d'affari con il suo socio era piuttosto semplice. Per citare Murray: "Se io devo stare qui, tu devi stare qui, pezzo di merda!"

Harry aveva risposto con la sua logica, secondo la quale, finché avesse trovato *qualcuno* che lo sostituisse, avrebbe "fatto quello che cazzo mi pareva." Qual era la mia opinione su quell'accordo? Era una relazione simbiotica che andava a vantaggio di tutti, soprattutto a mio vantaggio!

Avevo tredici anni quando incontrai Harry per la prima volta, e lui ne aveva circa venticinque. Fu una presentazione memorabile. Mi aggiravo intorno alla motocicletta Triumph rosso brillante che teneva parcheggiata dietro il negozio di liquori e stavo per afferrare il manubrio quando fui sollevato in aria, senza tanti complimenti, per il colletto della camicia. Il sollevatore era Harry, che mi aveva osservato dall'interno del negozio. Si era avvicinato alle mie spalle e aveva reagito d'istinto quando mi aveva visto allungare la mano per afferrare la sua macchina. Le sue mani forti mi tenevano sospesa in alto, con i piedi che ondeggiavano inermi nell'aria, come due fili di spaghetti inzuppati. Quando abbassai lo sguardo, mi ritrovai a fissare un viso scuro e affascinante, con tanto di occhiali da sole a specchio.

"Ragazzo," disse. "Non mettere mai più una mano sulla mia moto, o ti prendo a calci in culo per tutto il quartiere." Stordito e spaventato, lottai per liberarmi, quando improvvisamente Harry allentò la presa e io caddi a terra con un tonfo.

"Ehi," disse. "Sei il figlio di Joe Justin, vero?"

"Sì! ," risposi. "E dirò a mio padre che mi hai colpito!"

"Aspetta un attimo. Aspetta! Non ti ho colpito," disse. Era evidente che stava prendendo tempo.

"Ti dico cosa farò," si offrì. "Ti porto a fare un giro in bicicletta, se prometti di non dirlo al tuo vecchio."

Non avevo comunque intenzione di dirlo a mio padre: mi avrebbe ucciso *lui stesso* per aver toccato la proprietà di qualcun altro. Ma, naturalmente, Harry non doveva saperlo. Così lo aggirai con disinvoltura e mi misi a sedere sul sedile imbottito del passeggero della Triumph.

"Non così in fretta!" disse Harry. "Abbiamo un accordo, o no?"

Allungai la mano e strinsi la sua enorme manaccia.

"Affare fatto!" dissi.

"Ok, aggrappati alla mia vita."

Seguendo le sue istruzioni, mi aggrappai al suo giubbotto di pelle e mi strinsi alla sua vita mentre uscivamo dal parcheggio e andavamo in strada. Andammo su e giù per le strade della zona, mentre io trattenevo il fiato e mi aggrappavo alla vita. Quindici minuti dopo, tornammo al negozio e io scesi dal retro della moto. Le gambe vibravano ancora e io ero senza fiato per l'eccitazione.

"Ci vediamo in giro, ragazzo. E ricorda, non dirlo al tuo vecchio." Gli feci un segno di 'pollice in su' e partii verso casa.

Negli anni successivi, mi fermavo regolarmente al negozio di liquori più volte alla settimana per una bibita (*non* dovevo *mai* pagare) e io e Harry diventammo amici. A quel punto, cinque anni dopo, lavoravo per il Don Giovanni di Emerson, al doppio del salario minimo. Non male. Non era affatto male.

L'attrattiva principale del lavoro nel negozio di liquori non era solo la paga, né la possibilità di guidare l'auto per le consegne. Era l'opportunità di osservare Harry, 'il Maestro', mentre faceva la sua magia con le 'ragazze'. Avrei potuto imparare, in prima persona, come trattare le donne. Era pieno di ottimi consigli. 'Non far mai capire loro che te ne frega qualcosa', diceva con un sorrisetto. Oppure: 'Devi tenerle sulle spine'. E ancora: 'Devi *sempre* averne più di una sulla corda'. Tutti consigli saggi, soprattutto se detti da un uomo che possedeva una Cadillac Eldorado, una motocicletta Triumph, un'attività in proprio *e* che, per sua stessa umile ammissione, aveva 'più soldi di Dio'.

Il problema per me era che non ero esattamente l'immagine speculare del mio idolo. Ero alto solo un metro e mezzo, *non avevo un'*auto, *non avevo una* moto e sicuramente *non avevo* soldi (ormai pagavo metà del mio stipendio in vitto e alloggio). Quindi, la mia capacità di seguire le orme di Harry era notevolmente ridotta, sia per le mie responsabilità, come elencato, sia per il mio orario di lavoro, che era l'esatto contrario del suo. Era tutto molto semplice. Affinché Harry potesse avere la *sua* libertà, era necessario che qualcun altro sacrificasse *la propria*. Ma no!

Ogni sera Harry tornava dalla cena vestito 'di tutto punto': giacca sportiva, ascot e fazzoletto coordinati, scarpe lucide e, naturalmente, un portafoglio pieno di soldi. In piedi accanto al 'Maestro', dovevo essere uno spettacolo davvero ridicolo. Come soldati in riposo di parata, stavamo con i piedi ben distanziati e le mani dietro la schiena, davanti al negozio, e guardavamo le bellezze locali sfilare davanti al nostro punto di osservazione strategico. Tuttavia, ogni somiglianza tra noi due scompariva prontamente alle otto in punto di ogni sera. Era allora che Harry diceva: "Tieni le gambe incrociate, ragazzo. Ci vediamo domani." Poi saliva sulla Cadillac e si allontanava nella notte per incontrarsi con la sua 'sgualdrina del momento' in qualche motel locale. Io, invece, sarei rimasto a passare la serata con lo zio Murray (o 'ziet', come preferiva essere chiamato) costretto a riempire il frigorifero di birra, a spazzare il pavimento e ad aiutare a contare gli incassi della serata.

"Cugino," mi ricordava Murray. "Muovi il culo. Non abbiamo tutta la notte."

"Ok, ok," borbottai sottovoce.

"Quel bastardo di un nipote buono a nulla. Farai la sua *stessa* fine se non stai attento, cugino." Si riferiva sempre a tutti come 'cugino'; persino un lustrascarpe nero veniva salutato da Murray come un parente, nonostante l'ovvio contrasto di parentela.

Ogni sera si ripeteva la stessa scena. Harry se ne andava alle otto e io e Murray restavamo soli a chiudere il negozio. Con il passare del tempo, mi affezionai ancora di più allo zio di Harry, godendo della sua acerba, ma accurata, arguzia. Il vecchio era perversamente orgoglioso di *non aver mai* mangiato un pasto decente da quando era morta sua madre. "Non faccio un pasto decente da quando avevo quattordici anni." Il fatto che mangiasse solo in tavole calde unte non gli era mai sembrato la causa del suo dilemma.

A sentire Murray: i greci possedevano ogni tavola calda e ristorante del mondo. 'Hanno molti più modi per rovinare il cibo,' commentava, prima di aggiungere nostalgicamente: 'Cosa non darei per uno dei pasti cucinati in casa da mia madre.'

Ogni sera, prima di partire alla ricerca di un posto dove cenare, diceva: 'Ci vediamo dopo, cugino. Vado dai greci.'

In realtà, né io né Harry abbiamo mai saputo *dove* Murray consumasse i suoi pasti. Mi sarebbe piaciuto saperlo, ma a Harry semplicemente non importava, 'basta che il vecchio bastardo torni, così posso andarmene.'

7
Mai Britt e la sigaretta dell'inferno

A luglio, Craig era l'orgoglioso proprietario di una Austin Healy immacolata vecchia di otto anni, completa di ruote metalliche e verniciata in verde britannico. La piccola auto sportiva aveva un clacson cromato scintillante montato sul parafango destro e ogni volta che Craig premeva un pulsante sul cruscotto, emetteva un'interpretazione straziante della Marcia nuziale di Wagner.

Poiché il suo vecchio lo aveva convinto che 'non sarebbe mai riuscito ad andare all'università, quindi tanto valeva trovarsi un lavoro', Craig aveva fatto proprio quello. Subito dopo il diploma, trovò un lavoro in una stazione di servizio e, grazie ai suoi risparmi e all'aiuto della madre, 'non dire a tuo padre che ti ho dato dei soldi', riuscì a racimolare abbastanza denaro per comprare l'auto.

Ogni sera, dopo aver finito di lavorare, Craig veniva a prendermi con l'Healy e io e lui andavamo su e giù per le strade del quartiere in cerca di 'ragazze'. Il familiare 'dum-dum-de-dum' del clacson riecheggiava nella notte, annunciando la nostra presenza mentre giravamo per il quartiere come Don Chisciotte e Sancho Panza, in cerca di avventure.

Un vecchio detto sostiene che '. . . ogni uomo vuole sposare una vergine, ma ognuno fa del suo meglio per assicurarsi che non ne rimangano!' Forse quelle parole non rappresentavano una citazione esatta, ma non c'erano dubbi sulla loro implicazione. Nel nostro caso, il nostro meglio non era mai abbastanza, eravamo sempre al di sotto delle aspettative. Ah, ma avevamo dei piani straordinari!

La festa del 4 luglio si avvicinava rapidamente e *i nostri* piani ruotavano attorno a un fine settimana sulla costa del New Jersey, con tanto di alcol e donne (speravamo). Grazie a Harry, che mi aveva avvertito: "Ricordati, ragazzo, dì di aver dimenticato dove l'hai presa. Diavolo, non dovrei nemmeno lasciarti il giorno libero," mi procurai un litro di vodka per noi e una bottiglia di vino *Thunderbird* per loro (le donne, ovviamente). Così armati di alcolici adeguati, insieme a una dozzina di preservativi *Trojan*, partimmo quel sabato mattina, decisi a 'fare centro'.

Mentre percorrevamo la Garden State Parkway, il clacson di Craig suonò il famoso tema di Wagner così tante volte che gli altri automobilisti sorrisero e accostarono. La loro cortesia era ovviamente rivolta a quella che dovevano ritenere una coppia in luna di miele, diretta ad Atlantic City. Naturalmente accettammo il loro cortese invito a passare e passammo rumorosamente, salutando e gridando oscenità, proprio come avrebbe fatto qualsiasi coppia di sposi. *Addio babbei! Noi andiamo a scopare!*

Seaside Heights, nel New Jersey, con il suo lungomare, le sale giochi, i bar e le spiagge piene di ragazze, era per gli adolescenti con la prostata iperattiva quello che l'erba gatta è per i gatti arrapati, anche se noi eravamo più che altro *rospi* arrapati, che speravano di essere magicamente trasformati in principi. La proporzione tra ragazzi e ragazze era probabilmente di tre a uno, ma nonostante quelle scoraggianti probabilità, non avevamo dubbi che avremmo fatto centro. Così, 'svoltammo' dalla strada principale che correva parallela alla spiaggia finché non trovammo un motel adatto, tradotto: uno che potevamo permetterci, e sborsammo i soldi necessari per una camera a bordo piscina al Charm Motel. L'unica cosa affascinante di *quella* topaia era il prezzo della stanza, circa dodici dollari a notte (se la memoria non mi inganna). Riponemmo rapidamente i nostri vestiti nella cassettiera ammuffita e nascondemmo frettolosamente il vino e la vodka nel serbatoio arrugginito dietro il bagno (come se qualcuno si fosse preso la briga di guardare).

Passammo il pomeriggio ad arrostirci sotto il caldo sole di luglio, alternando la guardia alle cose dell'altro sull'asciugamano e il body surfing sulle modeste onde che si infrangevano sulla stretta striscia di sabbia che passava per una spiaggia. Quando ci rendemmo conto dell'intensità dei raggi solari, era troppo tardi: eravamo entrambi mediamente malati e avevamo bisogno di un serio giro al pronto soccorso. Ma avevamo altre necessità più urgenti, come quella di andare a letto con qualche ragazza, e decidemmo di raccogliere le nostre cose e di tornare al motel per farci una doccia e vestirci. L'acqua fresca era perfetta per le mie scottature e mi illusi che il colore rosa della mia pelle fosse in realtà l'inizio di un'abbronzatura. Indossai una camicia di seersucker Madras e un paio di bermuda, indossai un paio di sandali e mi innaffiai con la colonia English Leather. In quell'estate portavo i capelli corti, in quello che veniva definito un taglio a spazzola, e mi accovacciai davanti allo specchio sfregiato per aggiustare la mia 'acconciatura'. Con una cura esagerata, applicai un'abbondante quantità di cera per capelli e spazzolai con cura ogni ciocca nella sua posizione corretta. Un ritocco dietro completò il look e finalmente ero pronto per andare. Guardai Craig, che mi fece un 'pollice in su' e chiese: "Che ne pensi?" Cosa ne pensavo? Beh, era una domanda impegnativa. Indossava una camicia nera senza maniche e dei pinocchietti bianchi e sembrava un incrocio tra un pinguino grasso e una prostituta caduta in disgrazia. "Fantastico!" Risposi. Era il meglio che potessi fare.

Mangiammo una pizza e bevemmo un paio di Coca Cola prima di spostarci sul lungomare. Quattro ore più tardi, dopo aver camminato sulle assi di legno invecchiate del lungomare senza aver avuto nemmeno *un* incontro significativo con un membro del sesso opposto, cominciavamo a perdere l'entusiasmo. Certo, *avevamo* flirtato con un paio di ragazze adolescenti con enormi acconciature ad alveare ed eravamo anche stati stuzzicati da una prostituta di età superiore, che aveva cercato di tentarci con una visione sfacciata dei suoi seni stanchi, che traboccavano dal suo squallido bustier. Ma, per quanto riguardava gli incontri significativi, no, non ce n'era stato nemmeno uno, grazie mille!

Abbattuti e frustrati, Craig e io ci dirigemmo verso il Chatterbox, un bar e una sala da ballo rumorosi, noti per essere un rifugio per le donne in libertà e per essere ritenuti lassisti nell'applicazione delle norme locali sul consumo di alcolici. Con nostro grande disappunto, quell'ultima affermazione si rivelò falsa. Rimanemmo così bloccati all'esterno, chiedendoci se la prima ipotesi fosse anche solo lontanamente corretta. Non disposti ad ammettere il fallimento, passammo le due ore successive a ciondolare intorno all'ingresso, sorseggiando Coca Cola e sgusciando come topi ogni volta che la porta si apriva, sforzandoci di vedere l'interno. Ma tutto ciò che vedevamo era un sacco di fumo e tutto ciò che sentivamo era musica ad alto volume, accompagnata da tentativi di conversazione ancora più rumorosi. Dopo un po' rinunciammo a guardare dentro e ci accontentammo di osservare le coppie di ragazze che uscivano periodicamente, apparentemente per confrontarsi, ma più che altro per prendere una boccata d'aria fresca. Craig e io ci accasciammo contro la facciata sudicia dell'edificio, rassegnati a guardare la sporadica sfilata di ragazze e a fantasticare su quello che sarebbe potuto essere, se solo fossimo riusciti a entrare.

Avevo gli occhi chiusi da poco ed ero mezzo addormentato quando una voce risuonò in un angolo lontano della mia coscienza.

"Ciao ragazzi!"

Sbattei le palpebre diverse volte per essere sicuro di essere sveglio e scoprii che stavo guardando direttamente negli occhi azzurri e limpidi di quella che sembrava essere una ragazza. No, non c'erano dubbi: era sicuramente una donna, bionda, occhi azzurri, tette, sedere, una vera e propria ragazza. Ero confuso. *Forse sto dormendo. Forse sto sognando. Ecco, è un sogno!* Chiusi gli occhi e sperai che il sogno continuasse mentre dormivo, in piedi. Con mio grande sgomento, vidi solo il buio. *Merda!* Riaprii gli occhi, solo per scoprire uno spettacolo ancora *più* sorprendente. Ora c'erano *due* ragazze in piedi davanti a me! Scossi la testa da una parte all'altra, cercando di eliminare l'apparente sdoppiamento della vista che mi aveva improvvisamente colpito. Niente da fare! C'erano *ancora* due ragazze davanti a me. *Strano, come mai una è bionda e l'altra è bruna?*

Nello stesso momento in cui decisi che non stavo sognando, mi resi conto che Craig *lo stava facendo* davvero. Anzi, stava proprio russando. Gli rifilai una gomitata nelle costole e si svegliò con un grido. "Ehi, ma che caz . . . ?" Interruppe l'oscenità a metà sillaba quando vide le ragazze in piedi.

"Rilassati Craig. Abbiamo compagnia."

Imbarazzato, scosse la testa e sbatté gli occhi all'impazzata, incerto se crederci o meno. Avevo già deciso che mi interessava la bionda, il che andava bene, perché la ragazza con i capelli più scuri sembrava concentrarsi su Craig, che, a quanto pareva, non aveva ancora afferrato l'enormità della nostra apparente fortuna.

La sosia di Mai Britt parlò per prima. "Allora, neanche voi siete riusciti a entrare, eh?"

In realtà era un'affermazione più che una domanda, ma risposi lo stesso.

"Oh, siamo entrati senza problemi," mentii. "Solo che non siamo riusciti a farci servire."

Craig mi guardò con aria interrogativa, capì dove volevo arrivare e rispose: "Sì, ma che importa? Abbiamo i nostri alcolici al motel. E poi questo posto fa schifo comunque."

"Che cosa avete?" chiese la bruna.

"Che differenza fa?" Risposi. "Ok, se proprio vuoi saperlo, abbiamo vodka e vino." Lei sorrise e io sentii una fitta tra le gambe. *Oh, Dio! Non posso sopportarlo!*

"Allora, vuoi condividerlo con noi?" Chiesi (ero davvero su di giri). "Oh, a proposito, io sono Dave e lui è Craig." Indicai il mio amico corpulento. Le ragazze ridacchiarono e si guardarono l'un l'altra, incerte su cosa fare dopo.

"Ciao, io sono Diana," disse Mai Britt.

"E io sono Linda," fece eco la bruna. Continuava a fissare Craig, come se lui potesse evaporare se non avesse mantenuto il contatto visivo. Ognuno di noi si posizionò rapidamente accanto alla ragazza scelta. Passammo i dieci minuti successivi a fare conoscenza. Naturalmente non dicemmo loro i nostri *veri* cognomi, né ci preoccupammo di dire loro dove vivevamo realmente. Ma non importava, perché senza dubbio nemmeno loro erano delle campionesse di verità.

Soddisfatti delle reciproche identità fasulle, ci avviammo tutti verso la passerella e passammo l'ora successiva a coccolarci sull'*Himalaya*, una tortuosa giostra (ecco un ossimoro, se mai ce n'è stato uno). Mangiammo pretzel e zucchero filato, bevemmo enormi quantità di limonata 'appena spremuta' e semplicemente ci divertimmo. Verso le undici tornammo al motel, intenzionati a recuperare la nostra scorta di liquori.

Mentre io e le due ragazze stavamo di guardia fuori dalla stanza, Craig recuperò le due bottiglie dal nascondiglio all'interno del serbatoio del bagno e ci raggiunse rapidamente fuori, all'ombra del vecchio edificio. L'aria era calda e vaporosa e io ero madido di sudore. Ma sudavo per altri motivi, mentre ci dirigevamo verso un punto remoto sotto la passerella. I nostri sandali si riempirono rapidamente di sabbia mentre arrancavamo sotto le doghe di legno, alla ricerca del 'posto perfetto.' Craig aveva preso una coperta da uno dei letti, probabilmente *la mia, e* ora la stendeva sulla spiaggia con un gesto elegante, come un invito non scritto, indicandoci di unirci a lui sulla coperta color cachi.

Ormai la mia fertile immaginazione si stava scatenando e le immagini di *Men's Adventures* passavano davanti agli occhi della mia mente. Il reggiseno di Diana, già striminzito, diventava sempre più striminzito e io fantasticavo sul fatto che i suoi pantaloncini sembravano pendere un po' più in basso sui suoi fianchi sinuosi. Ci passammo la bottiglia di vodka e ognuno di noi tossiva e aveva conati di vomito senza vergogna, mentre ad ogni sorso mandavamo giù quantità considerevoli di quel liquido infuocato. Dopo diversi sorsi, la testa mi girava all'impazzata, mi sdraiai sulla coperta e chiusi gli occhi. L'aria umida del mare mi si appiccicava al viso e io mi leccavo l'umidità dalle labbra, meravigliandomi della sua salinità.

"Ti dispiace se fumo?" chiese Diana, mentre estraeva un pacchetto di *Lucky Strike* dal suo portafoglio gonfio.
Se mi dispiace? Sarò dannatamente sincero, mi dispiace! Dio, *quanto* odiavo le sigarette!

"Certo che no," rispose la voce di qualcun altro, visto che *ovviamente non era* la mia. "Non mi dispiace affatto." *Non finché posso mettere le mani sulle tue tette. Diavolo, puoi anche fumare un sigaro per quanto mi riguarda!*

Rimasi immobile sulla coperta, con gli occhi chiusi, mentre Diana fumava. Mi sforzai di non essere disturbato dal fumo, ma era una battaglia persa in partenza. Dopo un po' mi alzai a sedere. Avevo ancora gli occhi ben chiusi e cercavo Diana a tentoni. Finalmente la presi tra le braccia, mi chinai in avanti e cercai di posare un bacio sulle sue labbra morbide. Una sensazione calda e bruciante assalì la mia bocca screpolata. Il dolore alle labbra era incredibile! Non solo *non ero* entrato in contatto con quelle labbra rosse e rubiconde, ma avevo anche bruciato il mio labbro superiore sulla punta incandescente di quella dannata sigaretta, che pendeva ancora dalla bocca di Diana.

Merda! Non potevo crederci. *Che razza di stupida lascia una sigaretta in bocca mentre stai cercando di baciarla?* Volevo urlare. In realtà, non sarei riuscito a trattenermi nemmeno se ci avessi provato. Così urlai. Era un urlo primordiale, straziante e sanguinante. Tarzan ne sarebbe stato orgoglioso. Diana era sconvolta.

"Oh Dio, David!" gridò. "Mi dispiace tanto. Avevo gli occhi chiusi. Non sapevo che mi avresti *baciato*!"

Perché diavolo pensava che fossimo lì?

"Stai bene?" chiese lei, innocentemente.

Sto bene? Certo, sto bene. Solo che il mio labbro sembra appartenere a un Ubangi!

"Sì, certo," risposi. "Non c'è problema. Dovrò solo baciarti con le mani." Avevo tutta l'intenzione di mantenere la mia promessa. Risi della mia pessima battuta e concentrai la mia attenzione su come mantenere la mia promessa.

Ormai Craig si era liberato della coperta ed era impegnato a leggere l'etichetta della taglia del reggiseno di Linda, mentre loro si palpavano a vicenda, dimenandosi come granchi impazziti sulla sabbia. Io mi accontentai di accarezzare i prosperosi seni di Diana attraverso il suo reggiseno, mentre lei giaceva di fronte a me, seduta sulle mie ginocchia, fissando le stelle. All'improvviso, mi alzai a sedere e farfugliai ad alta voce: "Allora, dove alloggiate stasera, ragazze?" Solo che mi uscì più come "Dove state voi ragazze, stanotte?" Oh sì, ero ubriaco fradicio!

"Oh, *stavamo* andando a dormire nella macchina di Diana," rispose Linda. "Spero solo che non faccia *troppo* freddo," aggiunse a effetto.

Cavalleresco fino alla fine (e credetemi, quella *era la* fine), risposi senza pensarci: "Ehi, nessun problema. Potete prendere in prestito la nostra coperta!" Che imbranato totale.

Quella notte l'abuso di sé non conobbe limiti, mentre mi punivo senza sosta sotto le acque fumanti della doccia del motel, prima di cadere finalmente in un sonno esausto e senza sogni . . . e senza coperte, ovviamente. Dopo tutto, Craig aveva portato *la mia* coperta dal motel. Anche lui aveva iniziato a toccarsi sotto l'intimità della sua coperta, contento di rinunciare al suo turno nella doccia, per paura di contrarre una dose della stessa stupidità di cui ero stato afflitto io.

La mattina dopo, con il labbro gonfio e l'orgoglio sgonfio, mi diressi verso l'auto delle ragazze per recuperare la mia coperta. Craig rimase al motel, rifiutandosi fermamente di avere a che fare con me 'e quelle altre due idiote!' Battei sul finestrino del lato guida, pieno di vapore, e aspettai. La testa di Diana si alzò lentamente, come il sole. Socchiuse gli occhi assonnati, mormorò un brusco 'Grazie' e passò la coperta umida attraverso il finestrino abbassato frettolosamente. Linda, che russava rumorosamente sul sedile posteriore, emise una sonora scoreggia, quasi a chiudere la sordida vicenda.

Tornai nella stanza del motel senza numeri di telefono, senza speranze e sicuramente senza scuse.

Non abbiamo mai avuto una possibilità.

Ma ci stavamo avvicinando!

Joe Perrone Jr.

8

"Settantacinque dollari?!"

Un sabato di ottobre mi innamorai, non di una ragazza, ma di un'*automobile!* Sebbene papà mi avesse insegnato a guidare la vecchia Chevy di famiglia e mi avesse aiutato a prendere la patente, ero ancora una *persona non automunita.* Certo, potevo guidare il furgone delle consegne al negozio di liquori e guidare la Austin Healy di Craig era molto divertente, ma non era come avere una macchina mia. Avevo ancora bisogno di un mio set di ruote per sentirmi veramente libero.

Ogni giorno, mentre andavo al lavoro, passavo davanti a Emerson Motors, una stazione di servizio di marca Gulf, che fungeva anche da parcheggio di auto usate. Ogni settimana c'erano due nuove auto usate nell'autosalone e avevo sempre tempo a sufficienza per 'dare un'occhiata.' Tuttavia, i loro prezzi erano sempre al di sopra delle mie possibilità. Perciò fu uno shock totale che quel particolare sabato ci fosse un'auto nell'autosalone con il ridicolo cartellino del prezzo di cinquanta dollari affisso sul parabrezza sfregiato.

All'inizio pensai che si trattasse di una specie di errore, un modo del destino per stuzzicarmi, così mi girai e cominciai ad allontanarmi. Ma qualcosa mi spinse a tornare indietro e a guardare di nuovo. Lessi attentamente il cartello e non c'era alcun errore. C'era scritto '50,00 $ così com'è!' Mi sembrò un miracolo.

Mi precipitai dentro, con il cuore che batteva all'impazzata, per chiedere: "Che cosa significa 'Così com'è'?"

"Beh, figliolo, questo *significa* che ciò che *vedi* è ciò che *ottieni*! Nessuna garanzia, nessuna promessa, niente di niente!" Il venditore con i capelli bianchi si mise a fumare un sigaro in modo viscido mentre sputava quelle parole, insieme a qualche pezzetto di tabacco fradicio. Avrebbe potuto anche dirmi che l'auto aveva una garanzia di cinque anni, per quel che mi importava. Non aveva importanza. A me sembrava giusto.

Passeggiai intorno all'auto, ispezionando attentamente il mio futuro mezzo di trasporto. In tutta onestà, non era poi così male. Era una Ford del 1950, una berlina a due porte, dipinta di blu marino. Il chilometraggio era ben superiore a 100.000 e aveva un disperato bisogno di pneumatici, ma, ehi, almeno non erano sgonfi!

"Naturalmente se hai meno di diciotto anni," recitava il venditore, "il tuo vecchio dovrà firmare per te. Ehi ragazzo, dove vai?"

"Casa!" Gridai sopra le mie spalle. Ero già fuori dalla porta e a metà strada verso casa per chiedere a mio padre se potevo comprarla. Pochi minuti dopo, irrompevo dalla porta d'ingresso malconcia della nostra vecchia casa, facendo subito pressione su mio padre, sorpreso, per ottenere il permesso di acquistare il vecchio rottame.

"Papà! Papà! È bellissima! Devi vederla! È . . ."

"Tieni duro Dave! Calmati! *Cosa c'è di* bello?"

"La macchina!" Risposi. "È bellissima e costa solo cinquanta dollari!"

Fuga dall'innocenza (Il racconto di un risveglio)

Avevo sfondato la porta d'ingresso al galoppo, quasi facendo un buco nel muro, mentre mi facevo strada nel soggiorno. Papà era comodamente seduto sul vecchio e stanco divano rivestito di velluto a coste, guardando una partita di football universitario e bevendo una birra. Si mise a sedere dritto e mi guardò con *quello* sguardo, sapete quello sguardo, che dice: 'Cosa sei, un idiota?'

"Papà, non sto scherzando. So che è difficile da credere, ma è vero! È una Ford cinquanta e chiedono solo cinquanta dollari." Deglutii a fatica e continuai. "L'uomo ha detto che se firmi, posso comprarla. Lo farai, papà? Lo farai?" Sembrava un po' drammatico, lo ammetto, ma *dovevo* avere quella macchina.

Mettendo giù la birra, papà si alzò stancamente e andò a spegnere la televisione. Trattenni il respiro. "Bene, Dave, scendiamo a dare un'occhiata a questa bellezza."

Saltai subito in aria, con il pugno che si agitava all'impazzata, e gridai: "Evviva!"

Nell'autosalone, papà diede alla vecchia Ford un'ispezione completa. Aprì e chiuse le portiere e anche il bagagliaio, sbattendolo con un sonoro 'sdeng'. Poi sollevò il cofano e rimase a fissare il motore. Non avevo idea di cosa stesse cercando, ma a quanto pareva era soddisfatto di averlo trovato e concluse l'esame con un obbligatorio, solido calcio alle gomme. *Oh, sì! Gli piace!*

"Beh," disse. "Per cinquanta dollari è difficile sbagliare. Ma dormiamoci su."

Oh no, voleva dormirci sopra! Di solito, 'dormiamoci su' significava no, e 'no' non andava bene, non ora, quando ero *così* vicino. Continuai a insistere.

"Papà," dissi. "Sai, ho *un* lavoro. Voglio dire, ho anche abbastanza soldi per le cose di casa e *tutto il resto.*" Papà sembrava poco convinto, così a lungo. "Diamine," dissi, "questa bambina non durerà a lungo." (Non sapevo quanto sarebbero state profetiche quelle parole).

"Beh . . ." Si stava indebolendo.

"Ti prego, papà . . .

"Non sono sicuro, credo . . ."

Tirai fuori *tutte le* carte dal mio mazzo. "Pensa, papà. Non dovrò più prendere in prestito la tua macchina."

Questo funzionò.

"Beh, che diamine," sospirò. Poi aggiunse rapidamente: "Ma, solo perché *ce l'hai*, non significa che devi *guidarla* sempre."

A chi importava? Feci un cenno di assenso.

Ci occupammo delle pratiche necessarie (doveva essere intestata a mio padre) e poi, con la 'targa del concessionario' temporaneamente apposta sul paraurti, la guidai fino a casa. La misi in stallo solo una volta, a uno stop. Per tutto il tempo, papà rimase seduto in silenzio al mio fianco e riuscì a non ridere nemmeno una volta. Appena arrivato a casa, chiamai Craig. Non sapevo che, cinque mesi dopo, la mia bellissima Ford non sarebbe stata altro che un ricordo.

Era marzo e avevo in programma un colloquio al Montclair State College. Avevo fatto domanda di ammissione per il successivo semestre autunnale e quello era un passo fondamentale nel processo di candidatura. I trenta minuti di viaggio per raggiungere il college furono tranquilli e riuscii a trovare il campus senza difficoltà.

Guidai con attenzione la mia piccola auto blu su e giù per le file del parcheggio, alla ricerca di un posto. Alla fine trovai un posto non troppo lontano dall'ufficio ammissioni e parcheggiai.

Il colloquio filò abbastanza liscio, fino a quando non mi fu chiesto se avevo vinto una partita di football (avevo fatto domanda di ammissione al dipartimento di educazione fisica). Rimasi a bocca aperta, mentre consideravo la domanda. Sebbene avessi disputato un totale di quattro incontri - tra cui la disfatta ai distretti - non mi era stata assegnata nemmeno una lettera, a causa di un cavillo nel protocollo di premiazione. Per ottenere una lettera varsity, era necessario aver disputato metà degli incontri della stagione, e io ne avevo disputato solo un terzo. *Un bel problema!* Esitai, non sapendo quanto sarebbe stata importante la mia risposta. Poi, pensando: 'Che diavolo?' diedi la mia risposta. "Beh, in realtà non ho ricevuto una lettera. Ma *ho* lottato in prima squadra."

"Ma lei *non ha* ricevuto una lettera di riconoscimento, giusto?"

L'intervistatrice era un'anziana signora con gli occhiali a montatura metallica, che probabilmente non aveva mai *visto* un incontro di wrestling, tanto meno aveva ottenuto una lettera in quello sport. La fissai incredulo. "Sì, cioè no, non ho mai ricevuto una lettera, ma . . ." Deglutii a fatica e cercai di immaginare cosa stesse pensando.

"Bene, signor Justin, credo che questo concluda il nostro colloquio. Ci terremo in contatto." *In contatto? Che diavolo significava? Tutto lì? Non ci chiami, la chiameremo noi?* Le mie spalle si afflosciarono e uscii silenziosamente dall'ufficio, con la testa piena di ogni sorta di scenari terribili.

Mentre scendevo dalla collina verso la macchina, mi accorsi che aveva iniziato a piovere. *Merda!* Con cautela uscii dal parcheggio e imboccai la strada secondaria che portava a Valley Road. Mentre accostavo alla strada principale, mi resi conto di quanto fosse diventato inefficace il passaggio dei tergicristalli sul parabrezza. Segnai mentalmente di farli sostituire. Non c'era bisogno di preoccuparsi. La pioggia si stava ghiacciando con la stessa velocità con cui cadeva e la strada sotto i miei pneumatici (da sostituire, ricordate?) si stava ghiacciando. Non avevo mai guidato in quelle condizioni e fui sinceramente sorpreso di vedere un'auto sbandare completamente, un isolato davanti a me, prima di schiantarsi contro un veicolo in arrivo.

Dio! Ho pensato. *Cosa diavolo è successo a* quel *ragazzo?* Un attimo dopo rimasi ancora più sbalordito, perché l'auto immediatamente davanti alla mia fece una lunga sbandata, prima di scontrarsi con le altre due auto, che già giacevano in un mucchio contorto. *Grazie a Dio, non sono in quel pasticcio.* Toccai il pedale del freno per rallentare e contemporaneamente girai il volante a sinistra nel tentativo di evitare gli sfortunati automobilisti davanti a me. Con orrore, la mia auto continuava ad andare, e per giunta *dritta!* Nel tempo necessario per percorrere i successivi sei metri, la mia auto si trasformò dalla mia bella macchina 'nuova' in un inutile ammasso di metallo piegato, vetri in frantumi e sogni infranti. Al momento dell'impatto, le ruote, che erano state congelate in una posizione permanente di svolta a sinistra, eseguirono istantaneamente la manovra prevista (con soli due secondi di ritardo) e scaraventarono la mia automobile in rovina sul prato della casa di qualcuno, dove spirò con un gemito.

L'adrenalina mi scorreva nelle vene, riempiendo il mio corpo con la sua forza impressionante. Scesi dall'auto con una forza sovrumana. Rimasi momentaneamente congelato sul posto, mentre fissavo la carneficina meccanica davanti a me, e poi, in un impeto di furia maniacale, strappai completamente la targa anteriore dal paraurti. Senza pensare alle conseguenze delle mie azioni, strappai a metà la pesante targa metallica e la scagliai il più lontano possibile. Scivolando, mi incamminai lungo il sentiero fino alla porta d'ingresso della casa e suonai il campanello. Una bambina spaventata aprì la porta e fu subito sostituita dalla madre, che mi fece entrare in casa per poter telefonare alla polizia.

Di lì a poco, un'auto di pattuglia si accostò al marciapiede, con la sirena che suonava dolcemente, quasi in segno di scusa. Scesi di corsa dal portico e attraversai il prato per salutare l'agente dall'aspetto brizzolato, che era già sceso dall'auto. Girò intorno alla mia auto e scosse la testa incredulo.

"Sei il ragazzo che ha chiamato?" chiese.

Stava scherzando?

"Sì, signore," risposi. Feci attenzione a proiettare la giusta dose di timore e di rispetto.

Lo seguii mentre camminava, prima verso il retro del mucchio ancora fumante e poi verso il davanti.

Soddisfatto, infine, di aver visto abbastanza, l'ufficiale si girò verso di me, con un cipiglio disegnato sul viso.

"Questa è la tua macchina?"

Di chi *pensava che* fosse?

"Mh mh," risposi. Quella volta mostrai più paura e meno rispetto.

"Beh, cosa diavolo è successo alla targa anteriore?"

"Ehm . . . beh . . . Credo di aver perso la calma e . . . Io . . . beh . . . l'ho strappata." *L'avevo fatto davvero!*

Il poliziotto mi guardò come se fossi pazzo. Poi, un piccolo sorriso si fece strada sul suo volto ombroso. Lottando per mantenere la sua compostezza, ma non riuscendoci molto bene, alla fine cedette a una piccola risatina, mentre mi ammoniva con la sua migliore imitazione di 'Papà ha ragione'.

"Figliolo, non fare mai più una cosa del genere, ok? Potresti metterti in un sacco di guai."

Tirai un sospiro di sollievo. Poi, guardando il suo volto comprensivo, risposi: "Sì, signore, agente. Lo prometto." Tornò all'auto di pattuglia e chiamò via radio un carro attrezzi, mentre io usai il telefono della signora per chiamare mio padre che, incredulo, accettò di venirmi a prendere. Mi stupì che non mi avesse sgridato.

"Nessun problema," disse papà. "Stai bene?"

"Sì," risposi. "Solo un po' tremolante, tutto qui."

Wow! Nessun rimprovero? Nessuna lezione, niente di niente?

Più tardi, dopo la lezione, mentre tornavo a casa, papà chiamò l'officina dove era stata rimorchiata la mia auto. L'uomo disse che avrebbe speso settantacinque dollari per rimorchiare la mia auto dal prato anteriore fino al suo garage.

"SETTANTACINQUE BIGLIETTONI?!" urlò mio padre. "Diavolo, quella dannata macchina *ne costava* solo cinquanta!"

Guardandomi, aggiunse rapidamente: "Diavolo, per settantacinque dollari puoi *tenerti* la macchina!" Sbatté il ricevitore e uscì di corsa dalla stanza. Così, mi ritrovai di nuovo senza auto. Come se non bastasse, tre settimane dopo venni a sapere che non ero stato accettato nemmeno alla Montclair State.

Joe Perrone Jr.

PARTE SECONDA (E adesso?)

9

"Ho un sogno . . ."

Quando la mia domanda di ammissione alla Montclair State fu respinta, fui grato, anche se non particolarmente soddisfatto, di avere ancora il mio umile impiego al negozio di liquori su cui contare.

Era la fine dell'agosto del 1963, quando mi sedetti davanti al televisore e guardai il Dr. Martin Luther King pronunciare il suo ormai famoso discorso 'I have a dream', davanti a quasi 200.000 marciatori per i diritti civili, che si erano riuniti davanti alla piscina riflettente di Washington, DC. Mentre ascoltavo le parole ipnotiche del potente oratore nero, pensavo a come i miei stessi sogni fossero svaniti nell'autocompiacimento.

"È quello di cui ho bisogno," mormorai ad alta voce, a nessuno in particolare.

La mamma si girò e guardò nella mia direzione. "Cosa c'è, tesoro?"

"Eh? Oh, niente," risposi. "Stavo solo pensando che non ho davvero un sogno o altro. Non so, mi sto stancando di lavorare al negozio di liquori."

La mamma fece un cenno di assenso in silenzio. Poi, lentamente, si alzò e si avvicinò a dove ero seduto io sul divano. Si sedette accanto a me e mi mise un braccio intorno alla spalla.

"Sai, David, sei *sempre stato* bravo in arte. Forse dovresti studiare alla scuola d'arte. Che ne pensi?"

Era vero che ero sempre stato bravo nell'arte, soprattutto nel fumetto. Scarabocchiavo sempre.

Joe Perrone Jr.

Disegnavo Bugs Bunny ed Elmer Fudd, molte auto da corsa e ragazze, ovviamente tutte nude. Ma la scuola d'arte? Ne dubitavo seriamente.

"Non lo so, mamma. Sono un po' confuso in questo momento. Ma ci penserò, ok?"

"Certo," rispose lei, tristemente.

Quella sera andai a letto confuso, con la testa piena di un senso di urgenza. Chiusi gli occhi e vidi Martin Luther King, il suo volto splendente che fissava i suoi seguaci, mentre pronunciava il suo discorso. "Ho un sogno . . ." Presto mi addormentai profondamente, sognando un sogno tutto mio.

. . . Mia nonna era seduta di fronte a me, dondolandosi dolcemente avanti e indietro sulla sua sedia a rotelle.

"Nonna, cosa ci fai qui?" Chiesi.

"Sai, David, tuo cugino Giuseppe a Firenze è un grande artista. Un giorno potresti diventare grande come lui."

Scossi la testa avanti e indietro. "No, no nonna, devo avere un sogno come King." Chiusi gli occhi.

Quando li riaprii, mia nonna non c'era più e il signor King era seduto sul mio letto. Sembrava molto più grande di quanto fosse apparso sullo schermo televisivo.

"David," esordì, con quella voce ricca e accentata che era diventata il suo marchio di fabbrica. (Come faceva a conoscere il mio nome?) "Tua nonna ha ragione. Devi credere nel tuo sogno. Sei sempre stato un artista eccezionale. Me l'ha detto tua nonna."

"Ha ragione," sentii dire a mia nonna. Mi guardai intorno e la vidi in piedi nell'altro angolo della stanza. Continuava a parlare.

"*David, non ti ricordi come facevi tutti quei cartoni animati? Ascolta il simpatico uomo di colore. Lui sa di cosa sta parlando.*"

Mi voltai verso il signor King, ma era svanito. Al suo posto c'era Bonnie Van Dam, una ragazza che avevo lasciato al primo anno. Stava sorridendo. Grazie a Dio, non era più arrabbiata con me.

"*David, hanno ragione. Perché non vai alla scuola d'arte? Sei un artista favoloso. Il tuo posto è la scuola d'arte. Diventerai famoso. E io ti aspetterò. Farò anche da modella per te.*" *Cominciò a togliersi i vestiti.*

"*No, no! Non farlo! Non devi farlo. È stata tutta colpa mia. Non sarò mai più cattivo con te. Non toglierti i vestiti. Andrò alla scuola d'arte. Te lo prometto.*"

Le mie palpebre si fecero di nuovo pesanti e si chiusero. Quando le riaprii, mi trovai in un enorme studio d'arte. I cavalletti, con le tele montate sopra, circondavano il perimetro della stanza. Mentre camminavo sul pavimento, osservavo con curiosità ogni quadro. Ogni tela era identica. Tutte mostravano Harry Feinstein nudo, seduto sulla sua motocicletta, con la donna del mio sogno appollaiata delicatamente dietro di lui sul seggiolino del passeggero. Anche lei era nuda. All'improvviso, iniziò a parlare. "David, dovresti davvero ascoltare tua madre. Se lo farai, lascerò Harry e io e te potremo tornare in camera da letto. Prometto di essere molto, molto buona con te. Questa volta andremo anche fino in fondo."

"*Fino in fondo,*" *borbottai. "Sì, fino in fondo. Andrò alla scuola d'arte e andremo fino in fondo . . . fino in fondo . . . fino in fondo . . . fino in fondo . . . fino in fondo . . .*"

Era mattina.

La mia camera da letto brillava di un giallo limone, con il sole che sorrideva sarcastico attraverso la finestra, quasi sfidandomi ad alzarmi. Mi alzai a sedere e sbadigliai, stiracchiandomi con forza. Poi lasciai cadere di colpo le braccia sui fianchi e mi girai verso il bordo del letto. Qualcosa mi frullava in testa, qualcosa che avrei dovuto ricordare o fare. Ma non riuscivo a capirlo. Chiusi gli occhi e cercai di farlo riaffiorare alla mente, ma era inutile, non riuscivo a ricordare. Accesi la radio e feci girare la manopola senza meta, le stazioni che passavano emettevano un suono incomprensibile. Aspetta. Ecco! Quella voce! Riconobbi il baritono profondo con l'accento del sud. Ma certo!

Era il signor King. *"Ho un sogno che tutti gli uomini . . ."*

"Ecco! Il sogno!" *Il* sogno mi tornò alla mente. Vedevo la donna sulla moto. Ma stava svanendo velocemente. "Scuola d'arte!" Gridai, grato di aver ricordato la parte più importante del sogno. Mi rivestii e mi precipitai al piano di sotto, ansioso di dare la buona notizia ai miei genitori. Papà era già uscito per andare al lavoro, ma mamma era fuori a stendere il bucato e io uscii di corsa dalla porta sul retro, urlando le parole, mentre attraversavo il cortile fino allo stendino.

"Ma! Ma'! Ho deciso!"

Mia madre si girò di scatto verso di me, con un paio di mutande in mano. "Che cosa?" chiese.

"Scuola d'arte!" gridai. "Andrò alla scuola d'arte!"

"Che bello, David," rispose lei con calma.

"*Bello*? Tutto qui?! Ti parlo della decisione più importante della mia vita e tutto quello che riesci a dire è '*che bello*'?"

"Beh, David, cosa vuoi che ti dica? Sai come sei, cambi sempre idea. . ."

"Lo so, mamma, ma perbacco! Lasciami in pace. È stata una *tua* idea, ricordi?"

"Sì, e credo che tu farai molto bene, *se ti* applicherai."

Mi grattai la testa. "Comunque, ho deciso di andare," dissi.

Mi sorrise e mi diede un piccolo bacio sulla guancia. Puzzava di candeggina. Mi staccai e corsi in casa per chiamare Craig e dargli la grande notizia. Ero tremendamente emozionato e avevo bisogno di dirlo *a qualcuno* a cui importasse. La madre di Craig rispose al primo squillo e disse che Craig era già andato a lavorare alla stazione Texaco. Merda, pensai. La ringraziai e riattaccai, ricordando che anch'io dovevo andare al lavoro.

Mi affrettai a salire le scale, pieno di una nuova energia e di un senso di scopo. *Finalmente* avevo *qualcosa* per cui essere entusiasta. Rimasi immobile sotto i potenti getti della doccia, lasciando che l'acqua fresca mi investisse. Un pensiero mi colpì. Forse non avrei dovuto dirlo a Craig. Forse non avrei dovuto dirlo *a nessuno*. Dopo tutto, e se non avesse funzionato? Se non fossi davvero stato un grande artista, dopo tutto?

Decisi di dirlo a Harry. D'altronde, avrebbe dovuto saperlo comunque. Avrei dovuto lasciare il mio lavoro al negozio di liquori per andare a scuola.

"Cavolo, è fantastico, ragazzo," disse Harry, quando lo informai della mia decisione. Io sorrisi. Almeno *qualcuno* credeva in me.

"Ma non preoccuparti. Terrò il tuo posto di lavoro disponibile per te . . ."

"Ma . . ."

"Per come la vedo io, dovresti durare almeno una settimana. Chi lo sa? Forse, anche due!"

"Va bene," risposi sbuffando. "Ma vedrai. Ve lo farò vedere a tutti."

"Certo, ragazzo, come vuoi tu."

Gliela farò vedere io, maledizione!

10
Scuola d'arte (Chiamata per Ralph)

Dopo aver fatto ricerche sulle varie scuole d'arte della zona, alla fine scelsi la **School of Visual Arts.** Si trovava a Manhattan, il che rendeva facile raggiungerla, *e* accettavano chiunque potesse permettersi la retta, il che rendeva facile per me *entrarvi*. Inoltre, il catalogo indicava che uno dei miei primi corsi sarebbe stato 'Schizzo della figura nuda, 101'. Quell'informazione, da sola, fu per me una motivazione sufficiente a frequentare quell'istituto in rovina. Naturalmente, quando mi resi conto che avrei 'disegnato il nudo', dovetti dirlo a Craig.

"Non è possibile!" esclamò. "Fai schifo! Ehi! Posso sedermi, sai, per dare un'occhiata una volta?"

Scossi la testa avanti e indietro, godendo appieno della sua delusione. "No," dissi. "E poi non sai nemmeno disegnare."

"No, ma posso sbavare," disse ridendo.

Per mia fortuna, i miei genitori erano disposti a pagare il primo anno di scuola d'arte, a patto che mi impegnassi davvero e facessi del mio meglio. Il mio lavoro estivo mi avrebbe aiutato a pagare gli anni successivi. Così, il primo lunedì di settembre, andai a Manhattan con l'autobus Red and Tan verso Sodoma e Gomorra per seguire il mio sogno. Avevo letto qualcosa sul terminal degli autobus di Port of Authority, con le sue diverse attività, ma nessuna lettura o diceria avrebbe potuto prepararmi alla realtà che mi si parò davanti in quel primo viaggio.

Scesi dall'autobus al primo piano della stazione e mi feci strada fino al livello principale, cercando l'ingresso della metropolitana. C'erano ubriaconi e senza tetto dappertutto! Dovevo essere uno spettacolo, con i miei occhi azzurri spalancati come fanali, a fissare il caleidoscopio di colori e forme che si apriva davanti a me come un buffet visivo.

Mentre mi aggiravo nel tetro terminal, passai davanti a un portariviste che si trovava all'interno di un negozio di sigarette. Mi fermai di botto, come se fossi stata colpito da un fulmine. L'oggetto della mia attenzione era una fila di riviste con titoli non proprio eleganti come *Blow Job, Eat Me, Pink Pussies*, ecc. Potete immaginare il mio shock e la mia gioia!

Oh mio Dio! È incredibile!

Mi avvicinai lentamente allo scaffale, cercando di non dare nell'occhio. Guardai a sinistra e a destra, ma non guardai mai dritto davanti a me. Alla fine mi imbattei in quel 'giardino dell'Eden' che era il leggio. I seni erano ovunque e anche altre parti del corpo in bella mostra! Non avevo mai visto una tale collezione di pelle nuda in vita mia. Controllai da entrambi i lati per vedere se la strada era libera e, finalmente convinto che lo fosse, allungai la mano per afferrare una delle riviste nelle mie manine calde.

Mentre lo facevo, Mosè parlò. "Metti giù il libro, giovanotto." (Aveva anche un accento ebraico)

Ok, non era Mosè, ma l'effetto era lo stesso.

La voce roca proveniva da un uomo anziano, che indossava occhiali con montatura metallica e un berretto a becco stretto e che si trovava dietro un bancone, a circa un metro e mezzo o due di distanza dallo scaffale delle riviste. *Chi è? L'Uomo Invisibile?*

Ero paralizzato! Il mio cervello diceva: 'Scappa', ma i miei genitali dicevano: '*Resta!*' A cosa dovevo dare retta? Ironia della sorte, la decisione fu presa per me proprio da colui che aveva dato inizio al conflitto. Mosè parlò di nuovo: "Questa non è una biblioteca, amico! Vuoi leggere? *Compra* qualcosa! Compra una rivista. E poi, per favore, vai a farti un giro!" Il suo accento pesante faceva sembrare le parole una lingua straniera, ma non così straniera da impedirmi di capire cosa fare dopo.

Senza un attimo di esitazione, dissi: "Oh sì. Stavo per comprarne uno."

Scorsi i titoli, cercando freneticamente di scegliere quello giusto.

"Uh, fammi vedere . . . uh . . . sì, questo qui. *Quanto* costa? *CINQUE DOLLARI!*" Stavo per svenire. Ma poi mi ripresi. "Voglio dire, oh certo, cinque dollari. Certo, ecco a lei." Consegnai al vecchio una banconota stropicciata. Lui l'accettò senza battere ciglio, infilandola nella tasca del grembiule sporco che portava in vita.

Infilai rapidamente la rivista, che si intitolava *Erezione assicurata!* (che fantasia) nella borsa dei libri, uscii dal negozio e scesi le scale fino al santuario della banchina della metropolitana. La mia spesa di cinque dollari rappresentava i soldi del pranzo per l'intera settimana. Tuttavia, i miei pensieri in quel preciso momento avevano poco a che fare con il cibo.

La rivista era come un candelotto di dinamite acceso, in attesa di esplodere nella mia borsa dei libri. Ma, oh Dio, avevo ancora tutta la giornata davanti a me, prima di poterla controllare. Un rugoso vecchio nero dai capelli grigi, chiuso nella piccola cabina dei gettoni, mi disse quale treno prendere e, seguendo alla lettera le sue indicazioni, raggiunsi il binario appropriato, proprio mentre il treno, malconcio, si fermava. Mezz'ora dopo arrivai alla stazione della 23ma strada.

La School of Visual Arts era in realtà un insieme di vecchi edifici, situati nell'East Side di Lower Manhattan. Le stanze erano sovradimensionate, con tubi a vista che passavano sotto i soffitti alti. Mi sembrò di essere tornato in prima elementare alla scuola elementare di Brooklyn, quando mi trovavo nell'antico atrio dell'edificio amministrativo. La mia testa girava da una parte e dall'altra, mentre guardavo con curiosità la collezione di poster, orari e avvisi che adornavano le varie bacheche. Uno studente dai capelli lunghi, di sesso discutibile, mi indirizzò all'ufficio ammissioni, che non era molto più di un cubicolo poco illuminato. La stanza era tappezzata da una serie di bozzetti e acquerelli sporchi di fango, presumibilmente realizzati da studenti artisti. Aspettai pazientemente mentre l'impiegato frugava tra i fascicoli sparsi sulla sua scrivania, alla ricerca del mio modulo di iscrizione.

"Oh, eccola!" esclamò, come se avesse scoperto la fonte del paradiso.

Mi alzai e mi avvicinai al bancone, pronto a partecipare al divertimento.

"È il primo anno, vedo," osservò il giovane allegro.

"Sì," risposi, aggiungendo: "Mia nonna pensa che diventerò un grande artista."

"È quello che pensano *tutti*, tesoro." Percepii una nota di sarcasmo. "Comunque, compila questi moduli il prima possibile e lasciali qui quando ne hai la possibilità. Ed ecco il tuo programma," aggiunse. Mi mise in mano una mezza dozzina di fogli e sorrise: "Buona fortuna, tesoro."

Mi fece l'occhiolino. Risposi con una smorfia.

Uscii di corsa dalla porta, girai l'angolo senza voltarmi e mi precipitai alla mia prima lezione.

Dannato omosessuale! Avrei dovuto saperlo.

La mia prima lezione fu Anatomia I. L'insegnate doveva essere una persona *molto* famosa, che aveva scritto numerosi libri di testo e tenuto numerose conferenze all'estero. La classe trattenne il fiato in attesa del suo arrivo.

Valeva la pena aspettare, credetemi!

Quel tizio era un personaggio uscito direttamente da un'opera teatrale di Tennessee Williams.

"Mi chiamo Roderick Simpson," sibilò. Le sue S sembravano sibili di serpenti, mentre ripeteva il suo nome per farcelo copiare sui nostri quaderni.

Il signor Simpson era un uomo di piccola statura, alto circa un metro e mezzo più i tre centimetri delle sue scarpe col rialzo (ne avevo *sentito parlare*, ma era la prima volta che le vedevo *indossare*). I suoi capelli, quel poco che era rimasto, erano acconciati all'altezza dell'orecchio sinistro e poi spazzati sulla sommità del capo verso l'altro lato. Ovviamente progettato per dare l'impressione di avere più capelli, il design artigianale otteneva l'esatto contrario. Un'altra cosa: i suoi capelli erano gialli! Non biondi, ma G-I-A-L-L-I come le margherite o, più probabilmente, nel suo caso, le *"giunchiglie"*.

Indossava un camice arancione (molto artistico) e pantaloni a campana di velluto a coste bordeaux (molto d'epoca). La sua lezione sarebbe stata la più importante dell'anno (o almeno così ci disse). Poi procedette ad illuminarci sul numero di ossa del corpo umano: duecento sei per la precisione, e su ogni sorta di minuzia irrilevante, che annoiò me e praticamente tutti gli altri nella stanza fino alle lacrime.

Mentre lui continuava a parlare, il mio pensiero tornava alla rivista che si nascondeva nella mia borsa. Ero sicuro che la sua sagoma potesse essere vista, incandescente, da tutta la classe. Sarebbe stata una giornata lunghissima.

Libertà significa cose diverse per persone diverse. Nel mio caso specifico, libertà significava poter saltare le lezioni senza temere la disciplina. Dopo tutto, stavo *pagando* per quell'esercizio di inutilità, e chi lo avrebbe detto ai miei genitori, io? Non se ne parlava, José!

Dopo quella che sembrava una settimana, arrivò l'ora di pranzo e alcuni di noi andarono alla ricerca di un posto dove mangiare. Per puro caso, scoprimmo The Blarney Stone, un ristorante locale che, oltre a cibo scadente, serviva bevande alcoliche a chiunque avesse soldi. Tradotto in parole povere, quello significava noi!

Come le insegne di Burma Shave, fissate su paletti lungo la parete posteriore poco illuminata, c'erano piatti di carta bianca, ognuno dei quali era stampato a mano con il nome e il prezzo per shot dei singoli liquori: "JIM

BEAM, 75 centesimi; DEWAR'S, 65 centesimi; SEAGRAM'S, 55 centesimi," ecc. Era un locale di classe! Mi stupì il numero di clienti che c'erano all'una del pomeriggio, ognuno dei quali si accasciava precariamente sul bancone. Ciò che era ancora più sorprendente era che, in quasi tutti i casi, ognuno degli ex avventori pagava con il resto esatto per il suo acquisto.

Alcuni di noi trovarono un tavolo libero vicino al retro del locale e si sedettero per aspettare il servizio. Dopo essere stati totalmente ignorati per quasi dieci minuti, ci rendemmo conto che il 'servizio', così come lo conoscevamo, non esisteva in quel posto. Se volevamo bere qualcosa (e chi, sano di mente, non lo voleva?) dovevamo andare al bar. Poiché non avevo l'età legale per bere, ventuno anni, avevo seri dubbi sul fatto che mi avrebbero servito o meno. Non dovevo preoccuparmi!

Il barista era un mostro d'uomo, alto quasi un metro e ottanta, con una pancia enorme che si gonfiava sotto il grembiule sporco di grasso, come quella di una donna incinta. I suoi capelli erano quasi bianchi e pendevano in boccoli stretti e sudati, quasi fino alle spalle. I baffi e la barba erano di un bianco giallastro ed egli si masticava continuamente i primi, mentre camminava nervosamente avanti e indietro dietro il bancone, accarezzandosi la seconda. Osservai l'omone durante la sua routine per diversi minuti, prima di trovare il coraggio di alzarmi e avvicinarmi a lui quando si diresse verso la mia parte del bar.

Facendo del mio meglio per assomigliare a Wallace Beery ne *Il campione*, abbaiai: "Dammi un Seagram's Seven, per favore!"

Il barista spettinato si fermò, mi guardò lentamente in faccia e poi sorrise. Alzò gli occhi iniettati di sangue verso l'alto, scrollò le spalle massicce e rispose con tono deciso: "Sono ottanta centesimi, *amico.*" La sua voce era acuta e non era affatto quella che mi aspettavo. Mentre mi versava il drink, cercai in tasca una banconota da un dollaro. In meno di un minuto tornò e fece scivolare il bicchiere sul piano del bancone sfregiato, dove si fermò bruscamente contro la ringhiera, facendo scivolare un terzo del contenuto oltre il bordo e sul bancone. Gli porsi la banconota accartocciata. Dopo aver atteso invano per cinque minuti il mio resto, conclusi che non era possibile ottenere indietro i soldi.

Non ero abituato a bere, così inghiottii metà del contenuto del bicchiere in un unico, avido sorso. Immediatamente lo stomaco mi andò a fuoco e capii che probabilmente avevo commesso un terribile errore. A poco a poco, però, la sensazione di bruciore si trasformò in un caldo bagliore che si diffuse in tutto il corpo e cominciai a riconsiderare la mia valutazione affrettata. Tornai al tavolo e mi sedetti, sorseggiando lentamente da quel momento in poi.

Uno dopo l'altro, i miei compagni di classe si avventurarono al bar e tornarono al tavolo con il loro bottino. Seguì una discussione animata, durante la quale criticammo il guardaroba del signor Simpson, i suoi capelli, gli avventori del bar e alla fine anche il gigantesco barista. Seguì un altro giro di drink e ben presto le mie labbra si intorpidirono e non sentii più alcun dolore. Ormai parlavamo tutti ininterrottamente e ogni osservazione provocava una raffica di forti sbuffi e di stupide risate.

Il terzo bicchiere si rivelò la mia rovina, o almeno la rovina della mia vescica, che improvvisamente sembrava precariamente vicina a traboccare. Tentai di alzarmi e fui sorpreso di scoprire che qualcosa non andava nelle mie gambe. Spinsi con forza contro i braccioli della sedia e riuscii a sollevarmi in posizione semi-eretta. La testa mi girava all'impazzata e la bocca era secca come il cotone.

"Bagno degli uomini," mormorai, e mi lanciai nella direzione generale del cartello con quella scritta. In qualche modo, riuscii a barcollare attraverso la porta e a entrare in un box aperto. Continuavo a ripetere "Oh mio Dio! Oh mio Dio!" mentre mi appoggiavo al muro, lottando con tutte le mie forze per aprire la cerniera. Alla fine, riuscii a liberarmi dai vincoli dei pantaloni e procedetti a urinare. Una parte del getto finì nell'orinatoio, ma la maggior parte finì sulle mie scarpe e sul pavimento di piastrelle già macchiato di urina.

È incredibile come il tempo sembri passare lentamente quando si è intossicati. Dopo quella che mi sembrò un'eternità, chiusi la cerniera e mi allontanai dall'orinatoio. Non avevo ancora liberato il box che cominciai a vomitare nel gabinetto adiacente. In ginocchio abbracciai il water di porcellana, pregando di non morire. Dopo numerosi spasmi, con risultati minimi, il mio stomaco fu finalmente sollevato dal fardello indotto dall'alcol. Mi spruzzai dell'acqua fredda sul viso arrossato e tornai barcollando al tavolo e ai miei nuovi amici.

"Ehi Dave, ti abbiamo sentito chiamare Ralph," disse uno di loro.

"Ralph?" Chiesi.

"Sì, sai, R-a-a-l-l-ph!" Si infilò le dita in gola per dimostrare cosa intendeva. Io sorrisi malinconicamente, non riuscendo a trovare umorismo nella sua descrizione.

Il resto del pomeriggio fu piuttosto confuso. Tornammo in classe, dormimmo per la maggior parte delle lezioni e, fortunatamente, uscimmo da quella struttura scialba verso le tre. Feci a piedi la breve distanza che mi separava dalla metropolitana e tornai nei quartieri alti fino al capolinea degli autobus. Solo dopo aver superato il famigerato portariviste, mi ricordai del contenuto ancora inesplorato della mia borsa. Tornai indietro fino a un negozio di dolciumi e acquistai delle mentine per camuffare il mio alito. Poi comprai un giornale per camuffare la rivista che avevo intenzione di sfogliare durante il viaggio di ritorno.

Con mio grande sollievo, scoprii che il sedile posteriore dell'autobus non era occupato e mi sdraiai rapidamente in un angolo, desideroso di esplorare il contenuto della mia rivista 'mezza nuda'. Estrassi la rivista dal suo nascondiglio e la infilai nella relativa sicurezza del giornale. Mentre sfogliavo furtivamente le pagine, riuscivo a malapena a contenere la mia gioia. Decine di seni, natiche, peni e vagine mi balzarono agli occhi dalle pagine illustrate graficamente e a colori di *Erezione assicurata!*

Potevo solo immaginare i pensieri di quelle vecchiette che mi accompagnavano nel viaggio di ritorno verso il

New Jersey, mentre mi guardavano leggere *il Wall Street Journal*. Che ragazzo intelligente, che legge il giornale. Deve andare al college. Probabilmente sta studiando per un corso di educazione civica. Dovevo sembrare un lettore molto lento o molto scrupoloso, mentre sfogliavo ponderatamente le pagine velate, con la giacca gettata con disinvoltura sulle ginocchia per nascondere il rigonfiamento rivelatore dei pantaloni.

Quando arrivai a casa, finalmente, con l'alito di menta, gli occhi iniettati di sangue, eccetera, dovevo essere uno spettacolo.

"Giornata difficile in città?" chiese papà, con uno sguardo complice.

"Sì," risposi. "È un viaggio *lungo*, sai."

"Ti è piaciuto il tuo primo giorno di scuola d'arte, David?" chiese la mamma.

"Oh, fantastico! Sì, fantastico! Ehi, lo sapevate che ci sono 206 ossa nel corpo umano?" (Non c'è niente di meglio di un po' di curiosità per impressionare la gente).

La mamma pose sul tavolo una ciotola fumante di stufato di manzo e il solo odore fece sì che il mio stomaco cominciasse a ribollire per protesta. Sbuffai, la mia bocca divenne improvvisamente molto, molto secca e la mia testa cominciò a girare, mentre perle di sudore mi imperlavano la fronte.

"Mamma . . . Papà . . . ho lo stomaco un po' sottosopra. Vi dispiace se salto la cena? Credo di aver mangiato un hotdog avariato o qualcosa del genere." Deglutii a fatica, in parte per la mia condizione e soprattutto per necessità. Papà mi guardava con sospetto e io volevo togliermi dalla sua vista, prima che avesse la possibilità di fare due più due e giungere a una conclusione precisa.

La mamma salvò la situazione. "Certo, David," disse. "Vai in camera tua e fai un pisolino. Probabilmente sei esausto per il tuo primo giorno di università. Puoi mangiare più tardi, se ne hai voglia."

Che tu sia benedetta, mamma!

Pronunciai un rapido "Grazie" e volai su per le scale verso il santuario della mia stanza, il mio letto, la mia *rivista!*

Tre ore e molte carezze celestiali dopo, tornai al piano di sotto, rinfrancata e famelica. Ingoiai un piatto di stufato riscaldato, quattro fette di pane e due bicchieri di latte al cioccolato, mentre mia madre, seduta di fronte a me, mi interrogava sui dettagli del mio primo giorno nella 'grande città'.

Tra un boccone e l'altro di stufato continuavo a ripetere 'fantastico, davvero fantastico'. "Domani ho lezione di pittura a olio e scultura, e mercoledì disegneremo dei *nudi.*" Misi un po' di enfasi in più sulla parola *nudi*, sperando di ottenere una reazione di shock. Tutto ciò che ottenni fu una piccola scrollata di spalle.

"Beh, forse ora smetterai di andare in biblioteca e di perdere tempo a guardare quegli stupidi libri di fotografia. Non è niente di che, sai."

Cosa? Avevo sentito bene? Niente di che? Quello era stato detto da *mia* madre, la Vergine Maria, quella che era *arrossita di* fronte alla foto della gonna di Marilyn Monroe sollevata in aria in '*A qualcuno piace caldo*'. Doveva essere sotto shock, pensai. Stava solo cercando di nascondere le sue paure. Temeva che se ne avesse fatto un dramma, sarei diventato un pervertito. *Mi dispiace, mamma, sei arrivata troppo tardi! Sono appassionato di sesso da quando ho visto la tetta di Mary Lou Anderson spuntare dal suo costume da bagno mentre eravamo in piscina al parco giochi estivo, quando avevo undici anni.* Nossignore, non c'era speranza per me!

Il martedì in città fu praticamente una replica del lunedì, con la pausa pranzo trascorsa nuovamente alla Blarney Stone. Quella volta, però, sostituii saggiamente i bloody mary con la roba forte, fornendo il tanto necessario cuscinetto tra il mio stomaco e l'alcol appena scoperto, sotto forma di un hamburger unto cucinato a puntino da Big Al, il nostro amichevole barista. Che differenza faceva un po' di cibo. Oh sì, la scuola d'arte stava andando benissimo.

Joe Perrone Jr.

11

Nessun nudo è un buon nudo

Il mercoledì arrivò sotto un furioso temporale e con esso l'evento che avevo sognato fin dall'iscrizione alla SVA (come noi studenti chiamavamo la nostra scuola). Mi alzai mezz'ora prima, mi feci una doccia accurata e mi vestii con la mia migliore salopette a campana (con i bordi a fiori sui polsini). Mi infilai una maglietta di cotone tinta artigianalmente e indossai i sandali obbligatori, ovviamente, ed ero pronto a partire. Diedi un'aggiustatina con le dita al mio nuovo taglio di capelli in stile afro, e scesi le scale per entrare in cucina.

La mamma era in piedi ai fornelli e stava mescolando una pentola di farina d'avena, ma prima che potesse indurmi a sedermi per mangiarne una scodella, dissi: "Devo scappare, mamma. Vado a prendere un bagel in città." Lei mi fissò con un'espressione sul viso che diceva: "Cos'è un bagel?" e scrollò le spalle. Le diedi un rapido bacio sulla guancia e uscii di proposito dalla porta per andare a salutare il giorno dei *nudi*.

La pioggia scendeva a catinelle e io armeggiavo con l'ombrello, riuscendo finalmente a bloccarlo in posizione verticale, ma non prima di essermi inzuppato. Il tempo sembrava andare al rallentatore. Prima l'autobus era in ritardo e poi, quando finalmente arrivò, era strapieno e fui costretto a viaggiare in piedi fino al porto di Authority. Sembrava che non sarei mai arrivato a *quella* lezione. Ufficialmente il corso si intitolava semplicemente 'Schizzo della figura nuda 101'. Tuttavia, la maggior parte degli studenti lo chiamava sarcasticamente 'Nudi 101'.

Eravamo una trentina di studenti ammassati in una piccola stanza dal caldo opprimente in un angolo remoto del seminterrato della scuola. A me, naturalmente, sembrava il Mayfair Burlesque Theatre. L'atmosfera era carica di attesa e condita di *sudore*. La tensione si poteva tagliare con un coltello. Immaginate la mia sorpresa quando l'istruttore, un ometto effeminato di nome Mr. Cavari, entrò in classe accompagnato da un *ometto* nero, snello e vestito con un accappatoio di velluto rosso scuro. *Ehi, che succede? Dov'è la ragazza?*

Senza esitare, il giovane modello si tolse l'indumento e salì immediatamente sul tavolo di macelleria che fungeva da palcoscenico improvvisato. Dopo aver allungato i muscoli con una serie di manovre calcolate, assunse una posa semplice, qualcosa di simile a un incrocio tra una posizione di battuta e una postura da toreador. Sulla parte maschile della classe calò un silenzio, e presto cominciarono a volare commenti sussurrati.

"Merda, non avrei mai pensato che avessero un *ragazzo*," disse uno studente deluso.

"Che fregatura," commentò un altro.

Forse si alternano, pensai, sempre ottimista. Sai, un giorno un ragazzo, il giorno dopo una ragazza. Sì, era così. Doveva essere così. *Dio, è meglio che abbiano delle ragazze!*

Le poche studentesse della classe erano completamente assorbite dalla valutazione visiva delle dimensioni e della forma dell'organo sessuale del giovane modello di colore per non essere disturbate da commenti negativi. Per loro era fantastico, ma per noi? Per essere più precisi: per me? Non me ne poteva fregare di meno delle dimensioni del pene del ragazzo. Volevo le tette!

Di fronte a un foglio pulito di carta di giornale attaccato al cavalletto, ognuno di noi cominciò a disegnare con il bastoncino di carboncino che ci era stato fornito. Gradualmente, il signor Cavari si avvicinò a ciascuno di noi, fermandosi per offrire incoraggiamento o, in alcuni casi, utilizzando lui stesso il carboncino per dimostrare una particolare tecnica. Con il passare del tempo, divenne dolorosamente ovvio che questo era 'tutto ciò che era disponibile' per quella sessione. Niente donne oggi, solo un omino bruno per titillare le signore. Diavolo, non avevo mai pensato che il modello fosse un *uomo*, tanto meno un piccolo di colore. *Che fregatura!*

Le due ore di lezione passarono con una lentezza straziante e alla fine la campanella suonò, ponendo misericordiosamente fine all'agonia. Amen.

Giovedì erano in programma cucito e disegno, oltre a un'altra sessione di anatomia con il signor Simpson e le sue 's' sibilanti. Esercitando le mie nuove prerogative, scelsi di sostituire un pranzo liquido prolungato al Blarney Stone con una delle noiose lezioni del signor Simpson. Lo stesso cast di personaggi era presente quando mi avvicinai al bar del Blarney Stone per ordinare il mio solito Bloody Mary.

"Qual è il problema, ragazzo? La scuola d'arte non è poi così bella?" chiese Big Al.

"Non lo so. Credo di no," risposi, afflosciandomi contro il bancone.

Joe Perrone Jr.

"Sì, beh, non sentirti troppo in colpa. Lo vedo sempre."

Dietro il bancone, una grande insegna al neon che gridava: *Birra Ballantine*, lampeggiava accanto a un orologio che, con mio grande stupore, segnava *solo le undici!* Non potevo credere ai miei occhi. Ero lì, seduto in un bar a bere un Bloody Mary, alle undici del mattino! Cavolo, ero depresso.

Quel pomeriggio il viaggio in autobus dalla città al New Jersey fu particolarmente lungo e arrivai a casa con un forte mal di testa. Consumai la cena a tempo di record e mi ritirai in fretta nel rifugio della mia stanza. Alla radio, Elvis Presley implorava una donna non vista di 'non essere crudele', con il suo caratteristico strascico meridionale. Il Kingston Trio era in scena con 'Tom Dooley' e io sostituii l'omonimo del titolo con il mio, mentre cantavo seduto sul letto con la testa tra le mani.

Dopo un po', estrassi la mia copia di *Erezione assicurata!* dal suo nascondiglio tra il materasso e la rete del mio letto. Ma non c'era alcuna consolazione da trovare su quelle pagine stropicciate, perché ognuna di esse recava misteriosamente l'immagine dello smilzo modello nero di *Nudi 101*. Ero in pessime condizioni. Quella storia della scuola d'arte stava andando a rotoli. Forse non ero poi così bravo come artista. Merda, che mi importava dell'*anatomia?*

Venerdì mattina gettai le basi per la mia fuga dalla SVA.

"Mamma," dissi. Mia madre alzò lo sguardo dai fornelli con un'espressione di consapevole attesa sul viso. "Sì, David. Cosa c'è?"

Non sapevo se potessi farlo. Ma continuai lo stesso, ben sapendo che la mia sanità mentale dipendeva dalle mie azioni in quel momento. "Ehm . . . Non sono sicuro che questa scuola d'arte sia davvero adatta a me. Voglio dire, non so se riuscirò a prendere l'autobus tutti i giorni. E la *metropolitana!* Dio, ho avuto mal di testa ogni singolo giorno. Voglio dire, non riesco nemmeno a sentire bene con tutto quel rumore e tutto il resto."

"Beh, David. Sono i tuoi soldi e il tuo futuro." Un'espressione di sconfitta si diffuse sul suo volto e lei giocherellò con lo strofinaccio, strizzando silenziosamente ogni immaginaria goccia d'acqua dalla sua stoffa.

"Sì, lo so, mamma," risposi.

Forse se il modello è di bell'aspetto oggi, resterò. Chi stavo prendendo in giro? A quel punto stavo mentendo anche a me stesso! La verità era che niente, a meno di un miracolo, mi avrebbe fatto tornare in quella città dopo la fine delle lezioni del giorno. Si trattava solo di passare attraverso le procedure e farla finita; a meno che, naturalmente, il modello di quella mattina non fosse una donna, e una donna dannatamente bella, per giunta. No, chi volevo prendere in giro? Ma dovevo almeno essere *presente*, non si sa mai.

Dopo l'interminabile viaggio in autobus e in metropolitana fino a Manhattan, sono scesa per le scale nelle viscere del seminterrato della SVA. L'aula sembrava essere ancora più calda di mercoledì, se possibile. In qualche modo, sentivo che stavo per fare qualcosa di sbagliato, qualcosa di *proibito*. Avevo la stessa sensazione di malessere che si prova alla bocca dello stomaco quando si sta per sgattaiolare dalla porta laterale di un cinema. *E se mi avessero beccato?* Mi ricordai che avrei dovuto essere lì. *È una stronzata!* Era scritto nero su bianco sulla mia agenda. Inoltre, volevo solo dare un'occhiata alla modella, non c'era niente di male.

Proprio in quel momento, il signor Cavari apparve sulla porta con sua madre. Beh, *sembrava che* potesse essere sua madre. Diavolo, probabilmente avrebbe potuto essere sua *nonna!* Era la nuova modella. Almeno era una lei, pensai. Era un inizio. Ma cosa diavolo indossava? Sembrava una tunica da monaco. Oh, fantastico, pensai, avremo una suora come modella. Mi piegai in avanti sul sedile per vedere meglio, mentre si dirigeva verso la piattaforma. Non dovevo preoccuparmi. Senza esitare, la donna si tolse il cappuccio, esponendo i lunghi capelli grigi che le pendevano dalla testa come paglia d'argento. Prima che potessi distogliere lo sguardo, aprì la veste e la lasciò cadere a terra. Gli studenti maschi emisero un sussulto. Ci furono colpi di tosse e conati di vomito. Qualcuno in fondo cominciò a ridere. Sentii lo stomaco ribollire. La donna aveva probabilmente cinquant'anni, ma il suo corpo era di una generazione più vecchia. I suoi seni pendevano come due palloncini sgonfi contro il suo petto quasi concavo. I capezzoli erano scuri e distesi, come se una cucciolata intera li avesse succhiati. Ma l'insulto finale era lì, sul suo addome, sotto gli occhi di tutti. Era una cicatrice. E non solo una piccola cicatrice da appendicectomia, ma un enorme residuo frastagliato di un misterioso intervento chirurgico andato male, eseguito forse da un medico nazista durante la guerra.

Improvvisamente mi resi conto che l'intero episodio aveva preso una piega oscura. Mi sentii non solo disgustato, ma anche ingannato. L'opuscolo della scuola pubblicizzava chiaramente: Modelle nude. Quella non era una *modella*. *Era un cadavere!*

Raccolsi i libri e la giacca, uscii di corsa dalla stanza, salii le scale e uscii dalla porta principale per andare in strada. Fui subito assalito dall'aria viziata e dalla cacofonia di suoni che sembravano risiedere permanentemente sulla Ventitreesima Strada Est.

Gridai 'merda!' a nessuno in particolare, seguito da 'cazzo!' e di nuovo 'merda!'

"A-A-A-R-R-G-H-H-H-H!" Urlai disperato. "Non ci credo, cazzo!"

I quindici minuti successivi li passai seduto sul marciapiede, borbottando e cercando di capire cosa fare del resto della mia vita. Ero deluso, arrabbiato e confuso. Prima non c'era l'università e ora non c'era la scuola d'arte. Cosa avrei fatto? Non potevo certo rimanere lì, non dopo la disfatta di *Nudi 101*. Per tutto quel tempo avevo previsto ragazze bellissime, senza vestiti, con me che disegnavo ogni dettaglio, mentre esploravo i loro corpi nudi con gli occhi. E cosa avevo ottenuto? Un omino nero con un grosso pene e una vecchia signora con le tette flosce. I testi di *Tom Dooley* mi risuonavano in testa, solo che quella volta non era necessario sostituire il nome. Diavolo, io *ero* Tom Dooley, un condannato, non in procinto di essere *impiccato*, ma consegnato alla *deriva*. Alla deriva *per sempre*, come una maledetta medusa. Sì, come una medusa, alla deriva per sempre nel mare della vita.

Più tardi, in primavera, feci qualcosa che alla fine mi avrebbe fruttato molto più di quanto potessi immaginare. Decisi per capriccio di rifare il test attitudinale. Sebbene i miei nuovi punteggi fossero solo leggermente superiori a quelli del primo tentativo, decisi comunque di inviarli a diversi college di altri Paesi, nella remota possibilità (e con la fervida speranza) di essere accettato, da qualche parte. Non mi aspettavo di ottenere molto dai miei sforzi e, in breve tempo, la possibilità di frequentare l'università si ritirò nell'angolo più remoto della mia mente.

12

Il reclutatore dei Marines ("Unitevi alla squadra, uomini!")

Il sergente maggiore James Averill, reclutatore dei Marines degli Stati Uniti, ci fissava dall'altra parte del tavolo, con occhi pallidi e azzurri come l'acqua, e un sigaro Phillies da cinque centesimi stretto saldamente tra i denti irregolari e macchiati di nicotina. Era il luglio del 1964 e io avevo ormai lasciato la scuola superiore da più di due anni. Ero tornato a lavorare al negozio di liquori dopo aver rinunciato alla retta di un intero semestre per cinque giorni di scuola d'arte, ma era arrivato il momento di incidere sullo status quo. Naturalmente non potevo farlo da solo, così avevo trascinato Craig, convincendolo che sarebbe stato benissimo con l'uniforme blu dei Marines. Eravamo entrati nel malandato ufficio di reclutamento per gioco, dopo un doppio spettacolo del sabato all'Oritani Theater nel centro di Hackensack.

Il sergente Averill tossì nervosamente mentre il fumo acre del suo sigaro da quattro soldi gli faceva venire le lacrime agli occhi. Era evidentemente convinto che i *veri* uomini fumassero sigari, e il suo disagio non facesse che confermare la sua convinzione. Stimai la sua età intorno ai trent'anni, soprattutto a causa del prematuro assottigliamento dei suoi capelli biondi sporchi e slavati. In realtà, poteva avere anche vent'anni. Non c'era modo di saperlo. La sua pelle era di un bianco spettrale, in netto contrasto con il colore blu navy della sua uniforme, e quell'aspetto, insieme alla sua struttura scheletrica, confutava l'immagine di robustezza che cercava di trasmettere.

Con una nuvola di denso fumo blu che gli avvolgeva la testa, il sergente Averill raccontava con orgoglio di come i marines *gli avessero* permesso di lasciare la sua casa di Little Rock, in Arkansas (un'impresa che la maggior parte dei suoi amici non era riuscita a compiere). A turno pontificava e si prodigava a favore del ramo del servizio da lui scelto, nel tentativo di convincerci ad arruolarci. Il sergente Jim (come preferiva essere chiamato) dipingeva immagini esotiche di luoghi lontani, corredate da descrizioni sconce di avventure sessuali che ci assicurava sarebbero state nostre. Tirava le spalle all'indietro e contemporaneamente spingeva il petto concavo in avanti, assumendo una postura ottimale. Era un modello di correttezza militare.

"Unitevi alla squadra, uomini!" disse con un profondo accento del sud che sembrava diventare più profondo a ogni sillaba. "Non vi pentirete mai della vostra decisione. Diavolo, farò anche in modo che possiate stare in branda tutti insieme e fare le cose per bene." Il sergente percepì la nostra indecisione e continuò. "Vedete, noi lo chiamiamo 'Sistema Amico' e significa che non sarete mai separati." I suoi occhi si restrinsero e continuò, abbassando la voce a un sussurro cospiratorio. "Guardate, uomini," disse, girando la testa da un lato all'altro per essere sicuro che nessun altro potesse sentirlo, "abbiamo persino la moquette da parete a parete e la TV in ogni stanza."

Sì, sì, pensai, *e ci regalerete anche una nuova Corvette!*

Craig tossì e il vecchio sergente Jim lo prese come un segno di incoraggiamento. "Che ne dite, uomini? Facciamolo."

Il silenzio era assordante. Alla fine, Craig ruppe gli indugi. Deglutendo a fatica, pronunciò le esatte parole che il sergente moriva dalla voglia di sentire. "Allora, come procediamo? Sa, unendoci, facendo il sistema dei compagni e tutto il resto?"

Gli occhi del sergente Jim scintillavano di entusiasmo manifatturiero mentre rispondeva: "Diavolo, voi uomini dovete solo presentarvi lunedì prossimo all'alba alle otto del mattino, il discorso di servizio è alle otto del mattino, e vi sottoporremo a qualche test facile facile!"

Poi strizzò gli occhi e io quasi vomitai.

E continuò: "Appena avremo i punteggi di quei test, e sono sicuro che voi uomini andrete benissimo, vedremo di farvi iscrivere subito, d'accordo?"

Io e Craig ridemmo e rispondemmo all'unisono: "Sì, sergente!"

Non sapevamo cosa ci aspettasse: il Sergente dei Marines James Averill poteva essere un montanaro, ma era un montanaro *in gamba*.

Quel lunedì mattina ci presentammo doverosamente all'ufficio di reclutamento per sostenere i test. Il sergente Jim ci accolse come amici di vecchia data e ci accompagnò nella sala dei test.

"Uomini," esordì, "sono sicuro che entrambi andrete molto bene in questi piccoli test e, non appena avremo i risultati, vorrei fare una piccola chiacchierata con i vostri genitori, in modo che possano vedere cosa c'è in serbo per voi." La sua sincerità era davvero toccante. A quanto pareva, dopo un po' di tempo quei ragazzi avevano iniziato a credere alle loro stesse stronzate. Come spiegarlo altrimenti?

La prova consisteva nella tipica serie di domande attitudinali: un po' di matematica, un po' di scienze, un po' di inglese, un po' di attualità, ecc. Un'ora e quarantacinque minuti dopo, Craig e io ci avvicinammo al sergente e consegnammo con fiducia i nostri documenti. Il sergente Jim era raggiante.

"Uomini," disse, "dovete essere stati *davvero* bravi. Diamine, di solito gli altri compagni impiegano almeno due ore e mezza, forse tre, per finire questi test." Alzando lo sguardo verso l'orologio, finse ulteriore stupore. "Ehi, avete finito in meno di *due ore!* Faremo correggere questi fogli alla svelta e torneremo da voi in un giorno o due!"

Craig e io ci scambiammo un'occhiata e sorridemmo in modo peccaminoso. Stavamo davvero cominciando a divertirci con le battute teatrali tra noi e il sergente . . . il suo incantesimo stava decisamente cominciando a fare presa. Il buon vecchio sergente Jim.

Tornando a casa con la Triumph di Craig, mi immaginavo già in blu Marine Corp, noi due a dividere una suite con la promessa moquette e la TV a colori. Dio, avremmo dovuto combattere le ragazze!

Il mercoledì mattina l'attesa era diventata insopportabile. Composi il numero dell'ufficio di reclutamento, battendo le dita sulla melodia della canzone dei Marines mentre aspettavo una risposta. Finalmente una voce forte risuonò all'altro capo del filo:

"Ufficio di reclutamento dei Marines degli Stati Uniti," disse. "Parla il sergente maggiore James Averill."

"Ehm, sì, ehm, sono David Justin," balbettai. "Il mio amico Craig Reilly e io . . ."

"Ehi, amico mio!" interruppe il sergente. "Stavo per farvi una telefonata. Voi uomini avete fatto un ottimo esame e . . ."

"Davvero?" Gridai. "L'abbiamo fatto? Wow! E adesso che facciamo?"

Forse non sapevo cosa fare dopo, ma il sergente sapeva bene cosa fare e lo fece.

"Piano, amico," disse. "Non così veloce." Tirò un po' di filo dal mulinello e lasciò che l'esca andasse un po' alla deriva. "Dobbiamo ancora parlare con i tuoi, visto che voi uomini avete bisogno di un permesso come sai." Rilasciò il pulsante del trascinamento. Spalancai la bocca.

"Oh, sì," dissi, spalancando gli occhi. "Non c'è problema. Puoi venire a casa mia una sera di questa settimana?" E deglutii.

"Certo che sì!" abbaiò il sergente, mentre calava l'amo, duro e profondo. "Si dà il caso che io abbia un po' di tempo libero stasera. Che ne dite alle ore 20.00 . . . sapete, le otto in punto dell'ora civile?"

"Ok," risposi. "Voglio dire, affermativo. Giusto, sergente?"

"Giustissimo!" rispose. Lo vedevo sorridere attraverso il telefono.

Ripensandoci, credo che si possa dire che ero preso alla gola. La cosa buffa è che non l'ho mai percepito.

Quella sera il campanello suonò proprio alle otto in punto.

"Vado io!" urlai. Mi precipitai nel corridoio per far entrare il sergente.

Il fiato mi si bloccò in gola quando vidi il mio salvatore, che se ne stava lì nella sua uniforme da parata, con la postura dritta come una verga, gli occhi fissi su un punto da qualche parte dietro di me, sulla parete.

"Sergente Averill!" esclamai, troppo preso dall'ammirazione per dire altro.

Sorridendo si mosse, rompendo la posa "Diavolo, amico, non stare lì impalato. Non ci inviti ad entrare?" Mi guardai intorno per cercare un'altra persona, poi feci un sorriso da ebete quando capii cosa intendesse. "Sì, sì," risposi. "Entrate pure."

Ormai mio padre e mia madre ci avevano raggiunto all'ingresso. Dopo le presentazioni obbligatorie, la mamma prese il cappotto di lana blu del sergente e tutti e quattro andammo in salotto.

"Mio figlio ci ha detto che avete grandi progetti per lui," esordì papà.

"Beh, signore," disse il sergente Averill, "ha ottenuto un ottimo punteggio in quei test. Ha preso novantaquattro in elettronica, uno dei punteggi più alti che abbia mai visto." Papà sorrise gentilmente. Non era ancora convinto. Volevo solo sapere dove fosse finito l'accento del buon sergente.

Fin dalla prima volta che avevo sentito i miei punteggi, ero stato un po' sospettoso, soprattutto alla luce dei miei patetici risultati alle superiori. Se a ciò si aggiungeva che qualsiasi cosa avesse a che fare con l'elettricità mi spaventava a morte, non c'era da stupirsi che guardassi con scetticismo ai miei miracolosi risultati nei test di arruolamento. Tuttavia, la speranza era eterna e più ascoltavo il sergente, più mi convincevo che i test avevano effettivamente rivelato una fonte interiore di saggezza che in qualche modo era rimasta inutilizzata durante il mio periodo di scuola superiore.

L'immancabile sigaro Phillies del sergente Jim riempiva la stanza di fumo mentre le sue parole riempivano l'aria di scemenze! I miei genitori, ipnotizzati, stavano seduti mentre il buon sergente descriveva nei dettagli la mia proposta di carriera come, sentite questa, *ufficiale* dei Marines. Alle nove, il sergente Averill mi aveva fatto diplomare con lode alla Scuola Ufficiali e servire con orgoglio alle Hawaii come esperto di sorveglianza elettronica. Alle dieci mi stavo godendo i benefici di una pensione completa, con la mia nuova moglie e i miei due figli, crogiolandomi al sole della Carolina del Nord, godendomi la pensione per gentile concessione dello Zio Sam.

I miei genitori firmarono il modulo di consenso come se fosse una rinuncia alla pubblicità per i vincitori della lotteria e accompagnarono alla porta un sergente Averill molto soddisfatto. Prima di andarsene, il sergente si fermò e osservò: "Signore e signora Justin, sarete *molto* orgogliosi di vostro figlio." Come per sottolineare la sua osservazione, mi avvolse un braccio untuoso intorno alla spalla e mi soffiò in faccia una boccata di fumo blu. Feci un coraggioso tentativo di sorridere, combattendo contemporaneamente il riflesso del vomito.

"Ci vediamo venerdì mattina, Dave. Il giuramento avverrà al novantesimo. E, ricorda, non conta nulla finché non hai giurato." Era buffo come quel vecchio dialetto del sud fosse improvvisamente riapparso. E non era *solo* quello il bello. La sera seguente, il sergente Jim fece una visita simile a casa Reilly. E non era incredibile, aveva detto ai genitori di Craig, che il buon vecchio Craig aveva ottenuto un novantaquattro nella parte elettronica dell'esame?

Né io né Craig riuscimmo a partecipare alla cerimonia di giuramento quel venerdì. Nel mio caso, il destino intervenne per modificare il corso della mia giovane vita. No, non vi fu alcun complotto nefasto da parte dei miei genitori per impedirmi di entrare nei Marines. In realtà pensavano che sarebbe stato un bene per me passare del tempo nell'esercito. 'Lo avrebbe reso un uomo', aveva spiegato papà alla mamma. No, al contrario, era come se gli dei stessi avessero scelto di sorridermi, invece di rovinare la mia parata. La consegna della posta di quel giovedì conteneva una lettera speciale, proveniente dal Kentucky State Teachers College. Diamine, non ricordavo nemmeno di aver fatto domanda lì! Diceva che ero stato ammesso come membro della classe delle matricole del 1964.

Per quanto riguardava Craig, nonostante le sue suppliche ai genitori e il discorso ben infiocchettato del sergente Avery, sua madre era rimasta ferma e si era rifiutata di firmare il modulo di consenso. Il padre di Craig voleva 'lasciare che il ragazzo andasse a vedere il mondo', ma alla fine si rimise alla signora Reilly, che minacciò di divorziare se avesse lasciato arruolare Craig.

"Ti lascio, Dick. Lo giuro su una pila di Bibbie!" Quindi, il vecchio sergente Jim avrebbe dovuto trovare altri due babbei che lo aiutassero a riempire la sua quota. Ma probabilmente non sarebbe stato troppo difficile da realizzare. Dopotutto, se quegli incredibili punteggi in elettronica, insieme alla moquette e alla TV a colori non fossero riusciti a convincere qualche altro ragazzo credulone, avrebbe sempre potuto provare con la Corvette. Diamine, non era solo il buon vecchio sergente maggiore James Averill. No, signore, era un reclutatore professionista dei Marines degli Stati Uniti e il miglior artista delle menzogne che abbia mai fumato un sigaro da cinque centesimi dei Phillies. Signore? Signora?

E io? Io andavo all'università!

Joe Perrone Jr.

PARTE TERZA
(In partenza per l'università)

13

"Non dimenticare di chiamare tua madre!"

Chiunque dica che lasciare casa per la prima volta è facile o è un bugiardo o non ha mai dovuto lasciare un padre come il mio. Man mano che si avvicinava il momento della mia partenza, papà sembrava diventare più arrabbiato e ostile del solito. Qualsiasi mio comportamento che assomigliasse anche solo lontanamente a una disobbedienza veniva visto come una cospirazione per rovesciare il suo dominio patriarcale.

"Allora, ora sei tu il comandante eh?" diceva. Il 'comandante' era il suo termine generico per indicare qualsiasi adolescente con desideri normali, come quello di guidare o di bere birra.

"Papà," gli spiegai, mentre mi affrontava una sera in cucina, "volevo solo bere una birra fresca dopo aver lavorato tutto il giorno."

Diamine, non era come se stessi frequentando un bar, tracannando bicchieri di liquore con gli ubriaconi del posto. Avevo appena finito di lavorare al negozio di liquori ed ero seduto al tavolo della cucina a bere una 'bibita fresca' e a leggere la sezione sportiva. Papà era entrato, aveva dato un'occhiata e aveva visto rosso.

"Quindi, proprio come Harry Feinstein, eh? E poi cos'è, il tuo idolo?" Da quando Harry mi aveva assunto, papà aveva cercato di mettere zizzania tra me e il mio datore di lavoro. Non me la bevvi.

"Oh, andiamo, papà," dissi. "Dammi tregua, va bene?"

Papà digrignò i denti e borbottò sottovoce: "Vorrei dartela io una tregua," la sua voce si fece strascicata dal disgusto. Ripensandoci, ora so esattamente cosa passasse per la testa di mio padre. Era così terrorizzato dall'idea che non riuscissi a fare qualcosa di buono che non riusciva a sopportarlo. L'unico modo per affrontare le sue paure era sminuirmi e rimproverarmi, nella speranza che fossi abbastanza motivato da dimostrargli che si sbagliava. Per quanto le sue azioni apparissero contorte e fuorvianti, era chiaro *che* mi voleva bene ed era determinato a fare tutto il necessario per 'aiutarmi' ad avere successo. Purtroppo, all'epoca ero troppo giovane e immaturo per capire cosa stesse succedendo. Come un mulo che si ostina a non mollare, mi opposi ancora di più, sfidandolo in ogni occasione; divenne una vera e propria gara di volontà.

"Torna a casa per le dieci!" diceva. "Certo," rispondevo. Poi mi presentavo alle due del mattino. "È meglio che tu non beva, altrimenti . . ." Così, naturalmente, tornavo a casa ubriaco, dopo aver attraversato il confine con la vicina New York, dove l'età per bere era di soli 18 anni.

Una sera, dopo una grossa bevuta di birra al Red Rail, tornai a casa, a malapena in grado di reggermi in piedi. Uscii barcollando dalla Chevrolet del '58 di Tiger Smith, mi avvicinai al marciapiede di fronte a casa mia e mi buttai senza tanti complimenti sul prato davanti, con la testa che sembrava galleggiare. Chiusi gli occhi per un attimo, ma li riaprii immediatamente quando sentii un'altra auto rombare dietro l'angolo. Era Skip Edner, con la sua Ford del '60 truccata. Affiancò la sua macchina a quella di Tiger e i due piloti si sedettero lì, a far girare i loro motori, con mia grande gioia di ubriaco. I motori di entrambe le auto giravano pericolosamente al limite delle linee rosse dei loro tachimetri, e gli scarichi oleosi si gonfiavano oltre le fasce dei pistoni usurati, riempiendo l'aria notturna di fumo blu.

Improvvisamente, mi resi conto di quale sarebbe stato il mio ruolo nello scenario che si stava svolgendo. Mi misi in piedi a fatica, barcollai sull'asfalto, davanti e in mezzo alle due auto, presi contatto visivo con Tiger e Skip e poi saltai in aria, sventolando contemporaneamente una bandiera immaginaria con la mano destra. I motori ruggirono, le gomme urlarono e le due auto si misero in moto, scomparendo lungo la strada e nell'oscurità, in una gara di energia e rumore furioso. Il suono assordante e l'odore acre della gomma bruciata mi travolsero, e cedetti all'assalto dei miei sensi schiantandomi a terra, ridendo selvaggiamente.

Ridacchiando da ubriaco, mi alzai a sedere e mi voltai dalla strada per guardare la casa dietro di me. Fui accolto dalla sgradita visione di mio padre, vestito solo del suo pigiama, che saltellava a piedi nudi lungo il vialetto, verso di me. Non potei fare a meno di fissare l'immagine comica che presentava. I suoi capelli spuntavano in tutte le direzioni e la sua bocca si apriva e si chiudeva come quella di un pesce rosso rimasto senz'acqua, mentre tentava disperatamente di urlarmi oscenità silenziose. Sembrava così carino, saltellando là fuori, che nel mio stupore da ubriaco reagii barcollando verso di lui per abbracciarlo, invece di cercare sicurezza.

"Papà," farfugliai. "Che ci *fai* qui fuori?"

"Non mi dire 'papà'!" disse in un forte sussurro.

"Ma . . ."

"Dannazione, cazzo!" urlò, mentre si dimenava selvaggiamente e mi colpì con un forte schiaffo all'orecchio destro. L'orecchio si intorpidì immediatamente e, sebbene potessi vedere la sua bocca muoversi, non riuscii a sentire una parola di quello che diceva. Probabilmente era meglio così.

"Ma papà," protestai, "volevo solo abbracciarti."

"Abbracciarmi, un cazzo," urlò. Un secondo schiaffo con l'altra mano mi colpì all'altro orecchio e a quel punto iniziai davvero a soffrire. Tutto sommato, però, non me la cavai male. Anzi, fu papà ad avere la peggio, insanguinandosi la mano sul mio anello con lo stemma della scuola, quando alzai le braccia per difendermi. Dopo aver lottato per cinque minuti, lui per colpire e io per prendere, scivolammo entrambi a terra, troppo esausti per parlare. Stavamo entrambi piangendo.

"Gesù Cristo, Dave," singhiozzò. "Che diavolo di problema hai? Non ti rendi conto di che *ora* è?" Io mi limitai a fissarlo, con uno sguardo assente.

"*Devi* solo spingere, non è vero? Bisogna vedere fino a che punto si può arrivare?"

"Ma, papà," dissi. "Ci stavamo solo divertendo. A che serve? Non capisci mai."

Passammo i successivi quarantacinque minuti al tavolo della cucina, mentre papà faceva del suo meglio per spiegare perché si preoccupasse così tanto per me. Mi raccontò con nostalgia di come aveva lasciato il liceo, di come si era arruolato nell'esercito, di come aveva cambiato lavoro decine di volte e di come aveva sposato la mamma dopo averla conosciuta solo da dieci giorni. Mi disse che si era pentito di aver fatto tutte quelle cose, tranne che di aver sposato la mamma, ovviamente (era troppo giovane, ammise).

"Dave," gridò, "ti voglio bene . . ."

"Anch'io . . ."

"So che non andiamo sempre d'accordo, ma a volte vedo così tanto di me stesso in te che mi spaventa. Non voglio che tu finisca come me, che mi spacco il culo solo per tirare avanti." Annuii in accordo. Era sempre più difficile tenere gli occhi aperti.

Verso le tre del mattino, decidemmo di comune accordo di chiudere la serata e ce ne andammo nelle nostre rispettive camere da letto, ma non prima che papà avesse detto l'ultima parola. "Non dimenticate," disse. "Non voglio che succeda più niente del genere finché sei sotto il mio tetto. E dì ai tuoi amici 'grandi ruote' di stare alla larga da questa casa, e dico sul serio!"

Non potei fare a meno di sorridere. Dopotutto, papà sembrava così adorabile nel suo pigiama blu, sforzandosi di essere serio e composto. All'epoca aveva quarantadue anni, ma non sembrava molto più vecchio di un adolescente, con quella folta chioma di capelli castani che gli incorniciava il viso insolitamente giovane. Mi chinai e lo abbracciai. "Buonanotte, papà," dissi, prima di andare di sopra. "Buona notte," rispose lui con un sorriso.

Due settimane dopo l'improvvisata gara di accelerazione davanti a casa mia, mi stavo preparando febbrilmente a partire per il college, lottando per impacchettare tutti i miei averi in una valigia che papà aveva comprato per me. Era venerdì sera e sarei partito l'indomani mattina per il Kentucky. Papà entrò nella stanza in silenzio e solo quando iniziò a camminare nervosamente avanti e indietro mi resi conto della sua presenza. Aveva le mani infilate in tasca e un'espressione disperata sul viso.

"Dave?" cominciò.

"Sì, papà," risposi, senza guardarlo.

"Io . . . ehm . . ." ricominciò, poi esitò. Mi guardai intorno e vidi che stava combattendo contro le lacrime. Sentii un enorme groppo in gola. Ecco che arriva, pensai, il *grande discorso*.

"Beh, è solo che . . . ecco . . . lascia che ti mostri come si prepara il baule." Armeggiò con un paio di calzini, recuperò la sua compostezza e procedette a dimostrare come fare i bagagli. "Vedi," disse, "proprio come facevamo nell'esercito."

Guardandolo piegare e riporre i miei vestiti, potevo quasi vederlo alla *mia* età, mentre preparava la *sua* valigia e usciva di casa per la prima volta, proprio come stavo facendo io. Naturalmente, aveva dovuto fare tutto da solo, dato che suo padre era già morto poco prima della sua nascita. Mentre lo guardavo chino sulla valigia, con un'aria così piccola e vulnerabile, mi venne voglia di raggiungerlo e abbracciarlo. Gli occhi mi si riempirono di lacrime e sentii il petto stringersi. Lottai per controllare le mie emozioni. Con un respiro profondo, mi voltai, borbottando un 'Torno subito' sottovoce, e uscii di corsa dalla stanza, attraversai il corridoio e andai in bagno, sbattendo la porta dietro di me.

Mi trovai di fronte allo specchio. Il volto che mi fissava apparteneva a un bambino spaventato. Cosa stava succedendo lì? Dopo tutto, volevo andarmene, no? *Perché deve rendere le cose così difficili?* Mi sforzai di capire la sconcertante ondata di emozioni che minacciava di travolgermi: paura, solitudine, persino amore . . . sì, amore. Dannazione, lo amavo! Era quello che stava succedendo. Era mio padre e lo amavo terribilmente. Era così semplice. Un colpo alla porta mi riportò alla ragione.

"David, sei lì dentro?" Era mia madre. Oh, pensai, anche lei no!

"Sì, mamma, sono io," risposi. "Esco tra un minuto." Soddisfatta, si allontanò nel corridoio. Feci scorrere l'acqua fredda e me ne spruzzai un po' sul viso. Poi tirai lo sciacquone e tornai di corsa in camera mia. Papà stava chiudendo il coperchio del baule e io mi avvicinai e mi misi accanto a lui.

"Beh, credo che sia tutto, eh, Dave?"

"Sì, credo di sì. Metterò lo spazzolino e tutte le piccole cianfrusaglie nella borsa della palestra quando mi alzerò la mattina."

L'orologio sul mio comò segnava le undici e un quarto e, oltre a essere molto eccitato, ero esausto. "Ehi papà, penso che andrò a letto, ok? Voglio dire, se non ti dispiace. Sono davvero stanco." Papà sorrise stancamente e mi diede una pacca sulla testa. "Ok, 'comandante', ti aspetta un lungo viaggio. Ci vediamo domattina." Si avviò verso la porta.

"Ehi, papà?"

"Sì?"

"Grazie mille per avermi aiutato . . . sai . . . con le mie cose e tutto il resto." Quella volta il sorriso di papà non era così stanco. "Non c'è problema," disse. "Ci vediamo domattina." Uscì silenziosamente dalla porta e scomparve nella sua camera da letto. Misi la sveglia alle sei e mezza, mi spogliai, mi misi a letto e caddi subito in un sonno profondo e senza sogni.

Mi alzai al mattino, riposato e pieno di propositi. Era il grande giorno della partenza per l'università. Papà mi accolse in cucina con un grande sorriso.

"Buongiorno, comandante! Che ne dici di un po' di pancake?"

"Pancake?"

"Sì, certo," rispose, "e magari un po' di pancetta? Oggi c'è un grande viaggio, sai."

Lo guardai stupito.

"Allora? Che ne dici?" ripeté. "Pancake e pancetta?"

"Sì, certo," risposi. "Ma prima fammi fare una doccia, ok?"

"Ci puoi scommettere."

"Torno tra un paio di minuti." Mi voltai dalla cucina e mi avviai verso il bagno, poi mi fermai. "Ehi, papà?"

"Sì?"

"Dov'è la mamma?"

Papà si contorse scompostamente sulla sedia, cercando di trovare le parole giuste. "Oh, sai," disse, "ha avuto uno dei suoi 'mal di testa'." Ruotò l'indice intorno alla tempia nel classico segno del 'pazzo'. Capii subito. Mamma non era mai riuscita a gestire le situazioni di pressione e aveva sempre uno di quei 'mal di testa' quando le cose diventavano troppo difficili da affrontare. Quella era sicuramente una di quelle volte.

"Sì, giusto," risposi. "Capito."

Dopo la colazione, papà e io caricammo la mia valigia e la borsa della palestra nel bagagliaio della vecchia Valiant. Papà accese il motore e fummo pronti a partire.

"Credo sia meglio che vada a salutare la mamma, no?"

Papà sospirò. "Credo sia meglio di no, Dave. Ha avuto una notte *davvero* difficile. E, inoltre, si arrabbierà soltanto."

"Sì, credo che tu abbia ragione," dissi. "Assicurati solo di salutarmi, ok?"

"Nessun problema, Dave."

Quando papà uscì dal vialetto, fui sorpreso di vedere Craig seduto sul portico, che fingeva di leggere la copia del *New York Post* di suo padre. Feci un cenno di saluto dalla finestra. Craig attraversò di corsa la strada. "Ehi, Dave, te ne vai già?"

"No, vado in pasticceria a prendere delle ciambelle."

Sorrise. "Oh, bene." A volte Craig non era troppo sveglio.

"Certo che me ne vado, stupido," dissi. "Ti ho detto che oggi era il giorno."

"Sì, credo di essermene dimenticato." Craig allungò la mano all'interno del finestrino, afferrando saldamente la mia, con un cipiglio che gli copriva il volto. "Beh, credo che sia la volta buona, no?"

"Sì, credo di sì," risposi.

"Ehi! Non dimenticare di scrivere," disse Craig.

"Lo prometto. E anche tu, ok?"

"Sì, sì, non preoccuparti," disse.

Papà rimise in moto l'auto. Craig tirò fuori la mano dall'auto, gridando: "Ci vediamo a Natale!"

"Sì! Natale!" Risposi mentre l'auto si muoveva in avanti. Mi girai sul sedile e intravidi Craig che correva per la strada dopo di noi, con le braccia che si agitavano selvaggiamente mentre lottava con tutte le sue forze per mantenere l'equilibrio. Alla fine, papà girò l'angolo e Craig sparì dalla circolazione.

Quaranta minuti dopo raggiungemmo Newark e poco dopo arrivammo al terminal degli autobus Greyhound, situato nelle viscere della Penn Station. Papà strizzava forte gli occhi, il fumo della sua immancabile sigaretta Chesterfield gli si spandeva davanti agli occhi. Era molto silenzioso e sembrava che volesse dire qualcosa. Finalmente lo fece.

"Dave," esordì.

"Sì?"

"Sai *che* tua madre sentirà molto la tua mancanza, vero?"

"Mh mh," risposi. La verità era che non sapevo mai cosa passasse per la testa della mamma. Non sapevo nemmeno se le sarei mancato o meno.

"Beh, assicurati di chiamarla ogni tanto, ok?"

"Certo," risposi.

"No, dico davvero," disse. "Me lo prometti?"

Gli assicurai che, in effetti, avrei telefonato alla mamma *e a* lui, di tanto in tanto. Era proprio da papà proteggere la mamma. Sapevo chi avrebbe sentito *davvero* la mia mancanza: papà, ma non voleva dirlo apertamente.

Aveva sempre avuto la mania di essere *molto* forte. Oggi lo definirebbero 'macho'.

Erano le sette e cinquanta del mattino e il deposito non apriva prima delle otto. Così passammo i dieci minuti successivi in silenzio, seduti di fronte al ognuno di noi con lo sguardo perso nel vuoto. Credo che entrambi avessimo paura di dire *qualcosa*, per paura di iniziare a piangere. Ogni tanto papà si avvicinava e mi dava una pacca rassicurante sul ginocchio. Io sorridevo nervosamente, poi mi giravo velocemente dall'altra parte e continuavo a fissare senza meta l'oggetto più vicino. Le porte del terminal si aprirono alle otto in punto e, dato che avevo già il biglietto, papà mi aiutò a registrare il bagaglio e ci dirigemmo verso l'autobus, il cui motore stava già girando rumorosamente al minimo, emettendo nuvole nocive di gasolio.

Rimanemmo in piedi, fianco a fianco, in silenzio. All'improvviso, la porta dell'autobus si aprì con un forte sibilo e io mi voltai verso mio padre. "Beh, credo sia meglio che vada, vero papà?" e allungai la mano.

"Sì, credo di sì," rispose a bassa voce, con le mani lungo i fianchi.

All'improvviso, papà mi afferrò in un feroce abbraccio. Ricambiai l'abbraccio con tutta la mia forza e rimanemmo così, con le lacrime che scendevano su entrambi i volti. Alla fine, allontanandoci, entrambi pronunciammo in una volta sola le parole che avevamo tenuto a lungo nel cuore.

"Ti voglio bene," gridammo in tandem.

"Anch'io te ne voglio," rispondemmo in armonia.

Un singhiozzo lancinante travolse l'ometto con il pacchetto di Chesterfield nel taschino e lui mi strinse di nuovo, così forte che riuscivo a malapena a respirare. Quando finalmente ci staccammo, gli occhiali da sole di papà erano storti sul ponte del naso, con un occhio coperto e uno no, e la sigaretta non accesa era piegata a metà. Fece un respiro profondo, raddrizzò gli occhiali e mi spinse sull'autobus. Era alto solo un metro e sessanta circa, ma in quel momento era l'uomo più grande che avessi mai conosciuto.

"Allora, ci vediamo, ok?" disse con un gesto cavalleresco della mano. "Oh, e non dimenticare di chiamare tua madre!"

Prima che potessi rispondere, si allontanò rapidamente e scomparve dalla parte anteriore dell'autobus. Mi affrettai a salire a bordo, mi misi a sedere e strisciai verso il finestrino sul lato opposto. Arrivai troppo tardi. Papà non c'era più. In pochi minuti i passeggeri cominciarono a salire e in breve tempo l'autobus fu pieno. La porta si chiuse con un cigolio di protesta e un'esplosione di aria compressa, e l'autobus si mise in moto. Mentre usciva dal deposito e girava l'angolo, intravidi la Valiant di papà, parcheggiata sul marciapiede. C'era papà, seduto al volante, che fumava una Chesterfield e salutava gentilmente nella mia direzione. Girai la testa nel disperato tentativo di tenerlo d'occhio il più a lungo possibile, ma alla fine scomparve dalla mia vista.

14

"... Finalmente libero, grazie a Dio onnipotente,
Sono finalmente libero!"

Il viaggio in autobus verso la facoltà durò circa diciotto ore, e furono le diciotto ore più lunghe della mia vita. Per prima cosa, percorremmo a sud quasi l'intera lunghezza della New Jersey Turnpike, prima di svoltare a ovest sulla Pennsylvania Turnpike, da qualche parte intorno a Burlington. Dopo una sosta per il pranzo in una cittadina dal nome improbabile, King of Prussia, proseguimmo verso ovest lungo un altro tratto insensato della Turnpike. Attraversammo Harrisburg per poi entrare in West Virginia, passando per Wheeling e il suo tunnel e uscendo dall'altra parte, lasciando, così, il West Virginia.

Verso mezzanotte arrivammo a Columbus, in Ohio, e mi dissero che avrei dovuto cambiare autobus. Non avevo mai trascorso del tempo da solo in un terminal di autobus, così mi aggirai per l'edificio cavernoso, ispezionando curiosamente ogni angolo e fessura. Quasi ogni piccolo spazio sembrava contenere un uomo o una donna, in alcuni casi entrambi, e quasi tutti erano neri. L'odore di alcol e di secrezioni corporee era opprimente.

Tornato nella sicurezza della sala d'attesa principale, mi accoccolai su una panca di legno duro e attesi pazientemente l'arrivo del nuovo autobus. Con un occhio, fissavo nervosamente il grande orologio sulla parete e con l'altro il mio bagaglio, che era stato scaricato e appoggiato alla parete di fondo. Riflettevo su quanto sarei stato lontano da casa e il pensiero era un po' opprimente. Quella volta non potevo prendere l'autobus locale e scappare attraverso il George Washington Bridge, no signore!

Era l'una e mezza di notte quando l'annuncio che il mio autobus era finalmente arrivato fu diffuso attraverso il sistema di amplificazione, e io lottai coraggiosamente con la mia valigia e la borsa della palestra al seguito, fino a raggiungere l'apposita piattaforma. Sistemai i bagagli e salii a bordo dell'autobus, sedendomi sul primo posto disponibile. Stavo già dormendo quando l'autobus uscì dal terminal e dalla città per imboccare la Interstate 71, in direzione di Cincinnati, dove si sarebbe fermato brevemente prima di svoltare a sud sulla I-75. Poi avrebbe proseguito verso Lexington, nel Kentucky, e infine verso la mia destinazione, Berea.

A differenza dei giovani di oggi, non avevo avuto il lusso di visitare numerosi campus prima di fare una scelta. La verità era che non avevo alcuna *scelta*: il Kentucky State Teachers College aveva scelto me! Così, quando l'autobus entrò nel centro di Berea, non avevo idea di cosa aspettarmi. Quello che *vidi* fu un po' uno shock. Berea era una città quanto un Piper Cub un aereo. Era piccola come l'inferno e non molto attraente. Probabilmente non sarebbe esistita affatto, se non fosse stato per la presenza del 'college', che in quel momento non vedevo l'ora di vedere . . . No!

La prima cosa che notai, entrando in città, fu la profusione di bar, di vari ristoranti e locali di ristorazione.

Come qualsiasi altra città universitaria, Berea si rivolgeva quasi esclusivamente agli studenti. C'era un cinema, un supermercato Kroger (mai sentito prima) e diversi negozi di abbigliamento, ognuno con una pubblicità ben visibile in vetrina per i Bass Weejuns (qualunque cosa fossero).

L'autobus entrò in una stazione di servizio Mo-Gas che fungeva da deposito Greyhound alle tre del mattino leggermente passate. Non so chi avesse progettato gli orari degli autobus, ma di sicuro non aveva in mente la comodità, tanto meno la mia. Il mio bagaglio, la borsa della palestra e io fummo depositati senza tante cerimonie sul marciapiede e, prima che potessi protestare ('Ehi, forse questo è il posto sbagliato?'), il Greyhound scomparve in una nuvola di fumo, lasciandomi solo davanti al piccolo edificio.

Non avevo idea di dove si trovasse il college, così entrai nel deposito poco illuminato e mi avvicinai al bancone untuoso che fungeva sia da biglietteria che da ristorante. Un uomo di colore, di bassa statura, che indossava un berretto era seduto di fronte a un televisore, incastonato in un angolo dell'ufficio. I suoi capelli erano grigi e ispidi e stava succhiando una pipa che periodicamente emetteva una grande nuvola di fumo aromatico. Tenendo d'occhio il mio bagaglio, mi avvicinai con cautela all'omino, ma prima che potessi parlare, si girò verso di me e gridò: "Chiama Berea Taxi! Ti porterà fino all'università." La sua voce era ricca di consistenza e aveva un distinto accento del Sud.

"Grazie," risposi. "Sa dove si trova il . . ."

"Laggiù sul muro," rispose, prima che potessi finire la mia domanda. Fece un cenno con la mano in direzione di un telefono a gettoni che si trovava sulla parete dietro di me, sotto un apparecchio fluorescente ronzante che minacciava di esplodere mentre scattava e lampeggiava minacciosamente, emettendo nel contempo una tremolante luce bluastra. A quanto pareva, l'omino aveva memorizzato quella routine ed era in grado di ripetere le sue battute a memoria, affidandosi alla prevedibilità della natura umana che gli forniva gli spunti giusti.

Rapidamente, cercai sulla superficie del muro adiacente al telefono a gettoni, piena di gomma, finché non scoprii un biglietto con il numero di Berea Taxi. Depositai il nichelino necessario, composi il numero e fui trattato con una raffica di squilli simili a quelli di una mitragliatrice, prima di essere messo in contatto con una centralinista donna che masticava rumorosamente una gomma.

"Berea Taxi," disse lei.

"Ho bisogno di un taxi per . . . Aspetti un attimo . . ." Esaminai la ricevuta di ammissione per trovare il nome del mio dormitorio. "Dovrebbe essere Matthews Hall," dissi. "Oh," aggiunsi, "sono alla stazione degli autobus."

"Sarò lì tra cinque minuti," rispose lei.

Così, cinque minuti dopo, esattamente, una Chevrolet del '53 malandata, con un'insegna dipinta a mano che recitava 'Taxi' su ogni portiera, sferragliò dietro l'angolo e si fermò di fronte a me sul marciapiede. Prima che avessi la possibilità di pronunciare una sillaba, un uomo gobbo saltò fuori dal taxi, aprì il bagagliaio e trascinò rapidamente il mio bagaglio e la mia borsa da ginnastica nello spazio ovviamente inadeguato. Con un movimento esperto, l'autista tirò fuori un pezzo di corda logora e legò rapidamente il coperchio del bagagliaio al paraurti dell'auto, assicurando provvisoriamente il mio bagaglio.

"Salta su!" gridò. Feci come richiesto e partimmo per la strada. L'autista deforme cambiò furiosamente le marce mentre dirigeva il taxi su per una ripida collina verso un gruppo di edifici in rapido avvicinamento che ritenni essere il campus.

"In che dormitorio sei?" gridò l'autista, fissandomi nello specchietto retrovisore.

"Matthews Hall!" urlai di rimando.

Lui annuì con la testa in risposta. "Lo immaginavo. Matricola, eh?"

"Sì, signore," dissi, sporgendomi in avanti sul sedile per scorgere il suo volto.

Meno di due minuti dopo, a meno di un dollaro e venticinque centesimi, il quarto di dollaro lo lasciai come mancia, mi trovavo nell'atrio buio della Matthews Hall. Ma non ero solo. Le anime perdute giacevano ovunque, di ogni forma e dimensione, reclinate in varie posizioni in cima a cumuli di valigie e borsoni, proprio come i miei. Con la coda dell'occhio notai quello che sembrava un cartello attaccato alla porta dell'ufficio. Mi avvicinai per leggere il piccolo annuncio attaccato al vetro. C'era scritto:

'Tutte le matricole saranno accolte alle 9.00 di lunedì mattina 3/9/64. Gli studenti che arriveranno prima di quell'ora dovranno mettersi comodi nell'atrio e attendere." Era firmato *'Douglas Watson, consigliere del dormitorio.'*

113

Guardai l'orologio e vidi che erano solo le tre e trentasette del mattino. Decisi quindi di fare come tutti gli altri e mi accoccolai sopra il mio bagaglio, piegando la mia giacca come cuscino sotto la testa. Mi addormentai in pochi secondi. Quando mi svegliai, c'era la luce del sole che entrava nell'atrio e fui accolto dal rumore degli studenti che spostavano i loro bagagli verso la porta dell'ufficio. Mi strofinai il sonno dagli occhi e mi unii alla processione. Mentre mi dirigevo verso l'ufficio, sempre più studenti entravano nell'atrio; ognuno di loro si trascinava dietro i bagagli mentre si univa alla fila. Mi congratulai con me stesso per essere arrivato in tempo.

Dopo circa mezz'ora, fu finalmente il mio turno di avvicinarmi all'ufficio e lo feci, dando un leggero colpetto alla finestra. La porta si aprì leggermente e una voce chiese: "Cosa posso fare per te, caro?" Solo che l'ultima parola uscì lunga come un quattro sillabe, con un suono simile a 'ca-aa-rr-oo'. Sporsi la testa attraverso la stretta apertura e scoprii che la voce apparteneva a quello che sembrava essere un uomo di mezza età con gli occhiali e la stempiatura. A un'analisi più attenta, tuttavia, scoprii che l'uomo era in realtà un ragazzo, per quanto flaccido, piuttosto bruttino.

"Credo di dover sapere in che stanza devo stare," dissi.

"Come ti *chiami*, caro?" chiese; solo che quella volta l'accento era posto sul verbo *chiamare*, invece che sulla parola *caro*.

"David Justin," risposi. "Sono una matricola."

"Diavolo, *figliolo*, lo *so*. Questo è un dormitorio per matricole. Hai la ricevuta del *dormitorio*?"

114

Frugai nelle tasche e alla fine produssi il documento stropicciato. Lo prese dalla mia mano e io aspettai nervosamente che ne confrontasse le informazioni con quelle contenute in un libro di registrazione che giaceva aperto sulla sua scrivania. Soddisfatto dell'autenticità del mio pezzo di carta, alzò lo sguardo e sorrise. "Figliolo," disse, "sei nella stanza quaranta. È al quarto piano, da qualche parte al centro." Allungò la mano e aggiunse: "Mi chiamo Bin Crawf'd. Sono al secondo anno. Sono anche l'addetto alla posta. Quando ti sarai sistemato, fermati e farò in modo che tu abbia una cassetta della posta." Mi strinse vigorosamente la mano e concluse con: "Ci vediamo dopo, *caro!* Più tardi avrei scoperto che Ben chiamava tutti in quel modo e solo quando *non* ti chiamava 'caro' dovevi stare attento.

Con non poche difficoltà, riuscii a trascinare il mio bagaglio e la borsa della palestra fino all'ascensore. Tenendo la porta aperta con un piede, feci fatica a portare tutto dentro. Spinsi il pulsante contrassegnato con il numero quattro e attesi. Non successe nulla. Riprovai il pulsante, con lo stesso risultato. Proprio quando mi voltai per gridare: "Ehi Ben, potresti aiutarmi con . . . " la porta si chiuse e l'ascensore si avviò verso l'alto con uno scatto. *Oh, cavolo, spero che non sarà* sempre *così.* Dopo un po' l'ascensore si fermò con un sussulto a quello che speravo fosse il quarto piano. Aspettai che la porta si aprisse e fui ricompensato per la mia pazienza quando il pesante rettangolo di metallo rotolò rumorosamente da destra a sinistra, rivelando quello che sembrava essere un'enorme festa in corso. *Ora sì che ci siamo!*

Paia di calzini appallottolati e magliette annodate mi passavano accanto nell'aria, mentre adolescenti di ogni taglia e forma mi passavano accanto, ognuno in vari stadi di svestizione. Schivando un'occasionale scarpa da ginnastica volante, riuscii a farmi strada lungo il corridoio, tirando con una mano il mio bagaglio e con l'altra la borsa della palestra. Finalmente arrivai davanti alla mia stanza, designata 4D da un pezzo di carta attaccato con lo scotch alla parete adiacente alla porta, che era aperta. Posai il baule sul pavimento e sbirciai cautamente all'interno. Non ero preparato alla vista che mi accolse. Seduto su una sedia precariamente inclinata all'indietro e vestito, se così si poteva dire, con boxer blu e una maglietta senza maniche, sbiadita e logora, c'era un uomo di mezza età, grasso e calvo, che aveva bisogno di farsi la barba. Alzò lo sguardo da ciò che stava studiando, probabilmente l'ombelico, e fissò oziosamente nella mia direzione. "Ehi, amico. Come va?" mi chiese.

"Eh?" risposi, con la bocca aperta per lo stupore.

"Sono Al Pearson," continuò. "Tu deve essere il mio nuovo compagno di stanza, giusto?"

"Sì, credo di sì," risposi. Allungai la mano in segno di saluto. "Sono Dave Justin. Piacere di conoscerti."

Al si accese una sigaretta e, soffiando un anello di fumo, emise un sommesso "Sì, amico," che io interpretai nel senso che *sì*, anche per lui era stato un piacere *conoscermi*, oppure che era stato un piacere per *me* *conoscerlo*. In qualche modo, pensai che intendesse la seconda ipotesi e ritirai rapidamente la mano.

"Prendo la scrivania vicino alla finestra," dichiarò Al. "Oh," aggiunse, "e puoi avere anche il letto sopra, ok?" Capii che non era una domanda.

Grazie, amico!

Ero un po' innervosito dalla prospettiva di condividere i prossimi nove mesi della mia vita con 'Psycho' Pearson (il soprannome che gli era stato dato dai suoi compagni di scuola, senza dubbio ben guadagnato), borbottai "Certo" e mi diressi verso la porta per recuperare il mio bagaglio. Quando rientrai nella stanza, trovai Al sdraiato supino sul davanzale della finestra, che continuava a fumare la sua sigaretta. Senza alcun indugio, procedette a raccontarmi tutta la storia della sua vita.

"Sì," esordì, "andavo all'Accademia militare di Weston, in Ohio . . ."

Mi occupai di disfare le mie cose e ascoltai a malincuore il monologo di Al, mentre riponevo ordinatamente le mie cose nella sezione a me riservata della piccola cassettiera, situata in un angolo della stanza. Al continuò con la sua versione di 'This Is Your Life'.

". . . comunque, i miei genitori mi hanno messo lì perché mi mettevo sempre nei guai nel mio vecchio liceo e . . ." La storia continuò, fino alla nausea. Al, a quanto pareva, aveva solo diciotto anni, ma a causa della sua barba pesante e della calvizie, avrebbe potuto tranquillamente passare per un trentenne. Purtroppo, il suo aspetto fisico e i suoi modi bruschi servivano a trasmettere un'immagine meschina che in realtà smentiva la sua vera natura. Scoprii subito che 'Psycho' era in realtà una mammoletta, un vero fifone. Affamato di accettazione, si ingraziava ogni volta, spesso facendo commissioni e offrendosi di aiutare in compiti di routine al quarto piano.

Una sera, mentre Al, io e un paio di altri studenti eravamo impegnati in un'amichevole partita a ramino, Al gettò bruscamente le carte e annunciò che sarebbe sceso a bere *qualcosa*. "Qualcun altro vuole una *bibita*?" chiese. (Negli anni Sessanta, in Kentucky, la soda si chiamava bibita). Cercai il portafoglio nella tasca posteriore e mi accorsi con sorpresa che non c'era. Controllai freneticamente le altre tasche e, disperato, iniziai a frugare nei cassetti del mio comò e infine in quelli della mia scrivania. Niente portafoglio! Oddio, dov'era il mio portafoglio?

"Ehi, amico, non c'è problema. Offro io," propose Al.

Lo guardai incredulo. Fin dal primo giorno in cui ci eravamo incontrati, Al era stato tremendamente attento ai suoi soldi. Anzi, in un'occasione era arrivato a contare *ad alta voce* la sua scorta di matite, per escludere la possibilità che a *qualcuno* venisse in *mente di* usarne una. Dato che il mio portafoglio era sparito e Al si era offerto di comprare, non ci volle molto lavoro da detective per fare due più due e trovare la risposta 'Psycho'. Lui era ancora in piedi sulla porta, in attesa di una risposta, e dopo un attimo di pausa, finalmente dissi: "Certo, perché no? Prendo una Mountain Dew, ok?"

"La avrai!" disse Al. No, ce l'hai *tu, coglione*, pensai.

"Qualcun altro?" chiese Al. Si stava facendo prendere la mano, con *i miei* soldi, e io iniziai ad arrabbiarmi seriamente.

Alla fine Al uscì dalla porta e scese verso i distributori automatici. Io rimasi seduto in silenzio, pianificando la mia strategia. Dopo pochi minuti, Al tornò con le bibite e il gioco continuò senza interruzioni fino alla sua conclusione, intorno a mezzanotte. Mentre il gruppo si disperdeva, mi agitavo nervosamente, in attesa di un'occasione per affrontare Al da solo. Avevo deciso che il modo migliore per gestire 'Psycho' non era quello di chiedergli se avesse o meno preso il portafoglio, ma piuttosto di trattarlo come se fosse già stato dichiarato colpevole. Non sarebbe stato un processo, ma un'udienza di condanna. Con i piedi ben distanziati, incrociai le braccia davanti al petto e iniziai 'L'inquisizione.'

"Psicopatico," abbaiai, "voglio il mio portafoglio!"

Al finse per un attimo innocenza, ma capì subito che era inutile protestare. "Senti, amico," piagnucolò, "devi credermi. L'avrei preso in prestito solo fino a domani. Il mio assegno non era ancora arrivato a casa e io ero al verde!"

"Ma, Al, perché non . . ."

"Ho pensato che se avessi provato a chiedere un prestito a te, avresti detto solo di no. E nessun altro al piano mi avrebbe prestato nemmeno un centesimo." Fece un respiro profondo e fissò sconsolato il pavimento, con le spalle cadenti. Povero Al. Sembrava un bambino di tre anni a cui era appena morto il cane. Non piaceva a nessuno, era vero, e di sicuro nessuno *si fidava di* lui. I suoi genitori non gli mandavano nemmeno gli assegni in tempo e ora persino il suo compagno di stanza lo odiava. Sono sicuro che è quello che deve aver pensato. Mi sentivo davvero male per lui. Che idiota che era, pensai.

Bastava che me lo chiedesse e gli avrei prestato qualche dollaro. Traducevo il mio pensiero in discorso.

"Al, per l'amor del cielo, perché non me l'hai chiesto e basta?"

Saltellava nervosamente da un piede all'altro, incerto sul da farsi. Allungai la mano, con il palmo rivolto verso l'alto, e dissi a bassa voce: "Al, dammi il portafoglio, ok?"

Frugò nella tasca posteriore e tirò fuori la prova incriminante. "Dave," balbettò, "giuro su Dio che l'avrei rimesso sulla tua scrivania non appena saresti andato a dormire. Avrei anche rimesso a posto i soldi che ho speso quando avrei ricevuto l'assegno dai miei genitori." Sembrava disperatamente vicino alle lacrime e io sentii un impeto di compassione che mi travolse.

Nella mia migliore imitazione del sergente Joe Friday di *Dragnet*, intonai: "Al, non fare mai più una cosa del genere, capito?"

"Te lo prometto, Dave," sospirò Al. Poi tutto il suo corpo sembrò afflosciarsi e tutta l'aria uscì da lui. Sembrava così piccolo e smarrito che non potei fare a meno di provare pena per lui.

"Al," dissi, "devi imparare a dare alle persone la possibilità di essere tuoi amici. Diamine, Al, siamo compagni di stanza. Dovremmo aiutarci a vicenda." Mi avvicinai, presi la sua mano floscia nella mia e la strinsi. "Facciamo finta che questo non sia mai successo. E per dimostrare che non c'è rancore, pagherò anche il gelato."

Naturalmente, la mia buona volontà arrivò solo alla fine del primo semestre, quando feci richiesta per il trasferimento in un'altra stanza, con un altro compagno. Quando mi fu chiesto il motivo della richiesta di cambio, citai un'allergia al fumo di sigaretta (e ai piccoli furti). Al non mi fece mai domande sul trasferimento, poteva essere un *ladro*, ma non era stupido, e io non gli offrii mai una spiegazione.

Solly, Chollie, cioè.

Joe Perrone Jr.

15

Doppio appuntamento (la Tartaruga)

Al liceo ero stato il più giovane della classe, ma in quel momento, grazie a una pausa di due anni dal circuito dell'apprendimento organizzato, occupavo una posizione di anzianità cronologica nella classe delle matricole. Ero anche cresciuto di sette centimetri, e quel risultato mi qualificava come *quasi* normale, in altezza, s'intende. Come diretta conseguenza della mia nuova statura (credevo *davvero* che ci fosse un rapporto di causalità) avevo più appuntamenti di quanti ne avessi mai sognati. Alcune settimane mi capitava di avere incontri con tre o più persone di sesso opposto; ero nel paradiso degli appuntamenti.

Una sera di inizio aprile, mi avventurai a Balsam Hall per incontrare Brenda Lee Sutter. Sembrava che tutti al sud avessero un secondo nome, il più delle volte era Lee, che ricordava un generale confederato o un altro luminare che aveva servito con distinzione nella Guerra di Aggressione del Nord. Brenda aveva l'aspetto del proverbiale 'cesso di mattoni' e (giustamente) si era laureata in educazione fisica. Era alta circa un metro e ottanta e pesava circa 58 chili; era forse un po' muscolosa, ma ancora molto femminile. La nostra era una relazione di convenienza. *Lei aveva* bisogno di uno sfogo per il suo appetito sessuale e *io* ero a disposizione. Di solito andavamo a vedere un film o a ballare all'unione studentesca. Entrambe le attività servivano solo come *antipasti* per la portata principale che inevitabilmente seguiva, giù nelle viscere del burrone.

Il 'burrone' era l'anfiteatro al centro del campus che fungeva da rifugio locale per le pomiciate. A prima vista, in una qualsiasi serata, i gradini di cemento che scendevano verso il palco potevano sembrare vuoti; tuttavia, a un'ispezione più attenta si potevano scorgere coppie che si contorcevano facendo le loro cose. Le nostre sessioni di palpeggiamento esplorativo di solito iniziavano nelle viscere del burrone e culminavano sul portico del dormitorio, all'ombra delle massicce colonne greche che lo adornavano. Lì, incuranti dei gemiti e dei lamenti delle altre coppie intorno a noi, ci stuzzicavamo e ci toccavamo a vicenda fino all'orlo della liberazione sessuale. Alla fine, esattamente a mezzanotte, con nostro sommo disappunto (e, in alcuni casi, salvezza) le luci del portico iniziavano a lampeggiare e a spegnersi. Era il segnale che era scattato il coprifuoco e che tutte le studentesse dovevano ritirarsi per la notte.

In quel particolare martedì sera, mi sentivo molto eccitato e speravo di poter saltare i preliminari e passare direttamente alla portata principale, con Brenda come 'piatto del giorno'. Non mi preoccupai di chiamare in anticipo, affidandomi all'elemento sorpresa per raggiungere il mio obiettivo. Mentre attraversavo il campus, incrociai una coppia dopo l'altra, avvinghiate l'una all'altra, sparse come segnali erotici che portavano alla Balsam Hall. Salii i gradini e mi avvicinai alla scrivania.

"Stanza tre zero due. Brenda Lee, per favore!" Chiamai la studentessa dietro il bancone della reception.

"Un attimo, tesoro," sibilò, tra un forte rumore di gomma da masticare e l'altro. Premette l'apposito pulsante sul citofono e urlò nel microfono: "Tre zero due, hai una visita."

Battei le dita con impazienza sul piano di lavoro. Ero un uomo in missione e il tempo era essenziale. Non avevo tutta la notte. "Può riprovare con la stanza 3 0 2?" Chiesi, dopo aver aspettato in tutto una decina di secondi.

"Puoi scommetterci, tesoro," rispose l'allegra assistente. La sua gengiva stava subendo un terribile pestaggio, mentre la martellava senza sosta tra i denti tenuti prigionieri da un apparecchio scintillante. "3 0 2 CI SONO VISITEEE!" urlò ancora. Dubitavo seriamente che chiunque occupasse la stanza mirata potesse perdere la chiamata. Dopo altri minuti senza risposta da parte di Brenda, il sangue passò dal cervello ad altro e varcai la soglia del buon costume per entrare nella terra delle anime perdute.

"Mi scusi," dissi alla signorina Wrigley, "potrebbe provare Linda Jo Tyler nella stanza 4 0 1?" Era una mossa audace da parte mia, forse addirittura suicida, ma valeva la pena rischiare. Linda Jo era a dir poco la sgualdrina del campus. Non si voleva essere visti con 'Linda la sciolta' (come era affettuosamente chiamata), soprattutto in pieno giorno. Ma era perfettamente accettabile passare una mezz'ora con lei giù nel burrone, nel buio della notte, infangando ulteriormente la sua reputazione e migliorando la propria posizione tra i coetanei maschi. Quella era l'occasione perfetta per provarci.

'Click, clack' fece la gomma da masticare dell'impiegata del banco; 'buzz' trillò l'interfono; e '4 0 1'

125

fece la sua voce, mentre aspettavo con calma, ignaro del disastro che si profilava all'orizzonte. Nei venti secondi successivi si scatenò l'inferno. Per prima cosa, la stanza 401 rispose. "Arrivo subito," sentii dire a Linda Jo. *Fantastico!*

Poi, il citofono suonò di nuovo, e quella volta i toni distintivi e seducenti appartenevano a nientemeno che Brenda Lee, la mia scelta originale per il 'piatto del giorno'. Deglutii a fatica. "Qualcuno ha chiamato tre o due volte?" Sentii Brenda chiedere senza fiato. "Ero in fondo al corridoio e mi sembrava di aver sentito il citofono?"

"Sì, tesoro," rispose la commessa, "hai una visita." Mi fece l'occhiolino e si mise a masticare ancora più forte la sua gomma indifesa.

Ero un uomo morto!

Svoltai a sinistra e poi a destra. Mi sentivo come una tartaruga, con la testa che oscillava avanti e indietro, tenuta in alto dalla mano di un bambino. Tuttavia, a differenza di una tartaruga che alla fine sarebbe stata rimessa a terra con cura, per strisciare via indenne, io ero impotente e intrappolato, bloccato dalla lussuria e . . . dalla mancanza di buon senso.

Con la coda dell'occhio vidi la figura slanciata di Brenda Lee che scendeva con grazia le scale alla mia sinistra. Era vestita con jeans attillati e una camicetta di cotone rossa a quadri, aperta sul collo. Con i suoi lunghi capelli biondi raccolti sontuosamente in cima alla testa, il suo lungo e delicato collo era esposto, implorando solo di essere baciato; un collo che probabilmente non avrei mai più rivisto. Era così sexy che immaginavo di poter vedere le onde di calore che si sprigionavano dalla cima della sua testa.

Ebbi appena il tempo di elaborare una risposta, quando, alla mia destra, apparve un vero e proprio incubo ambulante e parlante nella persona di Linda Jo, il cui seno pieno di novantotto centimetri rimbalzava eroticamente sotto un maglione rosa attillato. Stava scendendo le scale di fronte e mi vide quasi subito. Mi salutò con la mano.

La tartaruga ruotò la testa a sinistra, poi a destra, poi di nuovo a sinistra. Cercando di ritirare la testa all'interno della sicurezza del guscio, scoprì che il meccanismo era bloccato e rimase lì, esposta e vulnerabile, sotto gli occhi di tutto il mondo. Chiunque con un po' di cervello avrebbe girato la coda e battuto una ritirata precipitosa, contento di leccarsi le ferite, sicuro di combattere un altro giorno. Ma, circondato da tutta quella polposità e spinto da un livello pericolosamente alto di testosterone che gli scorreva nelle vene, la tartaruga cercò sfacciatamente di strappare la vittoria dalle fauci della sconfitta. Non si sarebbe dovuto preoccupare!

"Ehm, Brenda Lee," cominciai, con gli occhi che andavano nervosamente avanti e indietro dal viso di Brenda a quello di Linda Jo. "Vedi, ho suonato prima in camera tua, ma poi quando non hai risposto, beh, allora ho suonato in camera di Linda e . . ."

La bocca della tartaruga rimase spalancata, mentre ansimava per prendere una boccata d'aria. Entrambe le ragazze lo fissavano con lo sguardo torvo, le mani sui fianchi. Continuò ad aprire e chiudere la bocca, più velocemente, a tempo del battito crescente del suo cuore. Poi fece una cosa curiosa:

cominciò ad avvicinarsi al nemico. Guardò Linda, che lo stava fissando intensamente, e poi si voltò verso Brenda.

"Beh, Brenda," dissi, "visto che ora sei qui e che ti ho chiamato prima, beh, voglio dire . . ."

Brenda lo interruppe con un urlo soffocato, scoppiò in lacrime e urlò: "David Justin, sei un *orribile* essere umano!". Scostando i suoi bellissimi capelli biondi, si voltò e corse su per le scale, uscendo dalla sua vita.

La tartaruga girò la testa per guardare Linda. Fece appena in tempo a vederla allungare il dito medio della mano destra nel tradizionale gesto di amicizia e affetto. E con quello 'Linda la sciolta' e la sua magnifica sesta si allontanarono per sempre, lasciando la tartaruga floscia e sconfitta. Per una frazione di secondo, la tartaruga lanciò uno sguardo speranzoso in direzione dell'addetta al banco. La guardò e sorrise, ma lei fece un cenno di rabbia e si allontanò rapidamente con indifferenza. La tartaruga si alzò sulle zampe e strisciò via lentamente per cercare riparo nel boschetto di alberi vicini. Finalmente al sicuro, scoprì che il suo meccanismo funzionava di nuovo e ritirò la testa nella sicurezza del suo guscio.

16

Il raid delle mutande
(Nessun odore, nessuna vittoria)

Ricordo esattamente dove *e* quando fu piantato il 'seme'. Forse è più importante *chi* l'abbia piantato e *chi* l'abbia coltivato. Un gruppo di noi stava giocando a carte nella stanza di Eddie Bolger. C'erano Eddie, Psycho Pearson, Gary Barton, Harry Swanson e io. Eddie era un vero pazzo: non particolarmente sveglio, ma furbo da morire come una sorta di piccolo criminale, sempre accusato di qualcosa, ma mai provato come colpevole. Aveva capelli rossi con sfumature dorate, rasati, dai quali si intravedeva il cuoio capelluto bianco pallido, rivelavando numerose cicatrici inflitte senza dubbio dal padre, un alcolizzato incline agli scatti d'ira. In bocca aveva un ponte rimovibile, che Eddie masticava incessantemente, come se così facendo potesse finalmente disfarsene. Come se quegli impedimenti al suo aspetto non fossero sufficienti, Eddie mostrava la cornea bianca e sfregiata di un occhio sinistro cieco. Invece di optare per un cerotto che coprisse la sfera offesa, scelse di lasciarla nuda, indossandola come una sorta di ornamento naturale. Stranamente, invece di respingere le persone dell'altro sesso, l'aspetto di Eddie sembrava attrarle, ed era costantemente circondato da ragazze.

Non c'era da stupirsi, quindi, che quando Eddie pontificava, noi lo ascoltavamo; dopo tutto, lui era 'il Maestro'. Era un lunedì sera, una di quelle afose serate di aprile così tipiche del clima del Kentucky orientale. Era il tempo della semina e l'unica cosa che mancava era una tuta da contadino, mentre Eddie gettava il seme nelle menti fertili di coloro che lo circondavano al tavolo da poker. Ci sedemmo intorno al 'Maestro', pronti a fare tutto il necessario per far sì che il seme non solo attecchisse, ma sbocciasse fino a diventare realtà.

"Ehi, gente," disse. "Che ne dite di organizzare una retata di mutande mercoledì sera?" Eddie soffiò sulla sigaretta che gli penzolava dal labbro inferiore e si guardò intorno con nonchalance in cerca di una reazione. Si trattava di un *grande* seme, non di una piccola cosa gracile, priva di immaginazione o di ambizione. Nella stanza calò un silenzio che rimase tale fino a quando non ruppi il silenzio con la mia profonda domanda.

"Cos'è una retata di mutande?"

"Stupido idiota, non sai cos'è una retata di mutande?" Fu Gary Barton, con il suo cappello sbiancato dei Cincinnati Reds appollaiato in modo precario sul retro della sua zucca sovradimensionata, a sporgersi in avanti e a sfidarmi con un'espressione compiaciuta. Se sapeva qualcosa, era solo perché aveva un fratello maggiore che era già stato al college ed era disposto a condividere le sue esperienze con il fratello minore.

"Immagino di no, idiota," risposi. "Forse potresti illuminarci."

"Beh," disse, facendo una pausa d'effetto, "è quando un gruppo di ragazzi va alla carica in un dormitorio femminile e urla e grida come un matto." Soffiò una bolla enorme con la gomma, poi la fece scoppiare con il dito, come per dire: "Ecco, stronzi."

Eddie annuì in accordo e riprese da dove Gary aveva interrotto. "Comunque, dopo questo, tutte le ragazze mettono la testa fuori dalla finestra e urlano."

"Un bel problema," dissi. Stavo perdendo interesse. Dopotutto, chiunque poteva urlare e gridare, ma se il risultato era che un gruppo di studentesse urlava a sua volta, che problema c'era?

"E la parte delle mutande?" chiese Psycho Pearson. "Cosa c'entrano le urla e le grida con le mutandine?"

"Beh," disse Eddie, "questo è il bello dell'intera faccenda." Esitò, giocando con noi, tenendoci in sospeso. Ci spingemmo più vicino, in modo da poter sentire ogni parola. Poi continuò, con la voce bassa, in tono cospiratorio: "Dopo tutte le urla e il caos . . ."

"Sì? Sì?" Dissi.

"finiscono tutte per togliersi le mutande . . ."

"Sì!" gridammo tutti all'unisono. La situazione si stava facendo interessante.

"E le gettano dalla finestra, cazzo!" urlò Eddie.

Tutti noi urlammo la nostra approvazione. Psycho cadde sul pavimento e si rotolò sulla schiena come uno scoiattolo morto, urlando: "Voglio le mutande!"

"Mutandine! Mutandine! Mutandine!" Gridai. E presto tutti cantarono all'unisono: "Mutandine! Mutandine! Mutandine!" Era un po' come la scena del *Signore delle mosche*, in cui tutti i ragazzini inglesi gridavano: "Uccidete il maiale! Mangiate la carne! Bevete il sangue!" Eravamo in piena frenesia adolescenziale, guidata dal sesso.

"Allora, credo che si possa fare," chiese Eddie. Tutti gridammo il nostro consenso.

"Bene," disse. "Ci incontreremo tutti all'unione studentesca verso le otto di mercoledì sera."

La giornata trascorse come la melassa che si rovesciava sul lato della dispensa di una cucina, ma alla fine l'orologio del dormitorio segnò le sette e quarantacinque. Era ora. Avevamo tutti deciso di indossare occhiali da sole e cappellini da baseball e, mentre marciavamo silenziosamente verso l'unione studentesca, assomigliavamo a un contingente di una scuola per ciechi, senza i bastoni. Due giorni di attesa avevano generato visioni di finestre di dormitori traboccanti di voluttuose studentesse, senza mutandine. A quanto pareva, Eddie aveva contagiato con il suo entusiasmo metà dei maschi del campus e, mentre ci muovevamo lungo il marciapiede, decine di studenti uscivano da ogni dormitorio successivo, allineandosi alla folla crescente.

Finalmente raggiungemmo l'unione studentesca, dove ci coalizzammo in un unico organismo vivente e respirante, alimentato dall'energia sessuale che solo gli adolescenti possiedono. Era uno spettacolo impressionante (secondo una stima approssimativa, il numero di giovani riuniti in quel luogo era di quasi mille). C'era la sensazione che stesse per accadere qualcosa di veramente epocale, con spinte e spintoni che scoppiavano e poi si fermavano. Infine, durante un breve momento di calma, qualcuno urlò le parole fatali: "ANDIAMO!" All'inizio la risposta fu minima, ma lentamente, intorno a me, gli individui iniziarono a fare eco alle parole, finché le grida isolate divennero un'unica voce, che scandiva: "Via! Via! Via!" Era brutto. Era bellissimo. Lo adorai!

Come un'enorme colonia di formiche operaie in attesa di un segnale dalla regina, la folla si muoveva senza meta, incerta sulla sua mossa successiva. Era ovvio che fosse necessaria una guida per far andare le cose nella giusta direzione, ma chi poteva esercitare un tale controllo sulla moltitudine? La risposta era scontata. Io. Senza esitare, indossai il mantello della responsabilità. Solo che non ero la regina, ero il maledetto *re!* Alzai il pugno in aria, saltai sul muro che circondava la fontana e mi voltai verso la folla.

"SEGUITEMI!" Urlai a squarciagola. Le visioni di Lawrence d'Arabia mi balenarono davanti agli occhi e potevo quasi sentire i miei seguaci cantare: 'awrence! 'awrence! 'awrence! proprio come nel film. Facendo una brusca virata, saltai giù dal muro e mi diressi con decisione verso i dormitori delle ragazze. La folla, che si muoveva a piedi uniti e poi guadagnava gradualmente slancio, era come un'antica locomotiva: si muoveva a testa bassa, trovava il suo ritmo e si stabilizzava comodamente in un'andatura facile, mentre si snodava lungo il marciapiede. Inspirava ed espirava come una sola persona, con un unico obiettivo: raggiungere i dormitori delle ragazze e le loro occupanti in attesa.

Una volta vicini all'Anderson Hall, fummo incitati dalla vista di nubili studentesse che spuntavano da ogni finestra, come teneri germogli verdi di erba che si protendono attraverso una coltre di neve primaverile alla ricerca di aria fresca e luce solare. All'improvviso iniziò a piovere. Ma non cadevano gocce di pioggia, bensì mutandine! Decine di paia di mutandine di ogni colore e descrizione bombardarono la folla sottostante. C'erano mutandine di pizzo trasparente, mutandine di cotone rosse, nere e color carne, persino un reggiseno occasionale, che scendevano a cascata come una pioggia primaverile, e la folla ne era entusiasta. Un boato si levò dalla folla. Erano quelle: le World Series, la Stanley Cup, gli U.S. Open, tutti i principali campionati riuniti in uno solo! All'improvviso si levò un boato ancora più forte, ma che si tingeva di paura. Nella nostra frenesia, non ci eravamo accorti dell'arrivo della polizia del campus e un gruppo di loro stava ora colpendo attivamente tutto ciò che si muoveva, nel disperato tentativo di disperdere la folla.

"BALSAM HALL O MORTE!" urlò qualcuno. In un attimo corremmo tutti insieme, a perdifiato, verso il dormitorio successivo. Invece di disperderci nel vento, come sperava la polizia, la loro apparizione era servita solo a rafforzare la nostra determinazione, ed eravamo più che mai determinati a raggiungere ogni dormitorio femminile del campus. Come una nuvola di locuste, inghiottimmo Balsam Hall. Si sentivano suoni di mandibole e mascelle digrignanti, mentre sciamavamo sul terreno, divorando le mutandine offerte che disseminavano il percorso davanti a noi, come se fossero steli di grano. Innumerevoli studenti maschi premevano le mutandine sul naso, nel tentativo di annusare l'aroma erotico contenuto negli indumenti intimi. Niente odore, niente vittoria!

E così fu, mentre ogni bastione della femminilità veniva assalito e conquistato. Il caos continuò senza sosta fino a quasi mezzanotte. A quel punto, la folla si era ridotta a poche decine di persone. La polizia del campus era scomparsa da tempo, contenta che la sua presenza non fosse più necessaria, e la maggior parte delle studentesse si era ritirata dalle finestre aperte delle loro stanze. Esausti ma sazi, rientrammo nei nostri rispettivi dormitori. Il sonno era l'unica cosa che cercavamo arrivati a quel punto.

La mattina dopo, l'unione degli studenti era animata da una conversazione piuttosto accesa. Venivano raccontate storie di imprese audaci, piene di esagerazioni e di dettagli immaginari. Uno di quelli vantava il fatto che un membro della squadra di basket si fosse arrampicato su un albero e fosse entrato in una finestra del terzo piano per raggiungere la sua ragazza. Si diceva che si fosse addirittura fermato per la notte. Ma gli eventi di quella fatidica notte furono presto dimenticati, i dettagli delle nostre scappatelle svanirono nella memoria. La vita nel campus si stabilizzò nel suo ritmo regolare e misurato e in breve tempo il secondo semestre si concluse.

Nelle settimane rimanenti, sostenemmo gli esami finali, festeggiammo e infine concludemmo i preparativi per lasciare il campus. Salutai i miei amici e tutti promisero di tenersi in contatto durante l'estate. Pensai a Craig e mi resi conto di non avergli scritto nemmeno una volta. Razionalmente pensai che fosse così impegnato a rimorchiare ragazze nel suo Healy che non gli mancavo nemmeno. Avrei scoperto il contrario quando sarei arrivato a casa.

Il lungo viaggio in autobus fu una gradita tregua dalla frenesia degli ultimi giorni di scuola. Avevo un'intera estate davanti a me e non vedevo l'ora di fare una pausa.

17

La lettera
("Ci deve essere un errore?")

La prima cosa che feci una volta arrivato a casa fu chiamare Craig. Sentendo la mia voce, scoppiò immediatamente in lacrime. "È terribile, Dave," gridò. "Il mio vecchio è sul piede di guerra da quando sei partito. Quello stronzo è *sempre* ubriaco e ogni volta che perde ai cavalli torna a casa e se la prende con me e con la mamma."

"Ti picchia?"

"Sì, ma di solito è così ubriaco che non fa molto male."

"Che cosa farai?" chiesi.

"Beh, ho pensato di nuovo ai Marines."

"Cazzo, amico, non ti conviene farlo. Dicono che i Marines sono i primi a essere mandati in Vietnam. Non puoi sopportare il tuo vecchio?"

"Sì, probabilmente. Ma non è solo questo," disse Craig. "Ho perso anche l'Healy."

"Che vuol dire? Qualcuno ti ha rubato la macchina?"

"Magari. Così potrei incassare i soldi dell'assicurazione. No, è il vecchio."

"Tuo padre ti ha portato via la macchina?"

"No, peggio di così. Ogni volta che perde con i pony, dice che è colpa mia e mi ruba i soldi. Ne ha presi così tanti che non riuscivo a pagare le rate. Ne ho saltate tre di fila e un paio di tizi sono venuti a riprendersela."

"Cosa ha fatto il tuo vecchio?"

"Cosa ne pensi? Niente. Non ha fatto un bel niente; è rimasto lì e ha lasciato che la prendessero. Ha cercato di dare la colpa a me."

"Ma non è stata colpa tua."

"È tutta colpa mia!" gridò Craig. "A volte vorrei non essere mai nato. Giuro che uno di questi giorni mi spingerà troppo oltre."

Il suo vecchio era un muratore, e anche piuttosto bravo. Ma era anche un ubriacone e, quando non posava mattoni o non spatolava stucchi, si scolava bicchierini di Seagram's 7, whisky e birra da 140 ml. Dick Reilly era un uomo grosso, alto più di un metro e ottanta e pesante quasi centodieci chili, e ci voleva molto alcol per farlo ubriacare. Ma in genere trovava la volontà di portare a termine il lavoro. L'unica cosa che lo tratteneva dal bere di più era l'ippodromo. 'Dick il cazzone' (così lo chiamava Craig) amava giocare con i pony. A volte vinceva, ma più spesso perdeva; e quando perdeva era Craig a pagarne il prezzo.

"Allora, cosa farai?"

"Non lo so."

"Ehi, ci sono sempre i Marines," dissi. Mi era uscita un po' forzata, ma non sapevo cos'altro dire. Non volevo che il mio amico si arruolasse nei Marines, ma forse non c'era altra scelta.

Craig rimase in silenzio per un paio di minuti. "Non preoccuparti," rispose infine. "Starò bene."

Non ne ero così sicuro.

"Mi dispiace di non aver scritto," dissi, cambiando argomento.

"Sì, beh, eri impegnato. Non c'è problema."

"No, invece lo è," dissi. "Avrei dovuto scriverti. Ti prometto che quando tornerò in autunno, ti scriverò almeno una volta alla settimana."

"Oh, fantastico," rise Craig. "Allora dovrò rispondere. Non farmi nessun favore, ok? Chiamami solo ogni tanto."

E, proprio così, le mie trasgressioni furono perdonate. Eravamo di nuovo amici.

A giugno ricevetti i voti finali e, con mia grande sorpresa, scoprii che mi ero qualificato per la lista dei presidi. Da tempo avevo messo a tacere il ricordo della retata di mutandine e solo una settimana dopo, quando arrivò un'altra lettera con l'indirizzo del decano degli uomini, la mia mente tornò a concentrarsi su quella notte di aprile nel Kentucky. Quella lettera, tuttavia, era tutt'altro che di congratulazioni e minacciava di compromettere tutti i miei sforzi scolastici dell'anno precedente.

"Caro signor Justin," iniziava. Immediatamente mi preoccupai, perché non ricordavo l'ultima volta che qualcuno mi aveva chiamato signor Justin. *"A causa degli eventi della sera del 7 aprile 1965, è con il più profondo rammarico che devo informarla che la sua iscrizione al Kentucky State Teachers College è terminata, con effetto immediato."* Era firmato Robert W. Wagner, decano degli uomini. A quel punto ero davvero preoccupato, anzi, spaventato a morte.

Mi tremavano le mani. Deve essere uno scherzo, pensai. Certo, doveva essere così: qualcuno mi stava prendendo in giro. Scrutai la busta e la carta intestata alla ricerca di segni rivelatori di uno scherzo. Non ce n'erano. *Gary Barton doveva essere entrato in possesso di carta intestata ufficiale e . . . un momento!* Afferrai la busta, sapendo in cuor mio che il francobollo recava un segno di annullo della Florida (era lo stato di provenienza di Gary). Ebbene, eccolo lì: *K-e-n-t-u* . . . "KENTUCKY?!." Gridai. *Oh Dio, è vero.* Lo stomaco mi si rivoltò e sulla fronte spuntarono delle perle di sudore. *Che cazzo faccio adesso?* Papà era ancora al lavoro e mamma stava facendo la spesa, quindi avevo ancora tempo, ma non molto. Dovevo capire cosa fare e *in fretta*. Il cibo era sempre stato utile in quel tipo di situazioni e Dio sapeva che avevo bisogno di molto aiuto, così scelsi di pranzare. A stomaco pieno sarei riuscito a pensare molto meglio.

Il panino al roast beef che preparai aveva un sapore di cartone, ma riuscii a mandarne giù ogni boccone, insieme a un grosso sottaceto all'aneto, e a ingurgitarlo con un po' di latte al cioccolato. Poi mangiai un Ring Ding che era un po' secco, quindi versai altro latte per facilitare il suo passaggio verso il mio stomaco in attesa. Aggiunsi una mela, a puro scopo curativo, e l'assalto al mio apparato digerente fu completo.

Tirai fuori la lettera dalla tasca e la lessi di nuovo. Conteneva ancora lo stesso inquietante messaggio: *Sei fottuto!* Cercando di non farmi prendere dal panico, decisi che il modo migliore per gestire la situazione era provare a bluffare. Presi il ricevitore del telefono e composi il numero indicato sulla carta intestata. Dopo una mezza dozzina di interminabili squilli, una voce all'altro capo del filo, con il familiare timbro del Kentucky, disse: "Ufficio del decano degli uomini. Come posso aiutarla?"

140

Mi immaginavo la strega cattiva del Mago di Oz che affilava pigramente le unghie fino a renderle affilate come rasoi. Mancava solo il pentolone per completare l'immagine.

"Mi chiedevo . . ."

"Sì?"

"Beh, la verità è che ho ricevuto questa lettera e . . ."

"Sì?" disse la strega.

"Beh, comunque, questa lettera dice che sono stato cacciato da scuola."

"Mi scusi?"

"Sì, beh, sono sicuro che c'è un errore, ma volevo solo controllare. . ."

"Sono sicura che non c'è alcun errore . . ."

"Sì, ed è esattamente quello che pensavo," risposi. "E . . . cosa ha detto?"

"Ho *detto che sono* sicura che non ci sono errori. Se lei ha ricevuto una lettera del genere, allora *deve essere* corretta."

"Beh, non pensa che potrebbe, tipo, sa, controllare per esserne certi?"

"Beh, suppongo che potrei. Come ha detto che si chiama?"

"David Justin," risposi. Non potevo credere che stesse accadendo.

"La prego di attendere," rispose Miss Warmth. "Ci metto un attimo."

Rimasi lì ad aspettare, tenendo il telefono così stretto all'orecchio da non sentire la mamma entrare in cucina. All'improvviso percepii una mano sulla spalla e mi voltai per vederla in piedi al mio fianco. "Chi è al telefono, David?" chiese.

"Oh, nessuno," risposi. "Solo una specie di sondaggio." Borbottai: "Mi dispiace, non mi interessa," nella mano che copriva il bocchino del telefono, e rimisi il ricevitore al suo posto. "Sarò in camera mia . . . ehm . . . a leggere," gridai al di sopra delle mie spalle, mentre correvo al piano di sopra. "Non voglio essere disturbato, ok?"

"Certo, David," rispose la mamma. Se anche avesse saputo cosa stava succedendo, non lo avrebbe lasciato mai intendere. Chiusi la porta della mia stanza, presi subito il telefono e composi il numero dell'università. Mi scusai con la signorina Cuspburten (questo era il suo nome, la strega) per avere interrotto la chiamata e continuammo la nostra conversazione.

"Allora, voleva controllare e vedere . . ."

"Sì, ho trovato una copia della lettera e, per quanto ne so, signor Justin, non sembra esserci alcun errore."

"Ma che dire . . ."

"Vuole parlare con il rettore Wagner?"

Farfugliai: "Credo di sì" e attesi che il preside rispondesse al telefono.

"Preside Wagner," annunciò. "Posso aiutarla?"

Potrebbe aiutarmi in effetti, pensai. *Qualcuno* potrebbe aiutarmi? Ne dubitavo seriamente. Ma, in quel momento, era tutto ciò che avevo. "Cavolo," cominciai, "spero di sì. Vede . . ." Lentamente, e con grande disciplina, gli raccontai tutta la storia. Beh, quasi. *Era* una storia, ed era *mia*, ma ogni somiglianza con la verità era puramente casuale. Mark Twain non avrebbe potuto tessere un racconto migliore. Gli dissi che quella sera non avevo partecipato al raid delle mutande, ma ero andato a giocare a bowling sulle piste della I-85 By-pass. Il preside mi informò che si presumeva che chiunque non fosse stato nel suo dormitorio quella sera fosse stato coinvolto nella retata di mutandine, soprattutto perché non avevano altro modo per controllare.

"Quindi, in realtà, non avete alcun tipo di prova. Se ho capito bene?"

"Beh, non esattamente," disse il rettore, "ma . . ."

"No, signore, ero sicuramente al bowling," proclamai. Come ripensamento, aggiunsi: "In effetti, Eddie Bolger era con me." Il motivo per cui dovevo *dirlo* era inimmaginabile, ma era troppo tardi, l'avevo già detto.

Il rettore rimase in silenzio per un momento, poi, con la voce quasi un sussurro, disse: "E Eddie lo *verificherà?*"

"Oh, sì, signore. Può chiederglielo lei stesso."

"Può star certo che lo farò," rispose.

Oh, merda!

"C'è qualcos'altro che vuole dirmi?" chiese il rettore.

"Beh, a dire il vero, c'è," dissi. "Sa, nell'ultimo semestre sono stato inserito nella lista dei presidi." *Mettitelo nella pipa e fuma!*

"Davvero?"chiese incredulo. Sembrava vacillare, così spinsi il pedale dell'acceleratore. "Oh, sì, signore. Voto 3,7."

"Beh . . ."

"Forse potresti mettermi in libertà vigilata o qualcosa del genere?" Mi offrii. Da dove mi era uscito? Trattenni il respiro. Sembrava che il preside stesse valutando la mia

143

proposta, perché passò un po' di tempo prima che parlasse. "Bene, signor Justin, ci pensi su e le farò sapere."

"Sì, signore, assolutamente," risposi. Riuscii a malapena a reprimere la risatina che mi saliva al petto. "Oh," aggiunsi, "e può controllare con Eddie Bolger. E grazie, signore. Grazie mille." Sentivo quasi il sapore della vittoria.

Riattaccai il telefono, poi lo ripresi e chiamai immediatamente il centralino della Florida per ottenere il numero di telefono di Eddie. Nei venti minuti successivi ebbi una conversazione febbrile ma fruttuosa con Eddie: per lo più io parlavo e lui ascoltava. Venni a sapere che anche lui era stato cacciato, quindi la mia telefonata al preside non avrebbe salvato solo me, ma anche Eddie. Ci chiarimmo le idee e Eddie promise di sostenermi. Dopo tutto, cosa aveva da perdere? Riattaccai il telefono, sollevato e incoraggiato. A quel punto non mi restava che aspettare.

Papà mi aveva sempre insegnato a far seguire a ogni telefonata importante una lettera, così tirai fuori dall'armadio la mia macchina da scrivere portatile e scrissi una lettera al buon vecchio Dean Wagner. Lo ringraziai per avermi ascoltato e, speravo, per avermi dato un'altra possibilità. Per par condicio, aggiunsi un P.S. in fondo, con il numero di telefono di Eddie. Lessi e rilessi il documento, lo inserii in una busta, lo indirizzai e lo affrancai, e mi affrettai a spedirlo.

Passai le due settimane successive in trance. Mi alzavo, mi vestivo, mangiavo, andavo a lavorare al negozio di liquori, mangiavo, mi spogliavo e dormivo, in quell'ordine, ogni giorno. Ero come uno zombie. Non parlavo quasi con nessuno e mio padre era convinto che avessi voltato pagina. Se solo avesse saputo! Non parlai dell'espulsione a *nessuno,* nemmeno *a* Craig, e pregai che i miei genitori non lo scoprissero.

Finalmente arrivò la lettera per la quale avevo pregato, e con essa una nuova prospettiva di vita. Il preside si era bevuto la mia storia. Eravamo entrambi in prova: Andy in prova accademica (i suoi voti facevano schifo) e io in prova comportamentale (qualunque cosa fosse) per il successivo semestre autunnale. A condizione che raggiungessi almeno la media del 2,5, diceva la lettera del preside, e che non mi cacciassi in 'nessun tipo di guaio, nemmeno un libro della biblioteca in ritardo', mi sarebbe stato permesso di tornare a scuola. Piegai con cura la lettera, la nascosi tra le pagine della mia copia di *Tom Sawyer* (come si conviene) e mi sedetti sul letto, tirando un sospiro di sollievo. Poi saltai subito in piedi e chiusi a chiave la porta della mia camera. Mi avvicinai al comò, aprii l'ultimo cassetto e rovistai nel suo contenuto finché non trovai quello che cercavo, un sacchetto di carta marrone nascosto nella gamba di un paio di pantaloni della tuta.

Lo aprii ed estrassi con cura un paio di mutandine di pizzo nero ben piegate. Premetti l'indumento sul viso e inspirai profondamente. Ero sopraffatto dalla gioia. Poi, con la massima cura, ripiegai con riverenza le mutandine e le reinserii al loro posto. Feci per rimettere il sacchetto nel suo nascondiglio, ma mi venne un pensiero inquietante. E se i miei genitori, o peggio ancora la mamma, avessero trovato le mutandine? Non volevo correre rischi. Presi la copia di *Tom Sawyer*, recuperai la lettera del preside e la infilai nel sacchetto, insieme alle mutandine. Poi, riponendo il prezioso pacchetto nella mia giacca, scivolai silenziosamente al piano di sotto e uscii dalla porta sul retro, depositando l'intera sordida faccenda nella spazzatura, a cui apparteneva, per essere sepolta più tardi, quel giorno, in una discarica da qualche parte, forse insieme ai resti eterni di Jimmy Hoffa.

Quella sera, a tavola, sorpresi i miei genitori e me stesso parlando a raffica di tutto e di niente, tranne che di scuola. In modo del tutto inusuale, né mamma né papà sembrarono farci caso.

18

Condividere un locale con Jimi Hendrix

Giugno passò in un lampo. L'estate era un periodo pieno di lavoro al negozio di liquori e io lavoravo a lungo, rifornendo il frigorifero di birra di notte e consegnando casse di roba durante il giorno. Dopo aver scampato il disastro a scuola, e sollevato da quel particolare fardello, mi tuffai a capofitto nel perseguimento del mio obiettivo primario nella vita: cercare di fare sesso. Diamine, avevo già vent'anni e portavo ancora il mantello della verginità come un marchio cucito addosso.

Le cose si stavano mettendo bene. Harry mi aveva generosamente concesso due settimane di ferie pagate durante l'estate come ricompensa per il fatto che negli ultimi due anni avevo lavorato praticamente tutti i fine settimana e le vacanze. L'unica clausola era che doveva essere dopo il 4 luglio, perché, per citare Harry: "Non passerò un altro 4 luglio come quello dell'anno scorso, bloccato da quello stronzo di mio zio. Me lo devi!" Così accettai di prendere le ultime due settimane del mese.

Ero ansioso di trascorrere quel periodo a Ocean City, nel New Jersey, con il mio nuovo amico Bobby Lawrence. Lui e io avevamo stretto una sorta di empia alleanza durante le vacanze di Natale, dopo aver condiviso un'esperienza semi-religiosa a una festa organizzata da 'Suzie Cream Cheese'. Suzie trascorreva la maggior parte delle sue serate libere come tutti noi, frequentando lo Yellow Front Saloon, un bar stretto e poco illuminato di

Englewood Cliffs che si rivolgeva a pseudo hippy e intellettuali borderline. Il 'The Front', come lo chiamavamo noi, era caratterizzato da musica acid rock ad alto volume, segatura sul pavimento e un vero e proprio carretto per gli hot dog, gestito da uno scapolo cinquantenne di sesso discutibile, di nome *Lance*.

Il fidanzato di Suzie, Michael, stava per compiere ventuno anni e per festeggiare l'evento Suzie aveva organizzato una festa di compleanno a sorpresa, invitando tutti i membri de 'The Front' a partecipare. La sorpresa fu per Suzie, quando pochi giorni prima della festa Michael annunciò che aveva deciso di festeggiare il suo grande giorno con la madre a Los Angeles. Imperterrita, Suzie organizzò comunque la festa, con Michael come ospite d'onore *in absentia*. Prima che lui partisse, però, riuscì a strappargli la promessa che l'avrebbe chiamata la sera del 'grande giorno' per augurargli buon compleanno.

La festa fu uno spasso, con un sacco di alcolici, un sacco di musica ad alto volume e ragazze strane a volontà. Fedele alla sua parola, Michael chiamò verso mezzanotte e Suzie passò l'ora successiva a far entrare e uscire dalla cucina affollata amici e sconosciuti. Uno dopo l'altro si alternarono al telefono per augurare buon compleanno a Michael o a '*come si chiama?*' Alla fine, tutti si annoiarono e uscirono dalla cucina; Suzie si infilò nella dispensa, chiuse la porta e passò il resto della serata a sussurrare Dio solo sa cosa al suo ragazzo in California.

Nel frattempo, una dozzina di noi sedeva a gambe incrociate sul pavimento attorno a un tavolino basso di vetro, disseminato di candele e di vasi pieni di fiori di carta, parlando a voce assurdamente alta nel tentativo di superare la musica diffusa dall'Hi-Fi. La vera attenzione non era rivolta alla conversazione, ma alla sigaretta di marijuana rollata con cura che si faceva lentamente strada lungo il perimetro del tavolo. Mentre il totem del fumo veniva passato da una persona all'altra, ogni donatore si presentava all'ansioso destinatario. Guardai con curiosità lo spinello che si dirigeva verso di me, incerto su come avrei reagito ai suoi poteri. Non avevo mai provato 'l'erba' prima di allora ed ero un po' apprensivo. Presto arrivò il mio turno e sentii una mano afferrare la mia; contemporaneamente una voce alla mia sinistra disse: "Come va, amico? Bobby Lawrence." La voce sembrava un incrocio tra quella di una persona colpita da un cancro alla gola e il suono gracchiante di un banjo. Mi girai alla mia sinistra e notai un paio di occhi blu che mi scrutavano debolmente da dietro le lenti degli occhiali più spessi che avessi mai visto. Era a soli 15 centimetri dal mio viso. Sentendomi obbligato a rispondere, dissi: "Dave Justin" e allungai cautamente la mano per ricevere lo spinello offerto.

Con un'altezza di circa un metro e sessanta, Bob era largo quasi quanto era alto, e gli enormi pantaloni a campana di jeans che indossava non diminuivano di molto quell'illusione. Sentii di nuovo 'quella' voce e capii che stava parlando ancora una volta. Mi voltai, giusto in tempo per vederlo dire: "In realtà, tutti mi chiamano Bobby-Bo." Annuii in segno di assenso, ma dato che era il mio turno per lo spinello non parlai, bensì mi accostai la sigaretta di marijuana alle labbra e la succhiai per quanto valeva. Tossendo e lottando contro la voglia di respirare, feci tutti i rumori appropriati di sorseggio che avevo osservato fare agli altri e trattenni il fumo il più a lungo possibile. Un grosso errore. Essendo la prima volta che fumavo erba, o qualsiasi altra cosa, se era per quello, gli effetti furono quasi istantanei e devastanti. La testa mi girava all'impazzata e sentivo il mio corpo inclinarsi pericolosamente da un lato. Mi sembrava di essere una molla gigante che cercava furiosamente di virare a sinistra. Nel momento esatto in cui il mio equilibrio si azzerò, accadde una cosa strana: la composizione di fiori di carta che adornava il tavolino di fronte a me esplose in fiamme colorate. Fissai ammutolito il mini-fuoco, troppo paralizzato dagli effetti della droga per muovermi, mentre le fiamme si allargavano. Il testo della canzone di Jimi Hendrix che stava suonando descriveva perfettamente quello che stavo provando. Parlava di non preoccuparsi.

Ed era *proprio* così che mi sentivo: non mi importava! Non mi importava se c'era un incendio o se stava per esplodere una bomba. Non importava. L'unica cosa che contava era come mi sentivo. E mi sentivo *bene*, cavolo, *molto bene*. Già. Le fiamme si fecero più luminose, poi improvvisamente si fusero in una sola e divennero una ballerina, che si allungava verso le stelle. Proprio mentre la ballerina stava per toccare il soffitto con le sue dita dorate, Bobby-Bo si girò verso di me e osservò con calma: "Wow."

"Fichissimo," risposi. Naturalmente nessuno dei due pensò di fare qualcosa per il fuoco, mentre le fiamme crescevano fino a raggiungere proporzioni pericolose. Fu quindi uno shock totale per entrambi quando qualcuno versò con calma una lattina di birra sull'intera faccenda, portando così la nostra esperienza sconvolgente a un finale sciatto, sfrigolante e sibilante. Io e Bobby-Bo ci guardammo in faccia, ci stringemmo la mano e sorridemmo con occhi vitrei e consapevoli. Poi chiusi gli occhi e mi appoggiai al muro, ascoltando le parole della canzone.

Molto più tardi, nel corso della serata, Bobby-Bo e io decidemmo che avremmo dovuto prendere una casa sulla costa per una settimana e 'andare a caccia di ragazze'. E fu così che accadde: in un attimo io e Bobby-Bo diventammo amici.

Joe Perrone Jr.

19

"Fa male solo quando respiro"

Avevo chiamato Craig e avevo cercato di convincerlo a unirsi a me e a Bobby sulla spiaggia, ma non riusciva ad avere il tempo libero dal lavoro. Gli credetti, ma ebbi anche la netta sensazione che si sentisse un po' a disagio per la mia condizione di studente universitario e la sua di 'civile' che aveva abbandonato le scuole superiori.

"Inoltre," aveva argomentato, "non avete bisogno di un terzo uomo per complicare le cose. Anche se *potessi* andare, non vorrei lasciare la mamma da sola. Il vecchio ultimamente è stato davvero spaventoso, con le sue urla e le sue stronzate. Credo che l'alcol gli stia dando alla testa."

"Che ne dici di venire solo per una settimana?" dissi.

"No, non ne vale la pena. Se succedesse qualcosa alla mamma, non me lo perdonerei mai. Assicurati solo di dirmi tutto quello che fate. E intendo proprio *tutto*."

"Puoi giurarci. Forse ti porterò anche un piccolo souvenir."

"E attenzione alle sigarette," rise Craig.

"Vaffanculo," risposi. "Ma, seriamente," aggiunsi. "Non accettare stronzate dal tuo vecchio."

"Non preoccuparti," disse Craig. "Aspetterò che si addormenti una notte e poi . . ."

"Cosa, gli taglierai la gola?"

"No. Mi conosci meglio di così."

E l'avevo fatto. Craig poteva essere pigro e non il più brillante del mondo. Ma non c'era nemmeno un germe di cattiveria nel suo corpo. Ero più preoccupato per suo padre.

Quel sabato mattina di luglio arrivai a casa di Bobby-Bo di buon'ora. Il termometro appeso al portico segnava già 28 gradi, e non erano ancora le otto! Sarebbe stata una giornata torrida, ed ero contento che avremmo preso la GTO cabrio del '65 con aria condizionata di Bob, invece del mio Maggiolino VW del '60 acquistato di recente. La porta d'ingresso della casa non era chiusa a chiave, così, dopo aver bussato educatamente, mi infilai all'interno e scesi in punta di piedi fino alla camera da letto di Bob al piano inferiore. Aveva un ottimo accordo con i suoi genitori: loro abitavano il piano di sopra e Bob aveva tutto il piano di sotto della casa a due livelli per sé. Andava e veniva a suo piacimento, con l'unica condizione di 'non svegliarli'. Spesso mi chiedevo se avrebbero sentito la sua mancanza qualora se ne fosse andato per sempre nel cuore della notte, purché non li avesse 'svegliati'.

Bobby-Bo stava dando gli ultimi ritocchi per rifare il letto, quando infilai la testa nel suo ingresso. "Bobby-Bo," sussurrai. "Dave-Bo!" rispose. Bob aveva sviluppato un proprio linguaggio in cui il nome di tutti finiva in 'Bo'. Per esempio, io ero Dave-Bo; suo cugino Fred era Freddy-Bo, ecc.

"Hai preso la birra?" chiese.

"Birra presente! Ho anche preso quella di Hamm, 'dalla terra delle acque blu cielo'," risposi. Entrambi ridemmo. Poiché lavoravo in un negozio di liquori, la mia conoscenza degli alcolici pregiati era indiscussa. La Hamm's era l'ultima moda in fatto di birra e il suo motto virtuoso era impresso sul fronte di ogni lattina di alluminio blu. Il fatto che fosse a prezzi stracciati non faceva che aumentare il suo fascino. Pianificando la nostra vacanza, avevamo concluso che una cassa di birra sarebbe dovuta durare circa due giorni. Dato che ci saremmo fermati per due settimane, avremmo avuto bisogno di un minimo di sette casse. Naturalmente arrotondai il numero a otto, per pura precauzione. Le otto casse riempirono praticamente il bagagliaio dell'auto di Bob, così ci accontentammo di ammassare i nostri vestiti, il giradischi, i dischi, ecc. sul sedile posteriore della GTO. Bob inserì una cassetta dei Beach Boys nello stereo, abbassò la capote e partimmo. Presto ci trovammo a percorrere la Garden State Parkway, diretti a sud verso la costa del New Jersey. Eravamo diretti a Ocean City e ci piaceva molto.

Ocean City si trova a circa venti miglia sotto Atlantic City su una stretta isola di barriera, collegata da una strada rialzata a Somers Point sulla terraferma. Sebbene Ocean City fosse la nostra destinazione, il nostro obiettivo era Somers Point. E sebbene Ocean City abbia spiagge immacolate, case pittoresche e innumerevoli chiese, e sia a dir poco mozzafiato, si dà il caso che sia anche *arida*. E questo significa: niente alcolici, solo bevande analcoliche; perché disturbarsi a uscire la sera? Non ci sono bar, non c'è vita notturna e, soprattutto, non ci sono ragazze. Certo, ci sono ragazze durante il giorno, sulle spiagge, ma la sera è meglio che vi accontentiate di una bella partita a Ludo, perché a Ocean City non troverete nessuna ragazza in giro per la città. È lì che entra in gioco Somers Point. Somers Point è la Sodoma e Gomorra della Gerusalemme di Ocean City. Alle due del mattino, mentre Ocean City dorme, le bellezze locali della terraferma si dimenano lascivamente in posti come Tony Mart's o The Bayshores, tracannando '7 & 7s' e cercando partner. Era in quell'ambiente idilliaco che io e Bobby-Bo eravamo stati attirati nella meravigliosa estate del 1965.

"Sono venticinque sterline a settimana. Due e cinquanta per due," rispose Tony Pignatelli con l'accento piatto di chi risiede nella vicina Philadelphia. Stavamo chiedendo informazioni sull'affitto del suo appartamentino con due camere da letto, situato a quattro isolati dalla spiaggia di Atlantic Avenue. "E se volete potete usare il portico davanti a casa," aggiunse. Il sigaro cheroot nero e stantio che teneva stretto tra i denti gialli e macchiati emanava un fumo azzurro e oleoso che mi faceva lacrimare gli occhi e bruciare la gola. Era la quintessenza della 'Guinea'. Continuò con la sua voce rauca: "E ricordate: niente alcol e niente donne!"

Indicò la serietà del suo ammonimento con il tradizionale movimento del dito indice, che aveva un'unghia incrinata e incrostata di sudiciume, attraverso la gola. Rise ad alta voce, poi ebbe un conato di vomito e tossì un batuffolo giallo di catarro, che sparò sapientemente dall'angolo della bocca e finì in strada. Bob e io trasalimmo, ci guardammo l'un l'altro con aria interrogativa e poi rispondemmo all'unisono: "Ok, lo prendiamo!"

Era successo due settimane prima e ora eravamo seduti nell'auto di Bob, parcheggiata con cura tra le linee diagonali gialle, davanti al 2332 di Atlantic Avenue. Eravamo pieni di aspettative, alleggeriti da centoventicinque dollari a testa. Con il lancio di una moneta, io mi trovavo nella camera da letto anteriore e Bob in quella posteriore, adiacente al bagno. Accatastammo le otto casse di birra in un angolo della cucina. Io camuffai la colonna di alcolici appena eretta drappeggiandola con una vecchia coperta dell'esercito (meno una cassa, naturalmente, che finì dritta nel frigorifero in miniatura e sudicio, lasciando a malapena lo spazio per qualche uovo e un contenitore di succo d'arancia).

Era quasi mezzogiorno quando indossammo i nostri pantaloncini e sandali, prendemmo gli asciugamani, l'olio per bambini corretto con lo iodio, la radio a transistor, una coperta e ci dirigemmo verso la spiaggia. Passammo le cinque ore successive a prendere il sole, a fare body surf sulle onde e a confrontarci sulle ragazze che adornavano la sabbia. Alle cinque esatte ci dichiarai pronti a partire e tornammo al piccolo appartamento.

Il Webster's New World Dictionary definisce il rosso come: *'il colore del sangue'*, ma quel giorno la parola acquistò un nuovo significato, essendo descritta come: *'il colore dell'intero corpo di Bobby-Bo, dopo cinque ore passate sdraiato sotto il caldo sole di luglio, senza il beneficio della crema abbronzante'*. Io ne ero uscito con la pelle intatta; era uno dei pochi vantaggi di essere italiano: la protezione solare incorporata.

"Dave-Bo," sussurrò Bob, "sono messo male. Credo di aver fatto un gran casino." Era sdraiato sul divano malconcio che occupava la veranda. La sua epidermide rosso-bietola quasi combaciava con il copridivano logoro e io annuii in segno di assenso. "Sì, sei fottuto," dissi.

"Cosa devo fare?" chiese Bob, con il volto contorto dal dolore.

"Vado a prendere un po' di Noxzema," risposi.

Afferrai le chiavi dell'auto di Bob dal tavolo della cucina, uscii di corsa dalla porta d'ingresso e andai a cercare un minimarket. All'inizio mi preoccupai di divertirmi con la GTO di Bob, sfrecciando su e giù per Atlantic Avenue in seconda marcia, facendo del mio meglio per impressionare ogni ragazza che vedevo camminare sul marciapiede. Un semaforo rosso mi riportò alla ragione e subito trovai un supermercato chiamato Wa-Wa Market e comprai la Noxzema (insieme a un sacchetto di patatine e a una Coca). Mezz'ora dopo ero di ritorno all'appartamento, sventolando il grande barattolo blu dell'unguento miracoloso mentre mi affacciavo sul portico. "Ecco," dissi porgendo il barattolo a Bob, "strofina questa roba su tutto il corpo." Bob fece obbedientemente quello che gli era stato detto, con piccoli singhiozzi che gli sfuggivano dalle labbra gonfie mentre spalmava la lozione bianca perlacea sulla pelle già in fiamme.

"Penso che farò un riposino," dissi, dirigendomi verso la mia camera da letto. "Quando mi alzo, vediamo come ti senti, ok?"

"Va bene," mormorò Bob, che si stava già addormentando. In meno di un minuto russava come un bambino. Il nostro piano era di andare in spiaggia ogni giorno, cenare tardi e poi fare un pisolino fino alle nove di sera. Pensavamo che nel momento in cui ci fossimo fatti la doccia e vestiti, saremmo arrivati in tempo per vedere tutto il movimento nei bar di Somers Point. In breve tempo mi addormentai anch'io, con il mio russare che faceva da contrappunto al rantolo di Bob.

Mi svegliai qualche tempo dopo nell'oscurità. Ero coperto di sudore. A quanto pareva, Bob si era trasferito dalla veranda alla sua camera da letto e potevo sentire il suono dei suoi russamenti regolari attraverso la porta chiusa. Accesi la lampada accanto al letto e guardai l'orologio. "Porca puttana!" esclamai. "È mezzanotte, cazzo!"

Entrai nella stanza di Bob e mi chinai sul suo letto fino ad avere il viso a pochi centimetri dal suo. "Bobby-Bo," sussurrai.

Nessuna risposta.

"Bobby-Bo, svegliati."

Bob si spostò dal fianco sinistro a quello destro. Il suo viso era rosso vivo e profondamente segnato dalla pressione delle pieghe del cuscino. Mi abbassai e gli toccai la guancia. La sua pelle era in fiamme.

"Bob, svegliati!" Lo scossi bruscamente. "Stai bruciando!"

Sbatté le palpebre una volta e aprì gli occhi. I suoi occhi erano *rossi*. Non avevo mai visto nessuno con gli occhi rossi e mi stavo spaventando. "Bob," gli dissi, "sei *proprio* messo male! Come ti senti?"

Si alzò di scatto e si guardò intorno nella stanza, stupefatto. "Che ora è?" chiese.

"Cosa? Oh, è mezzanotte," risposi.

"Mezzanotte!" gridò. "Merda, è meglio andare!" Fece per alzarsi, ma si rimise subito a sedere, con un grido di "A-a-a-g-g-h-h!" che gli uscì dalla bocca, mentre si sdraiava di nuovo sul letto. Era come se tutta l'aria gli

159

fosse uscita dal corpo. "Non credo di farcela, Dave," sussurrò. "Sono completamente fuori di testa."

"Fa male?" Chiesi.

"No, non molto," disse Bob. "Fa male solo quando respiro."

Sorrisi con simpatia e feci un cenno di assenso. "Non preoccuparti, amico, abbiamo un'intera settimana. Dormi un po' e ci vediamo domattina."

"Mi dispiace molto, Dave," piagnucolò. "Ehi, perché non prendi la macchina e vai a dare un'occhiata ai bar. Sai, per vedere cosa c'è di buono."

Bob stava già russando di nuovo quando sgattaiolai silenziosamente fuori dalla porta d'ingresso, con una lattina di birra fredda saldamente in mano. Mi sedetti sul divano e bevvi lentamente il liquido fresco ed effervescente, fermandomi periodicamente per assaporare ogni boccata illecita. Fuori faceva più caldo e più umido che dentro, e io me ne stavo seduto con i piedi sopra la ringhiera, succhiando l'infuso freddo e sognando quello che mi aspettava sulla terraferma. Pensai a Bob, addormentato all'interno, e decisi di rinunciare al tiro in solitaria a Somers Point, optando invece per un'altra lattina di birra.

20

Incontro con Missy

Il sudore mi colava negli occhi e mi svegliai di soprassalto per ritrovarmi a fissare il disco arancione del sole nascente. Avevo passato la notte sulla veranda, stanco e sfinito dalla giornata al sole e troppo pigro per spostarmi nel mio letto. Era un giorno in meno e ne mancavano tredici; non c'era altra cosa da fare che alzarsi.

Mi affrettai a entrare e fui felice di scoprire che la pelle di Bob era passata dal rosso fuoco del giorno prima a una più sana tonalità di rosa. Stava preparando una colazione che assomigliava vagamente a delle uova strapazzate; si muoveva in cucina a piedi nudi, vestito solo di un paio di boxer ingialliti. "Dave-Bo," esclamò, "benvenuto nella cucina di Bobby-Bo!" Agitò in aria una spatola. Nell'altra mano teneva una lattina di birra aperta. Andai al frigorifero ed estrassi una Hamm's fredda, liberandomi contemporaneamente con un enorme peto. Bob ridacchiò, sollevò la gamba e rispose a sua volta. Osservando il suo volto sorridente, pensai che fosse meraviglioso che si fosse ripreso, e apparentemente senza effetti negativi. A un esame più attento, però, notai che la fronte e le spalle di Bob erano piene di piccole vesciche.

"Bene," osservai. "Vedo che sei ancora vivo. Mi hai fatto davvero preoccupare."

"Ehi," disse battendosi il petto con la mano che teneva la spatola, "sono un duro! Ma . . . credo che oggi salterò la spiaggia, se non ti dispiace." Annuii in segno di assenso. "Non posso dire di biasimarti. Dovrò andare a vedere le ragazze da solo."

"Allora, cos'è successo ieri sera?" chiese Bob.

"Ah, niente," risposi. "Alla fine, ho deciso di non andare. E poi non sarebbe stato giusto andare senza di te."

"Beh, grazie," disse. "Lo apprezzo molto. E, per dimostrarti quanto significhi per me, dopo colazione potrai avere il piacere di spalmarmi ancora un po' di quella merda di Noxema sulla schiena."

"No, grazie, finocchio. Penso che passerò."

"Bene," disse Bob. "Troverò una bella ragazza di strada che lo faccia." Entrambi ridemmo per l'assurdità della sua osservazione.

Bob versò un po' di quella roba gialla che chiamava uova strapazzate sui nostri due piatti e ci sedemmo a mangiare. Lui assaggiò per primo, con un po' di conati di vomito, ma riuscì comunque a mandarlo giù. "Non è male," mentì. Guardò me dall'altra parte del tavolo, facendo un movimento con la forchetta. "Provaci, Dave."

Feci un respiro profondo e costrinsi una forchettata dell'intruglio filante a passare dalle labbra serrate. Come Bob, ebbi un conato di vomito. Ma, a differenza del mio amico, non riuscii a trattenerlo e sputai rapidamente il boccone nel tovagliolo. Quella fu la scusa che serviva a Bob, così spinse via il piatto e disse: "Forse non dovremmo mangiarlo. Potrebbe essere cattivo."

"Oh, si che è *cattivo*," dissi. "*Davvero* cattivo. E poi chi ha mai detto che sai cucinare?"

"Nessuno," disse Bob. "Pensavo che sarebbe stato facile. Voglio dire, sono solo uova strapazzate, no?"

"*Tu le* chiami così," dissi. "Io le chiamo *merda*. Quindi, se non ti dispiace, credo che d'ora in poi cucinerò *io*, ok?"

"Per me va bene," rispose. "Ma, cosa facciamo per colazione?"

"E se ci bevessimo una birra?"

"Per me va bene," disse Bob. Prese due birre dal frigorifero, mentre io correvo in macchina e recuperavo un sacchetto di patatine mezzo finito, rimasto dal viaggio di andata.

"Così va meglio," dissi, tenendo la mia birra in aria. Bob alzò la sua lattina e brindammo. "Alla birra per colazione e alla figa per dessert!" Ridemmo entrambi.

Finimmo la nostra colazione improvvisata e, dopo essermi assicurato che Bob non volesse venire, presi le mie cose e partii per la spiaggia. La mia prima tappa fu un negozietto sul lungomare, dove presi del Coppertone. Non c'era modo di scottarsi. Mentre ero in fila alla cassa, presi una versione tascabile di *Cool Hand Luke* e la aggiunsi al mio acquisto. Avevo visto il film e pensavo che sarebbe stato divertente leggere anche il libro, visualizzando gli attori della versione cinematografica mentre seguivo l'azione sulle pagine.

La spiaggia era deserta e scelsi un buon posto libero sulla sabbia, adiacente alle scale che scendevano dalla passerella. In quel modo potevo tenere d'occhio chi e cosa andava e veniva. Inginocchiato sulla sabbia calda, stesi la coperta, preparai un asciugamano piegato come cuscino e mi sdraiai sulla pancia, con gli occhi puntati sui gradini. Non passarono più di trenta secondi prima che la noia mi sopraffacesse. Mi misi in piedi, strizzando gli occhi al sole nascente, e scrutai la superficie dell'acqua; i miei occhi si concentrarono sull'orizzonte. Diversi surfisti di prima mattina erano seduti immobili sulle loro tavole colorate, che oscillavano ritmicamente su e giù, in attesa dell'onda giusta.

Mi alzai e mi diressi con decisione verso l'acqua; una sensazione di immensa libertà mi riempì fino a traboccare. Lanciai un urlo, mi misi a correre, con le gambe che volavano e le braccia che pompavano all'impazzata, e mi catapultai oltre un piccolo frangente, nell'acqua. Urlai. L'acqua era *gelida!* Ripresi fiato e pagai furiosamente allontanandomi dalla spiaggia, sia per riscaldarmi sia per spostarmi nella depressione sotto un'onda che si stava formando. L'acqua salata aveva un sapore fresco e pulito sulle mie labbra e fui sopraffatto dalla gioia. Mi tuffai sotto l'onda e mi sentii sballottato facilmente dalla potente energia dell'acqua. Mi voltai e cominciai a nuotare con forza verso la riva, permettendo all'acqua verde-bluastra di sollevarmi e di spingermi verso la sabbia. Lottai e scalciai con tutte le mie forze e fui ricompensato per i miei sforzi con una lunga e fluida nuotata fino alla riva. Ripetei la sequenza con successo ancora diverse volte e mi sentivo abbastanza sicuro di me, finché un'onda anomala mi colse di sorpresa e mi scaricò senza tante cerimonie sul sedere.

La sabbia e un assortimento di piccoli sassolini riempirono il mio costume da bagno e l'acqua salata mi riempì le narici, facendomi tossire e respirare a fatica. Mi tuffai sotto la superficie dell'acqua e svuotai il contenuto indesiderato dei miei pantaloncini; poi sgattaiolai fuori dal mare e risalii il basso pendio della spiaggia fino al mio asciugamano in attesa.

Ero esaltato *e allo stesso tempo* esausto e mi accasciai a terra bagnato per recuperare le forze. Il sole caldo asciugò rapidamente l'acqua dal mio corpo e presto perle di sudore sostituirono le gocce di acqua salata sulla mia pelle. Mi sollevai sui gomiti e mi ritrovai presto immerso nelle diavolerie di *Cool Hand Luke*. Il libro raccontava le prove e le tribolazioni di Lucas Jackson, un eroe di guerra, che era stato arrestato per aver tagliato le teste dei parchimetri. Per quello stava scontando la pena ai servizi sociali della Florida per le sue abitudini. Era roba pesante. Avevo appena raggiunto la parte in cui Boss Godfrey, il capo delle guardie, veniva descritto come 'privo di occhi, li teneva completamente coperti da occhiali da sole opachi . . .' quando sentii per la prima volta i suoi occhi su di me. Era un'incredibile ragazza adolescente, con boccoli biondi naturali che incorniciavano il suo viso perfettamente abbronzato; e stava sdraiata a meno di due metri da me, fissandomi senza ritegno, o almeno così sembrava alla mia immaginazione di ragazzo.

Mi spostai nervosamente sul telo, riuscendo a scavare un solco accomodante nella sabbia sottostante, abbastanza profondo da contenere la mia crescente erezione. Sebbene quell'azione servisse ad alleviare la pressione tra le mie gambe, non fece nulla per diminuire l'intensità dello sguardo della mia vicina. Anzi, semmai mi fissava ancora più intensamente, come se volesse deliberatamente aumentare il mio disagio. Mi costrinsi a concentrarmi su Cool Hand Luke, che ormai era al lavoro per pianificare la sua prima fuga, dopo aver scoperto che la vita nella banda non era il massimo. Poi, come dal cielo, la voce di un angelo disse: "Cosa stai leggendo?" Girai lentamente la testa in direzione della voce e riuscii a stabilire un contatto visivo. "Chi, io?" Chiesi, indicando me stesso. Lei ridacchiò e scrollò le spalle, come per dire che non lo sapeva.

Mi guardai intorno e scoprii che eravamo le uniche due persone sulla spiaggia. Mi sentivo un'idiota. Fissai la coperta, sentendo il mio viso diventare rosso vivo. "Oh, fantastico," mormorai, "che stupido che sono." *E ora che faccio?* Non dovevo preoccuparmi, perché stava facendo tutto lei. Come se fosse la cosa più naturale del mondo, si alzò, prese l'asciugamano e fece due passi verso il mio telo. Improvvisamente si accovacciò sulla sabbia e mi fissò dritto negli occhi.

"Allora, come ti chiami?" chiese lei, con un sorriso ironico che le si allargò sul viso perfetto.

"D-d-dave," balbettai.

Stavo fissando direttamente il suo ombelico, che pendeva sospeso come una mezzaluna, tra la rotondità dei suoi fianchi e un paio di seni gloriosi che tendevano contro il tessuto del suo costume da bagno giallo a due pezzi. I miei occhi risalirono lentamente verso un viso sorridente, incorniciato da capelli morbidi come lana d'agnello. Erano biondi e scendevano in riccioli stretti intorno al viso abbronzato. Le sopracciglia e le ciglia erano sbiancate dal sole e il naso aveva una leggera inclinazione che rivelava un'origine anglosassone. I suoi denti d'avorio erano perfettamente allineati (sicuramente frutto del denaro dell'alta borghesia *e di* innumerevoli visite a un esperto ortodontista) e circondati da labbra rosse, leggermente divaricate per rivelare una lingua rosa e allettante. Aveva profondi occhi blu, nessun altro colore sarebbe stato accettabile, che mi fissavano con tale intensità da costringermi a distogliere lo sguardo. Ero un pesce lesso. Troppo velocemente perché potessi obiettare (non che volessi farlo), stese il suo asciugamano sul mio telo e si abbassò lentamente sulla pancia, venendo a posarsi proprio accanto al mio corpo tremante. Alzandosi sui gomiti, allungò la mano e disse: "Beh, ciao Dave, io sono Missy. Piacere di conoscerti." Senza pensarci, presi la sua mano nella mia e la strinsi con forza. "Anche per me è un piacere," farfugliai.

"Allora, cosa stai leggendo?"

"Oh, niente. Solo una cosa che ho preso stamattina."

Si chinò, con la spalla a contatto con la mia, e finse di esaminare la copertina del libro in brossura. La sua pelle era calda contro il mio braccio e pregai che non lo spostasse mai. All'improvviso, si alzò di scatto, corse verso la sua coperta e tornò con un flacone di olio per bambini. Prendendomi alla sprovvista, mi lanciò il contenitore pieno e, per pura fortuna, lo presi al volo, gridando "Ehi!"

"Ops, scusa," disse lei. "Pensi di poterne mettere un po' sulla mia schiena? Per favore?"

La guardai senza fiatare. Ero troppo imbarazzato per rispondere.

"Prego?" chiese, con le labbra imbronciate alla Brigitte Bardot.

Mi ricomposi e risposi: "Oh, certo." Poi aggiunsi: "*Ma* solo se farai lo stesso per me."

"Va bene," scrollò le spalle con una risata, "nessun problema."

Mi congratulai con me stesso per la mia prontezza di riflessi e mi sollevai in ginocchio; ero un accolito, ansioso di servire. Sdraiata sull'asciugamano, Missy si slacciò con cura la parte superiore del costume da bagno e girò la testa verso di me, con gli occhi serenamente chiusi. Dio, era bellissima. Esitai, desiderando disperatamente di toccare la pelle morbida della sua schiena, ma allo stesso tempo ero troppo terrorizzato per fare una mossa. I suoi occhi si aprirono e sorrise. "Dai, sciocchino," disse. "Va tutto bene."

Con un gesto esagerato, aprii il flacone dell'olio per bambini e nel farlo eiaculai in aria una grande quantità del suo contenuto. Le spruzzai rapidamente un altro po' di quel liquido profumato sulla schiena. Lei si spostò delicatamente e sospirò. Deglutii a fatica e le mie dita tremarono mentre lottavo per mantenere la calma. Non era facile! Riuscii a rallentare il battito del mio cuore e cominciai a massaggiare il liquido nei pori della sua pelle. A poco a poco, mi riscaldai al compito e cominciai a godere della sensazione della sua pelle calda sotto la mia mano. Le mie dita accarezzarono la curva della sua spalla e, sfacciatamente, lasciai che la mia mano scendesse gradualmente, fino a posarsi contro la parte bassa della sua schiena. I miei polpastrelli sfiorarono il morbido rigonfiamento delle sue natiche alla base della colonna vertebrale e lei si contorse leggermente. Feci subito un balzo indietro e sbottai: "Ok, tutto fatto!"

Missy iniziò ad alzarsi, si ricordò della parte superiore del costume slacciata e si sdraiò rapidamente, tutto in un unico movimento, allungando la mano dietro di sé per legare insieme le due spalline; ma non prima di avermi fatto intravedere la dolce rotondità del suo seno sinistro. Lei disse: "Cavolo, c'è mancato poco" e mi guardò per vedere la mia reazione. Feci un sorriso malinconico e sentii il mio viso diventare rosso per l'imbarazzo. Mi sdraiai accanto a Missy e annidai la mia virilità eccitata nel solco simile a una culla che avevo creato per lei sotto l'asciugamano nella sabbia. Rimasi in quella posizione, nascondendo il mio stato di eccitazione, a occhi chiusi, contemplando il da farsi. Senza preavviso, un getto caldo di olio per bambini mi colò lungo la spina dorsale, raccogliendosi in una pozza nella zona della schiena.

"Tocca a te!" esclamò Missy.

Non potevo credere alle mie orecchie. Stava davvero per farlo. Mi correggo, lo *stava facendo*. Le sue dita forti si muovevano rapidamente in piccoli cerchi, mentre spalmava l'olio caldo e scivoloso sulla superficie della mia schiena. Tenevo gli occhi chiusi, godendomi il momento. Se il paradiso fosse stato quello, sarei morto volentieri sul posto. Lasciai che la mia immaginazione vagasse senza sosta . . . *lentamente e deliberatamente la mano di Missy scivolò tra le mie ampie gambe. Potevo sentire i suoi seni sodi sulla mia schiena, mentre lei si sdraiava sopra di me, gemendo eroticamente, il suo respiro caldo contro la carne del mio collo. La sua lingua umida si insinuò nel mio orecchio e lo sondò curiosamente come un serpente all'interno dei suoi confini, facendomi venire la pelle d'oca. Mentre la lingua di Missy esplorava il mio orecchio, la sua mano navigava nella zona tra le mie gambe. Le sue dita sottili mi toccarono delicatamente i testicoli e io sentii che mi stavo eccitando in risposta . . .*

Un forte schiaffo sul mio posteriore e le parole: "Ok, Dave, hai finito," ruppero le mie fantasticherie e fui immediatamente riportato al presente. Pensai di rotolare sulla schiena e di chiedere a Missy di massaggiarmi il davanti, ma la stretta all'inguine mi impose di non farlo.

Passammo il resto della mattinata sdraiati l'uno accanto all'altra a parlare, finché alla fine, all'ora di pranzo, Missy annunciò che doveva andare. A quel punto avevo scoperto tutto su di lei: aveva 15 anni, viveva fuori Filadelfia in una cittadina di cui non riuscivo a pronunciare il nome e stava sulla costa per tutta l'estate con gli zii. I suoi genitori venivano da Philadelphia ogni fine settimana. Poiché era già domenica, sarebbero tornati nella loro casa di periferia alla fine della giornata. Parlai a Missy di Bob e dell'appartamento di Atlantic Avenue e concordammo di incontrarci sulla spiaggia la mattina seguente. Raccogliemmo le nostre cose, ci salutammo e partimmo in direzioni opposte. Camminai con nonchalance fino alla fine del lungomare. Poi, guardandomi alle spalle, feci un breve cenno in direzione di Missy, girai l'angolo e mi avviai a passo spedito verso l'appartamento. Non vedevo l'ora di raccontare a Bob di Missy.

Il volto vescicato ma in via di guarigione di Bobby-Bo mi sorrise mentre mi accasciavo sul portico. Il ritmo pulsante di un assolo di chitarra di Eric Clapton urlava dall'interno della casa, mentre l'impianto stereo suonava a tutto volume nel piccolo appartamento. Sorridevo come un sempliciotto, mentre spiattellavo la notizia.

"Bobby-Bo," esclamai, "ho conosciuto una ragazza!"

"Dave-Bo," rispose con calma. "Beviamo una birra mentre tu racconti tutto al vecchio Bobby-Bo."

Dio, pensavo, che libertà abbiamo goduto. Che eccitazione! Ero fuori di me dall'estasi. Ingoiando l'Hamm's fredda, raccontai la mia storia, completa fino all'ultimo dettaglio. I fatti divennero finzione e la finzione divenne fatto, mentre tessevo una storia di piccanti intrighi sessuali. Dalle labbra gonfie di Bob uscivano grida e commenti, e lui si agitava sulla sedia gesticolando oscenamente a ogni occasione.

"Allora," chiese, "ha un'amica?"

"Cavolo, non lo so. Non l'ho nemmeno chiesto."

"Beh, dannazione, scoprilo!"

Quel pomeriggio affittammo un grande ombrellone per proteggere Bob dal sole. Si spalmò il Noxzema su tutto il corpo, poi si accasciò sulla coperta sottostante, sembrando una piccola balena beluga arenata sulla spiaggia con la bassa marea. Avevo deciso di schiarirmi i capelli per assomigliare a tutti i surfisti bruciati dal sole che sfilavano continuamente su e giù per la spiaggia, alla ricerca dell'onda giusta e della ragazza giusta. Avevo comprato uno di quei piccoli limoni di plastica pieni di succo di limone concentrato. Ogni volta che uscivo dall'acqua me ne spruzzavo un po' tra le mani e me lo spalmavo sui capelli, nella speranza di poter tornare a casa biondo prima che fossero trascorse le due settimane. Bob mi bombardava di domande ogni volta che mi riposavo sul telo.

"Allora, quanti anni ha?" chiese.

"Quindici," risposi.

"Pensi che ce la farai con lei?" chiese.

"Merda, non lo so," dissi. "l'ho appena conosciuta."

"Sì, lo so, ma, voglio dire, pensi che avrai la possibilità di, sai, farlo?"

Era una bella domanda. E non conoscevo la risposta.

"Questo non lo so," dissi. "Ma so che ha un bel paio di tette."

"Ah sì?"

"Sì!"

"Come lo sai?"

"Perché le ho viste."

"Ma no, cazzo. Davvero?"

"Sì, davvero."

"Come?"

"Aveva la parte superiore del costume da bagno slacciata e . . ."

"*Davvero?*"

"Sì, e . . ."

"E *cosa*?"

Bob mi guardava da una posizione inginocchiata. Sembrava uno che si trovasse alla balaustra della comunione, in attesa di ricevere l'ostia e un sorso di vino.

"E ha dimenticato che era allentato e ha iniziato ad alzarsi . . ."

"E tu le hai viste, vero?" disse Bob, finendo la frase per me.

"Sì," mentii, "le ho viste." (Ok, non le avevo *viste* davvero, ma le avevo intraviste abbastanza bene). Non c'era bisogno che Bob lo sapesse.

"Erano grandi?" chiese.

"Enormi," mi vantai.

Bob si afferrò l'inguine e strillò di gioia. Aveva un aspetto così buffo, con il corpo ricoperto di Noxzema, che non potei fare a meno di ridere.

"Cosa c'è di così divertente?" chiese.

"Tu," dissi indicandolo.

Abbassò lo sguardo sul suo corpo ricoperto di Noxzema, poi tornò su di me, poi di nuovo sul suo corpo.

"Fanculo," esordì. "Almeno ho un po' di colore."

"Anche io sono abbronzato," risposi.

"Sembri un fottuto albino," disse Bob.

"Almeno non somiglio a una balena spiaggiata," dissi.

"Ah sì?"

"Sì!"

"Beh . . . allora vaffanculo!" disse Bob.

"Vaffanculo anche tu," risposi.

"Oh, cazzo," disse Bob. Stava esaurendo la sua carica. "Ehi, sai cosa?" disse.

"Cosa?" Risposi.

"Perché non andiamo a cenare? Sono quasi le quattro e mezza. Poi, possiamo fare un pisolino e andare nei bar."

"Mi sembra una buona idea," dissi. "Andiamo a fare un bel respiro."

"Albino," disse Bob, dandomi un pugno sul braccio.

"Balena!" Risposi, dandogli un pugno.

"Albino!" gridò Bob. Fece per darmi un pugno sul braccio, ma io fui troppo veloce e mi scansai, afferrai l'asciugamano e gli diedi un leggero colpo sul sedere.

Per i dieci minuti successivi ci rincorremmo su e giù per la sabbia, schioccandoci addosso gli asciugamani, finché alla fine Bob si fermò e alzò la mano come un vigile

173

urbano. "Fermati!" disse, cercando di riprendere fiato. "Tu vinci. Io me ne vado."

"Bene," dissi. "Tanto è ora di mangiare." Raccogliemmo le nostre cose, restituimmo l'ombrello di Bob al noleggio e tornammo pigramente all'appartamento.

Dopo una cena a base di spaghetti scotti con sugo comprato in negozio, un'insalata e un paio di birre, decidemmo di fare un bel pisolino prima di andare a Somers Point per la sera. Avevamo sentito alla radio che c'era una gara di ballo in un posto chiamato Tony Mart's e volevamo essere completamente riposati. Con il lavandino traboccante di piatti sporchi, ci ritirammo nelle nostre camere da letto e ben presto ci addormentammo entrambi, con visioni di ragazzine urlanti che si scatenavano nella nostra immaginazione iperattiva. Non c'era niente di meglio.

21

Vincere la gara di ballo
("Ehi, stronzi!")

Verso le undici mi svegliai e trovai Bob in piedi accanto al mio letto che rideva a crepapelle. A quanto pareva, era lì da almeno cinque minuti e si stava divertendo moltissimo a guardarmi mentre eseguivo la gamma di tic facciali e contorsioni corporee associate al sogno.

"Dave-Bo," disse ridacchiando, "devi esserti davvero divertito." Guardò il mio inguine e lo indicò. Sbadigliai, allungai le braccia sopra la testa e feci finta di non notare l'enorme erezione che si tendeva contro i miei pantaloncini. "Eh?" Dissi, fingendo innocenza. "Cosa vuoi dire?"

"Voglio dire . . . hai fatto sesso nel tuo sogno?"

Mi misi a sedere sul bordo del letto e continuai a stiracchiarmi.

"Sì," dissi alla fine. "c'era tua sorella!"

"Ti piacerebbe!" rispose. "Vaffanculo!"

"Allora, usciamo o no?" chiesi.

"Sì, sì, rilassati," disse Bob. "Abbiamo un sacco di tempo. Comunque, che ora è?"

"Dopo le undici," risposi. "Credo sia meglio andare."

"Immagino di sì," disse Bob.

"Sarò pronto tra un minuto," dissi. "Devo solo fare una doccia."

Mi spostai pigramente lungo il corridoio fino al bagno e tornai diversi minuti dopo. Bob era stravaccato sul letto, immerso in una copia di Playboy e intento a sorseggiare una birra.

"Bobby-Bo!" gridai.

Bob si alzò di scatto, rovesciando metà della sua birra.

"Merda!" Guarda cosa mi hai fatto fare!" Indicò la macchia che si stava allargando sulla coperta.

"Dio," risi. "Sei proprio uno sciattone! Tieni!"

Afferrai un paio di slip buttati sul pavimento e li lanciai nella sua direzione. Bob si abbassò appena in tempo e i pantaloncini colpirono il muro dove si trovava la sua testa. Fece un debole sforzo per spugnare la pozzanghera di birra e poi lanciò l'indumento fradicio verso di me, colpendomi in pieno viso. I cinque minuti successivi trascorsero giocando a 'nascondi le mutande', mentre a turno ci infilavamo il paio di pantaloncini fradici sotto la maglietta dell'altro e dentro le mutande dell'altro, per non dire in faccia all'altro. Alla fine, esausti e puzzando di birra, crollammo sul letto in preda alle risate.

"Ehi, perché diavolo stiamo perdendo tempo a giocare a chi si prende le mutande?" Dissi. "Andiamo a Somers Point!"

Saltammo dal letto e ci dirigemmo verso la porta, quasi schiacciandoci l'un l'altro mentre cercavamo contemporaneamente di passare attraverso la stretta apertura. Dopo aver fatto passare la GTO in un autolavaggio a gettoni aperto tutta la notte, Bob abbassò la capote e attraversammo il ponte in direzione di Somers Point. Probabilmente avreste potuto sentirci arrivare a due chilometri di distanza, con l'otto tracce che diffondeva 'Little Old Lady from Pasadena' di Jan and Dean nell'aria limpida della notte.

Fuga dall'innocenza (Il racconto di un risveglio)

Quando arrivammo al Tony Mart's, c'era una folla di adolescenti, tutti vestiti con bermuda e camicie madras, che riempiva il parcheggio e traboccava in strada davanti al rumoroso bar. Ogni volta che la pesante porta d'ingresso si apriva, la musica ad alto volume e un mix di giovani entravano e uscivano dal locale come una marea. Mi aspettavo quasi che una spruzzata di acqua salata accompagnasse la confusione.

Aprendo il davanti delle camicie per esporre le imitazioni delle croci di ferro naziste appese al collo, Bob e io ci controllammo i capelli un'ultima volta negli specchietti laterali della GTO e ci avviammo coraggiosamente verso la porta d'ingresso. Senza preavviso, la porta malconcia si aprì e un enorme buttafuori, grande come un wrestler professionista, anzi, forse *era* un wrestler, *lanciò* quasi nella nostra direzione un adolescente palesemente ubriaco. Atterrò a terra sopra i nostri piedi, ed entrambi guardammo verso il basso quel miserabile pasticcio, e poi verso l'alto, verso il volto abbagliante dell'uomo-montagna che bloccava l'ingresso. Stava gridando oscenità, per finire con: "E state alla larga! O ti infilo la testa così tanto su per il culo che non vedrai mai più la luce del giorno!" Bob e io fissammo Golia e poi facemmo qualche passo indietro nell'ombra per riorganizzarci.

"Cosa ne pensi?" chiesi. "Pensi che i nostri documenti vadano bene?"

Bob scrollò le spalle. "Ehi, cosa faranno, ci *uccideranno*?" disse.

Una sensazione di malessere mi attraversò brevemente il sistema nervoso, facendomi rabbrividire involontariamente. Feci un respiro profondo e mormorai: "Sì, certo. Che diavolo, andiamo." Non credo di essere stato molto convincente, ma entrammo comunque nel bar.

Il rumore era assordante. Le luci stroboscopiche tremolavano e lampeggiavano in un ritmo sincopato che creava un effetto inquietante, al rallentatore. Rimanemmo in piedi, ipnotizzati dalle luci. All'improvviso, una voce forte alle nostre spalle mi fece rizzare i peli sul collo.

"Ehi, stronzi! Vediamo un documento d'identità!!!"

Era lui! Ercole senza catene! Con ansia cercammo i nostri portafogli ed esibimmo i documenti necessari, porgendoli al buttafuori, che li tenne, come un bambino, nella sua enorme mano, mentre li esaminava per verificarne l'autenticità, o la mancanza di autenticità. Apparentemente soddisfatto, ce li restituì, annunciando: "Ok, stronzi, sono tre dollari a testa! E avrete un drink." Sollevati, ognuno di noi gli consegnò i soldi, gridammo all'unisono "Grazie!" e ci precipitammo davanti a lui per rifugiarci nella folla pulsante.

Un tempo, il Tony Mart's doveva essere un magazzino contenente Dio solo sa cosa. Tuttavia, in quel periodo i suoi enormi interni contenevano frotte di occupanti che si dimenavano selvaggiamente al ritmo di una musica che faceva drizzare le orecchie. C'erano due gruppi musicali, situati l'uno di fronte all'altro, alle estremità dell'enorme edificio. Si alternavano per fornire l'accompagnamento ritmico necessario a mantenere ininterrotto il movimento dei giovani.

Fuga dall'innocenza (Il racconto di un risveglio)

Le travi d'acciaio che attraversavano la larghezza del locale fungevano da supporto per una vasta gamma di lampeggianti, semafori funzionanti e varie insegne al neon che lampeggiavano a intermittenza attraverso la nebbia di sigarette che riempiva l'aria. Insieme, il fumo e le luci producevano un'atmosfera surreale, più simile alla concezione dell'*Inferno di Dante* che a un'innocua sala da ballo. C'era un bar a quattro lati che imitava una palizzata western. Dietro, un gruppo di baristi in età universitaria lavorava febbrilmente per servire birre ai ragazzi e miscele esotiche di liquori alle signore.

Bob e io ci facemmo strada tra la folla, spostandoci verso il lato opposto del bar. Eravamo sudati e senza fiato, e ansiosi di riscattare i coupon per i nostri drink gratuiti. Invece di una birra, ordinai un martini, che trangugiai velocemente senza fermarmi a respirare. Immediatamente mi uscirono le lacrime dagli occhi e fui colto da un attacco di tosse. Una sensazione di calore e di bruciore si diffuse dal centro dello stomaco e salì rapidamente verso l'alto, attraverso il petto e sulle guance, dove rimase come prova della mia intossicazione. Ero armato e pericoloso. Non si poteva dire cosa fossi in grado di fare.

Presto ci trovammo a ballare contemporaneamente con la stessa ragazza, una bellezza con i capelli biondi che pendevano fino al suo bel sedere rotante. Catturati dallo sfarfallio delle luci stroboscopiche sovrastanti, formammo un curioso trio. C'erano Bob, Miss Halter Top e io. Rivoli di sudore scorrevano sui nostri volti mentre ridevamo e urlavamo, scuotendo le spalle e i fianchi, facendo la 'nuotata', 'l'autostop' e la 'scimmia'. Eravamo fantastici!

Di tanto in tanto, uscivamo fuori e ci aspettava una scorta di birra fresca che avevamo nascosto in una borsa termica, all'interno del bagagliaio della GTO. Non so quanti viaggi facemmo verso l'auto, di sicuro diversi, ma a mezzanotte sia io che Bob stavamo conversando seriamente con specchietti e altoparlanti, per non parlare di tutte le donne che passavano a breve distanza. La folla era diventata un po' più silenziosa, quando all'improvviso si udì un forte boato e un gran numero di spintoni all'estremità dell'edificio. Una voce profonda giunse dagli altoparlanti: "SIGNORE E SIGNORI! ATTENZIONE! STIAMO PER INIZIARE LA GARA DI BALLO. TUTTI I CONCORRENTI SONO PREGATI DI SALIRE SUL PALCO, ORA!"

Mi voltai per cercare Bob, ma non si trovava da nessuna parte. All'improvviso sentii una mano sul braccio e mi girai, pronto ad affrontare il suo proprietario. "Dai, balliamo!" disse una voce; apparteneva a una ragazza corpulenta, bionda e con un seno enorme.

"Ma . . . non ti conosco nemmeno . . ."

"Sono Nancy," gridò. "Forza, andiamo!"

"Oh merda," risposi. "Che diavolo."

Ci avviammo verso il palco. "Oh-hey; io sono Dave!"

"Piacere di conoscerti, Dave. Ora, forza, balliamo!" Mi strattonò con forza per un braccio e inciampammo sulla piattaforma rialzata, per la gioia della folla urlante. Nancy era vestita con dei pinocchietti bianchi, portati al limite dalle sue enormi natiche. I suoi capelli erano tagliati di netto e decolorati quasi di bianco, e incorniciavano un viso abbronzato e scuro che era allo stesso tempo paffuto e robusto. L'attributo principale di Nancy, tuttavia, erano le sue magnifiche tette, sospese precariamente sopra la pancia in un succinto toppino senza maniche hawaiano a fiori. Mentre eravamo insieme sulla pista da ballo, mi inchinai in vita e feci una flessione dei bicipiti. La folla approvò con un boato, applaudendo selvaggiamente. Naturalmente, Nancy si era guadagnata l'ovazione, offrendo al pubblico un'agitata di petto che suscitò le grida delle ragazze e le urla di gioia dei ragazzi. Io sorrisi stupidamente e continuai la mia imitazione di Steve Reeves, ignaro del vero obiettivo dell'attenzione degli spettatori.

Finalmente la band iniziò a suonare e noi ci mettemmo in posizione per ballare seriamente. La prima canzone fu Good Lovin', dei Rascals, e Nancy e io ci muovemmo intorno al palco affollato, facendo del nostro meglio per apparire ragionevolmente coreografici nei nostri sforzi. Dopo diverse strofe, il magro presentatore fermò la musica con un gesto della mano e si mise a rimescolare tra i ballerini ancora ghiribizzanti, battendo sulle spalle di alcune coppie per indicare che erano state eliminate. Uno dopo l'altro, lasciarono il palco.

La musica riprese e ricominciammo a muovere i nostri torsi a tempo di musica. Avendo a quel punto più spazio per muoversi, Nancy impazzì, lanciandosi in una vaporosa interpretazione dell'autostoppista. Ogni volta che gettava indietro il braccio nel movimento esagerato dell'autostoppista, si leccava il pollice e il seno collegato a quel braccio si sollevava oltre il top, esponendo un capezzolo appena accennato. I ragazzi andavano fuori di testa. Io urlai e gridai a Bobby-Bo, il cui viso rosa risplendeva come un faro. Nancy, nel frattempo, era impegnata a ondeggiare a ritmo di musica, con gli occhi chiusi e quei seni meravigliosi che rimbalzavano al ritmo della grancassa. Senza perdere un colpo, la band passò a 'the Peppermint Twist' e Nancy alzò il ritmo per stare al passo con la cadenza accelerata. Immediatamente, la gara di ballo si trasformò in una 'non gara', con Nancy che rese il tutto un one-woman-show. Si contorceva a più non posso, con il sudore che le colava dal corpo e quelle enormi tette che ondeggiavano incontrollate avanti e indietro a tempo di musica.

Feci un debole sforzo per continuare a ballare, ma in realtà volevo solo fare quello che volevano fare tutti gli altri ragazzi del locale: guardare le tette di Nancy! Così mi arresi, smisi di contorcermi e mi unii a tutti gli altri spettatori, applaudendo all'unisono mentre Nancy monopolizzava il centro della scena. Alla fine, con l'approvazione rauca di quasi tutto il pubblico, Nancy e io fummo incoronati vincitori della gara di ballo. Ci vennero consegnate delle magliette con il logo del Tony Mart; in risposta alle richieste della folla, ci infilammo rapidamente gli ori al collo e attraversammo il palco.

"DAVE-BO!" urlò Bob, "ce l'hai fatta!"

Abbassai lo sguardo sul suo volto sorridente e borbottai senza fiato: "Sì, sì. Ce l'abbiamo fatta." La mia voce si affievolì e mi girai per cercare Nancy. Fui accolto da un bacio sciatto e umido, piantato per metà sulla mia bocca e per metà sul mio naso. Nancy si spinse con forza contro di me e io mi sforzai di circondarla con le braccia, premendo il mio petto contro quei due cuscini gemelli che adornavano la sua cassa toracica. Lei rispose spingendo ancora più forte, e mi sembrò che ci fossero due giganteschi gavettoni tra di noi. Dopo aver goduto di quel massaggio improvvisato al petto per quella che mi sembrò un'eternità di estasi, mollai la presa sulla schiena di Nancy e fui letteralmente costretto all'indietro dalla resistenza dei suoi seni giganteschi. Nancy e io raggiungemmo Bob al piano terra e fummo rapidamente inghiottiti da una folla di ammiratori.

Noi tre passammo il resto della serata a gioire della nostra vittoria congiunta. Avevamo acquisito una certa celebrità e quindi non potevamo comprare da bere, mentre i benpensanti e i feticisti del seno si accalcavano intorno a noi e ci inondavano di alcolici gratis. Chi non riusciva ad avvicinarsi abbastanza stava in punta di piedi, allungando il collo solo per dare un'occhiata a Nancy e al suo enorme petto.

Verso le tre e mezza del mattino, tutti e tre uscimmo barcollando verso il parcheggio. Bob e io ci avviammo verso la GTO, mentre Nancy si diresse verso una Volkswagen decappottabile verde lime, parcheggiata lì vicino. Quella sera l'aveva portata in macchina da Bayonne a Somers Point, proprio per la gara di ballo. Afferrai Bob per un braccio e gli dissi: "Aspetta un attimo, ok? Torno subito."

Mi precipitai verso l'auto di Nancy, che era rumorosamente al minimo con Nancy seduta al volante, mentre aspettava che il motore si scaldasse a sufficienza per iniziare il lungo viaggio verso casa. Mentre cercavo di infilare la testa nel finestrino aperto, Nancy aprì la portiera, colpendomi in pieno con lo stipite. *THWACK!* L'impatto mi aprì contemporaneamente un profondo squarcio sulla fronte e mi fece cadere sul freddo asfalto. Rimasi lì, stordito come un uccello che era appena volato a testa in giù contro una finestra, con il sangue rosso vivo che mi colava sul viso.

"Oh, tesoro. Mi dispiace *tanto*! Stavo per venire a darti un bacio d'addio," disse Nancy. Uscì dalla Volkswagen e si sedette a terra accanto a me.

"Mi gira la testa," dissi.

Senza esitare, la bionda di Bayonne si appoggiò alla fiancata della sua auto e mi tirò a sé con la testa sul suo seno. Nel farlo, una goccia di sangue cadde sulla sua maglietta da trofeo appena acquistata. Istintivamente, allungai la mano per toccare la goccia di liquido cremisi che si stava spargendo. Nancy prese la mia mano e la premette delicatamente ma con fermezza contro il suo petto ansante, e sospirò dolcemente. Chiusi gli occhi, gemetti sommessamente, un po' per il dolore, ma soprattutto per l'estasi, e sfruttai l'occasione per tutto quello che valeva. Dopo un breve periodo di paradiso, le mie fantasticherie furono interrotte quando Nancy sollevò lentamente il mio viso verso il suo. "Tesoro," disse, "devo andare." Senza preavviso, le sue labbra umide trovarono le mie e la sua lingua dura e penetrante si fece strada tra i miei denti e nella mia bocca. Il sapore della birra e l'odore del profumo riempirono i miei sensi e sentii le mie gambe afflosciarsi. Rimanemmo 'a fior di labbra', finché non sentii la mano di Bob sulla mia spalla. Mi alzai a sedere e mi girai. Nel farlo, Nancy colse l'occasione per alzarsi e aprire la portiera dell'auto, entrando nel veicolo con un unico movimento.

"Ciao ciao, tesoro," sussurrò, guardando il mio corpo seduto. "Devo proprio andare."

Un rumore di stridio annunciò che Nancy aveva inserito la prima marcia e, con un rombo metallico e un'esplosione di fumo blu, la VW si allontanò nella notte. Alzandomi in piedi, agitai lentamente la mano destra in direzione dell'auto che scompariva rapidamente. Bob mi schiaffò una lattina di birra fredda nella mano sinistra, mi mise un asciugamano sporco sulla fronte ancora sanguinante e mi guidò verso la GTO. All'improvviso fui sopraffatto dalla consapevolezza che non avrei mai più rivisto Nancy (non ero riuscito a ottenere nemmeno un numero di telefono) e mi sedetti di nuovo, piagnucolando come un bambino.

"La amo, Bob. È bellissima." Continuai a piangere. "Cosa farò, amico? Non c'è più, non so nemmeno il suo cognome."

"Dave-Bo," disse Bob. "È solo una grassona con le tette grosse."

"Sì, tette," borbottai. "Che belle tette."

"Tutto qui," gli fa eco Bob, "Solo delle belle tette."

Bob aveva sempre un modo per ridurre le cose alla loro essenza più pura. "Non dimenticare che domani hai Missy," mi ricordò. Guardò l'orologio e ridacchiò. "Come ho detto," ripeté, "non dimenticare Missy, oggi! Porca puttana! Mancano solo cinque ore all'ora di Missy!"

Barcollando, raggiunsi il lato passeggero della GTO, aprii la portiera e mi misi a sedere sul sedile anteriore. Bob salì dall'altro lato, accese il motore e uscì dal parcheggio ormai deserto. Il vano portaoggetti era già aperto, così presi una cassetta a otto tracce di Ricky Nelson e la infilai nel lettore.

Giocavo
  Con i cuori,
Si affretterebbero al mio richiamo.
  Ma quando ho incontrato,
Quella bambina,
  Sapevo che sarei finito.
Povero piccolo sciocco, oh sì,
  Sono stato uno sciocco, ehm . . ."

Il buon vecchio Ricky Nelson, sempre profeta.

La GTO scivolò silenziosamente sul cemento liscio della sopraelevata verso una Ocean City ancora addormentata. Mentre scivolavamo per le strade tranquille, i deboli segni del risveglio erano ovunque: un camion della spazzatura, qui; l'odore del pane che cuoceva, là. Il sole si stava opponendo alla notte e un debole bagliore arancione illuminava l'orizzonte, segnalando l'alba di un nuovo giorno. Beh, avrebbe dovuto sorgere senza di me, perché io ne avevo abbastanza. Mi avevano sparato.

Una ragazza (o era un ragazzo con i capelli lunghi?) avvolta in una coperta, si muoveva senza meta in direzione della spiaggia. All'improvviso la GTO si fermò e alzai lo sguardo per trovarci parcheggiati fuori dall'appartamento. Indipendentemente l'uno dall'altro, Bob e io ci staccammo stancamente dall'auto e ci trascinammo su per le scale fino al portico e attraverso la porta d'ingresso. Mi addormentai prima che le coperte finissero di posarsi sul mio corpo fluttuante.

Joe Perrone Jr.

22

"Ti piace *la* birra, vero?"

"Dave-Bo, svegliati! Svegliati!" Era Bob e mi scuoteva **furiosamente.** *"Sono le dieci!* Ti *perderai* Missy!"

Con uno sforzo stentato, riuscii a malapena a separare le palpebre dalla colla notturna che le teneva unite, e fui ricompensato per i miei sforzi da un lampo di luce solare accecante che attraversava la finestra, rendendomi temporaneamente privo di vista. Di riflesso, sbattei gli occhi, pronto a scambiare la prospettiva di una giornata con Missy con la calda e soffice rete di sicurezza del sonno. Ma Bob non ne volle sapere e abbassò il viso verso il mio, sussurrando: "Dai, apri quegli occhietti," mentre mi gasava con il suo alito nocivo.

Con riluttanza, sollevai di nuovo le palpebre e scoprii che il volto sorridente di Bob era a pochi centimetri dal mio, mentre gesticolava selvaggiamente con le braccia tese. Era uno spettacolo. Il suo viso aveva cominciato a spellarsi e, con decine di piccoli riccioli secchi di pelle morta che pendevano dappertutto, assomigliava alla Mummia di Boris Karloff in carne e ossa.

Aprii le labbra in un debole tentativo di parlare, ma non emisi alcun suono, senza dubbio a causa dell'ovatta che mi aveva misteriosamente riempito la bocca mentre dormivo. Cercai di schiarirmi la gola e ci riprovai, ma tutto ciò che riuscii a fare fu un sussurro debole e confuso che assomigliava poco alla mia voce normale. "M-m-m-m-i-s-s-s-s-y," squittì. Il dolore era incredibile. Sembrava che qualcuno mi avesse colpito in testa con un martello. "Ahi!" Gridai. Bob rispose con una risata.

Mi alzai lentamente e cercai di schiarirmi la testa, che sembrava essere stata usata da Rocky Marciano come un sacco da box. In realtà, Rocky sembrava ancora in azione, perché quando mi alzai e cominciai a dirigermi verso il bagno, ogni passo mi provocò una scossa punitiva al cranio. Sinistra, destra, sinistra, erano i jab della 'Roccia dura di Brocton'. La campana segnò la fine del round, ma Rocky continuò a tirare pugni. Ficcai la testa dolorante sotto il rubinetto dell'acqua fredda e mi accasciai inerme contro il lavandino, usandolo come sostegno. A poco a poco i colpi alla testa si attenuarono e alla fine cessarono del tutto quando l'acqua fredda fece la sua magia. Con le mani a coppa, catturai un po' di liquido e sciacquai rapidamente il saporaccio via dalla bocca. Un po' di dentifricio strofinato sui denti con l'indice completò il rituale igienico e finalmente fui pronto ad affrontare la giornata.

E che giornata si rivelò! Avevo con me tutto il mio arsenale per prendere il sole. Si trattava di olio per bambini con una spruzzata di iodio, ossido di zinco per assomigliare di più a un bagnino e una plastica a forma di limone, riempita di succo di limone vero per aiutare a cambiare il colore dei miei capelli, da castani a biondi 'naturali'. Così armato, mi diressi verso la spiaggia. Il sole era già ben alto nel cielo e diventava sempre più piccolo e intenso ogni minuto che passava. Mentre risalivo la rampa che portava al lungomare, fui lieto di scorgere i capelli platino di Missy, sdraiata sul suo telo alla mia sinistra, non lontano dalla scalinata che scendeva dal lungomare alla sabbia calda sottostante. Pieno di aspettative, mi misi a trottare, ma poi mi fermai bruscamente. E se non si fosse ricordata di me? Un sudore freddo mi punteggiò la fronte. Imperterrito, raccolsi le mie riserve, feci un respiro profondo e scesi le scale traballanti, avanzando facilmente verso la sua coperta. Missy dormiva sulla schiena. Rimasi immobile, ammirando le curve del suo corpo e il gonfiore dei suoi seni che si alzavano e si abbassavano con il suo respiro. Non volendo spaventarla, stesi silenziosamente la mia coperta accanto alla sua, poi mi alzai e incrociai le braccia sul petto, guardandola dormire. Dovette aver percepito la mia presenza poiché spostò leggermente il suo corpo in risposta allo stimolo invisibile.

"Buongiorno," sussurrai.

Missy sollevò lentamente la sua bella testa bionda, riparandosi gli occhi dal sole con un braccio perfettamente abbronzato, mentre le sue morbide palpebre si aprivano e si spalancavano, rivelando gli scintillanti occhi blu che avevano catturato la mia attenzione per primi. Sorrise ampiamente, mettendo in mostra denti bianchi e perfettamente uniformi, e sentii il mio viso arrossire per l'imbarazzo. "Buongiorno anche a te," disse lei, che sembrò metterci un'eternità a far uscire le parole. Le mie gambe si trasformarono immediatamente in gelatina e scivolai sulla coperta, dove rimasi come una pozza di liquido caldo, in attesa impotente di essere divorato.

Proprio come avevamo fatto il giorno prima, ognuno di noi applicò a turno l'olio solare sul corpo dell'altro. Quando Missy si avvicinò alla mia nuca, si chinò improvvisamente e mi posò un morbido bacio sulla guancia, cogliendomi completamente di sorpresa. Rotolai sulla schiena e la fissai negli occhi, meravigliandomi delle ciglia e delle sopracciglia bianche che li circondavano. Abbassò le labbra sulle mie e ci baciammo. Con calma circondai il suo corpo con le braccia e la tirai con forza contro di me. La sua carne era morbida e calda per il sole, e le mie mani si muovevano verso il basso, esplorando e accarezzando la dolce curva sopra i suoi ampi fianchi. Lei si contorceva seducentemente sopra di me, spingendo il suo corpo ancora più vicino al mio petto. Una voce ruppe il silenzio. "DAVE-BO!" Era Bob. Immediatamente Missy si liberò dal mio abbraccio e si mise a sedere sui talloni.

Merda! Non ora, Bob! Infastidito, mi alzai in piedi e mi resi subito conto che i miei slip stavano sporgendo pericolosamente, senza lasciare dubbi sul mio stato di eccitazione. Oh, fantastico! Così tutto il mondo mi avrebbe visto per il bastardo arrapato che ero in realtà. Con un abile movimento, lasciai cadere il braccio sinistro sul mio inguine offeso e feci finta di grattarmi la spalla sinistra con la mano destra. Fortunatamente, né Bob né Missy mi stavano guardando, tanto meno il mio inguine! Invece, cosa ancora peggiore, si stavano fissando intensamente l'un l'altro! Non sapendo come tenerli lontani, feci la cosa migliore: li presentai l'uno all'altra.

"Missy, questo è il mio amico Bob. Bob, questa è Missy."

Per qualche motivo, Missy sembrava ipnotizzata e non riusciva a smettere di fissare Bob. Bob, invece, sembrava meno a suo agio e mostrava segni di appassimento sotto il suo intenso sguardo. Finalmente la situazione di stallo si sbloccò quando Missy lo indicò e parlò.

"Dio, cosa è successo alla tua faccia?"

"Cosa?" rispose Bob. "Oh, questo?" disse, strofinando una mano sulla sua superficie scrostata. "Credo di aver preso un po' troppo sole."

"Ma dai, ma ti pare?" ironizzò Missy.

Ridemmo tutti e io mi rilassai un po', rendendomi conto che lo sguardo di Missy era nato dalla curiosità e non dalla *lussuria che* avevo immaginato. Bob, ovviamente, fissava *sempre* le ragazze voluttuose, quindi le sue indiscrezioni erano prevedibili.

"Che ne dite," dissi. "Che ne dite di una nuotata?"

"Fantastico!" disse Missy.

"Idem!" esclamò Bob.

Insieme, ci lanciammo lungo la spiaggia, a pancia in giù sulle piccole onde agitate alla fine della spiaggia e nel caldo abbraccio dell'oceano. Riemersi e mi riempii di ammirazione e più di un po' di passione guardando Missy che si divertiva energicamente nell'acqua salata. Mi tuffai sotto un'onda e le arrivai alle spalle, tirandola contro di me. Con mia grande sorpresa, non oppose resistenza e anzi si appoggiò alle mie braccia. Rinfrancato da un rinnovato senso di fiducia, permisi con coraggio a una mano di risalire dalla vita di Missy fino a toccare uno dei suoi seni. Lei mi afferrò la mano e la tenne stretta contro il suo petto ansante. Chiusi gli occhi e fui immediatamente investito da una grande ondata che si abbatté sul mio viso. Missy mi sfuggì dalla presa e io rantolai forte per prendere aria, ingoiando invece una boccata d'acqua. Tossii e sputai, aprendo e chiudendo la bocca come un pesce fuor d'acqua, nel tentativo di riprendere fiato. Lottando per ritrovare l'equilibrio, trovai finalmente l'appoggio sul fondo di sabbia liscia e mi alzai in piedi, guardandomi intorno alla ricerca di Missy.

"Da questa parte!" urlò.

"Grazie mille, amica," gridai. "Perché non mi lasci annegare?"

"Oh, sei proprio un fifone," rise lei.

"Ah sì?" Nuotai verso di lei, fingendo irritazione, e ci rincorremmo nell'acqua, schizzando e urlando con finta rabbia. Il resto della mattinata trascorse giocando a prendersi in giro, dentro e fuori dall'acqua: io, Missy e Bob. Nonostante la presenza onnipresente di Bob, Missy e io riuscimmo comunque a strapparci un bacio occasionale e sciatto e una carezza casuale ogni volta che se ne presentava l'occasione. Periodicamente, ripetevamo il nostro rituale della lozione abbronzante, facendo del nostro meglio per dare una rapida palpatina durante la farsa, diventando gradualmente più audaci con l'avanzare della giornata.

Verso le due, avvicinai Bob in acqua e lo convinsi a rimanere lontano dall'appartamento per qualche ora. Avevo intenzione di tornarci con Missy per una lunga sessione di palpeggiamenti e non volevo essere disturbato. Avevo la netta sensazione che potesse essere la volta *buona, la mia* grande occasione!

"Ti piace la birra, vero?" chiesi con disinvoltura a Missy mentre camminavamo a piedi nudi verso l'appartamento.

"Oh, certo," disse scrollando le spalle.

Il sole del pomeriggio era direttamente sopra di noi e le nostre ombre non erano altro che grandi punti sotto di noi, mentre ci incamminavamo dalla spiaggia. Per evitare il caldo del marciapiede, camminavamo sui prati dove potevamo, l'erba fresca dava un gradito sollievo alle tenere piante dei piedi. Visioni di pelle nuda mi balenavano in testa e mi immaginavo di *farlo* davvero. L'immagine era in qualche modo incompleta, più un puzzle da collegare ai puntini che una fotografia, e usavo la mia immaginazione per riempire i dettagli. Ho sempre saputo che se avessi avuto l'opportunità di farlo, sarei stato sicuramente in grado di capire come farlo. Mi sudavano le mani al solo pensiero che questa potesse essere l'occasione giusta.

Arrivammo al portico d'ingresso proprio mentre stavo pronunciando la battuta di una barzelletta osé su un uomo con una gamba di legno. Missy ridacchiò nervosamente e poi rimase immobile quando entrammo nel buio dell'appartamento.

"Vado a prendere una birra, ok?" Dissi.

"M-m-m-m-m-m," rispose Missy, leccandosi le labbra in risposta.

Tornai dalla cucina con due lattine fredde di Hamm's. La trovai distesa pigramente sul mio letto, con gli occhi chiusi, con un'aria così tranquilla e graziosa che quasi non volevo disturbarla. Rimasi immobile, soddisfatto di ammirare la sua bellezza di ragazza. Poi, istintivamente, mi chinai per baciarla. Lei gemette e infilò la lingua in profondità nella mia bocca, sondando con curiosità. I nostri denti si unirono e sentii il sangue ruggire forte nelle mie orecchie. All'improvviso, Missy si alzò a sedere e urlò.

"Che cosa c'è?" Chiesi. Ero in preda al panico.

"La birra!" gridò. "La birra!"

Abbassai lo sguardo e vidi che avevo versato un fiume di infuso freddo sul suo ventre nudo. "Oh, Dio. Mi dispiace tanto!"

"Dovresti essere dispiaciuto," la rimproverò. "Ora, leccalo."

"Ma . . ."

"Mi hai sentito, leccalo," comandò con una risatina.

Non c'era bisogno che me lo dicessero due volte. Quello che seguì fu come una scena del film *Tom Jones*, mentre giocavamo a turno a 'rovescia e lecca'. Finalmente ci stancammo del gioco, ma non prima di passare a un po' di petting pesante. Ero in preda al delirio e quasi non mi accorsi quando Missy allentò la parte superiore del suo costume da bagno e se lo sfilò. I suoi seni erano così sodi che non cedevano quasi per niente e i suoi capezzoli rosa erano eretti e sull'attenti. Con la dovuta deferenza, adorai l'altare svelato davanti a me, toccando e assaggiando delicatamente i teneri bocconcini che mi venivano offerti alle labbra. Missy gemeva e si contorceva sotto il mio tocco, persa in una passione che minacciava di travolgerla.

Colsi l'occasione. Senza perdere tempo, infilai la mano nello slip del suo costume da bagno e trovai la fessura umida della sua vagina. Lei spinse con forza contro la mia mano, tirando le mie dita penetranti ancora più in profondità nella cavità tra le sue cosce. Mi sentivo stordito e a corto di fiato, ansimando ad ogni respiro affannoso.

"Tu!" chiese. "Anche tu!" Armeggiò con la coulisse dei miei calzoncini.

"Oh, Dio," gemetti. Ero spaventato, sempre di più. *Che cosa dovevo fare? Dovevo farlo? Sì o no?* La confusione era opprimente. Le visioni della lezione di catechismo, con Suor Agnes che mi ammoniva contro le tentazioni, invadevano il mio subconscio, allontanando la lussuria dai miei pensieri. Allo stesso tempo, la mano di Missy si aggirava nei miei pantaloncini, aumentando la mia eccitazione e la mia costernazione. Era l'Armageddon: Missy contro Suor Agnes e la chiesa! Avrebbe dovuto essere un testa a testa, ma non ci fu nemmeno un confronto. Anzi, non ci fu nemmeno una gara. Suor Agnes e il cattolicesimo vinsero per TKO!

Non potendo più sopportare la pressione, ritirai la mano dall'inguine di Missy. Sembrava sorpresa e delusa. Mi sentii obbligato a rispondere alla domanda inespressa scritta in grande sul suo viso.

"È suor Agnes!" sbottai.

"Ma . . ."

"È la chiesa!"

"Ma che . . ."

"Non ce la faccio proprio!" esclamai.

"Ma tu . . ."

"Lo so, lo so, ma non ci riesco. È troppo difficile da spiegare. Mi dispiace davvero."

Inaspettatamente, Missy prese la mia mano e la portò alle sue labbra, baciandola teneramente. Era proprio quello di cui avevo bisogno. Passammo le ore successive a parlare tranquillamente della mia educazione cattolica e di come avessi lottato con tutte le mie forze per superarla, per poi essere sconfitto ogni volta che si presentava l'occasione, non era un gioco di parole. Ogni volta che cercavo di scusarmi, Missy soffocava le mie parole con un bacio. Finalmente, verso le cinque, ci alzammo e uscimmo dall'appartamento, tornando alla spiaggia. Mentre passeggiavamo pigramente sulle assi di legno del lungomare, quelle rimbombavano rumorosamente ogni volta che passava una bicicletta. Comprai due coni gelato morbidi e li leccammo avidamente prima che si sciogliessero, mentre ci appoggiavamo alla ringhiera di metallo del lungomare, di fronte all'oceano.

A poco a poco, l'inquietudine che entrambi avevamo provato si sciolse come il gelato e cominciammo a rilassarci. Guardammo in silenzio il mare e osservammo le onde che si infrangevano ritmicamente in lontananza. Ripensandoci, credo che entrambi sapessimo che una linea invisibile era stata quasi superata. Così, ci rimase la consapevolezza che ogni volta che ci saremmo incontrati in futuro, saremmo arrivati a quella linea sempre prima, finché alla fine non sarebbe stato possibile tornare indietro e la linea sarebbe stata superata. Era troppo per noi da gestire e ci trovammo di fronte alla prospettiva di come disfare con grazia l'arazzo che avevamo così innocentemente iniziato a tessere e che non volevamo, o non potevamo, completare.

Alla fine, ruppi il silenzio annunciando che Bob e io eravamo stati invitati a pescare d'altura il giorno dopo con una famiglia che conosceva, e quindi non saremmo stati nei paraggi. Sono sicuro che Missy sapeva che stavo mentendo, ma si limitò a sorridere e a scrollare le spalle, dicendo: "Beh, probabilmente ci vedremo mercoledì."

"Sì, probabilmente," risposi.

Seguirono altri silenzi imbarazzanti, finché, fortunatamente, iniziò a piovigginare e io afferrai il braccio di Missy e la portai di corsa al riparo di una tenda vicina.

"Credo sia meglio che vada," disse. "Mia zia sarà preoccupata."

"Sì, credo che tu abbia ragione," dissi. "Oh, ehi, vuoi che ti accompagni a casa?"

"Oh no, davvero, non è necessario," rispose lei.

"Sei sicura?"

Credo di non essere sembrato molto sincero, perché Missy scosse la testa, no.

"Beh, credo che ci vedremo in giro," proposi.

"Sì, certo," rispose lei. Poi, quasi come un ripensamento, aggiunse: "Ehi, Dave, sei vergine?"

Arrossii. "Chi, io? No, non esiste! Ehi, ci vediamo, ok?" Senza aspettare una risposta, mi voltai. Le lacrime mi rigavano il viso e mi misi subito a correre, tornando verso l'appartamento. Dopo aver percorso circa un isolato, mi fermai e mi guardai alle spalle. Missy non si vedeva da nessuna parte.

Il giorno successivo, Bob e io trovammo un ottimo posto più a sud sulla spiaggia. Le onde erano perfette e

Joe Perrone Jr.

Bob si concentrò sul suo body surfing mentre io mi occupavo della mia abbronzatura. Di tanto in tanto davo un'occhiata furtiva su e giù per la spiaggia, aspettandomi di vedere i riccioli bianchi di Missy, ma segretamente sollevato per la sua assenza. Il succo di limone concentrato che avevo applicato sui capelli cominciava a fare effetto e ne aggiungevo con entusiasmo ogni giorno, nella convinzione errata che 'di più è meglio'.

Il martedì passò senza eventi, così come il mercoledì e il giovedì. Ogni giorno seguiva uno schema prevedibile: colazione tardiva, discesa in spiaggia fino al tardo pomeriggio, breve pisolino dopo cena, molta birra e infine il breve viaggio in auto sulla sopraelevata fino a Somers Point, dove avremmo ballato e bevuto fino alle prime ore del mattino. Il venerdì mi alzai presto, lasciando Bob a dormire profondamente, e mi diressi verso il punto in cui avevo incontrato Missy. La sabbia era deserta, tranne che per una figura solitaria che saltellava dentro e fuori dall'acqua: un cane nero e trasandato che chiamai subito 'Blackie'.

Passai l'ora successiva giocando a recuperare il mio nuovo amico, lanciando una palla di gomma in aria e meravigliandomi della sua capacità di fare spettacolari prese a bocca aperta, riuscendo a evitare gli spruzzi delle onde in arrivo. Avevo appena effettuato un lancio particolarmente alto quando sentii la presenza di Missy. Fu spaventoso. Non dovetti nemmeno guardare, sapevo solo *che* era lì. Di sicuro, quando finalmente mi voltai verso la passerella, lei era lì, sdraiata su una coperta accanto alla mia. Immediatamente fui colto dall'irrefrenabile impulso di scappare. Ma il collegamento tra il mio cervello e le mie gambe non funzionò e rimasi radicato alla sabbia, incapace di muovermi. In quel momento, Blackie arrivò al mio fianco, scuotendo violentemente il suo cappotto nel tentativo di asciugarsi, facendomi contemporaneamente una doccia di acqua salata fredda e destandomi dalle mie fantasticherie. Guardai Missy, riflettei sulla mia situazione e decisi di affrontarla di petto. Mi avvicinai di corsa alla sua coperta e mi buttai coraggiosamente sulla sabbia accanto a lei.

"Dave!" esclamò. L'enorme sorriso sul suo volto mi disse che era sinceramente felice di vedermi. "Pensavo fossi andato a casa."

"No," risposi, "abbiamo solo frequentato un altro posto più in basso sulla spiaggia."

"Oh," disse. Il suo sorriso svanì e fu evidente che sperava in una spiegazione migliore per la mia assenza.

"Beh . . . Voglio dire . . . Bob voleva fare body surf, e le onde lì erano molto migliori che qui, ecco perché non eravamo lì. Piuttosto sfigato." Tendendo gli occhi contro il sole nascente, Missy mi fissò intensamente come se cercasse di vedere attraverso di me in qualche punto della mia testa. Le sue parole successive mi fecero quasi cadere in piedi.

"Sai, Dave, anch'io sono vergine."

"Davvero?" Tossii, quasi soffocando la mia risposta. "Ma, Missy, pensavo . . . cioè, non lo sapevo. Ma . . . di cosa stai parlando?"

"Beh, credo che tu fossi imbarazzato perché pensavi che io *non lo fossi*, e dato che *lo eri*, beh, sai, ti sei sentito strano e tutto il resto. Capisci cosa intendo?"

Sapevo esattamente cosa intendesse, ma non avevo intenzione di ammetterlo. Così, sbottai con la prima cosa che mi venne in mente. "Pensi che il succo di limone mi farà *davvero* diventare i capelli biondi?"

Si alzò a sedere, mi prese il viso tra le mani e mi baciò così forte che mi tagliai il labbro sui suoi denti. Stupito, chiesi: "Perché *l*'hai fatto?"

"Oh, Dave," disse, "sei così carino!"

"Oh," dissi con cipiglio, pulendomi il labbro con il dorso della mano, "vuoi dire che non sei arrabbiata con me?"

"Certo che no," disse lei. "Penso che tu sia adorabile. Ora, che ne dici di mettermi un po' di crema solare sulla schiena prima di friggere?" Mi porse il flacone prima che potessi rifiutare.

E, così, tutto era di nuovo a posto, non lo *stesso*, ma comunque a posto.

Domenica io e Missy ci scambiammo indirizzi e numeri di telefono e ci salutammo. Naturalmente ci ripromettemmo di scriverci e discutemmo anche della possibilità di andare a trovarla a casa durante le mie prime vacanze scolastiche. Tuttavia, dubitavo seriamente che una di noi due avesse intenzione di rimanere *davvero* in contatto.

La seconda settimana a Ocean City passò velocemente. Fu una ripetizione di quella precedente (senza Missy, ovviamente), piena di giornate di sole e notti nebulose. Bob si era completamente ripreso dalla scottatura e noi ci concentrammo sull'approfondimento dell'abbronzatura durante le ore diurne e sul divertimento notturno a Somers Point. Si ballava molto, si beveva più che a sufficienza, ma non c'erano più incontri romantici per me. Bob riuscì a rimorchiare Nancy per una sera e la portò addirittura fuori per una sessione di pomiciate pesanti sul sedile posteriore della GTO.

Alla fine della settimana, entrambi avevamo esaurito i nostri portafogli e le nostre scorte di energia ed eravamo davvero sollevati di tornare a casa. Dormii per la maggior parte del tempo durante il lungo viaggio di ritorno a Leonia e salutai Bob in fretta e furia quando raggiunsi casa sua. Un familiare scricchiolio di ghiaia mi accolse quando entrai nel mio vialetto poco dopo le dieci di quella domenica sera e tirai un sospiro di sollievo nel sentire quel suono accogliente. Era bello essere a casa.

Barcollando sotto il peso della mia valigia stracolma, arrivai alla porta sul retro, cercando a fatica di estrarre le chiavi di casa dalla tasca. Prima che potessi togliere la mano dai pantaloni, la porta d'ingresso si aprì e rivelò l'immagine di mia madre, con i capelli a boccoli e una vestaglia a fiori. Fece un ampio sorriso e soffocò una risata.

"Cosa c'è di così divertente?" chiesi.

Senza rispondere, la mamma scomparve in casa e riapparve poco dopo brandendo un vecchio berretto da baseball dei Dodgers. In silenzio, mi mise il cappello in testa e mi fece cenno di entrare. "Non farti vedere da tuo padre o si arrabbierà," mi avvertì. E poi, quasi come in risposta alla domanda silenziosa che si stava formando nella mia testa, sussurrò: "I tuoi capelli sono arancioni, David."

La superai e mi precipitai in bagno. Chiusi la porta a chiave, mi tolsi la cuffia e fissai con stupore il mio riflesso nello specchio montato sull'armadietto dei medicinali. Mentre mi bagnavo i capelli con il succo di limone nella speranza di diventare biondo, in realtà mi ero trasformata in un rosso fiammeggiante! Soffocai un urlo. Che cosa avrei fatto? Non c'era da preoccuparsi.

Al mattino, aspettai che papà uscisse per andare al lavoro, indossai il mio 'vecchio amico', il berretto da baseball, e andai in farmacia a comprare un flacone di tintura per capelli castani. Un'ora dopo, mi trovai di nuovo davanti allo specchio per osservare i risultati del mio lavoro manuale. "Beh, Dave," dissi al mio riflesso, "sembra che tu ti sia abbronzato alla grande. Peccato che non hai pensato di decolorarti i capelli di biondo."

Quella sera, papà si complimentò con me per l'abbronzatura, mentre gustavamo, tra le tante cose, gli spaghetti al ragù. Mancava solo una lattina fredda di Hamms. "Grazie a Dio non si è decolorato i capelli come fanno quegli idioti dei surfisti," disse. "Vero, cara?" Mamma per poco non si strozzava con gli spaghetti mentre ci lanciavamo occhiate complici. Mi congedai immediatamente dal tavolo e corsi al piano di sopra, in camera mia.

"Che cosa gli succede?" Sentii papà chiedere.

"Oh, niente, caro. Solo una spaghettata di troppo, immagino."

Potevo quasi sentire l'ammiccamento nella sua voce.

23

Dick il cazzone

"Allora, hai scopato?" Era la mattina dopo il mio ritorno a casa dalla costa e Craig era disteso sul divano rotto che si trovava a cavallo delle assi pericolanti del suo portico. Socchiudeva gli occhi contro il forte sole di luglio che penetrava attraverso i buchi della logora tenda da sole che fingeva di proteggere la parte inferiore della vecchia casa.

"No," risposi. "Ma ho vinto questa!" Lanciai nella sua direzione una maglietta di Tony Mart appallottolata. Lui prese l'indumento e mi guardò con un'espressione interrogativa. "Che cazzo è questa? Non sembra un paio di mutandine. Allora, qual è la storia?"

Raccontai ogni dettaglio della mia avventura di ballo da ubriaco, con tanto di effetti sonori. Craig rideva a crepapelle mentre gli raccontavo i dettagli. Alla fine, si zittì e percepii un cambiamento nel suo umore.

"Beh, sono contento che uno di noi si sia divertito," sospirò alla fine.

Mentre io mi spaparanzavo sulla spiaggia, la vita di Craig stava andando a rotoli. Aveva continuato a lavorare alla stazione di servizio, ma la situazione a casa si stava avvicinando al limite critico. Cominciò ad aggiornarmi. Non fu bello.

"Beh, tieni duro," dissi quando ebbe finito. "Andrà meglio. Vedrai." Le mie parole avevano un suono vuoto e sapevo che non stavo ingannando nessuno, soprattutto Craig.

Una settimana dopo, il signor Reilly stava intrattenendo i suoi amici all'Harry's Bar & Grille, dove aveva bevuto ininterrottamente da mezzogiorno in poi. Appollaiato su uno sgabello traballante di fronte alla TV, stava per raggiungere il punto di non ritorno, incespicando in una barzelletta mal raccontata dopo l'altra. Sentendo la pressione del troppo whisky e della troppa birra sulla vescica, si allontanò barcollando per andare a scaricare i suoi effetti nello squallido bagno degli uomini situato nell'angolo del bar. Quando tornò, trovò Craig ad aspettarlo.

"Ehi papà," disse Craig. "Che ne dici di venire a casa. Mamma dice che vuole usare la macchina."

"Per l'amor di Dio, a cosa diavolo le serve la macchina?" chiese il suo vecchio. "Quella dannata ragazza mi rompe sempre le palle."

"Dice che deve andare a fare la spesa," disse Craig.

"Fanculo la spesa, vado all'ippodromo!" gridò.

Craig mise un braccio intorno al gomito del padre e cercò di condurlo fuori dal bar. Dick 'il cazzone' oppose resistenza, liberando il braccio dalla presa di Craig. Craig ci riprovò, ma il vecchio era troppo forte e non ne voleva sapere. Si allontanò con forza, colpendo Craig in faccia, con il suo pesante anello da massone che aprì uno squarcio lungo il ponte del naso di Craig.

"Gesù Cristo, papà. Guarda cosa hai fatto," gridò. Il sangue gli colò sul viso, mescolandosi alle lacrime che avevano cominciato a sgorgare dai suoi occhi. "Stronzo!" gridò. Immediatamente si pentì delle sue azioni. Ma era troppo tardi.

Suo padre si voltò verso di lui, con l'odio scritto in faccia. "Non imprecare con me, piccolo bastardo! Chi cazzo ti credi di essere?" gridò. "Io vado all'ippodromo e tu e la vecchia potete andare all'inferno!" Spinse Craig da parte e lo superò barcollando verso la porta d'ingresso del bar. "Andiamo, Jimmy," disse a uno dei suoi compagni di bevute, "portami all'ippodromo."

"Ma, papà . . ."

"Ma niente! Di' a tua madre che può andare a piedi fino a quello cazzo di drogheria. E se ti rivedo qui dentro, ti prendo a calci in culo!"

Craig raggiunse il padre e lo afferrò per la cintura. "Ma, papà . . ."

Dick Reilly si girò, con il volto arrossato dalla rabbia e il pugno chiuso, pronto a colpire il figlio. Ma Jimmy Dooley afferrò per primo il suo braccio e, prima che Dick potesse reagire, lo fece girare e lo spinse verso la porta. Dick guardò il figlio da sopra la spalla. "È meglio che tu non ci sia quando torno a casa, piccolo bastardo, o ti prendo a calci nel sedere!"

"Non preoccuparti," gridò Craig. "Non lo farò!"

Jimmy Dooley si voltò e fece l'occhiolino a Craig. "Non preoccuparti, ragazzo," disse. "Si farà un paio di vincite e si dimenticherà di tutto." Craig guardò i due uomini uscire barcollando dal bar e sparire dietro l'angolo. Craig chiuse forte gli occhi, sentendo il sangue salirgli alla testa e le orecchie surriscaldarsi. Quella sarebbe stata l'ultima volta che suo padre lo avrebbe colpito, pensò.

207

"Non accetto più le sue stronzate," annunciò. Ma nessuno nel bar prestò attenzione alle sue parole e lui se ne andò in silenzio, dirigendosi verso casa.

Quella sera, quando il padre di Craig tornò a casa dall'ippodromo, trascinò Craig fuori dal letto e lo picchiò senza pietà. Nel frattempo, per poco non ruppe il naso alla signora Reilly che tentò di intervenire. Quando svenne nel corridoio del piano di sopra, sia la moglie che il figlio erano già neri e blu.

La mattina dopo squillò il telefono: era Craig.

"Ehi, Dave, sono io," disse. Risi ad alta voce per l'assurdità della sua osservazione. "Che c'è?" Chiesi.

"Indovina dove sono?"

"Come diavolo faccio a saperlo? No, aspetta . . . sei al campo di allenamento dei Dodgers?"

"Hackensack!"

"Stupida merda. I Dodgers non sono ad Hackensack," dissi.

"Lo so," disse ridendo. "Sono all'ufficio di reclutamento dei Marines."

"Che diavolo ci fai lì?"

"Me ne vado," gridò. "Non ce la faccio più, cazzo."

Nei dieci minuti successivi alternò sfuriate, deliri e pianti. Spiegò cosa era successo la sera prima e come aveva convinto la madre a firmare il modulo di consenso per i Marines che aveva tenuto nascosto nella sua stanza. Craig aveva falsificato la firma del suo vecchio e la cosa era finita lì.

Feci del mio meglio per dissuaderlo dalla sua decisione, ma era già deciso.

"Inoltre," disse, "sarà meglio per mia madre. Se non ci sono io a far arrabbiare il vecchio, probabilmente la lascerà in pace."

Rimasi in silenzio. La verità era che non avevo altro da dire. Era logico. Sapevamo entrambi che non sarebbe andato da nessuna parte rimanendo a Emerson, quindi cos'altro poteva fare?

"Ehi!" disse Craig. "Ho un'idea. Perché non vieni a Hackensack e facciamo colazione alla tavola calda; poi, puoi guardarmi mentre parto con l'autobus."

Esitai un attimo e credo che Craig l'abbia interpretato come un no.

"Sì, hai ragione," disse. "Non ha senso che noi due ci mettiamo insieme, che ci facciamo prendere dalle emozioni e così via. La farò finita e prima che tu te ne accorga ci ritroveremo di nuovo insieme dopo la lezione di base e ci faremo una bella risata su tutta la faccenda. Forse quando tornerò potrò prendere a calci il mio vecchio."

Ridemmo entrambi, poi lui disse che era meglio che andasse, io gli augurai buona fortuna e così se ne andò. Riuscii solo a pensare a quanto doveva essere sorpreso il sergente Avery quando vide Craig entrare nell'ufficio di reclutamento. Probabilmente aveva contemporaneamente prestato giuramento a Craig e raggiunto la sua quota per il mese, il tutto senza dover consegnare una Corvette *o* accendere un altro sigaro.

Craig mi chiamò da Parris Island, due giorni dopo, e disse che il posto era 'davvero bello'. Gli promisi che gli avrei scritto e lui mi augurò buona fortuna con la scuola e con la libertà vigilata. Non mi è mai venuto in mente che avrei potuto non parlargli mai più, tanto meno vederlo. Invece di tornare a casa dopo l'addestramento di base, aveva scelto di unirsi ad alcuni suoi compagni dei Marines per una sbronza di quattro giorni a Myrtle Beach. Credo che la mela non fosse caduta troppo lontano dall'albero.

Quando tornai a scuola, lui era già in Vietnam.

24

"È successo in passato e succederà di nuovo"

Finalmente l'estate era finita. In un certo senso, fu un sollievo. Era l'inizio di settembre e il grande autobus Greyhound rimbalzava e ondeggiava ritmicamente mentre percorreva la New Jersey Turnpike, riportandomi nel 'vecchio Kentucky'. Lasciare i miei genitori era stato molto più facile quella volta. Mamma era persino riuscita ad affrontare uno dei suoi interminabili mal di testa e aveva accompagnato me e papà alla stazione degli autobus. Mentre il ticchettio costante del motore diesel mi spingeva a dormire, ero pervaso da vaghi ricordi di Ocean City e soprattutto di Missy, il cui volto continuava a comparirmi davanti. La luce del sole del primo mattino che filtrava attraverso il finestrino sporco dell'autobus mi ricordava i caldi raggi estivi che avevano fatto incontrare Missy e me. Ci immaginai sdraiati l'uno accanto all'altra sotto il caldo sole di luglio e sorrisi soddisfatto, cedendo finalmente al sonno.

Il mio nuovo compagno di stanza era Billy Bob Newsome. Era figlio di un coltivatore di tabacco di sussistenza e fumava da solo abbastanza sigarette Lucky Strike da mantenere il magro stile di vita della sua famiglia grazie alla sua dipendenza. Billy Bob era un vero e proprio 'tappo di bottiglia', di appena un metro e venti, ma possedeva un cuore d'oro e uno spirito incontenibile che era davvero contagioso. Veniva da una scuola superiore rurale con solo ventitré studenti nella sua classe di diploma, ed era stato un protagonista della sua squadra di pallacanestro. Non ci volle molto perché ci fondessimo e presto ci definimmo il 'Dinamico Duo'.

Alla fine del mio primo anno, avevo fatto conoscenza con un consigliere del dormitorio di nome Ben Sawyer che, oltre ad avere un favoloso senso dell'umorismo, possedeva un bene raro nel campus: un'automobile, e non un'automobile qualsiasi, ma una Mustang del '65! Naturalmente, Billy Bob, figlio di un agricoltore, si sentì in dovere di aiutarmi a coltivare e alimentare deliberatamente *il nostro rapporto* con Ben. Ben presto trasformammo il rapporto in un'*amicizia*, con tutti i diritti e i privilegi che ne derivavano. Avevamo il *diritto* di usare le quattro ruote di Ben e il *privilegio* di pagare la benzina. Era la quintessenza del rapporto simbiotico.

Un venerdì sera, alla fine di settembre, Billy Bob e io eravamo profondamente impegnati a preparare il primo esame di biologia del semestre, quando Ben apparve sulla porta di casa nostra.

"Ragazzi," annunciò, "fareste meglio a mettere via quei libri per un po', perché stiamo andando all'UK per una festa della confraternita!" UK è l'abbreviazione di Università del Kentucky, situata a Lexington a circa quarantacinque minuti di distanza.

"Non possiamo farlo, Ben," dissi senza alzare lo sguardo. "Lunedì c'è un esame importante." Immediatamente sentii un dolore acuto, come se Billy Bob mi avesse dato un pugno nelle costole. Alzai lo sguardo e vidi il mio compagno di stanza che mi fissava come se avessi due teste. "Non possiamo farlo?" disse.

Fuga dall'innocenza (Il racconto di un risveglio)

"Dai, Billy," dissi, "sai che dobbiamo studiare."

"Merda, figliolo," disse Ben, "non vi servirà a niente studiare. Inoltre, voi ragazzi non la conoscete."

Billy Bob sorrise in tacito accordo e mi punzecchiò con un indice macchiato di nicotina per accentuare il punto. "Dai, Dave, possiamo studiare *domani*, quando torniamo dalla festa."

"Oh, che cazzo," sospirai sbattendo il libro di testo. "Ma è meglio che ti assicuri che ci fermiamo al negozio statale, Ben, o ti facciamo il culo!"

"Nessun problema, ragazzi," rispose. "Ora muovete il culo. Il tempo stringe e le signore aspettano!"

Cinque minuti dopo, il 'terribile trio' (come ci chiamavamo) arrivò davanti al negozio di liquori statale alla periferia della città. Ben guidò la Mustang nel parcheggio pieno di buche, raccolse due dollari da ciascuno di noi e si precipitò dentro. Pochi istanti dopo ne uscì, sorridente e con una cassa di liquore di malto sotto il braccio.

"Ecco, ragazzi, bevete!" disse Ben. Ci passò una confezione da sei e cominciammo a tracannare l'infuso il più velocemente possibile. In breve tempo, il pavimento fu disseminato di lattine di birra vuote che tintinnavano rumorosamente a ogni urto della strada. Sembravamo una mandria di capre che attraversava i Pirenei. Più diventavamo ubriachi, più la nostra conversazione diventava ridicola. Ogni osservazione anche solo lontanamente divertente veniva accolta da una risata del tutto sproporzionata rispetto al suo contenuto umoristico, e io ero sempre meno divertito e sempre più sconcertato. Alla fine, con la testa che mi girava all'impazzata, svenni.

Quando mi svegliai, ero solo e nel buio più totale. Alzai la testa con cautela e fui ricompensato dei miei sforzi da un dolore acuto che mi fece tremare il cranio. Non riuscivo a vedere dal finestrino posteriore del mio lato dell'auto e pensai che fossimo finiti in una pozza di fango. Con grande sforzo riuscii a liberarmi dal sedile posteriore della Mustang e barcollai sulla superficie ghiaiosa di quello che sembrava essere una specie di parcheggio. Avevo le vertigini, mi faceva male la testa e non sapevo assolutamente dove mi trovassi. La cosa peggiore è che avevo la nausea allo stomaco e la bocca sapeva di formaggio stantio. Frugai nelle tasche dei pantaloni fino a trovare una gomma da masticare Black Jack malconcia. Tolsi frettolosamente l'involucro e mi infilai il contenuto in bocca, masticando furiosamente per diffondere il suo sapore di liquirizia. L'aria fresca della notte era un elisir e respirai profondamente, catturando l'aroma di fumo di sigaretta e di birra che pareva provenire da una casa a due piani in fondo al lotto. Riconobbi il forte botto nella mia testa per quello che era in realtà: l'accompagnamento della grancassa di una musica rock and roll ad alto volume proveniente dallo stesso edificio e improvvisamente tutto ebbe un senso. *Era la casa della confraternita!*

Salendo le scale traballanti del portico posteriore, mi avvicinai barcollando a una finestra che era parzialmente oscurata da una federa che pendeva dall'interno. Sbirciando attraverso il poco vetro disponibile, riuscii a scorgere l'interno della casa, che era a malapena illuminata da una manciata di lanterne cinesi colorate appese strategicamente in tutto il suo perimetro. Aprii la porta e fui immediatamente accolto dall'aroma dolce e pungente della marijuana. *Hmmm. Non male.* C'erano corpi ovunque, che si dimenavano selvaggiamente al ritmo costante della musica che proveniva da un grande stereo nell'angolo. Accanto al giradischi c'era qualcosa di ancora più interessante: un fusto di birra al sicuro in una grande vasca di metallo piena di ghiaccio tritato. Mi avviai verso la vasca, ma prima di fare un passo fui sorpreso dalla presa di una grossa mano sulla mia spalla, che bloccò di fatto il mio cammino. Aspettandomi problemi, mi girai e trovai il volto familiare di nientepopodimeno che Ben che mi fissava. Era arrabbiato. "Ti avevamo dato per morto," disse.

"Beh, in realtà . . ."

"Cos'hai da dire a tua discolpa, figliolo?"

Balbettai una risposta: "Co . . .?"

"Hai vomitato sulla mia macchina," disse.

"Ho v-v-v-vomitato?"

"L'hai fatto, su tutto il finestrino. Sembra una merda, figliolo."

"D-d-dannazione. Voglio dire, mi dispiace. Mi dispiace davvero."

"Sciocchezze!" rispose Ben, con un sorriso. "Ci hanno già vomitato sopra e ci vomiteranno sopra ancora." Mi tese la mano in segno di amicizia e io la presi con cautela, stringendola debolmente, ancora in attesa che l'altra scarpa cadesse.

"Potrai pulire tutto domattina," aggiunse, quasi leggendomi nel pensiero. Tipico di Ben.

Avvicinandomi al fusto di birra, riconobbi le forme massicce di Rich Romanoff e Harry Lutz, due membri

215

della squadra di football che vivevano nel mio dormitorio e in generale mi rendevano la vita infelice. Erano entrambi nativi di Pittsburgh, dove d'estate lavoravano in un'acciaieria, e il loro fisico testimoniava il duro lavoro. Rich portava un taglio di capelli alla moicana, mentre Harry sfoggiava un taglio più tradizionale. Insieme, sembravano il sogno di un direttore del casting per un film carcerario. Li salutai con un cenno del capo e ognuno rispose con un dito medio alzato. *Bello*.

Lasciai che la mia attenzione si spostasse dai due Neanderthal all'obiettivo più invitante della birra fredda, seduta in un angolo. Togliendomi la gomma da masticare dalla bocca e infilandola sotto una sedia comoda, mi avvicinai al fusto. Quando tirai la maniglia, un suono sferragliante accompagnò il debole flusso di liquido ambrato, più schiuma che birra, che uscì dal beccuccio con riluttanza e gocciolò nel mio bicchiere di carta in attesa. Sollevai il bicchiere alle labbra e ne scolai il contenuto ghiacciato in un rapido sorso. All'istante, l'immagine del liquore di malto gettato via che rivestiva il finestrino dell'auto di Ben svanì e io ero sulla buona strada per resuscitare il mio 'sballo' perduto.

Trovai Billy Bob e Ben e presto ci mettemmo a gingillarci freneticamente a ritmo di musica, insieme al resto della folla presente nella stanza. Quindici minuti dopo ero senza fiato e con la vescica che stava per scoppiare per la troppa birra, così barcollai fuori per liberarmi nella relativa sicurezza dell'ombra dietro l'auto di Ben. Mi slacciai la cerniera e stavo per urinare quando sentii una voce urlare nella mia direzione.

"Che cazzo credi di fare, stronzo?"

Mi girai con il pene ancora in mano (un getto costante di urina chiara sgorgava con forza dalla punta) per incontrare gli occhi indignati di una giovane studentessa e lo sguardo arrabbiato del suo ragazzo, che aveva pronunciato l'osservazione.

"Uh ... Io ... ehm ... Voglio dire ...," balbettai. Ero completamente confuso e volevo solo tornare a fare pipì. E così feci. Voltai le spalle alla coppia attonita e ripresi a schizzare la ghiaia con un getto costante di urina. All'improvviso, una forza invisibile mi fece girare e sbattei la testa contro un muro di mattoni. Beh, almeno sembrava un muro di mattoni. In realtà, ero stato colpito a tradimento da 'Signor cavaliere della notte' che aveva colto l'occasione per farsi valere a beneficio della sua ragazza, ma a mie spese. Il sangue mi colava dal naso, che sembrava raddoppiato, e le lacrime mi sgorgavano agli occhi. Potevo ancora respirare, quindi apparentemente la mia proboscide non era rotta, ma solo insanguinata e gonfia. Sorprendentemente, non sentivo molto dolore, senza dubbio a causa della grande quantità di alcol che scorreva nelle mie vene.

Mi alzai a fatica, mi spolverai e tornai dentro a cercare Ben e Billy Bob. Ma non avevo ancora varcato la porta che mi trovai la strada sbarrata dall'enorme mole di Rich Romanoff, con un'espressione di sincera preoccupazione sul volto.

"Chi ti ha colpito?" abbaiò.

Tirai su col naso e mi sfregai con il dorso della mano un miscuglio di sangue e moccio. Ormai Harry Lutz si era unito a Rich e i due stavano in piedi a fissarmi, con le mani muscolose che si flettevano in attesa di un combattimento.

"Chi cazzo ti ha colpito?" urlò Harry.

"Un tizio. Stavo facendo la pipì e la sua ragazza . . ."

"Riesci a riconoscerlo?" chiese Rich. "Lo prenderemo a calci in culo!" Lo sguardo di preoccupazione che aveva mostrato in precedenza era stato, a quel punto, sostituito da uno di rabbia.

"Beh," dissi, "credo che avesse i capelli rossi e che la sua ragazza indossasse dei pantaloncini bianchi." Mi stavo formando un'immagine mentale che cominciava ad essere positiva per la squadra di casa. *Stronzo, eh? Vedremo chi è uno stronzo.*

"Prendiamolo!" urlò Harry.

"Cazzo, si!" urlò Rich.

Per me era ovvio che non sarebbe stato importante *chi* quei due avessero potuto picchiare, purché avessero picchiato *qualcuno*. E io non avevo intenzione di fermarli.

"Sì," concordai, "prendiamolo!"

Iniziammo una febbrile ricerca nella stanza affollata finché, alla fine, individuai 'pel di carota' che faceva gli occhi dolci alla sua ragazza in un angolo.

"È lui!" strillai.

"Ehi, tu! Ehi, *stronzo!*" gridò Harry, puntando un enorme dito a forma di salsiccia in direzione della coppia appartata.

Sì, tu! Ehi, stronzo! Fu divertente.

Rich iniziò a rimbalzare sulla punta dei piedi e annunciò con voce roca che si sarebbe 'occupato di quello stronzo!'

"Ok, fuori, amico!" comandò Harry.

"Senti, non voglio problemi, ok?" piagnucolò 'pel di carota'. La sua ragazza stava facendo l'imitazione di un koala aggrappandosi al suo fianco.

"O vieni fuori, o ti *trascino* fuori!" disse Harry.

In silenzio, il ragazzo si staccò dalla sua ragazza e si diresse verso la porta d'ingresso, seguito da vicino da Rich, Henry e me. Anche la sua ragazza lo seguì, mantenendo una sana distanza tra lei e l'improvvisata 'squadra d'assalto'. Superammo Ben e Billy Bob e anche loro si unirono alla processione. La stanza si era ormai ammutolita e tutti fissavano nervosamente il corteo che usciva dalla porta, attraversava il portico e raggiungeva il parcheggio. Decine di studenti uscirono dalla confraternita e corsero giù per le scale del portico, formando un cerchio intorno a Harry e 'pel di carota' che si fronteggiavano, con le mani alte fino alla vita e i pugni stretti.

Harry non era particolarmente impressionante in abiti da strada, ma l'apparenza ingannava. Oltre a essere un venticinquenne del secondo anno, Harry era un campione imbattuto di pugilato della Marina degli Stati Uniti. I due combattenti si circondarono con cautela, tenendo alta la guardia. Improvvisamente, con una rapidità e un'economia di movimento che smentivano la sua potenza, Harry sferrò un breve diretto sinistro direttamente al mento di 'pel di carota' e, con la stessa rapidità, finì; era finita, *finita*, stop al gioco, set e partita per Harry. Un silenzio calò sulla folla. Poi, un urlo straziante riempì l'aria della notte e una forma femminile si lanciò dal portico sulla schiena di un Harry Lutz molto sorpreso. L'assalto colse Harry di sorpresa, facendolo

219

quasi cadere, ma riuscì a resistere e a girare la testa massiccia per scoprire l'identità dell'aggressore. Era la fidanzata e aveva dato in escandescenze. Anche in quel momento, stava graffiando il viso di Harry con le unghie delle sue dita allungate. Con un grugnito, Harry allungò una mano sopra la spalla e si scrollò la ragazza di dosso, come un cavallo potrebbe scuotere una mosca con la coda. La donna sorpresa ruzzolò a terra, atterrando accanto alla forma ancora prostrata del suo ragazzo, dove rimase seduta, troppo stordita per muoversi.

"Harry, attento!" gridai.

La ragazza aveva ripreso i sensi e si stava avventando di nuovo su Harry. "Bastardo!" urlò. Harry si girò per affrontare la ragazza infuriata, ma prima che potesse reagire, Rich si mise in mezzo a loro, sperando di calmare le acque. Il ragazzo era ancora a terra, senza muovere un muscolo.

"BASTARDO!" urlò la ragazza, sferrando un colpo selvaggio a Rich. Errore madornale. Senza badare al suo sesso, Rich iniziò a prendere a calci la ragazza stordita, colpendola più volte con forza nella zona delle parti intime. La ragazza cominciò a piangere istericamente, continuando a gridare 'bastardi!' tra un singhiozzo e l'altro. Infine, crollò in ginocchio accanto al suo ragazzo ancora privo di sensi. Avvertendo grossi problemi se fossero rimasti lì, Rich e Henry si affrettarono a raggiungere la loro auto e si allontanarono di corsa nella notte. Io mi feci largo tra la folla, trovai Ben e Billy Bob e li esortai a fare altrettanto. E lo facemmo.

Mentre guidavamo verso Berea e il santuario del college, rivedevo nella mia testa gli eventi della serata, cercando ancora di capire come Harry avesse fatto tanti danni con un solo piccolo pugno. Ben ruppe il silenzio. "Ragazzi," esordì, "non parlate di quello che è successo qui stasera, *soprattutto* tu, Dave. Non avete *visto* nulla. Non avete *sentito* nulla. Non *sapete* nulla. È chiaro?"

Scuotemmo la testa in silenzioso accordo e poi chiedemmo contemporaneamente: "Perché?"

"Prima di tutto, sono il consigliere del dormitorio e sarei in un mare di guai se qualcuno scoprisse che vi ho portato fuori dal campus per andare all'UK. E quei ragazzi verrebbero espulsi dalla squadra di football. E Dave, tu sei in libertà vigilata, e di sicuro rischieresti il culo, ok?"

Io feci un muto cenno affermativo, mentre Billy Bob borbottò: "Giusto."

Ma già pensavo: "Che senso ha *andare a una festa e scatenare una rissa, se poi non possiamo raccontarlo a nessuno?* Quindi, avevamo un unico grande segreto: solo tra Ben, Billy Bob, i miei due nuovi 'migliori amici', Rich e Harry, e me. Beh, pensai, forse non era poi così male. Non ci voleva un genio per capire che la partecipazione di Harry e Rich alle attività della serata non era stata fatta per lealtà nei *miei confronti*. Non era possibile! Era stata solo una scusa per spaccare la testa a qualcuno. E non era stato bello. Ma c'era un lato positivo nell'evento della sera. Da quel momento le cose sarebbero state diverse. Rich e Harry sarebbero stati fin troppo contenti di badare al mio benessere, perché sapevo qualcosa che avrebbe potuto metterci *tutti* nei guai. Sarebbe stato divertente. Mentre percorrevo il resto della strada verso casa in silenzio, riflettevo sul mio nuovo rapporto con Harry e Rich.

Alcuni giorni dopo, incrociai i due giocatori di football nella sala studenti. Fecero finta di ignorarmi, ma io non *ne volevo sapere*.

"Ehi, Harry! Rich!" Gridai, assumendo una posizione da pugile e ammiccando mentre sparavo un paio di jab immaginari in aria. "Come va, ragazzi?"

Quella volta non ci furono dita medie alzate. No. Harry si limitò a scrollare le spalle e a sorridere malinconicamente, e Rich fece una specie di smorfia e un debole saluto.

Sorrisi e feci l'occhiolino. "Sì, beh, state tranquilli, ragazzi," dissi. "Ci vediamo in giro."

Me ne andai sorridendo. Sì, signore, pensai, le cose stavano decisamente migliorando.

25

Il grande appuntamento di Brent

Brenton Brice sembrava una volpe in procinto di fare irruzione nel pollaio, mentre studiava attentamente le sue carte sopra gli occhiali con montatura metallica. Le sue folte sopracciglia a ciuffo erano profondamente aggrottate in segno di concentrazione. Era alto 1,64 e probabilmente non pesava più di 70 chili. Aveva capelli neri corvini da poeta che spuntavano in tutte le direzioni, nonostante i suoi migliori tentativi di tenerli a posto. Eravamo impegnati in una seria partita di ramino e fu il turno di Brenton di muoversi.

"Busso!" dichiarò.

"Non così in fretta. Che c'hai?"

"T-tre-tre!" balbettò, agitando con eccitazione le carte in faccia.

Brenton balbettava sempre sotto pressione e quella volta non fece eccezione.

"Ah, sì?" dissi. "Beh, io ne ho *dodici!*" Era il *colpo di grazia!* Gli sventolai le carte sotto il naso a forma di becco e comunicai al mio avversario il suo debito finanziario. "Mi devi tre e settantacinque! Vuoi smettere?"

"N-n-n-o!" sputò in risposta, indignato.

"Bene, bene," dissi.

A quanto pareva, Brent stava ripensando alla possibilità di pagarmi, perché tirò fuori il portafogli, ne scrutò il magro contenuto e poi, con mia grande sorpresa, ribadì la sua decisione di continuare. "D-doppio o n-nulla!" sfidò.

"Come vuoi, Brent," dissi, e cominciai subito a distribuire, nascondendo deliberatamente le mie carte alla sua vista in un'esagerata dimostrazione di segretezza. Giocammo con cautela, ognuno concentrandosi al massimo. Più volte, durante la mano, pensai di bussare prima, nel tentativo di prendere Brent alla sprovvista. Tuttavia, ogni volta resistetti alla tentazione, senza dubbio a causa di un senso di colpa. Alla fine, Brent fece un ampio sorriso (senza balbettare) e annunciò con calma e a voce alta: "Busso!"

"Bussi?" Chiesi incredulo. "BUSSI? Nel senso che pensi di essere più in basso di me? Ok, allora cos'hai trovato?"

"Oh," sorrise, "solo una piccola decina. Vuoi vederla?"

Mi accigliai, feci una pausa e poi sorrisi: "Beh, caspita, è un peccato, Brent, perché tutto quello che ho è . . . vediamo . . . otto! Mi dispiace, amico, hai perso."

All'udire quell'annuncio, Brent cadde letteralmente a pezzi. Nella fretta di dare un'occhiata più da vicino alle mie carte, cadde in avanti dalla sedia, perdendo gli occhiali, e atterrò in modo patetico sul pavimento. "M-m-m-m-erda, p-p-piscio e c-c-corruzione! Al diavolo la tua pelle da yankee, Dave, sei una delle persone più fortunate che io conosca! D-d-dannazione!" Il suo volto era rosso come una barbabietola e sembrava che potesse esplodere da un momento all'altro.

"Rilassati, Brenton," dissi, "dimentica i soldi. Andiamo in centro a prendere delle ciambelle. Ma offri *tu*!"

Brent indossò il suo autentico cappotto blu (aveva ventitré anni ed era un vero veterano appena entrato a scuola come matricola) e insieme uscimmo dalla porta. Era quasi mezzanotte quando uscimmo dal dormitorio e cominciammo a camminare fuori dal campus, dirigendoci lungo gli stretti confini di State Street verso il centro di Berea. Dietro di noi, il campus sembrava una città in miniatura, con una propria torre dell'acqua, una stazione radio e persino una propria forza di polizia: i 'clown del campus'. A distanza, sembrava esserci persino un municipio, con il maestoso edificio dell'unione studentesca che si ergeva da solo, con la sua torre illuminata che presidiava il vasto territorio. Le strade della città erano relativamente tranquille, a parte il suono distante di un autobus occasionale che entrava o usciva dal piccolo terminal sul lato sud. Incrociammo alcune giovani coppie che tornavano dalla Pump Room e guardammo con invidia i sederi delle ragazze che ci passavano accanto. L'aroma caratteristico delle ciambelle appena sfornate dalla Berea Bakery cominciò a riempirci le narici e accelerammo il passo fino a raggiungere la porta laterale del piccolo negozio.

All'inizio del mio anno da matricola, avevo scoperto che se ti fossi presentato alla porta laterale della panetteria verso mezzanotte, avresti potuto acquistare ciambelle lievitate fresche e calde appena uscite dal forno. Si trattava di una scoperta importante, perché un ritardo di sei o sette ore può fare un'enorme differenza nella consistenza e nel sapore di una semplice ciambella lievitata. Prendetele fresche e, *voilà, sono* deliziose! Se le comprate a scuola, la mattina dopo, sono dure come una roccia e altrettanto insipide! Dunque, armati di una dozzina di ciambelle a testa e ognuno con il suo litro di latte ghiacciato, ci affrettammo verso la piazza del paese, dove posammo i nostri sederi sulla panchina più vicina e cominciammo a banchettare. Le ciambelle calde e appiccicose scomparvero rapidamente, mentre le divoravamo una dopo l'altra, facendo a malapena una pausa tra un boccone e l'altro per bere un po' di latte.

Da quando lo conoscevo (circa due mesi), Brent aveva continuamente espresso stupore, e anche una leggera invidia, per la mia capacità di relazionarmi con i membri del sesso opposto. "Diavolo, Dave," diceva, "non ti vedo mai senza ragazze intorno." Eravamo seduti fianco a fianco, a mezzanotte di una sera di ottobre, sotto una luna quasi piena, sgranocchiando ciambelle e parlando del *mio* argomento preferito e della *sua* fantasia preferita.

"Brent," dissi tra un boccone e l'altro, "*devi* trovarti una ragazza." Lui rimase seduto in silenzio, senza rispondere.

"Non c'è motivo per cui tu non possa averne una," continuai, "Diavolo, sei molto più vecchio e più maturo della maggior parte degli stronzi di questo campus e hai un sacco di storie di marina e un sacco di stronzate che le ragazze amano sentire!" Inizialmente Brent non rispose. Sembrava perso nei suoi pensieri, fissando morigerato la ciambella mezza mangiata che teneva zoppicante nella mano ossuta. Infine, ruppe il silenzio.

"Sono sicuro che hai ragione, Dave," disse lentamente, "ma, diavolo, a che serve? Sembra che io non sappia mai cosa diavolo dire. Perché io . . ."

"BRENTON!" Scattai, "basta con le stronzate, amico! Segui il programma! Fai finta di parlare con me o con Ben o con *qualcuno!* Meno cazzate. Ti dico, amico, che si ricrederanno. Te lo giuro!"

Brent sedeva in silenzio, con la testa all'indietro e gli occhi chiusi contro le luminose stelle notturne. Decisi di lasciarlo in pace. "Ehi, Brent," sussurrai. "Non c'è problema, ok? Lasciamo perdere, va bene?"

Scrollò le spalle e diede un altro morso alla ciambella. Poi cominciò a ridacchiare e per un attimo pensai che fosse impazzito. All'improvviso si alzò e cominciò a camminare avanti e indietro, borbottando tra sé e sé e ridacchiando ancora più forte. A quel punto ero convinto che avesse fatto saltare il tappo.

"Brent?"

Continuò a camminare.

"Ehi, Brent! Cosa stai facendo?"

Sembrava ignaro della mia presenza, così allungai la mano e afferrai il suo braccio oscillante, facendogli perdere il passo e fermandolo a metà. Apparve sbigottito e mi guardò come se fossi un visitatore di un altro pianeta. Alla fine, si chinò verso di me e, con voce appena superiore a un sussurro, disse: "No, no, hai ragione, Dave. Dovrò farlo io." Riprese a camminare.

"Fare cosa?" chiesi.

"Sai, la cosa delle *stronzate*. Lo farò."

"Lo farai?" Era il mio turno di essere incredulo.

"Sì," rispose. "Ci proverò con una ragazza."

"BENE! Conosco la ragazza giusta!"

"Davvero?" disse Brent.

"Sì," risposi. "Si chiama Jeannie Dryer. Lavora alla libreria."

Jeannie aveva una cotta per me fin dal primo anno e non avevo dubbi che avrebbe fatto quasi *tutto* per compiacermi, compreso (speravo) uscire con un amico. Era bassa, con i capelli rossi, un po' grassottella in un modo tenero e paffuto, *e* intelligente da morire. Pensai che sarebbe stata perfetta per Brent, visto che lui giocava sempre a scacchi e leggeva riviste scientifiche. Diamine, il suo quoziente intellettivo *doveva* essere intorno ai duecento. Cercando di non essere *troppo* ovvio e minimizzando il suo peso, descrissi Jeannie a Brent, che ascoltò i dettagli con gli occhi ben chiusi. Gli suggerii di usare il mio nome quando si presentò a lei.

"Sì, va bene," disse, "ma poi cosa dirò?"

"Non preoccuparti," risposi. "È una gran chiacchierona. Una volta che avrai rotto il ghiaccio, lei farà tutto il resto. Fidati di me. La conosco come le mie tasche."

La mattina dopo, Brent si preparò doverosamente a incontrare la 'ragazza dei suoi sogni'. Lo aiutai a scegliere un abbigliamento marginalmente coordinato, lo innaffiai abbondantemente con l'acqua di colonia English Leather e lo istruii su cosa dire e fare esattamente quando incontrò Jeannie per la prima volta.

"Ora Brent," lo istruii, "comportati in modo confuso. Magari chiedile se può mostrarti dove sono i libri sugli scacchi." Brent annuì con la testa. "Poi," continuai, "dille qualcosa come: 'Credo che tu conosca il mio amico', e lei dirà: 'Oh sì, chi?' E poi tu dirai il *mio* nome e lei ti dirà *il suo*, e poi . . . oh, diavolo, lo sai, Brent. Andrà tutto bene. Ok?"

"Beh, ok, credo," disse Brent. Non sembrava convinto.

"Senti, Brent, so che funzionerà. Inoltre, puoi . . ."

"Dave, forse non sono pronto . . ."

"Stronzate, amico! Sei pronto e andrai bene. E non voglio sentire un'altra parola al riguardo. Ora, vai!"

Con riluttanza, Brent indossò il suo cappotto blu navy e rimase lì, metà dentro e metà fuori dalla porta della sua stanza. Lo fulminai con lo sguardo e poi gli diedi uno spintone, mandandolo in corridoio. "Vai," dissi, indicando l'ascensore. "Vai e basta." Lentamente, cominciò a camminare verso le porte di metallo, guardandosi alle spalle come farebbe un cucciolo affamato se fosse inseguito dal bidone della spazzatura di qualcuno. Mi infilai silenziosamente nella mia stanza dall'altra parte del corridoio e aspettai. Un attimo dopo sentii il suono caratteristico dell'ascensore in arrivo e mi affacciai appena in tempo per vedere Brent inghiottito dalle sue fauci che si chiudevano rapidamente.

Circa un'ora dopo, Brent irruppe dalla mia porta parzialmente aperta. Era eccitato, senza fiato e sorrideva come un idiota. "L'hai conosciuta, vero?" Gli chiesi.

"Sì, amico," rispose. "Ed è *bellissima!*"

Ero un po' confuso. Dopo tutto, non avrei mai definito Jeannie Dryer 'bella'. Voglio dire, *carina*; di bell'aspetto, forse; un po' attraente, magari, ma *bella*? *Bella?* Mai! Ad ogni modo, Brent iniziò a descrivere il suo incontro celeste con un fervore davvero stupefacente. Mi chiesi se stessimo parlando della stessa ragazza.

"Sai, Dave," disse Brent. "Non è *così* in carne come dicevi tu."

"È fantastico, Brent," dissi. "Forse ha fatto una specie di dieta . . ."

"E ha dei bellissimi capelli lunghi e biondi e . . ."

"Aspetta un attimo!" Ho gridato. "Jeannie Dryer non ha i capelli biondi! Sono rossi!"

"Oh, lo so," disse Brent.

"Ma hai detto . . ."

"Rosso. Biondo. Chi se ne frega . . . Insomma, è *bellissima!* "(Ecco di nuovo quella parola).

"BRENTON! ZITTO!" urlai. "Adesso ascoltami. Jeannie Dryer è *grassa*, ha i capelli *rossi* e sicuramente *non* è bella." Stavo diventando esasperato.

Brenton ridacchiò e poi procedette a spiegare. "Dave, *rilassati*, amico. Non sto parlando di *Jeannie*. Voglio dire, ho conosciuto Jeannie e hai ragione, è *molto* carina. Ma ho conosciuto anche *Jane Anderson*, e lei è . . ."

"Non dirmelo," dissi. "È '*bellissima*', vero?"

Brent annuì in segno di assenso.

Alla fine ebbi il quadro della situazione e rimasi scioccato. "Vuoi dirmi che non solo hai conosciuto Jeannie, ma sei anche riuscito a conoscere *un'altra* ragazza?"

"Esatto," rispose Brent. "*E* la vedrò domani sera. Andremo alla partita di calcio." Era praticamente raggiante.

Avevo superato l'incredulità e mi ero avvicinato alla curiosità. Quanto poteva essere 'bellissima' quella Jane? Brent fischiettava e camminava eccitato avanti e indietro negli angusti confini della mia stanza. All'improvviso, se ne andò senza dire una parola: Brent, il conquistatore di donne.

Il giorno seguente, Brent era impegnato come il proverbiale 'uan ne pensa e cento ne fa.' Aveva due lezioni al mattino e poi insistette perché lo accompagnassi in centro per aiutarlo a scegliere dei vestiti nuovi per il suo grande appuntamento. Ci affrettammo a entrare in città, passando davanti alla Sheppard's Pool Hall. (Di solito *non* passavamo *mai* davanti a Sheppard's senza aver fatto almeno una mezza dozzina di partite a palla otto). Non ci fermammo nemmeno alla Pump Room per una birra fresca. Si trattava di un affare serio.

Il negozio Army and Navy di Wechsler si trovava dietro il cinema e io riuscii a malapena a tenere il passo di Brent mentre varcava la porta d'ingresso ed entrava direttamente nel reparto abbigliamento maschile. La sua attenzione fu immediatamente catturata dalla vista di un paio di Bass Weejuns, una scarpa in stile mocassino particolarmente popolare all'epoca. Il commesso misurò a Brent un 44 a pianta larga, e si ritirò nel magazzino per trovare un paio di slip-on marroni. Mi sdraiai su un sedile imbottito accanto a Brent e gli sussurrai all'orecchio: "Ehi, non pensi che stai andando un po' troppo a fondo? Voglio dire, hai appena conosciuto questa ragazza . . ."

Brent si portò alle labbra un indice lungo e sottile e rispose: "Zitto, Dave. Brenton sa cosa sta facendo. Mangia la mia polvere."

Sospirai sommessamente e mi appoggiai allo schienale della sedia. Finalmente sapevo come doveva

231

sentirsi il dottor Frankenstein quando aveva dato vita per la prima volta alla sua creazione da incubo. Oh beh, pensai, è abbastanza grande per prendersi cura di sé. Brent aggiunse al suo acquisto di scarpe dei pantaloni di velluto a coste, una camicia con il colletto rigido e un morbido maglione cardigan, e alla fine fu soddisfatto (e lo era anche il commesso che stava dietro la cassa, sorridendo da un orecchio all'altro, mentre faceva il conto della vendita). Dovetti quasi correre per tenere il passo di Brent, mentre correva fuori dalla porta davanti a me, con le braccia cariche di pacchetti e la testa piena, senza dubbio, di idee folli.

"Brent, rallenta!" Gridai.

"Non posso!" gridò lui. "Devo andare dal barbiere!"

Era una follia. Guardai l'orologio e rimasi scioccato nel constatare che erano già le quattro e mezza. Erano più di tre ore che andavamo avanti! Arrivammo dal barbiere alle quattro e quaranta. Brent si avvicinò alacremente a una sedia libera, si sedette e ordinò: "Un po' più dritti, e dammi un'aggiustatina ai lati!" L'atteggiamento di Brent era così offensivo che mi aspettavo davvero che il piccolo barbiere pelato rispondesse con un saluto e un 'Yessir!'. Non avevo mai visto Brent comportarsi in quel modo. Se quello era ciò che una ragazza poteva fare per la sua autostima, allora ero felice di aver avuto un ruolo anche minimo nella trasformazione. Con i capelli ben tagliati e le braccia cariche di pacchi, Brent uscì dal negozio e si diresse verso il campus, mentre io lo seguivo da vicino, facendo jogging solo per stargli dietro.

Più tardi, verso le sette, Brent entrò nella mia stanza. In realtà, qualcuno che assomigliava vagamente al mio ricordo dell'aspetto di Brenton Brice scivolò con sicurezza attraverso la porta aperta. Quel tizio stava dritto, con il colletto allacciato ordinatamente sotto una cravatta nuova e colorata, il cardigan di mohair alla moda aperto sul fondo e le Bass Weejuns lucide che spuntavano da sotto i pantaloni di velluto a coste stirati con cura. Mentre si muoveva nella stanza, percepii il caratteristico profumo dell'acqua di colonia Canoe e sorrisi tra me e me. Cosa potevo dire? Quali sagge parole di incoraggiamento *potevo* offrire? L'atteggiamento e il portamento di *quel* Brent esprimevano una sicurezza così totale che non erano necessarie parole.

Brent fece una piroetta esagerata. "Allora, cosa ne pensi?" chiese.

Quello era un momento critico.

"Sono senza parole," risposi.

"Bene!" esclamò Brent. "Farò rapporto una volta completata con successo la mia missione!"

Con ciò, lanciò un nitido saluto militare e scomparve dalla porta. Avevo appena ripreso fiato, quando Brent riapparve sulla soglia aperta. Lo interrogai con gli occhi.

"Ehi, Dave," disse a bassa voce, "grazie, amico."

Se ne andò di nuovo prima che potessi rispondere. Dato che il lunedì avrei avuto un esame di anatomia e la sera dopo avevo un appuntamento, decisi che sarei sceso al Grill per uno spuntino e avrei passato il resto della serata a studiare. Scesi di corsa le due rampe di scale che portavano all'atrio e girai l'angolo per raggiungere il bar. Harry Lutz era seduto sull'ultimo sgabello in fondo al bancone. Mi diressi verso di lui e poi scivolai sullo sgabello accanto al suo. "Che succede, Harry?"

233

Harry succhiò i resti del suo frullato al cioccolato con un forte gorgoglio e fece un rutto teatrale. Presi quel fatto a dimostrazione che tutto andava bene, rivolsi la mia attenzione a Mickey, l'addetto alla griglia, e ordinai un chilidog, patatine fritte e una Mountain Dew. Il commesso, nevrotico ma gentile, fece un cenno di assenso e si mise a preparare il mio ordine alla griglia. Mi voltai di nuovo verso Harry, accarezzando l'idea di coinvolgerlo in un dialogo significativo. Ma, quasi come se mi avesse letto nel pensiero, ruttò di nuovo e saltò giù dallo sgabello, dicendo: "Devo scappare, Dave. Ci vediamo in giro."

Cavolo, e io che pensavo che fossimo così buoni amici.

Stavo finendo di mangiare i resti delle mie patatine fritte, quando mi capitò sotto gli occhi una visione che mi fece quasi soffocare. Brent, con un'aria smarrita e confusa, stava lentamente attraversando la porta d'ingresso dell'atrio e sembrava diretto all'ascensore. Afferrai il mio resto dal bancone e uscii di corsa dalla griglia, raggiungendo Brent proprio mentre entrava nella porta aperta dell'ascensore.

"Oh, ciao Dave," gracchiava, con la voce rotta dall'emozione.

Studiai il suo volto affannato e capii che c'era qualcosa di terribilmente sbagliato. Avevo paura di chiedere, ma alla fine lo feci lo stesso. "Brent, cos'è successo al tuo appuntamento?"

Scosse la testa avanti e indietro e mormorò: "C-che appuntamento?"

"Sai," dissi, "Jane. Voglio dire che . . ."

"F-f-fuori di testa, amico. È stato un grosso errore, ok?"

"Cosa vuol dire 'errore'?" Ero totalmente perplesso. "La partita *è* stasera, vero?"

Brent rise sardonicamente. "Oh sì," disse. "Era t-notte e *ho* perso!"

"Ma . . ."

"Stava solo k-scherzando, amico. Si stava solo prendendo gioco di me."

"L'hai vista?" chiesi.

"Oh sì, l'ho vista bene. Stava uscendo dal dormitorio con Vern S-s-s-cott. La stava portando alla partita!"

"Oh merda, Brent," dissi, "è uno schifo!"

"N-n-non c'è un cazzo. Ehi, Dave, niente sudore, amico; non è colpa tua. Lascia perdere."

Era ancora presto e non volevo che Brent rimanesse solo, così insistetti per andare in centro al Pump Room a bere qualche birra. Lo studio poteva aspettare fino a domenica. Brent non pronunciò nemmeno una sillaba, marciando come uno zombie anoressico, mentre ci dirigevamo dal campus verso il villaggio. Ammisi che stava solo sistemando le cose, e accettai la sua tacita richiesta di silenzio, canticchiando tranquillamente tra me e me mentre lottavo per tenere il passo con il suo passo allungato.

L'atmosfera nella Pump Room era gioviale, come al solito, e Brent e io ci scolammo rapidamente un paio di bicchieri di Seagram's 7, seguiti da birre. In men che non si dica, eravamo già al passo con il resto della folla del bar. Guardando il locale, non potei fare a meno di pensare che chiunque ne fosse il proprietario doveva aver visto un film del periodo inglese di troppo. Stucchi e tavole in stile Tudor decoravano le pareti, ornate da diverse imitazioni di armature in plastica. Il barista indossava una camicia in stile Enrico VIII, che non si intonava bene con la sua parlata da Kentucky, ma che comunque stava benissimo. Le lampade pseudo Tiffany, anch'esse di plastica, sospese in modo casuale per la stanza, creavano un'atmosfera più simile a quella di una sala da biliardo che a quella di un locale per la ristorazione. Il tocco finale, tuttavia, e quello che ha fatto sì che i ragazzi tornassero per un altro po', è stata la cameriera con la camicetta da contadina 'Maid Marion'. Fedele allo spirito dell'epoca che rappresentava, non mancava mai di fare un inchino basso quando serviva i tavoli, offrendo così a ogni avventore maschio una generosa visione del suo considerevole décolleté.

Coerentemente con il suo tema d'epoca inglese, la Pump Room presentava un autentico bersaglio per freccette in feltro, che veniva attivamente abusato da diversi partecipanti ubriachi. Missili colorati e piumati rimbalzavano con rabbia sulla cornice e sul muro circostante con regolarità. Di tanto in tanto, un colpo fortunato riusciva a raggiungere il tabellone stesso. Forti dei nostri aperitivi alla birra, Brent e io sfidammo gli attuali vincitori e presto lasciammo i nostri segni sulle pareti. Tra un turno e l'altro, osservai Brent con attenzione e fui sollevato nel vedere che cominciava a rilassarsi. Aveva smesso di balbettare e sembrava essersi liberato del suo precedente caso di 'blues'.

Bevemmo e giocammo, giocammo e bevemmo, e bevemmo ancora. Prima che ce ne rendessimo conto, erano quasi le undici e mezza ed eravamo entrambi piuttosto ubriachi. Verso mezzanotte, la porta della Pump Room si aprì ed entrò Vern Scott. Era accompagnato da una bionda incantevole che presumevo fosse la famigerata Jane Anderson. Il mio primo istinto fu quello di affrontarla e mi precipitai ubriaco verso la cabina ora occupata dalla coppia. Brent mi afferrò il braccio e mi implorò di lasciar perdere. "Cazzo, Dave," balbettò, "lascia stare."

"Ma, Brent," farfugliai, "è una troia. E io voglio solo . . ."

"Lo so, ma non ne vale la pena. Inoltre, non è colpa di V-v-vern."

"Cazzo Vern!" gridai. "È una . . ."

"Niente," disse Brent. "Non è proprio niente. Ti prego, Dave, ci stanno guardando tutti."

Lanciai un'occhiata feroce alla coppia nella cabina e poi tornai al bersaglio. Brent si spostò al bar, ordinò un boccale di birra e prese un cestino di pretzel e un paio di bicchieri, tornando con questi al nostro tavolo vicino al tabellone. Gli occhi di Jane lo seguirono mentre passava e lei ridacchiò forte, godendosi una risata a buon mercato a spese di Brent. Riuscii a stento a contenere la mia rabbia. Borbottando epiteti sottovoce, afferrai il boccale e mi versai un bicchiere di birra, rovesciandone metà del contenuto mentre me lo portavo alle labbra. Ne versai rapidamente un'altra e la mandai giù in un unico prolungato sorso. Brent, nel frattempo, faceva di tutto per starmi dietro. Gli occhiali da vista continuavano a scivolare dal naso e lui imbrattava la superficie delle lenti mentre spingeva ripetutamente la montatura in posizione con le dita coperte di birra.

Alla fine, ne ebbi abbastanza e invitai Brent ad andarsene con me. "Dai," dissi, "andiamocene da qui, Brent. Non ce la faccio più a guardare quella sgualdrina."

Brent afferrò la giacca dallo schienale della sedia, la indossò e armeggiò con i bottoni, riuscendo a disallineare l'intera fila, mentre contemporaneamente lanciava occhiate nervose in direzione del tavolo di Jane. Con un grande sforzo, riuscii a tirare Brent in piedi e, aggrappandomi al tessuto della sua giacca, lo guidai goffamente fuori dalla porta d'ingresso e nell'aria fredda della notte. Mentre tornavamo al campus, la risata sguaiata di Jane continuava a rieccheggiare nella mia testa e mi aspettavo di trovarla dietro di noi. Per fortuna non era così. In realtà, a Jane non poteva importare di meno del dolore e del ridicolo che aveva gettato sulla testa del mio povero amico, e senza dubbio stava godendo del suo disagio in quel momento.

Nel frattempo, Brent era così ubriaco che riusciva a malapena a tenersi in piedi. In un tratto particolarmente ripido del sentiero che portava al burrone, Brent infilò la mano nella tasca della mia giacca di velluto a coste per tenersi in piedi. Un attimo dopo, senza preavviso, inciampò e cominciò a cadere; nel farlo, strappò l'intera fodera dalla mia tasca e cadde pesantemente a terra, trascinandomi con sé. Rimanemmo lì, in un mucchio aggrovigliato, con le braccia e le gambe storte, ridendo così forte che pensavamo che ci sarebbe scoppiato lo stomaco.

"Brenton," sbottai, "sei una minaccia del cazzo!"

"Merda, Dave," rise, "non posso farci niente. Sono u-u-ubriaco."

"Non mi dire, Sherlock," dissi.

Sollevandoci, riuscimmo a percorrere il resto della strada fino al dormitorio senza altri incidenti. Il secondo piano dell'edificio era quasi deserto, poiché la maggior parte degli studenti trascorreva i fine settimana nella vicina Lexington o a casa in città distanti una o due ore di macchina. Brent si scusò per avermi strappato la giacca, prima di lasciarmi in piedi davanti alla mia stanza e di dirigersi lungo il corridoio non illuminato verso la sua stanza. Una sensazione di malinconia mi assalì mentre lo guardavo avanzare lentamente lungo il corridoio.

"Ehi Brent," lo chiamai, "starai bene?"

"Certo che sì, amico!" urlò sopra la sua spalla. "Sto benissimo."

Beh, almeno aveva smesso di balbettare. Ridacchiai tra me e me, armeggiando con la chiave nella serratura, finché alla fine riuscii ad aprire la porta della mia stanza. Mi avvicinai barcollando alla mia branda e, senza nemmeno togliermi i vestiti, mi buttai con forza sul materasso. In pochi secondi ero profondamente addormentato e stavo sognando:

. . . Faceva caldo. Il sole picchiava senza pietà e dovevo strizzare gli occhi per vedere la palla che usciva dalla racchetta di Jane. Indossava un completo di pizzo nero tagliato sul davanti fino all'ombelico, esponendo i seni dai capezzoli scuri che rimbalzavano selvaggiamente mentre correva. Mi posizionai di fronte alla rete e una macchia gialla mi passò accanto sul lato del rovescio. La folla approvò con un boato e io guardai le centinaia di Vernon Scott sugli spalti che applaudivano a gran voce.

"GAME, SET, MATCH!" gridò l'arbitro di sedia, che aveva anche il volto di Vern Scott. Mi avvicinai alla rete per stringere la mano a Jane, che si voltò e mi baciò con forza sulle labbra, sondando con la lingua l'interno della mia bocca. Era in piedi sopra Brent, che giaceva a faccia in su sulla superficie del campo, fissando sotto la gonna attraverso occhiali rotti. "Sai, Jane, sei davvero una troia di prima classe," sibilai quando le sue labbra lasciarono le mie. "Oh, davvero," rispose lei. "Brent non la pensa così. Sei d'accordo, Brent?"

Brent stava lottando per spingere Jane dal suo petto con una mano e contemporaneamente cercava di far scivolare la mano libera sotto la gonna. Lei non indossava mutandine e lo incitava a continuare, contorcendo i fianchi in modo seducente. Un forte rumore continuava a riverberare da sotto le tribune. Era una specie di tamburo che sbatteva, come una cassa, e diventava sempre più forte. Dovevo vedere cosa faceva quel rumore. Era così forte. BANG! BANG! BANG! "Dave! Dave!" gridava una voce. Rumori, grida, altri rumori. Altri colpi, altre voci urlanti. Passi veloci . . . BANG! BANG! . . .

Mi strofinai gli occhi. I colpi non smettevano. Era la porta, la mia porta. Qualcuno stava bussando alla mia porta. "Ehi Dave, apri!"

Mi sedetti sul bordo della mia cuccetta. Finalmente, completamente sveglio, mi alzai e mi affrettai verso la porta. L'aprii e trovai Ben Sawyer in piedi, in mutande lunghe. Stava per bussare di nuovo, con il pugno alzato in aria.

"Co . . ."

"Dave, è terribile! È Brent. Lui . . ."

Proprio in quel momento, una barella trasportata da due inservienti in uniforme e recante una forma senza vita coperta da un lenzuolo, passò davanti alla mia stanza. "Maledetti universitari," mormorò l'uno all'altro, "ogni anno uno di loro si ubriaca e si mette nei guai . . ." Le loro parole si interruppero mentre si dirigevano lungo il corridoio verso l'ascensore in attesa. Ero pervaso da un senso di terrore.

Guardai in fondo al corridoio verso la stanza di Brent, con la porta spalancata, e fui improvvisamente colpito dalla realtà della tragedia che si stava svolgendo davanti ai miei occhi. Mi voltai indietro e vidi la barella scomparire, simile a una bara, inghiottita della porta dell'ascensore.

"BRENT!" Urlai e cominciai a correre verso l'ascensore, mentre le porte si chiudevano silenziosamente. Mi fermai davanti alle porte esterne e picchiai sulla porta di metallo fino a farmi male ai pugni. Ben mi afferrò da dietro e mi tenne stretto. Lottai per liberarmi, gridando "Brent, Brent!"

Facendomi girare e bloccandomi al muro, Ben mi guardò negli occhi e sussurrò: "Se n'è andato, Dave. Se n'è andato." Immediatamente mi uscì tutta l'aria e mi accasciai debolmente sul pavimento, con la schiena che scivolava sulla superficie del muro fino a toccare il fondo. Lacrime calde mi riempirono gli occhi e traboccarono sulle guance. Cominciai a respirare affannosamente, le narici si riempirono di muco. "Non è giusto," singhiozzai. "Non è giusto! Perché? Perché Brent?" Stavo piangendo in modo incontrollato.

Ben era seduto accanto a me sul freddo pavimento di cemento, con il braccio ben saldo intorno alla mia spalla, abbracciandomi a lui. Dopo un po', feci un respiro profondo e sospirai una sola parola: "Come?"

"Si è impiccato nella doccia," rispose Ben. Rabbrividii involontariamente immaginando il gesto.

Un sapore aspro mi riempì la bocca. Ebbi un conato e poi vomitai in grembo. La bile dal sapore amaro mi riempì le narici, facendomi vomitare violentemente ancora e ancora, finché alla fine nello stomaco non rimase altro che una fitta che ci avrebbe messo giorni ad andarsene. Seduto lì, vuoto, mi chiesi stupidamente se mia madre sarebbe stata in grado di riparare la tasca della mia giacca di velluto a coste, o se io avessi voluto o meno che lo facesse.

26

La caccia al coniglio
("Non si muove più!")

Erano passate sei settimane dal suicidio di Brent e, anche se le cose non sarebbero mai state come prima, avevo cominciato a ritrovare la concentrazione e con essa un senso di normalità.   Nel frattempo, Craig mi raccontava ogni giorno per posta i dettagli dei suoi incontri sessuali nel Sud-Est asiatico con giovani prostitute eurasiatiche, la maggior parte delle quali aveva meno di sedici anni.   Naturalmente, tutte erano 'fottutamente incredibili', secondo Craig.

Era ottobre, la guerra contro i vietcong stava appena iniziando a intensificarsi e, sebbene i giovani americani non avessero ancora iniziato a protestare attivamente contro il coinvolgimento degli Stati Uniti, era opinione comune che il Vietnam fosse l'ultimo posto in cui si voleva stare.

L'ultima missione di Craig era da qualche parte a nord di Saigon (vicino a Bienhoa, dicevano le sue lettere), ma mi era difficile immaginare quanto fosse lontano da casa il Vietnam, per non parlare della sua esatta posizione in quella terra lontana.   A quanto pareva, con le donne aveva più fortuna di me, almeno stando alla sua ultima lettera, che recitava:

"Caro Dave,

Come va, amico? Questo posto fa schifo! Il clima è caldo come l'inferno (le temperature medie sono sui 30° e l'umidità deve essere di 100!) Scommetto che vorresti essere qui, eh? Lo vorrei! Sto solo scherzando! Nessuno dovrebbe stare in questo buco infernale. Non c'è stata molta azione, tranne due giorni fa, quando siamo stati colpiti dal fuoco dei cecchini. Nessuno è stato ucciso, ma un paio di ragazzi sono stati feriti. Spero di avere la possibilità di uccidere un po' di quei Viet Kong. A volte sogno di prendere un intero plotone di Kong e di sconfiggerli da solo. So solo una cosa: sono pronto!

Queste ragazze sono fantastiche, cazzo! Ieri mi sono scopato una 14enne vergine. Non è vero! Mi ha infilato delle perline nel culo e quando sono venuto le ha tirate una alla volta ed è stato incredibile. Pensavo che le mie palle sarebbero esplose, era così fottutamente selvaggio.

(Qui aveva disegnato una rozza rappresentazione di un uomo con un'erezione e la testa che esplode).

Comunque, ho scritto questa piccola poesia per te. Parla di un sogno bagnato. Spero che ti piaccia.

Poesia per Dave

Hasten Jasen,
Prendi il bacino,
Oops plop,
Prendi il mocio!

Ehi, fai ancora quei sogni? Sai quello sulla donna? Dovresti provare la cosa vera! Spero che il primo sogno sia

una cosa seria. Altrimenti stai solo perdendo tempo. Ah!
Ha! Beh, credo sia meglio che me ne vada. Non
preoccuparti, ho tutto sotto controllo . . . specialmente le
ragazze! Ci vediamo tra circa 10 mesi e 22 giorni (non ho
ancora calcolato le ore).

Il tuo amico,

Craig"

"Vaffanculo!" dissi ad alta voce. Il fortunato bastardo
non solo era andato a segno, ma se ne era anche vantato.
Finii di leggere la lettera per la terza volta, poi la piegai
ordinatamente e la aggiunsi alla pila crescente in cima alla
mia scrivania. Anche se erano passati solo quattro mesi
dall'ultima volta che l'avevo visto, sembravano più anni
da quando Craig e io avevamo condiviso quell'ultima
conversazione un paio di sere prima di partire per la
scuola. Pensando a lui in quel momento, mi era difficile
immaginarlo così lontano e chiusi gli occhi nel tentativo
di visualizzare il suo viso paffuto e sorridente.
Soddisfatto dell'immagine mentale che mi ero fatto del
mio migliore amico, sbattei subito le palpebre e andai
avanti con il resto della mia giornata. Avrei rimpianto
quell'atto simbolico per il resto della mia vita.

Da quando Brent si era suicidato, non avevo più
voglia di fare nulla, se non andare a lezione. Ero pieno di
rimorsi e trascorrevo molto tempo sdraiato sul letto a
immaginare cosa sarebbe potuto accadere se non avessi
mai suggerito a Brent di avere rapporti con le ragazze.
Col senno di poi, mi rendo conto che Brent era una bomba

a orologeria che aspettava solo l'accensione giusta per 'esplodere'. Purtroppo, io avevo fornito la scintilla che aveva acceso la miccia. Certo, era sciocco pensare che Brent fosse morto solo per colpa di Jane Anderson *o mia*, ma mi aiutò a smorzare la frustrazione dirigendo la mia rabbia contro *qualcuno, anche* se quel 'qualcuno' doveva essere Jane. A poco a poco, smisi di stare in giro a commiserarmi e cominciai a rientrare nel contesto della vita del campus.

Le vacanze del Ringraziamento si avvicinavano e Billy Bob mi sorprese una sera in sala d'aspetto invitandomi a trascorrere le vacanze con lui e la sua famiglia. Non ero mai stato lontano dalla mia famiglia durante una festa importante e all'inizio esitai. Ma la frase successiva pronunciata da Billy Bob fugò ogni mia riserva.

"Andiamo, Dave," implorò Billy. "Diavolo, potremmo anche fare un po' di caccia al coniglio."

Caccia? Qualcuno ha detto caccia? Caccia significava armi. Non avevo mai sparato prima, a meno che non si contasse una pistola a tappo, quindi ero decisamente interessato.

"Vuoi dire con *pistole vere*? Tipo, con i *proiettili*?"

Billy Bob rise di gusto. "Beh, non proprio proiettili," disse. "Sto parlando di *fucili da caccia*. Sai, calibro 12, Remington a pompa." Le mie dita si contrassero al pensiero. Non sapevo se sarei riuscito a uccidere un coniglietto dalle orecchie rosa, ma l'idea di sparare con un vero fucile a pompa . . . beh, ero solo un essere umano.

"Dovrò chiedere ai miei genitori," dissi. "Ma sono sicuro che diranno che va bene."

Così, la sera dopo, domandai. E mi fu risposto che andava bene, più o meno.

Beh, non *proprio* bene, almeno non subito, ma *alla fine*. In realtà, andò più o meno così:

"CACCIA AL CONIGLIO!!! Cosa sei, pazzo?" urlò papà.

"Papà, rilassati!" argomentai. "Probabilmente sarà *lui* a uccidere. Io mi limiterò a sparare di tanto in tanto a un albero o a qualcosa e . . ."

"È semplicemente fantastico," rispose papà. "E che dire dei rimbalzi? I rimbalzi possono uccidere!"

Non avevo la minima idea di cosa stesse parlando. "Cosa sono i rim-ba-lzi?" chiesi.

"Sai," disse, "quando i proiettili rimbalzano sugli alberi e . . ."

"Proiettili?" Risposi. "Oh, non usiamo *proiettili*, papà."

"Ah, no?" disse.

"Certo che no," risposi compiaciuto. "Stiamo usando dei fucili a pompa! E *pallini*! Quindi, vedi . . ."

"Proiettili, *pallini*: sono la stessa cosa. Sono solo *piccoli* proiettili e possono *comunque* ucciderti!"

"Starò attento. Lo prometto."

"Dave, per favore . . ."

"Dai, papà. *Devo* essere un uomo. L'hai detto tu stesso, ricordi?"

Rimase in silenzio. L'avevo in pugno.

"Papà?"

Nessuna risposta.

"Papà?"

247

"Sto pensando. E se . . ."

"Posso *andare*?" percepii la debolezza.

"Beh . . ."

"*Grazie*, papà. Ho *detto a* Billy che avresti detto di sì."

L'antico autobus si fermò rumorosamente davanti al Rexall Drug Store di Mount Zion, Kentucky, che fungeva da fermata. Come in segno di protesta per il fatto di dover liberare i passeggeri all'interno, la porta d'ingresso incernierata si aprì con un forte sibilo. C'era solo una vettura parcheggiata in strada, ed era un camion!

Il vecchio Newsome ci guardò con gli occhiali bifocali, mentre apriva a forza la portiera malconcia del vecchio pick-up e zoppicava verso me e Billy Bob. Era un uomo basso e, proprio come Billy, aveva le gambe storte. Diversi anni prima, era stato preso a calci da uno dei suoi muli e, di conseguenza, aveva riportato una frattura composta della gamba sinistra. La frattura non era stata sistemata correttamente, da cui la zoppia. Le sue mani erano profondamente abbronzate e nodose per gli effetti dell'artrite. Una mappa di rughe copriva il suo volto, interrotta solo dall'ampio sorriso con cui ci salutò. Portava un cappello di feltro invecchiato, tirato indietro, che esponeva una testa piena di capelli bianchi come la neve. Pensai al volto meno consumato di mio padre e decisi che il signor Newsome doveva essere un uomo molto più anziano. Si scoprì che in realtà era *più giovane* di mio padre di cinque anni: alla faccia della vita di campagna.

"Ciao, figliolo," disse dolcemente, con la voce appena superiore a un sussurro. "Vedo che hai portato un amico." Mi guardò in alto e in basso con aria valutativa. Poi, apparentemente convinto che fossi un individuo valido, mi tese la mano per stringerla, cosa che feci. La pelle delle scarpe era più morbida. Billy Bob si ricordò improvvisamente delle sue buone maniere e ci presentò l'un l'altro. "Papà," disse, "questo è il mio compagno di stanza, Dave Justin."

"Piacere di conoscerti," disse il padre. Un'altra stretta di mano. Dio, quel tipo aveva una bella presa!

"Piacere mio, signore," risposi.

Billy Bob non abbracciò mai suo padre, ma dedussi che fossero felici di vedersi. A quanto pareva, nemmeno lui aveva detto ai suoi che stavo arrivando, ma sembrava che anche quello andasse bene. Gettammo le valigie sul retro del vecchio pick-up e presto ci trovammo a percorrere una strada non asfaltata verso la fattoria dei Newsome.

Una volta arrivati, ebbi uno shock. Non ero del tutto preparato all'insieme di edifici e capannoni fatiscenti che si aprirono di fronte ai miei occhi. Se si trattava di una piantagione di tabacco, era ben mascherata. Diverse galline razzolavano selvaggiamente nell'area sterrata di fronte alla casa principale, chiocciando rumorosamente quando ci avvicinavamo. Il portico anteriore era pericolosamente basso al centro e sembrava in pericolo di crollo imminente. C'erano due muli legati all'estremità dell'abitazione e mi chiesi se non fossero in grado di tirare giù la vecchia casa, tanto era poco solida. Il cigolio e poi il forte schiaffo di una zanzariera di legno che si apriva e si chiudeva mi fecero trasalire e mi voltai per vedere una signora Newsome in sovrappeso che si dirigeva verso

Billy Bob con le sue enormi braccia tese in segno di benvenuto. "Ragazzi, siete proprio uno spettacolo per i miei occhi dolenti!"

Non potevo fare a meno di pensare che almeno un membro della famiglia Newsome avesse abbastanza da mangiare. Con il volto arrossato dall'imbarazzo, Billy si staccò dalla presa della madre e balbettò un'altra presentazione.

"Mamma," disse, "questo è il mio compagno di stanza, Dave Justin." Prima che potessi reagire, la signora Newsome allungò la mano e mi tirò contro i due cuscini che portava sul petto. "Per l'amor del cielo, ragazzo, non sei altro che pelle e ossa! Credo che ce ne occuperemo non appena . . ."

"Mamma, per favore!" interruppe Billy. "Dave sta bene così com'è!"

La signora Newsome allentò la presa sul mio busto e io colsi l'occasione per liberarmi, indietreggiando di un paio di metri per mettermi al sicuro da ulteriori abbracci.

"Beh, comunque, è un piacere conoscerti, figliolo. Billy ha scritto *molto* su di te." Poi strizzò l'occhio, lasciandomi a chiedermi quali fossero esattamente le favole che Billy aveva scritto su di me.

"Anche per me è un piacere conoscerla, signora Newsome," risposi.

Seguì un silenzio imbarazzante, durante il quale tutti si guardarono con occhio curioso. Infine, la signora Newsome annunciò: "La cena sarà pronta tra un minuto. Dovete essere affamati." Ebbi l'impressione che il mondo di quella donna *ruotasse* intorno al cibo.

Fuga dall'innocenza (Il racconto di un risveglio)

Mercoledì non era certo il 'giorno degli spaghetti del principe' in casa Newsome, ma il menu prevedeva delle ottime costolette di maiale in padella con salsa, purè di patate (con i grumi), fagioli al burro e molti biscotti fatti in casa. Per dessert, facemmo il pieno di torta di mele bollente, appena sfornata. In seguito, dato che non c'era nessun televisore in vista, ci sistemammo nel salottino accanto alla cucina e ci sedemmo intorno alla stufa a carbone, la prima che abbia mai visto, e giocammo a 'venti domande' sulla vita nel campus. Il signor Newsome sbuffava soddisfatto dalla sua pipa e sorseggiava il caffè mentre ci osservava in silenzio attraverso le spesse lenti dei suoi occhiali da lettura. Sembrava che si limitasse a guardare e ad ascoltare; solo raramente si univa alla conversazione animata.

La signora, 'chiamatemi solo mamma', Newsome era ansiosa di conoscere ogni dettaglio della nostra vita al college e si rattristì sinceramente quando le venne raccontato del recente suicidio di Brent.

"Non permettete mai che le ragazze si avvicinino a voi in questo modo," ci ammonì. "Penso che quel giovane debba aver avuto una brutta infanzia. Tutto qui, solo una brutta infanzia. Questo dovrebbe essere il motivo . . ." La sua voce si interruppe e sembrò persa nei suoi pensieri, con le lacrime che le scendevano sulla guancia. "Beh," disse, ricomponendosi, "guardate l'ora! Voi ragazzi vorrete dormire un po', soprattutto se domani andrete a caccia!"

Si alzò stancamente dalla sedia e ci augurò la buonanotte. Noi facemmo lo stesso e io seguii Billy sul retro della casa, nella sua camera da letto. C'era un solo letto e dedussi subito che io e lui l'avremmo condiviso. Oh, beh, pensai: "Paese che vai, usanze che trovi . . ."

Mi resi conto di non aver visto il bagno e chiesi dove fosse. La risposta di Billy mi spiazzò.

"Mi dispiace, Dave," disse, "non abbiamo un bagno. Usiamo solo la dependance."

Indicò la direzione con un pollice puntato sopra la spalla verso il retro dell'abitazione. Sorrisi debolmente, incerto sulla risposta da dare.

"Ma puoi lavarti i denti qui," disse, indicando una piccola bacinella di porcellana che conteneva dell'acqua e una salvietta, in equilibrio precario su un minuscolo tavolo di quercia. "Devi andare fuori a pisciare o . . . beh, sai . . ."

Poi, come se mi avesse letto nel pensiero, aggiunse: "Oh, e c'è un rotolo di carta igienica sullo scaffale vicino alla porta sul retro."

Il mio viso arrossì per l'imbarazzo e sperai che i suoi poteri di lettura della mente arrivassero solo fino a un certo punto. Le fresche lenzuola e la pesante trapunta del grande letto erano così invitanti che superai facilmente la timidezza di doverlo condividere con Billy e caddi subito in un sonno senza sogni, risvegliandomi riposato e desideroso di affrontare la giornata.

L'aroma di pancetta sfrigolante e di biscotti appena sfornati ci accolse, e io indossai rapidamente i miei jeans e le mie scarpe da ginnastica e mi diressi verso la porta sul retro, e il famigerato gabinetto, con la curiosità che mi spingeva ad andare avanti. "Hai dimenticato la bacinella!" urlò Billy, correndo a raggiungermi. "Ecco," disse porgendomi la bacinella di porcellana, "ti faccio vedere come si usa la pompa." Prese un secchio che si trovava accanto all'antico aggeggio e versò un po' d'acqua sulla pompa per innescarla. "Bene, ora tieni la bacinella sotto il beccuccio e io la riempio." Feci come mi era stato detto, Billy afferrò la lunga maniglia e cominciò a pompare. "Vedi," mi disse, "basta tirare lentamente e presto . . . acqua!" In quel modo, uno zampillo d'acqua gelida uscì dalla bocca della pompa e mi bagnò le scarpe da ginnastica. Feci cadere la bacinella a terra. Le mie scarpe da ginnastica erano fradice.

"Merda!" urlai. "Ora guarda cosa hai fatto!"

"Non è un problema," rise Billy. "Ho un paio di stivali in più che puoi indossare quando andiamo a caccia." Riempì velocemente il lavandino e me lo restituì. "Ora andiamo a lavarci in fretta, così possiamo mangiare. Oh, e metti le scarpe da ginnastica vicino alla stufa. Si asciugheranno in fretta."

La colazione era un banchetto e ne approfittai: uova, pancetta, biscotti e due tazze di caffè fumante. "Grazie per la colazione, signora . . . ehm . . . Voglio dire, '*mamma*'." La signora Newsome sorrise in segno di apprezzamento. "Non c'è di che," disse. "È bello vedere un ragazzo magro come te mangiare così; mi fa sentire utile."

In quel momento la porta sul retro si aprì ed entrò il ragazzo più vecchio che avessi mai visto. Era alto circa un metro e mezzo e indossava una tuta da lavoro con i polsini sfilacciati a causa dello strascico sul terreno e un cappello a cuffia con i lembi delle orecchie foderati di pelliccia e legati in alto. Stava fumando una sigaretta arrotolata a mano e il fumo che usciva dalla punta gli arrivava negli occhi, facendoglieli strizzare come se il viso gli facesse male. Il suo aspetto complessivo era quello di un uomo di quarant'anni. In seguito, seppi che aveva solo quattordici anni.

"Questo è Larry Pearson," disse Billy. "Larry vive nella casa accanto. Larry, questo è il mio compagno di stanza, Dave." Larry fece un sorriso sottile, allungò la mano, che sembrava un pezzo di cuoio secco, e ci stringemmo forte. Senza una pausa, si issò il fucile in spalla ed esortò: "Andiamo. Quei conigli non aspetteranno tutto il giorno."

"Vado a prendere le armi," disse Billy. "Ecco, Dave, mettiti questo marsupio." Mi passò quella che sembrava una piccola borsa da bucato e io me la assicurai alla vita, incerto su cosa fosse.

"Cos'è questa cosa?" chiesi a Billy.

"Borsa da caccia," rispose Larry.

"Oh."

"Ci metti dentro i tuoi conigli," rise Larry. "Sempre che ne trovi!" Rise ancora più forte. Non capii l'umorismo.

"*Lo sai che* non l'ho mai fatto prima, vero?" dissi.

"Sì, sì, lo sappiamo," disse Billy. "Non preoccuparti. Ti mostreremo cosa fare. Non è vero, Larry?" Fece l'occhiolino in direzione del suo vicino, che annuì silenziosamente in segno di assenso. Sentii il mio livello di ansia salire di una tacca, quando Billy sparì dalla stanza, lasciandomi solo con Larry che sembrava godere del mio disagio. Pochi istanti dopo, Billy riapparve portando con sé due enormi fucili da caccia. Mi porse una delle armi, ma non prima di aver controllato che non fosse carica, e ci avviammo verso la porta.

Prima che fossimo molto lontani, la signora Newsome irruppe dalla porta sul retro sventolando un sacchetto di carta. "Vi ho preparato dei panini alla carne di cervo!" annunciò trafelata. "Billy ha preso il cervo lo scorso autunno." Rabbrividii al pensiero. Billy prese il sacco da sua madre, mormorò: "Grazie, mamma" e partimmo.

Quando fummo a qualche centinaio di metri dalla casa, ci fermammo e Billy dimostrò come si caricava il calibro 12. Era una canna doppia, affiancata, e lo guardai mentre inseriva con perizia i bossoli di plastica e ottone rosso vivo nelle camere.

"Ora, la cosa più importante, Dave," disse Bobby, "è che tu tenga il calcio qui premuto con forza contro la tua spalla." Tenne l'arma sollevata verso il suo corpo. "Altrimenti, quando scalcia, ti fai un sacco di lividi sul braccio." Oh, cavolo, pensai, sarebbe stato *molto* divertente! "Ora, Dave," continuò Bobby, "ti appoggi al colpo, così. . ."

BLAM! Proprio in quel momento, il fucile esplose. Era il rumore più forte che avessi mai potuto immaginare e per poco non mi ruppe i timpani. L'odore acre della polvere da sparo mi riempì le narici e Billy e Larry scoppiarono a ridere.

"Porca miseria!" Esclamai. "Perché non mi hai detto che avresti sparato a quella dannata cosa? Mi sarei coperto le orecchie!"

"Oh, diavolo, ragazzo," disse Bobby, "non puoi tenerti le orecchie e sparare anche con quest'arma."

"Inoltre," aggiunse Larry, "ti abituerai." Mi chiesi seriamente se mi sarei mai abituato.

Poi Larry caricò la pistola e sparò due rapidi colpi in successione, guardandosi alle spalle per osservare la mia reazione. "La sto controllando," disse. Credo che stesse solo controllando *me*. *Merda*.

Presto ebbi il fucile carico e, con un rispetto religioso, lo sollevai con delicatezza in posizione di tiro, con il calcio ben saldo nell'incavo del braccio. Avendo cura di controllare che la sicura fosse disinserita, presi accuratamente la mira su un punto all'orizzonte e premetti bruscamente il grilletto. BLAM! Avevo sparato non una, ma *due* cartucce! L'impatto del rinculo mi fece cadere all'indietro sul sedere e il fucile mi volò via dalle mani. Rimasi a terra per un minuto, troppo stordito per dire una parola. Poi mi alzai in piedi,

"Meerda, ragazzo!" gridò Larry, "Sei proprio una dannata minaccia!"

Le mani mi tremavano in modo incontrollabile e la spalla sembrava essere stata colpita da un martello. La strofinai con delicatezza, pregando che il danno non fosse permanente. L'arma giaceva a terra nelle vicinanze e la studiai da lontano, come avrei fatto con un serpente a sonagli morto. La sua impressionante potenza e il suo potenziale di ferimento erano stati chiaramente dimostrati, e la guardai con la dovuta cautela e rispetto. Alla fine, convinto che l'arma non mi avrebbe morso, mi chinai e la raccolsi, sempre attento agli sguardi curiosi dei miei compagni. "Credo di non averla tenuta abbastanza stretta," dissi, con fare peccaminoso. "Vorrei provare di nuovo, se per voi va bene." Mi voltai in direzione degli altri due ragazzi che si abbassarono di riflesso. Allungai la mano verso Billy, che scrollò le spalle, cercò nella sua sacca delle munizioni un altro paio di cartucce e le posò delicatamente sul mio palmo teso. "Il tuo funerale," mormorò sottovoce. Guardai da Billy a Larry e viceversa, e provai una fitta d'ansia quando ognuno di loro mi guardò torvo. Forse avevo esagerato nel chiedere un'altra possibilità.

Una risatina trapelò dalle labbra serrate di Larry e mi resi conto che lui e Billy stavano per scoppiare a ridere. Il mio amico mi mise una mano sulla spalla e scoppiò in un ampio sorriso. "Rilassati, Dave," disse, "ti stavamo solo prendendo in giro."

"Sì," aggiunse Larry, "provaci ancora. Ma, accidenti, ragazzo, assicurati di avere il calcio *ben* premuto contro la spalla. E poi, p-r-e-m-i il grilletto *molto* lentamente."

Scelsi un altro bersaglio immaginario all'orizzonte e, con deliberata attenzione, sollevai il fucile saldamente contro la spalla, feci un respiro profondo, lo trattenni e premetti con cautela il primo grilletto. Sentii un forte boato e un leggero calcio quando l'arma si scaricò. Ormai sicuro di me, ripetei la procedura e sparai il secondo colpo con risultati altrettanto soddisfacenti. "Ora sì che ci siamo, Dave!" urlò Billy. Larry non sembrava impressionato. "Andiamo a prendere qualche coniglio," disse, voltandosi. "Non abbiamo tutto il giorno."

Trascorremmo l'ora e mezza successiva arrancando su e giù per le dolci colline che circondano la fattoria di duecento acri dei Newsome. Billy Bob e io restammo in vista l'uno dell'altro, mentre Larry si allontanò da solo. A un certo punto, Billy e io ci separammo e mi resi conto che non sapevo proprio cosa fare se mi fossi imbattuto in un coniglio. Proprio in quel momento, un codino magro uscì dal suo nascondiglio nella boscaglia e sfrecciò in modo irregolare avanti e indietro davanti a me. Senza pensarci, alzai il Remington e sparai con entrambe le canne. Subito dopo mi ritrovai a faccia in su un mucchio di foglie, con un dolore sordo che si diffondeva per tutta la spalla e il fucile ancora fumante a circa un metro e mezzo di distanza, appena fuori portata. Mi alzai e feci un passo malfermo verso il fucile e, mentre mi chinavo per raccoglierlo, scoprii il coniglio, morto, che giaceva a terra a meno di due metri di distanza.

Guardando la forma senza vita, mi vennero in mente le immagini di Bugs Bunny, Peter Cottontail e il Coniglietto di Pasqua. Sparare con il fucile in allenamento era stato divertente, anzi esaltante. Ma quello. . . questo non mi piaceva. In qualche modo, il pensiero che, quasi per capriccio, in realtà, con la minima pressione del mio dito indice, avrei potuto porre fine alla vita di quella piccola creatura indifesa, mi faceva sentire un po' male.

"Bene, bene, vedo che ne hai uno. Ottimo lavoro!" Era il piccolo Larry. A quanto pareva, il rumore dei due colpi che avevo sparato lo aveva attirato per vedere cosa stava succedendo. Si chinò e con un abile movimento afferrò il roditore senza vita e lo lanciò direttamente verso di me. Istintivamente allungai la mano, afferrai l'animale e poi, altrettanto rapidamente, lo lasciai cadere a terra disgustato. Poi, sentendomi un po' sciocco, mi abbassai, recuperai la piccola carcassa e la misi nel marsupio che portavo in vita. Mi resi conto che la spalla mi faceva ancora male, ma soprattutto il cuore. "Beh, non startene lì impalato, figliolo," disse Larry. "Ce ne sono molti altri da dove è venuto quello." Mi sorrise, il mozzicone della sigaretta stretto tra i denti prematuramente macchiati.

Intorpidito, mi mossi nel sottobosco per i dieci minuti successivi finché, all'improvviso, sentii una sensazione di calci contro la mia coscia. Guardai con orrore il marsupio che vibrava all'impazzata. Il coniglio era *vivo!* Isterico, indicai il sacchetto svolazzante e gridai: "È vivo! È vivo! Il coniglio! Il coniglio! È ancora *vivo!* "Larry si girò nella mia direzione, con un ampio sorriso sul viso. Cominciò a ridere ad alta voce. "Dammi qua!" gridò. Rimasi lì, confuso e incerto su cosa volesse dire. Senza esitare, prese la mia sacca da gioco ed estrasse l'animale tremante.

"È solo un riflesso dei nervi, tutto qui," disse Larry. Con un'economia di movimento che smentì la sua efficacia, colpì il coniglio con un colpo di karate sul collo, ponendo immediatamente fine agli spasmi. "Non si muoverà più," disse. "Ecco!" Mi porse il corpo senza vita. Con riluttanza, accettai l'animale senza vita e lo infilai di nuovo nell'astuccio.

"Credo sia meglio trovare Billy," dissi con voce flebile. Stavo tremando.

"Sì, credo di sì," concordò Larry. Si accese un'altra sigaretta e tossì violentemente. Mi meravigliai della sua insensibilità, non invidiandola necessariamente, ma rispettandola allo stesso modo. Non era una cosa a cui avrei *mai* potuto abituarmi, né volevo farlo.

Diverse ore dopo, dopo aver raggiunto Billy Bob e senza che io avessi sparato un altro colpo significativo, noi tre tornammo alla casa. Billy aveva ucciso tre conigli,

Larry altri due e io uno. La signora Newsome era occupata in cucina a preparare una mela per la cena delle feste e si informò a spalla sul nostro successo. Immediatamente Larry la bombardò con la storia della mia prima uccisione, abbellendo il racconto con dettagli fantasiosi, ma inventati. Il signor Newsome apparve sulla porta e ci fece cenno di entrare nel salottino.

"Dobbiamo dare alla signora la possibilità di preparare la cena o nessuno di voi mangerà nulla," disse strizzando l'occhio. "Allora, Dave, ti è piaciuta la caccia?"

"Beh," cominciai, "è stato giusto, credo. Ma non mi piace molto uccidere le cose."

Annuì come se avesse capito, poi si alzò lentamente e disse: "Voi ragazzi socializzate un po', io vado a dare una mano alla mamma in cucina." E poi sparì nell'altra stanza.

Ci fu un silenzio prolungato, durante il quale Billy Bob e Larry si scambiarono sguardi complici, finché, dopo un'altra conversazione imbarazzante, arrivò l'ora di cena. I vari aromi che si sprigionavano nell'aria dalle numerose pietanze presenti sul tavolo non riuscirono a stuzzicare il mio appetito, che era stato ucciso insieme alla piccola coda di cotone a cui avevo sparato. A quanto pareva, la mia avversione per la caccia era emersa nei miei commenti al signor Newsome, perché dopo aver detto la preghiera, accadde una cosa interessante. La mamma di Billy si alzò e andò in cucina, tornando con un enorme piatto di coniglio appena cucinato che depositò al centro del tavolo. Deglutii a fatica e mi preparai all'inevitabile scena che sapevo sarebbe seguita. Ma, invece di sedersi, la signora Newsome tornò in cucina con un piatto più piccolo e coperto che teneva davanti a sé. La guardai con un'espressione perplessa.

"Oh, nel caso qualcuno ne volesse un po', ho fritto del pollo." Poi, con un occhiolino nella mia direzione, mise il piatto proprio davanti al mio posto. Guardai dall'altra parte del tavolo il padre di Billy e mi sorpresi nel vederlo sorridere come un idiota. Fece un cenno alla moglie e io capii subito tutto.

"Grazie, signora Newsome," dissi. Lei mi guardò accigliata. "Cioè, grazie, *mamma!*"

Sorrise ampiamente e, mentre prendevo una coscia croccante, lanciò un'occhiata al signor Newsome, che sorrideva a sua volta. Diedi un morso al pollo fritto e pensai che il Ringraziamento non aveva mai avuto un sapore così dolce.

Joe Perrone Jr.

27

Lady Tanya e 'l'occhiolino'

L'intervallo tra il Ringraziamento e il Natale trascorse senza incidenti e in breve tempo fu il momento di tornare a casa per le lunghe vacanze. Due settimane prima della fine delle lezioni, ricevetti una lettera da papà.

> *"Caro David,*
>
> *Io e la mamma abbiamo deciso di farti un vero regalo. So che i viaggi in autobus sono stati una vera seccatura, quindi ho allegato un biglietto aereo di andata e ritorno per le tue vacanze di Natale. Sei prenotato sul volo 431 della Piedmont Airlines, da Lexington a Cincinnati, venerdì pomeriggio 21 dicembre alle 13.17. Arriverai a Cincinnati alle 14.01 e prenderai il volo 811 della Delta per Newark alle 14.38. Ti aspetterò al gate 12B quando arriverai alle 16.02. Io e la mamma non vediamo l'ora di vederti.*
>
> *Con tutto il nostro amore,*
>
> *Papà"*

Ero allo stesso tempo emozionato e apprensivo mentre viaggiavo in autobus verso Lexington, dove avrei preso la coincidenza per Cincinnati. Non avevo mai volato prima e, mentre l'autobus si avvicinava all'aeroporto di Lexington, iniziai a sentire le farfalle nello stomaco. Mi chiesi se volessi davvero volare, soprattutto quando vidi il minuscolo terminal con i piccoli aerei a due eliche che costeggiavano il campo d'aviazione, con le loro ali singole montate sopra la fusoliera.

Salii nervosamente a bordo dell'aereo della Piedmont Airlines e presi posto insieme ad un'altra decina di passeggeri. Non mi aspettavo nulla di così piccolo come quell'aereo e non trovavo alcun conforto nel fatto che avrei preso la coincidenza con un Boeing 707 all'aeroporto Greater Cincinnati di Covington, nel Kentucky. In effetti, non ero molto fiducioso che quel piccolo aereo avrebbe raggiunto la sua destinazione a Cincinnati. Mentre la macchina vibrante rullava lungo la pista, osservai innumerevoli automobili che viaggiavano sull'autostrada adiacente; apparentemente si muovevano più velocemente di noi! Fu uno shock totale quando mi ritrovai improvvisamente in volo, a fissare quelle stesse auto mentre il piccolo aereo lottava per salire sopra la coltre nuvolosa. Virammo intorno all'aeroporto lentamente, guadagnando quota, finché non trovammo alla giusta altezza. A poco a poco cominciammo a perdere di vista gli hangar colorati e le piste incrociate.

Stavo iniziando a sentirmi un po' a mio agio quando all'improvviso il pavimento sembrò cadermi sotto i piedi. In realtà, mi sentivo come in uno di quei barili di legno giganti che si trovano nei parchi di divertimento al mare. Gira rapidamente, premendoti con forza centrifuga contro le sue pareti, prima che il pavimento cada improvvisamente, lasciandoti sospeso come una foglia bagnata che sbatte contro il vetro di una finestra. L'unica differenza era l'altitudine. Nella versione da passerella, il salto è di circa un metro. Nell'aereo, invece, si tratta di una caduta da 'Major League'.

Fuga dall'innocenza (Il racconto di un risveglio)

Dopo circa trenta minuti, le montagne russe volanti riuscirono a trovare la strada per la pista dell'aeroporto di Greater Cincinnati e atterrammo con una serie di urti e rimbalzi. Ebbi a malapena il tempo di far riposare le gambe prima che arrivasse il momento di imbarcarmi sul gigantesco, almeno per quei tempi, jet di linea Boeing 707, diretto a Newark. Quel volo fu completamente diverso e molto più piacevole della precedente escursione. Sfrecciando sulla lunga pista, mi sembrava di essere a bordo di un dragster ad alta potenza. Ora sì che ci siamo!

Esausto per la tensione della mia prima esperienza di volo, mi addormentai e sonnecchiai tranquillamente, senza accorgermi delle piccole città e dei paesi che passavano sotto di me. In men che non si dica, sembrava che stessimo girando lentamente intorno alla baia di Newark e che ci fosse stato ordinato di allacciare le cinture di sicurezza in vista dell'atterraggio. Abbassai lo sguardo e mi resi conto che non avevo mai slacciato la cintura dall'inizio del volo. Sorrisi tra me e me, mi appoggiai allo schienale e chiusi gli occhi. Quando li riaprii, eravamo a terra, in fase di rullaggio verso il terminal. Come promesso, papà mi raggiunse al gate e mi mise in imbarazzo quando corse verso di me, sorridendo e gridando il mio nome. Dopo aver finito di stritolarmi, si staccò e mi guardò dritto negli occhi.

"Allora, comandante," cominciò, "com'è la libertà vigilata?" Io trasalii e poi arrossii; dopo tutto, chi voleva parlare della *libertà vigilata*? Perché non mi ha chiesto del *volo*, delle *ragazze a scuola* o di cosa volevo per *Natale*? Non chiedere della *libertà vigilata*! Alla fine, risposi con un secco 'va bene' e sperai che la cosa finisse lì.

Ci dirigemmo verso la sezione bagagli e recuperammo la mia valigia e il mio borsone. Decine di autisti di taxi e limousine erano in fila con i loro cartelli con scritto 'Mr. Clark, Holiday Inn' e così via, e noi li superammo per uscire dal terminal. Mentre attraversavamo il parcheggio, scrutai il marciapiede alla ricerca della vecchia Chevrolet.

"Dove ho lasciato quella dannata macchina?" disse papà ad alta voce. Perplesso, lo guardai, sorpreso dall'uso di quella blanda imprecazione. Ci eravamo fermati accanto a una Chevrolet Bel Air del '66 nuova di zecca, e io ammirai in silenzio la sua scintillante verniciatura bicolore blu e bianca. "Oh, sì, eccoci qui," disse papà. Si mise in tasca il portachiavi, ne scelse uno d'argento e lo inserì nella serratura del bagagliaio della Chevrolet.

"Ma, papà . . ."

"Qual è il problema? Non ti piace?" chiese con un'espressione capricciosa sul volto.

"Ma . . ."

"Ma cosa?"

"Vuoi dire . . ."

"Sì, è nostra! Che ne pensi? Bella, eh?"

Alla fine, capii che faceva sul serio e lanciai un urlo, gridando: "Wow! È spaziale!"

Papà sembrò abbastanza soddisfatto della mia risposta e sorrise compiaciuto. Era soddisfatto, ma non abbastanza da lasciarmi guidare fino a casa. Per quel privilegio avrei dovuto aspettare a lungo. Mentre tornavamo a casa, papà disse che sarebbe stato disposto a vendermi la vecchia Chevy per 'appena cento dollari'.

Decisi che sarebbe stato meglio che non avere nessuna macchina. Dopo tutto, avevo distrutto la mia vecchia Ford ed ero senza un 'mezzo di trasporto significativo'. Così accettai di 'prelevare i soldi dal mio conto di risparmio', ponendo una forte enfasi sulla parola 'risparmio', nella speranza di fargli pesare il senso di colpa. Non servì a nulla. Rispose dicendo: "Andrà bene." Almeno avrei avuto di nuovo un'auto, anche se una vecchia Chevrolet.

Durante il viaggio verso casa giocammo a 'venti domande', ma sopravvissi alla prova e riuscii persino a fare un breve pisolino prima che papà entrasse con la macchina nuova nel nostro vialetto. La mamma era in cucina a preparare la cena e, quando entrai dalla porta sul retro, per poco non fece cadere il bollitore dal fornello nella fretta di abbandonare il lavoro e abbracciarmi generosamente. "David!" strillò, "lascia che ti guardi. Signore, lo dichiaro, è cresciuto di tre centimetri! Non credi, caro?" Papà rise e fece un cenno di assenso.

La cena era la mia preferita: polpettone, purè di patate, piselli e tanto sugo fatto in casa. Assaporai il cibo come farebbe un condannato a morte prima dell'esecuzione. Il dessert era un budino al cioccolato con panna montata e, dopo averne divorato due ciotole, mi allontanai dal tavolo e mi precipitai in camera mia. Presi il telefono e stavo per chiamare Craig quando mi resi conto che non potevo farlo. Oh, potevo *chiamare*, ma *lui* non avrebbe risposto, e di sicuro non volevo parlare con sua madre. La prima cosa che avrebbe fatto sarebbe stata piangere, e io non ne avevo bisogno. Per la prima volta da quando io e Craig ci eravamo conosciuti, era impossibile comunicare direttamente con l'unica persona al mondo con cui condividevo tutto. Rimisi la cornetta al suo posto e mi sedetti in silenzio sul bordo del letto.

Dopo un po', ripresi il telefono e composi lentamente il numero di Bobby-Bo. Rispose al primo squillo. Parlammo per quasi un'ora. Bob parlò per la maggior parte del tempo. Io mi limitai ad annuire di tanto in tanto (come se potesse sentirmi), mentre avrei voluto parlare con Craig.

Bob frequentava l'Università di Miami ed era pieno di storie sulla vita dentro e fuori il campus. La maggior parte riguardava la spiaggia, il bere e le ragazze in costumi da bagno succinti o in vari stadi di svestizione. Ovviamente *la sua* educazione non comprendeva i libri! Purtroppo, la *mia* sì. Così, dopo aver scambiato fantasie per quasi un'ora, durante la quale ci promettemmo di vederci 'almeno una volta' mentre ero a casa, riattaccai il telefono e mi diressi in biblioteca per fare qualche ricerca in ritardo.

L'aula di consultazione era affollata. Sembrava che a tutti i ragazzi che conoscevo fosse stato assegnato lo stesso compito per le vacanze. Di fronte a me c'era Wally Katzenberg: alto, magro e *albino, il* classico 'secchione'. L'unica cosa che impediva a Wally di essere il 'paria' della città era un senso dell'umorismo affilato come un punteruolo da ghiaccio. Era famoso per le sue imitazioni di celebrità e al momento stava dando il meglio di sé come Ed Sullivan. "Eeeeeeee oraaaa sul nostro palco . . ." Era fantastico e tutti i presenti intorno al tavolo si sbellicavano dalle risate. Alla fine, la bibliotecaria, una donna dall'aspetto sfortunato con gli occhi sbarrati e un problema di linguaggio, entrò nella stanza e pose fine ai festeggiamenti.

"Wally," sussurrai, "hai visto 'KK' in giro?" (KK stava per Kenny Kabasakalian, un ex compagno di classe di origine armena, il cui nome ci sembrava impossibile da pronunciare, da cui il soprannome). Per me suonava come 'cavolo e cipolla'.

"No," sussurrò Wally, "ma gli ho parlato ieri sera. Martedì sera andremo alle Betulle. Se prometti di non vomitare in macchina, probabilmente ti lascerà venire con noi."

"Chi altro ci va?" chiesi.

"Solo io, KK e John Papadopoulis," rispose Wally. "Allora, vuoi venire?"

"Certo, ma devo vedere se riesco a liberarmi dal lavoro."

"Beh, fammi sapere appena puoi."

Mi immersi in un libro per le due ore successive e poi corsi a casa per chiamare Harry Feinstein al negozio di liquori. A malincuore mi concesse la serata libera richiesta, *ma* non prima di avermi fatto una lunga lezione sulla virtù della responsabilità.

Finalmente arrivò il martedì. Wally, John e io salimmo sulla Buick Electra del '54 di KK e tutti e quattro ci dirigemmo su Kinderkamack Road verso il confine con lo Stato di New York per raggiungere la nostra destinazione. Il White Birches era una piccola taverna di campagna che prendeva il suo fantasioso nome dal boschetto di betulle bianche, tra le quali si trovava alla periferia del sobborgo di Nanuet. Non era molto più grande di una dependance sovradimensionata, con la vernice scrostata e il tetto rattoppato, e le insegne al neon tremolanti che pubblicizzavano birre e liquori di ogni tipo. Cosa rendeva il White Birches così speciale? Tanto per cominciare, serviva alcolici ai minorenni, e noi eravamo *tutti* meno che maggiorenni. Tuttavia, c'erano molti bar che si rivolgevano a bevitori minorenni, quindi quello non era certo il suo fascino principale. E, sebbene *questo* locale fosse di proprietà e frequentato quasi esclusivamente da 'gente di colore', il che lo rendeva 'cool' per noi bianchi che osavamo ignorare il tabù, non era comunque ciò che distingueva il White Birches dai suoi numerosi concorrenti. Ciò che portava *quasi tutti,* bianchi e neri, in quella discarica nel bosco era il suo marchio di 'intrattenimento' assolutamente unico. Ed era per il 'divertimento', e *non per* l'alcol o per i neri, che eravamo venuti alle Betulle quella sera.

Avevo sentito molte storie, ma quello era il mio primo viaggio. Wally, KK e io eravamo vestiti con jeans, camicie di flanella e giacche, ma John indossava la sua uniforme bianca della Marina, poiché era a casa in licenza. Trattenni il fiato mentre attraversavamo silenziosamente la porta d'ingresso pesantemente rinforzata, sorvegliata da un anziano nero che riscosse cinque dollari da ciascuno di noi dopo aver scrutato con disinvoltura i nostri documenti d'identità fasulli. Una volta dentro, tirai un sospiro di sollievo e seguii gli altri fino a un tavolo sgangherato nell'angolo della stanza poco illuminata. Tutti gli occhi erano puntati sul piccolo palco rialzato, separato dal pubblico da corde di velluto dorato, simili a quelle che si trovano intorno a un ring di boxe. Quattro enormi uomini di colore, con le braccia scoperte e gli occhiali da sole, erano posizionati a ogni angolo del palco improvvisato. Tutte le finestre erano coperte da spessi drappi rossi e le luci della sala erano così basse da rendere impossibile una visione significativa. Ma non importava, perché tutti gli occhi erano puntati sulla piccola piattaforma immersa nel bagliore di una mezza dozzina di riflettori.

In quel momento, tra la cacofonia di suoni della stanza affollata e piena di fumo, si percepì un lento e quasi impercettibile battito di tamburo. Il suono divenne sempre più forte e veloce, e mi resi conto che era un tamburo tom-tom suonato con nonchalance da un piccolo uomo nero con macchie bianche sulla pelle del viso, delle braccia e delle mani. I suoi capelli erano rossi, pesantemente ricoperti di cera, e luccicavano sotto le luci calde. Il ritmo raggiunse un'intensità febbrile, per poi interrompersi improvvisamente. Allo stesso tempo, i riflettori che illuminavano il piccolo palcoscenico si spensero e io sentii un'ondata di panico che mi investì. Non c'era da preoccuparsi. Dopo una pausa per consentire alla folla di calmarsi e, senza dubbio, per accrescere la sua attesa, una voce ricca di accento nero meridionale giunse dall'altoparlante: "Signore e signori . . . la favolosa Lady Tanya!"

La folla si ammutolì e percepii un tipo di tensione particolare, di solito riservata alle grandi celebrità, che si diffondeva nella sala. Era quello: l'intrattenimento, la nostra ragion d'essere. Deglutii nervosamente, afferrai il mio drink e mi piegai in avanti sulla sedia, sforzandomi di vedere il palco non illuminato da qualche parte di fronte a me nell'oscurità. Il tom-tom ricominciò a battere.

Ma quella volta il suo ritmo era un po' più urgente, più sessuale. Sì, era così! Aveva in sé la sensazione del sesso.

A poco a poco i riflettori si accesero sul palcoscenico e lì, quasi per magia, apparve la più bella donna nera che avessi mai visto. Aveva gli occhi chiusi e sembrava in trance. Ondeggiava ipnoticamente avanti e indietro al ritmo incessante del tamburo. I miei occhi percorsero il suo corpo in lungo e in largo, a partire dai piedi nudi. Le sue unghie dei piedi erano piuttosto lunghe e dipinte con uno smalto perlato. Le sue gambe formose, coperte da pantaloni garzati in stile harem, mettevano in risalto le caviglie sottili. Un minuscolo perizoma impediva una chiara visione della zona pubica, ma le sue natiche piene e arrotondate erano deliziosamente mostrate al meglio sotto il sottile materiale dei pantaloni trasparenti. La sua vita stretta era nuda; la carne satinata aveva il colore di un bel mobile d'acero ed era coperta solo da una patina di sudore. Una pietra rossa, simile a un rubino, luccicava nell'ombelico di Lady Tanya, che si muoveva sensualmente quando roteava i fianchi al ritmo del tamburo. Fissai senza ritegno il suo centro e immaginai di rimuovere la pietra, magari con la lingua. Poi aprì gli occhi. In realtà erano *semiaperti*, con le palpebre pesanti sollevate quel tanto che bastava a rivelare un barlume di verde fumante sotto le ciglia spesse e artificiali. L'ombretto iridescente era dipinto sulle palpebre e, con gli occhi semichiusi, l'effetto era quasi serpentino. Mi aspettavo che una lingua biforcuta spuntasse tra le sue labbra scarlatte. Dio, pensai, se solo Craig potesse vederlo.

Non avevo mai visto *nessuno* che assomigliasse anche solo lontanamente a Lady Tanya, tanto meno in carne e ossa e certamente non così da vicino. Due seni perfetti sporgevano quasi perpendicolarmente sotto il reggiseno traslucido e, per un attimo, le mie speranze salirono alle stelle, poiché sembrava che le due colline del piacere fossero completamente nude.   Ma, a un'analisi più attenta, notai dei piccoli copricapezzoli applicati delicatamente sulle punte, che oscuravano i capezzoli e sfoggiavano piccole nappe dorate. I capelli castani, fini e lisci, scendevano fino alle spalle di Lady Tanya e pensai di non aver mai visto prima di allora una donna nera con delle ciocche così belle. Solo anni dopo mi resi conto che doveva indossare una parrucca.   Mentre il tom-tom continuava a battere il suo pigro ritmo, al suo suono si aggiunse quello metallico e gutturale di un trombone che suonava 'St. Louis Woman'. I fianchi agili di Lady Tanya si muovevano in cerchi provocanti al ritmo della musica, con un sottile sorriso stampato sul viso. La fissai, immaginando di poter davvero conquistare quella fantasia femminile; che quella dea del sesso potesse davvero   diventare   mia,   solo   per   quella   sera, intendiamoci.

Poi accadde l'impossibile. Lady Tanya mi fece l'occhiolino, proprio a me! Naturalmente, in quel momento, ogni ragazzo nella stanza pensò che la stessa cosa stesse accadendo a lui. Ma io sapevo che era diverso! Nella mia giovane e fantasiosa mente non c'era alcun dubbio: avevo   stabilito   un   contatto.   Ricambiai immediatamente l'occhiolino, non volendo perdere il vantaggio che avevo percepito. Voltandomi verso John, sussurrai: "Ehi, hai visto?"

"Visto cosa?" rispose a voce alta, con la voce rallentata dagli effetti del notevole alcol che aveva consumato.

"Sh-h-h-h-h-h-h," lo ammonii, "sai, l'occhiolino!"

"Sì," rispose. "E allora?"

"Che *ne dici*?" dissi. "*Mi ha fatto* l'occhiolino!"

"Stronzate!"

"Non sto scherzando, amico!" dissi. "Mi ha fatto *l'occhiolino*."

"Stronzate!" ripeté John. "E anche se l'avesse fatto. E allora? Cosa pensi di fare, di fregarla?"

"Beh . . . cioè . . . non lo so, io . . ." la mia voce si è interruppe. Ero distrutto.

Per i cinque minuti successivi rimasi in silenzio, continuando a fissare intensamente il palco. Le mie speranze si affievolirono ulteriormente quando un giovane nero alla mia sinistra urlò "Ti amo!" alla ragazza dei miei sogni e fu ricompensato con un bacio soffiato nella sua direzione. L'azione si stava facendo calda e pesante, quando Lady Tanya iniziò a togliersi i pantaloni ampi, continuando a muoversi sensualmente a ritmo di musica. Ben presto, tutto ciò che indossava era il minuscolo perizoma, i due copri capezzolo di paillettes con le loro nappe e un grande sorriso, naturalmente! Fischi e applausi giunsero da tutta la sala e persino John sembrò essere più interessato, sporgendosi in avanti sulla sedia per guardare meglio. Ma John non aveva in mente solo di guardare meglio. Con un balzo felino, balzò improvvisamente dalla sedia. Correndo a tutta velocità lungo lo stretto corridoio, raggiunse il palco e vi saltò sopra. Impassibile, Lady Tanya continuò a ballare e fece anche un cenno di saluto in direzione di John. John sorrise stupidamente e seguì obbediente il dito teso di lei, che lo condusse avanti e indietro sulla piccola piattaforma.

Le quattro guardie del corpo di colore si muovevano nervosamente sulle punte dei piedi, ma sembravano relativamente indifferenti all'innocuo gioco di prestigio che si stava svolgendo al centro della scena. Dopotutto, probabilmente avevano già visto *quel* numero centinaia di volte. Poi, senza preavviso, John fece qualcosa che attirò l'attenzione di tutti. Si inginocchiò ai piedi di Lady Tanya e la sollevò con un unico rapido movimento, cullandola come un sacco di piume tra le sue braccia massicce da sollevatore di pesi, tenendola in alto per farla vedere a tutti! La sala era impazzita! *E anche le* guardie del corpo saltarono immediatamente sul palco e cominciarono a prendere a pugni John con tutta la loro forza. Le ragazze urlanti fuggirono verso le uscite. Bicchieri in frantumi e bottiglie contro le pareti. Volavano pugni e si rovesciavano sedie. Poi, misericordiosamente, qualcuno spense le luci. Ma, poco prima che le luci si spegnessero, fui testimone di uno spettacolo che non avrei mai dimenticato. Un poliziotto privato, un anziano nero che indossava un'uniforme da 'guardia del corpo', volò letteralmente nell'aria piena di fumo, con la sua mazza Billy tesa davanti a sé, direttamente nel vortice di attività che era John e le guardie del corpo. Che *coraggio!* Che *coraggio! Doveva* essere pazzo, pensai. Comunque, quella fu l'ultima cosa che vidi prima che tutto diventasse nero e prima che Wally e KK mi portassero fuori dalla porta laterale verso il parcheggio. In mezzo al caos, noi tre riuscimmo a trovare la Buick e ci precipitammo dentro il più velocemente possibile, chiudendoci dentro al sicuro per aspettare, speranzosi, che John apparisse.

Erano trascorsi meno di cinque minuti quando il nostro amico, insanguinato e malconcio, uscì dall'ombra della porta. La sua uniforme era strappata su entrambe le ginocchia e mancava il cappello. KK suonò il clacson della Buick e John si avviò nella nostra direzione. Sembrava agitare selvaggiamente qualcosa nel pugno chiuso. Wally aprì la porta posteriore e John si arrampicò sull'auto, cadendo sul pavimento. Con un gesto di stizza, alzò la mano per mostrare il suo premio. Lì, annidato nel suo palmo sudato, c'era nientemeno che uno dei copri capezzolo dorati e lucenti di Lady Tanya, con la sua delicata nappina ancora attaccata. Con urla di gioia che riecheggiavano nell'aria notturna, uscimmo di corsa dal parcheggio, spargendo ghiaia in ogni direzione. Ormai John era svenuto, con la testa indubbiamente piena di sogni troppo fantastici per noi anche solo da immaginare. Ma, grazie a lui, le nostre fantasie erano ben vive e vegete, e io mi addormentai e mi addentrai nei miei sogni.

28

L'arresto

Con le lunghe vacanze di Natale alle spalle, tornai a scuola e cercai di prepararmi al meglio per il grande impegno scolastico. In breve tempo, però, divenne evidente che avevo bisogno di ulteriori incentivi per andare avanti. Non solo avevo perso Brent, ma avevo anche perso la concentrazione e il desiderio di affrontare la sfida continua dello studio. Avevo bisogno di qualcosa che mi facesse andare avanti, qualcosa per cui guardare avanti, un obiettivo. L'incentivo tanto necessario si presentò sotto forma delle imminenti vacanze di primavera e dell'opportunità che esse rappresentavano per un possibile viaggio in Florida. Puntando su aprile, quindi, divenne molto più facile affrontare febbraio e poi marzo.

Ma, prima che potessi raggiungere quei giorni caldi e rigogliosi della primavera, avrei sperimentato un'altra delle agghiaccianti lezioni della vita: quella riguardava il bigottismo razziale, un argomento con il quale, fino a quel momento, non avevo avuto alcuna familiarità. Accadde a marzo. I neri non mi erano estranei, essendo cresciuto in un progetto abitativo finanziato con fondi federali in cui i miei compagni di gioco non erano solo neri, ma anche portoricani, asiatici e molte altre minoranze. Un po' ingenuo e più che innocente, non percepivo le pallide, ma distinte, linee di demarcazione razziale presenti nel campus. Oh, c'erano eccome, solo che non le vedevo.

I neri rappresentavano circa l'1% dei quasi 4.000 studenti del campus e io ero orgoglioso di conoscere personalmente quasi tutti. Le nostre squadre di atletica, pallacanestro e calcio attingevano a piene mani da studenti di colore talentuosi, e non mi era mai venuto in mente che quegli studenti non fossero accettati tanto *fuori dal* campo di gioco quanto *dentro*.

Uno dei luoghi che gli studenti neri frequentavano era un locale sociale fatiscente chiamato Pop's. Si trovava dall'altra parte della città, 'dall'altra parte dei binari'. Il venerdì e il sabato sera, gruppi di studenti di colore, alcuni del campus e altri della città, insieme ad alcuni 'bianchi' (per lo più del nord), potevano essere visti uscire dal campus e attraversare la città per andare da Pop's. Due dei miei migliori amici di colore, Joe Boley e Tony Williams, mi invitavano da tempo ad accompagnarli da Pop's, ma per varie ragioni ero sempre stato costretto a declinare i loro inviti.

"Ragazzi, *dovete venire* tutti da Pop's," diceva Joe. "Balliamo *tutta la* notte. È funky!" Io annuivo educatamente e rispondevo che ero sicuro che fosse fantastico, ma che quella sera dovevo studiare, o avevo un appuntamento, o spiegavo qualunque fosse il motivo in quel momento. Ma promettevo sempre che ci sarei andato 'uno di questi giorni', e Joe rideva e diceva: "Come no!"

'Uno di quei giorni' arrivò un venerdì sera di fine marzo. Avevo appena finito di cenare nell'unione studentesca, quando incontrai Lee Esteban. Lee era una studentessa portoricana di Jersey City per la quale avrei fatto qualsiasi cosa. Aveva lunghi capelli neri che teneva in un'unica treccia che le scendeva fino alla vita e grandi occhi color cioccolato. Sapeva che avevo una cotta per lei, ma purtroppo era pazza di Joe Boley. Mi disse che sarebbe andata da Pop's per la festa di compleanno di Joe e mi chiese se volessi andare con lei. Non potevo dire di no, ma dato che dovevo studiare all'ultimo minuto, le dissi che l'avrei raggiunta lì. Sapevo di non avere alcuna chance, ma pensai: "Che diamine!"

"Tu vai giù con tutti gli altri e io sarò lì verso le nove," dissi. Poi, come ripensamento, chiesi: "Devo portare qualcosa, sai, tipo un regalo?"

"No," fece lei, "metti solo un dollaro per la torta quando arrivi, e magari offrigli da bere. Conosci Joe. Non si aspetta nulla."

"Sì, so cosa vuoi dire," risposi. "Ok, ci vediamo dopo."

Verso le otto e quarantacinque, finii di studiare, chiusi il quaderno e uscii dalla porta. Billy Bob era già fuori per un appuntamento e probabilmente non sarebbe tornato prima di sera, se non addirittura prima. Le probabilità che se ne andasse per il fine settimana erano ancora maggiori. Non avevo mai fatto entrare di nascosto nessuno nel mio dormitorio, ma forse, solo forse, quella sera avrei potuto avere fortuna. L'aria di marzo era decisamente fredda e rabbrividii contro la notte. Passando davanti alla Pump Room, incontrai Ben, che era uscito per prendere una boccata d'aria fresca.

"Dove sei diretto, Dave?" chiese innocentemente.

"Dall'altra parte della città, da Pop's. È il compleanno di Joe Boley e stanno dando una festa per lui."

Ben scosse la testa. "Figliolo," disse, "non fraintendermi. Joe è un uomo abbastanza gentile. Diavolo, è un bravo ragazzo. Ma sei sicuro di sapere cosa stai facendo? Voglio dire, la gente da queste parti non vede di buon occhio che i bianchi si mescolino con i neri."

Sorrisi e annuii. "Non preoccuparti, Ben. Joe è un bravo ragazzo e, inoltre, morivo dalla voglia di andare da Pop's. È la prima volta che ne ho l'occasione."

Ci fu un silenzio prolungato mentre Ben raccoglieva i suoi pensieri. Poi ripeté il suo avvertimento. "Spero solo che tu sappia cosa stai facendo, tutto qui."

"Sì," dissi, e cominciai ad allontanarmi.

Quando attraversai i binari, fui pervaso da un senso di inquietudine. Le strade erano un po' più buie, le case un po' più degradate. Fischiettai qualche strofa di 'Raindrops Keep Fallin' on My Head' e tenni d'occhio qualsiasi segno di pericolo. Le parole di Ben continuavano a riecheggiare nella mia mente.

Finalmente arrivai a quella che una piccola insegna al neon indicava come 'Pop's Luncheonette'. Un inquietante bagliore rosso si accendeva e spegneva sulla facciata dell'edificio, dando l'impressione che fosse in corso un incendio. Oh, smettila di spaventarti, pensai.

Le tende di colore scuro oscuravano la vista sull'interno del locale, ma nemmeno la solida porta di metallo che copriva l'ingresso riusciva a impedire che i suoni della musica, delle chiacchiere e delle risate trapelassero come il gas da un tubo di stufa difettoso. Bussai con forza alla porta verde e inquietante e una voce dall'altra parte abbaiò: "Cosa vuoi?"

"Voglio entrare," risposi. *Stupido!*

"Chi conosci?" chiese la voce.

"Sono qui per la festa!" gridai.

Ci fu una lunga pausa e alla fine la porta si aprì scricchiolando di un paio di centimetri. Un'esplosione di calore, fumo di sigaretta e rumore, soprattutto quello, esplose oltre l'addetto e mi colpì in pieno viso. Mi ritrassi di riflesso dalla nube nociva e poi mi spinsi in avanti, sforzandomi contro la stretta apertura per vedere all'interno.

"Ehi, ragazzo! Dove credi di andare?" chiese la voce.

Non avevo ancora visto il volto che possedeva quella voce, e spinsi ancora più forte, riuscendo finalmente a infilarmi nella porta. Un ometto nero, probabilmente settantenne o poco più, con capelli e baffi bianchi, mi guardò sorpreso. "Ehi!" disse, "ti ho chiesto dove stai andando!"

"Mi dispiace," dissi. "Sono qui per la festa di Joe." Spinsi di nuovo contro la porta, ma l'omino nero tenne duro e di conseguenza anche la porta.

"Joe chi?" chiese.

Ero un po' seccato e ho abbaiato: "JOE BOLEY!"

L'omino sorrise, tese la mano e si presentò. "Sono Pop," disse. "Sono il proprietario di questo posto. Non possiamo essere troppo prudenti, sai. Immagino che tu sia un amico di Joe, quindi entra pure. Ma non creare problemi, capito?"

"Lo prometto," dissi.

Mi chiesi esattamente che tipo di problemi Pop si aspettasse da un piccolo idiota come me. Poi, ricordando l'incidente che aveva coinvolto Rich e Henry, mi resi conto che *a volte* le cose accadono e capii un po' meglio l'atteggiamento eccessivamente cauto del proprietario del locale.

"Su, forza, ragazzo," disse. "Non ho tutta la notte. Entri o no?" La voce del nonno mi scosse dalle mie fantasticherie e io feci un sorriso da ebete. "Entro," risposi.

La porta si aprì lentamente e finalmente fui ammesso. Una musica stridente mi assalì i timpani e un fumo pesante mi invase le narici mentre respiravo letteralmente l'atmosfera pesante. Notai un piccolo gruppo di giovani neri in piedi in cerchio, verso il retro dell'edificio, e mi spostai nella loro direzione per avere una visione migliore. Con mia grande sorpresa, al centro della loro attenzione non c'era altro che il duo di ballerini Joe e Lee, impegnati in una versione sudata ed energica del twist.

Spingendomi con delicatezza tra la folla serrata, mi fusi con il groviglio di corpi che circondava i due ballerini unendomi al ritmo degli applausi. Le note del brano di Chubby Checker riverberavano forte in tutta la sala, integrate dalla sezione ritmica spontanea che circondava la giovane coppia e la incitava ad andare avanti. Joe aveva un sorriso smisurato, e quello di Lee corrispondeva al suo, dente per dente. Era subito evidente che quei due giovani erano entrambi daltonici e molto 'simili' tra loro. *L'idea finì lì.* Era comunque un'idea sciocca, ragionai. Scrollai le spalle interiormente e mi congratulai con loro. Nel frattempo, loro continuarono a ballare e a sorridere, a sorridere e a ballare.

L'aroma pungente della marijuana si fece strada nel mio naso e mi voltai per trovare Tony Williams che sbuffava generosamente da una canna. Espirò giocosamente il fumo usato nella mia direzione, facendomi cenno di inalare. Accettai la sua offerta e feci un grande spettacolo nell'aspirare i vapori stantii mentre lui ridacchiava per la mia inaspettata teatralità. Tony era alto circa un metro e ottanta, con i capelli raccolti e una carnagione relativamente chiara. Di corporatura solida, aveva un aspetto atletico e robusto che smentiva la sua vera natura artistica. In breve, era la quintessenza dell'uomo del Rinascimento, che non temeva di mostrare le sue emozioni o la sua sensibilità, suonando il pianoforte e realizzando notevoli schizzi a matita con uguale disinvoltura. Avevo trascorso molte serate ad ascoltarlo suonare 'Hang on Sloopy' e altri brani preferiti di Ramsey Lewis al pianoforte situato nell'atrio dell'unione studentesca. Il suo volto familiare in mezzo a un mare di estranei era davvero una vista gradita.

"Ehi, Dave," disse, "che succede, amico mio?" mentre mi porgeva ciò che restava della sua sigaretta di marijuana.

Sbuffai goffamente lo spinello, tossendo e congedandomi. "Non troppo," dissi. "Sono sceso solo per la festa di compleanno."

"Beh, non c'è problema," risposi.

Lee e Joe avevano finito di ballare e si muovevano facilmente tra la folla verso Tony e me. Ci scambiammo baci e strette di mano e ci spostammo tutti verso un tavolo pieno di gente, vicino al fondo della sala. Lee e Joe si sedettero tranquillamente, tenendosi per mano e facendosi gli occhi dolci, mentre tutti gli altri chiacchieravano rumorosamente. Sebbene fossi una delle poche decine di studenti bianchi presenti da Pop's, non sentii alcuna tensione o animosità particolare da parte della folla, prevalentemente negra. Mi sedetti tranquillamente, rilassata e contenta di osservare gli altri che si divertivano.

Verso le undici, come per magia, apparve qualcuno con un'enorme torta a piani con al centro un'unica scintilla infuocata. Ci alzammo tutti in piedi e cantammo 'buon compleanno', mentre Joe si inchinava teatralmente nel tentativo di spegnere la candela. Lee era raggiante, in piedi al fianco di Joe mentre lo guardava tagliare e poi servire la torta. Uno alla volta, ognuno di noi offrì da bere a Joe e a Lee, finché non furono entrambi abbastanza ubriachi. Verso mezzanotte, salutai la coppia ridente e uscii dalla porta e mi inoltrai nella notte, tornando al campus.

Verso le quattro del mattino, un forte bussare alla mia porta mi destò da un sonno profondo. Mi strofinai gli occhi, cercai un suono, non lo sentii e mi rigirai su un fianco, tirandomi le coperte sulla testa. Un attimo dopo, un altro colpo ancora più forte mi convinse che non avevo sognato e mi alzai di scatto dal letto per andare alla porta. Lasciai il lucchetto a catena e aprii la porta di uno spiraglio, sbirciando con cautela attraverso l'apertura. Nel corridoio c'era Raymond Clary, uno studente di colore di Winchester, Kentucky. Era l'ultima faccia che mi sarei aspettato di vedere fuori dalla mia porta a quell'ora della notte.

"Dave," sussurrò eccitato, "Joe e Lee sono in prigione e . . . . . ."

"Cosa?!" Esclamai.

"Anche Tony e Janet. È terribile!"

Chiusi la porta per poter togliere il lucchetto a catena e poi la riaprii, uscendo nel corridoio per raggiungere Ray, che si muoveva nervosamente da un piede all'altro.

"Ray," dissi, "di cosa stai parlando?" Non ne avevo la minima idea.

"Stavano tornando da Pop's e la polizia li ha arrestati."

"Arrestati per cosa?" chiesi.

Ray strinse le labbra e chiuse gli occhi per un secondo. Poi parlò con toni lenti e misurati: "Sei pronto per questo? *Atti osceni in luogo* pubblico!" Rise di gusto per l'assurdità dell'accusa.

"È una battuta, vero? Dimmi che è uno scherzo."

"Sì, certo. Non vorrei che lo fosse," disse. "Si tenevano per mano in pubblico e sono stati arrestati. Non è una bella stronzata?"

Scossi la testa incredulo. Il sonno mi impregnava ancora il cervello e non riuscivo ad assimilare quello che stavo sentendo. "Ray, fammi capire bene. Sono stati arrestati perché *si tenevano per mano*? È *questo* che mi stai dicendo?"

"Dave," sospirò Ray, "non capisci, amico? Questi bifolchi non aspettavano altro che una scusa. Hanno sopportato la casa di Pop perché è solo un gruppo di ragazzi di colore che non danno fastidio *a nessuno*. Ma da quando i ragazzi bianchi hanno iniziato a venire lì, beh, non vedevano l'ora che succedesse qualcosa. Volevano solo una scusa, e questa era la scusa!" Le lacrime cominciavano a scorrere sul suo viso.

285

Pensai a quello che stava dicendo e finalmente ne capii le implicazioni. "Pensi che stiano bene?" chiesi.

"Merda, amico. Non lo so. Ma Henry Wilson sta cercando di contattare l'organizzazione per i diritti civili. Non mi fido di quei bianchi . . ."

La voce di Ray si interruppe quando si rese conto di ciò che stava dicendo e, soprattutto, a chi lo stava dicendo. "Ehi, Dave, mi dispiace, amico. Non volevo . . ."

"Lascia perdere, Ray. Diavolo, non mi fido della maggior parte di loro più di quanto lo faccia tu."

Dieci minuti dopo ero vestito e mi stavo dirigendo alla Todd Hall con Ray. Henry Wilson ci incontrò nell'atrio e le notizie non erano buone. Henry era alto, circa un metro e ottanta, magro come un giunco, e portava dei piccoli occhiali con montatura metallica che gli conferivano un aspetto erudito. Era un attivista per i diritti civili e non era particolarmente ben visto dalla maggior parte degli studenti bianchi del sud del campus. Io stesso avevo sentimenti contrastanti nei confronti di Henry, ma ammiravo comunque il suo coraggio. All'inizio mi sentii un po' a disagio, stretto come ero tra questi due studenti di colore. Tuttavia, le parole successive di Henry dissiparono qualsiasi sensazione spiacevole che avrei potuto nutrire.

"Sai, Dave, se tu fossi un qualsiasi altro ragazzo bianco non ti parlerei nemmeno. Ma tu sei speciale, amico."

"Grazie," borbottai in risposta.

"No, amico, davvero. Dico sul serio," affermò Henry. Allungò la sua enorme mano e strinse vigorosamente la mia. "Grazie per l'aiuto."

Ero imbarazzato. "Sì, beh," dissi. "Non ho ancora fatto *nulla*." Sorrisi nervosamente, non sapendo esattamente cosa avrei potuto fare. Come se mi leggesse nel pensiero, Ray disse: "Lo farai, Dave. Sappiamo che lo farai."

Proprio in quel momento, il tintinnio impaziente del telefono dell'atrio, che ci fece sobbalzare tutti, infranse l'inquietante silenzio del primo mattino. Henry si precipitò ad afferrare lo strumento al terzo squillo, scivolando rapidamente nella cabina di vetro isolata. Riuscimmo a vederlo attraverso il vetro, mentre agitava le braccia e batteva ripetutamente il pugno sul pesante involucro metallico del telefono.

"Oh, no!" gridò. Poi sbatté il ricevitore e uscì dalla cabina, facendoci quasi cadere. "Hanno portato Joe all'ospedale!" gridò. Si mise la testa tra le mani e si appoggiò al muro. Ray e io ci scambiammo uno sguardo. Poi Ray fece la domanda più ovvia. "Henry, cos'è successo?"

"Dicono che ha resistito all'arresto e hanno dovuto usare la forza. Cazzo, amico, sai che Joe non è così. Lui . . ." La sua voce si interruppe e si voltò. Quando lo fece, i suoi occhi erano pieni di lacrime. "Andiamo," disse. "Andiamo all'ospedale. L'uomo dell'associazione ci raggiungerà lì."

Uscimmo di corsa dall'atrio e salimmo sulla vecchia Ford del '58 di Henry. Per tutto il viaggio verso l'ospedale Henry continuò a piangere e a imprecare. Io mi seppellii nell'angolo del sedile posteriore, sentendomi davvero fuori posto. Ma qualcosa dentro di me mi diceva che avrei dovuto essere lì, e quella consapevolezza mi confortò.

Un poliziotto era di guardia davanti alla stanza di Joe e ci perquisì cautamente prima di farci entrare. Una piccola lampada era appollaiata sul comodino storto accanto al letto e proiettava un'ombra inquietante attraverso il pannello laterale di contenimento, facendo sembrare che ci fossero delle sbarre sulla parete sporca dietro la testiera. Per quanto la pelle di Joe Boley fosse scura, non nascondeva comunque i lividi viola intenso che si stavano formando sulla fronte e sulle guance. Il naso era grottescamente disteso e sembrava rotto. L'occhio sinistro era gonfio e il labbro inferiore era spaccato e insanguinato. Quando cercò di sorridere, i suoi sforzi rivelarono un dente anteriore scheggiato.

Ray fece un respiro profondo e strinse i denti per la rabbia. Joe cercò di parlare, ma fu subito sopraffatto dal dolore per lo sforzo. Ci riprovò, ma Henry lo fermò. "No, Joe," sussurrò con voce rassicurante. "Devi solo riposare. Andrà tutto bene. Te lo prometto."

Proprio in quel momento, un'infermiera si affacciò alla porta. L'accompagnava un uomo bianco, piccolo e anziano, con una valigetta logora. Si presentò come Lester Cohen, un avvocato dell'organizzazione, e chiese di poter parlare con Joe da solo per qualche minuto.

"Un momento, signore," disse Ray, "non credo che Joe sia in condizioni di —"

"... va tutto bene," interruppe Joe, con voce appena superiore a un sussurro. "Sto bene, davvero." Riuscivamo a malapena a capire le sue parole.

"Forza, ragazzi, va tutto bene," disse Henry. "Aspettiamo fuori."

Uscimmo tutti obbedienti, senza mettere in discussione l'autorità di Henry. Sembrava che avesse sempre quell'effetto su tutti, indipendentemente dalla loro importanza. Fuori, nel corridoio, camminava nervosamente avanti e indietro davanti alla stanza di Joe. Ray, nel frattempo, si afflosciò contro il muro e io mi sedetti a gambe incrociate sul pavimento, con la testa all'indietro e gli occhi chiusi, componendo nella mia testa le varie lettere che avrei scritto ai giornali della zona, esprimendo il giusto sdegno per questa ingiustizia.

Quando il signor Cohen uscì silenziosamente dalla stanza di Joe, Ray stava russando beatamente sul pavimento, dove giaceva accartocciato. Henry aveva smesso di camminare e si era avvicinato a Ray. Si inginocchiò e lo spinse delicatamente a svegliarsi, poi, insieme, si alzarono e raggiunsero l'omino dell'organizzazione per i diritti civili (ACLU) e me davanti alla porta di Joe.

"Cosa ne pensa, signore?" chiese Henry. "Faremo causa?"

Il piccolo avvocato scrollò le spalle e borbottò: "Probabilmente." Sembrava esausto.

"Che cosa hai detto?" chiese Ray.

"Ho detto: probabilmente," rispose l'uomo.

"Bene!" esclamò Henry, con il pugno chiuso alzato in aria.

"Ma ora dobbiamo far uscire gli altri su cauzione," spiegò Cohen.

"Buona idea," disse Henry. "È meglio andare."

"Non così in fretta," disse il signor Cohen. "Non avrò bisogno di aiuto."

"Ma . . ."

"Ho *detto*: Non avrò bisogno di aiuto!" disse il signor Cohen, alzando un unico dito ossuto con fermezza sulla faccia sorpresa di Henry. "Sentite, ragazzi, apprezzo molto che abbiate chiamato il mio ufficio. Avete fatto la cosa giusta. Lo penso davvero. Ma in questo momento l'ultima cosa che vogliamo fare è agitare tutti quanti. Andrò alla centrale di polizia a chiedere la cauzione. *E poi,* da lì in poi, ci penseremo noi."

Sicuri che la situazione fosse davvero sotto controllo, lasciammo i nostri nomi e numeri di telefono al piccolo avvocato andandocene dall'ospedale pieni di speranza.

La mattina dopo, fui svegliato da un colpo alla porta (stava diventando un evento regolare!), e quando risposi trovai Tony Williams, con un'aria alquanto triste, in piedi nel corridoio. Tutti i ragazzi, tranne Joe, erano stati processati quella stessa notte in un'evidente dimostrazione di 'ospitalità del Sud', apparentemente nell'interesse dell'opportunità giudiziaria. In poche parole, erano stati 'messi in croce'.

Rimasi seduto in silenzio mentre Tony raccontava i sordidi dettagli, con la voce densa di emozioni. Periodicamente, annotavo degli appunti su un blocco, interrompendolo solo per chiarire particolari punti. Man mano che la storia si svolgeva, diventava evidente che la polizia aveva agito in modo decisamente scorretto e aveva violato i diritti civili di tutti, soprattutto di Joe. Quasi si perse nell'eccitazione il fatto che anche i poliziotti troppo zelanti erano stati vittime di Tony, e un nodo rabbioso sulla fronte lo dimostrava. Continuò il suo racconto.

"... e poi Joe disse: 'Non facciamo niente, stiamo solo camminando' Allora il poliziotto disse: 'Sì? Allora perché cammini con queste ragazze bianche, negro?" Tony fece un respiro profondo e sospirò. "Voglio dire, amico, volevo dare un bel pugno a quello stronzo!" Era comprensibilmente sconvolto e sembrava vicino alle lacrime. "Dave," continuò, "non capisco quella gente. Voglio dire, non stavamo dando fastidio a nessuno, e subito dopo ci ritroviamo in prigione e Joe in ospedale." Mi guardò in cerca di una risposta, ma io non ne avevo.

Mi sedetti alla mia piccola macchina da scrivere portatile e cominciai a battere a macchina. Intendevo attirare quanta più pubblicità possibile inviando lettere ai direttori di tutti i principali giornali del Kentucky, in particolare *al Louisville Star Journal*. Le lettere sarebbero state inviate anche al giornale della scuola, *il Campus Crier*, e al *Post*, un tabloid pubblicato a Lexington. Scrivevo furiosamente, motivato non solo dalla giusta indignazione, ma anche da un senso di colpa collettivo. Dopo tutto, ero bianco e i bianchi erano i colpevoli. Quando ebbi finito, estrassi l'ultima lettera dal carrello e la lessi ad alta voce a Tony. Era piuttosto lunga:

"Gentili Signori:

La sera di venerdì 11 marzo, un gruppo di studenti maschi neri e di studentesse bianche stava camminando verso il campus dal centro di Berea. Durante il tragitto, un agente della città ha fermato il gruppo e i ragazzi neri e le ragazze bianche sono stati arrestati e trasportati in prigione.

Al loro arrivo alla prigione cittadina, i giovani sono stati minacciati con accuse che vanno dalla violazione della pace all'esposizione indecente e alla pubblica ubriachezza. Nessuno degli studenti è stato sottoposto all' alcool test. Come è possibile? L'accusa di atti osceni si riferiva presumibilmente ai ragazzi neri che tenevano per mano le ragazze bianche. Quando è stato informato dell'incarcerazione degli studenti, il decano degli uomini della Kentucky State si è recato al carcere nel tentativo di aiutare. Misteriosamente, i suoi sforzi hanno ottenuto un successo parziale, poiché solo le ragazze bianche sono state rilasciate sotto la sua custodia. Ai ragazzi neri è stata negata la possibilità di contattare un avvocato (o chiunque altro, se è per questo!). Sono stati fatti dormire sul freddo pavimento della cella e uno dei giovani ha lamentato dolori alla schiena e ha 'presumibilmente' opposto resistenza all'arresto. È stato picchiato duramente ed è stato portato in ospedale.

Quella stessa sera si tenuto un 'processo' (a porte chiuse) e ad ogni ragazzo è richiesto di comparire separatamente. Senza avere l'opportunità di dichiararsi non colpevole, né di presentare alcuna difesa, ognuno di loro è stato multato di 36 dollari, con l'eccezione di un ragazzo, che è stato rilasciato dietro presentazione di una cauzione di 100 dollari. Inoltre, a un giovane della scuola superiore è stato concesso di uscire, ma solo dopo aver trascorso la notte in prigione.

Mi chiedo se questo incidente avrebbe avuto luogo se tutte le persone coinvolte fossero state di un'unica razza. Ritengo che sia stata commessa una violazione dei diritti legali e civili e che sia necessario adottare una sorta di azione correttiva. Ritengo inoltre che questi studenti siano stati vittime di una giustizia cieca, un evento che continuerà a verificarsi se non verrà fermato ora.

Molte domande richiedono una risposta. Perché nessuno degli studenti è stato sottoposto all'alcool test? Perché non sono state rilasciate ricevute per le cosiddette multe? Perché a coloro che erano sotto 'processo' non è stato concesso un avvocato? Perché ogni giovane è stato 'processato' separatamente? Perché i 'processi' si sono svolti a porte chiuse? Come mai gli sforzi per aiutare i giovani hanno avuto successo solo per quanto riguarda le ragazze bianche?

Questo potrebbe accadere a te. Lo permetterai?"

Pienamente soddisfatto dei miei sforzi, firmai e piegai la lettera, la inserii in una busta preindirizzata e la sigillai con un colpo di spugna. Inumidii un francobollo con la lingua e lo sbattei in posizione con il palmo della mano aperta. Ero furioso! Ripetei il rituale altre volte, finché alla fine tutte le lettere furono pronte per essere spedite.

"Sei tu l'uomo!" disse Tony.

"Sì, beh, vedremo cosa succederà," dissi.

Ci siamo dati uno schiaffo a vicenda e lui se ne andò. Mi precipitai all'ufficio postale del campus per spedire i miei capolavori letterari, del tutto convinto di poter davvero fare la differenza. Nella mia mente ero Rabelais, Joseph Pulitzer e Horace Greeley tutti insieme. Pensavo che fosse solo questione di tempo prima che i giornalisti si radunassero alla mia porta, chiedendo a gran voce un'intervista.

Nelle settimane successive vidi sempre meno Tony, Joe e gli altri studenti di colore. Il viso di Joe guarì bene e a Tony rimase solo un nuovo soprannome, 'testa dura' come cicatrice duratura. Tuttavia, si poteva percepire una certa 'inquietudine' tra la popolazione nera del campus in generale. Joe e Lee continuavano a frequentarsi, ma le loro manifestazioni pubbliche di affetto erano ridotte al minimo; arrivarono persino ad andare al cinema separatamente. I giocatori di football di colore cominciarono a frequentarsi più spesso come gruppo, rinunciando ai contatti con i compagni di squadra bianchi, e il Pop's fu dichiarato off limits dall'amministrazione del college, negando di fatto agli studenti neri l'unico luogo di ritrovo che potessero definire proprio. La tensione razziale che ne derivò fu come una corda di chitarra tesa fino al punto di rottura da un aspirante Jimi Hendrix alla ricerca di 'un do più alto'. Non fu quindi una sorpresa che ad aprile le vacanze di primavera fossero accolte con un entusiasmo sproporzionato rispetto alla loro importanza. Il campus tirò un sospiro di sollievo collettivo e tutti si diressero in direzioni diverse per sfogarsi.

Non c'erano dubbi su dove fossi diretto. Avevo ascoltato per troppo tempo il famoso invito del presentatore televisivo Jim Dooley a 'scendere' senza poterlo fare, e non avevo più intenzione di farmi negare. In qualche modo, avrei raggiunto la Terra Promessa che tutti gli studenti universitari sognavano. *Sarei andato* in Florida! Mi ero perso l'annuale odissea americana al primo anno, ma a quel punto, come studente del secondo anno, ero determinato a vivere il mio 'diritto di passaggio' universitario. La domanda era: come avrei fatto ad arrivarci? Trent Thompson fornì la risposta.

29

Autostop a Key West
("Cos'è un blintz?")

Trent Thompson era biondo, alto un metro e ottanta e pesava circa centodieci chili. Era anche in grado di saltare più in alto di qualsiasi ragazzo bianco che avessi mai visto. Non era quindi una sorpresa che il figlio di un povero minatore della West Virginia avesse colto al volo l'opportunità di frequentare l'università statale con una borsa di studio per la pallacanestro. Nessuno nella sua famiglia aveva mai lavorato se non in una miniera di carbone e nessuno nella sua *città* era mai andato all'università. Io e Trent eravamo compagni di laboratorio nel corso di biologia del dottor Elam. A quanto pareva, l'accoppiamento tra noi due solleticava il buon dottore; come spiegare altrimenti il fatto che ci avesse messo insieme? Nonostante la differenza di altezza, io e Trent ci eravamo trovati bene. In cambio del mio aiuto nel lavoro di laboratorio, Trent si assicurava che mi fosse permesso di stare in giro durante gli allenamenti di basket, soddisfacendo così la mia inclinazione a fare canestro a piacimento. Ero morto e andato in Paradiso.

Quando Trent propose per la prima volta di andare insieme in Florida, esitai, non sapendo come avrei potuto affrontare l'impresa, soprattutto con il mio scarso patrimonio. Lui, però, era irremovibile sulla mia decisione di andare e si offrì persino di prestarmi i soldi. Lo ringraziai per la sua generosità, ma insistetti che avrei trovato una mia fonte di finanziamento, anche se ciò significava scrivere tesine per ogni giocatore di football della squadra universitaria.

"Senti," disse Trent, "non ti servirà quasi nulla. Ho settantacinque dollari e dovrebbero essere sufficienti. Inoltre, possiamo fare l'autostop e scroccare al mio amico artista."

"Ma . . ."

"Ma niente. Non c'è altro da dire. Vai!"

"Chi è questo artista?" chiesi; la mia curiosità stava aumentando.

"Oh, è solo Henry," rispose. "è strambo come una banconota da tre dollari. Gli piacciono i ragazzi!"

"Ma . . ."

"Merda! Non preoccuparti, amico, non ti darà fastidio. Te lo prometto." Mi guardò sornione, stringendo gli occhi. "Lo giuro su Dio." Fece una risata sporca.

Mi stavo indebolendo.

"Sì," dissi, "ma chi dice che riusciremo a trovare un passaggio?"

"Stai scherzando?" disse Trent. "Io e Buckwheat l'abbiamo fatto l'anno scorso. Non abbiamo avuto alcun problema."

"Ok, ma i miei genitori? Avranno un infarto se scopriranno che faccio l'autostop."

La risposta di Trent fu immediata *e* brillante. "E tu non dirglielo, *stupido!*"

Duh!

Quindi, era deciso. Avremmo lasciato la scuola il venerdì pomeriggio successivo, probabilmente saremmo arrivati a Key West, in Florida (dove viveva Henry) entro il sabato, ci saremmo fermati un giorno o poco più e avremmo raggiunto la famosa spiaggia di Fort Lauderdale il lunedì.

La notte prima della partenza fu la più lunga della mia vita. Mi sedetti sulla valigia di Trent e mi agitai nervosamente, mentre il pensiero del suo amico omosessuale, Henry, smorzava il mio entusiasmo. A dire il vero, il pensiero dell'omosessualità di Henry non mi preoccupava quanto il fatto che Trent fosse suo amico, con 'boa di piume' e tutto il resto.

"Ehi, Trent," chiesi, "Tu e Henry, voglio dire, uh, qual è la storia? Sai, tu, uh . . ." Feci una pausa abbastanza lunga perché lui capisse cosa intendevo. Socchiuse gli occhi e mi guardò, e per un attimo pensai di aver combinato un bel guaio. Poi scoppiò a ridere.

"Oh, per l'amor di Dio, Dave. Cosa pensi che io sia, un 'omo' o qualcosa del genere?"

"No, no!" protestai. "Ma, seriamente, Trent, qual è la storia?"

Trent ridacchiò dolcemente tra sé e sé, scuotendo la sua enorme testa avanti e indietro. "Ok, senti," cominciò, "quando cercavo lavori saltuari al primo anno, ho attaccato questi biglietti da visita per tutta la città, ok? Un tizio prende il mio numero dalla bacheca di Kroger e mi chiama. Dice che vuole tagliare il suo prato. Posso venire da lui e fargli un prezzo? Allora vado, gli faccio il prezzo e gli taglio il prato.

Più tardi, quando ho finito, mi invita a bere una limonata e mentre la bevo mi fa la proposta."

Guardai Trent con un'espressione perplessa. Non avevo la minima idea di cosa stesse parlando.

"Mi ha chiesto se volessi fare altri soldi," spiegò Trent. "Soldi *facili*! Gli ho risposto: 'Dipende'. Mi ha detto che dovevo solo farmi fare un pompino e mi avrebbe dato venti dollari in più."

Spalancai gli occhi. "Non hai mica . . ."

"Cazzo, sì!" disse Trent. "Perché no? Il piccolo idiota aveva *tonnellate* di soldi. E, inoltre, non faceva *male* o altro. Cazzo, era una bella sensazione. Inoltre, avevo bisogno di soldi! È venuto fuori che il tipo ha una casa invernale a Key West, e l'anno scorso io e Buck ci siamo andati per una settimana."

Scossi la testa incredulo.

"Senti," disse Trent, "non preoccuparti. Diavolo, non ti darà fastidio. Ti do la mia parola. Se quel piccolo stronzo ti torce un solo capello, lo ammazzo di botte. Va bene?"

Cos'altro potevo dire se non sì?

La mattina dopo, armati di poco più di un costume da bagno, di una crema abbronzante e di soldi per la birra, Trent e io ci incamminammo verso il raccordo dell'autostrada interstatale e cominciammo a dirigerci verso sud. Avevo telefonato ai miei genitori per dire loro che io e Trent saremmo andati in Florida con l'auto di suo padre e per invitarli a non preoccuparsi. Papà mi aveva avvertito di non prendere troppo sole e mi aveva chiesto di chiamarli quando fossi arrivato nello Stato del Sole.

Come promesso da Trent, nel giro di mezz'ora ottenemmo un passaggio, agganciando due ragazze in una Chevrolet verde del '57. Karen e Mary Jo erano entrambe matricole all'Università dell'Ohio di Athens. Karen era alta e attraente, con lunghi capelli biondi che portava a coda di cavallo. Si stava specializzando in inglese. Mary Jo era interessata alla biologia. La sua corta struttura era caratterizzata da due siluri montati sul davanti, bilanciati da un derriere largo e sodo. Occhiali di grandi dimensioni con montatura in corno incorniciavano i suoi profondi occhi blu, ulteriormente accentuati dai capelli nero corvino che portava in trecce.

Anche le ragazze erano dirette in Florida e ci accolsero con entusiasmo a bordo. Dopo aver aggiunto i nostri bagagli al carico traboccante del cavernoso bagagliaio della Chevrolet, Trent e io ci infilammo dietro Mary Jo e sul sedile posteriore. Finalmente eravamo in viaggio. La conversazione fu facile, e toccò ogni argomento, da 'Esci con qualcuno di speciale?' a 'Oh, davvero? Non sapevo che esistesse un reggiseno con il ferretto.' Un'ora dopo, facemmo la prima sosta per fare benzina e, tornati dai bagni, ci mettemmo in coppia: Trent dietro con Mary Jo e io davanti con Karen.

Intorno a mezzanotte, Karen accostò la Chevrolet fuori dell'autostrada vicino a Jacksonville e chiudemmo gli occhi per un piccolo pisolino. Mi svegliai sudando copiosamente e per una frazione di secondo non avevo idea di dove mi trovassi. Il sole caldo batteva sull'auto e, sebbene fossero solo le sette del mattino, la temperatura dell'aria sfiorava i ventisei gradi. Mary Jo spostò il suo ampio sedere e sospirò dolcemente, aprendo leggermente gli occhi. Mi fissò senza vedere, poi sbatté le palpebre più volte e continuò a fissarmi. Quella volta, però, uno sguardo di riconoscimento le coprì il volto e sorrise piacevolmente, rivelando una bocca piena di denti bianchi e uniformi. Ovviamente i suoi genitori erano ricchi.

Trent e Mary Jo si mescolarono rumorosamente sul sedile posteriore e notai che lui aveva il braccio sinistro disinvoltamente drappeggiato sulla spalla di lei, con la mano enorme che le avvolgeva completamente il seno sinistro. Mi voltai verso Karen e vidi che la sua attenzione era concentrata senza ritegno sulla coppia avvinghiata, cosa che mi fece eccitare immediatamente. Tuttavia, rimasi in quello stato solo per un battito di ciglia, e mi sentii letteralmente morire quando Karen si voltò e mi sorprese a fissarla. Il mio viso si arrossò e scoppiai in una seria risata che tagliò di fatto la tensione sessuale del momento. Aprendo la portiera dell'auto, uscii fuori, l'erba fresca e bagnata di rugiada contro i miei piedi nudi. Strano, non ricordavo di essermi tolto i sandali. Cos'altro non ricordavo? Non importava. Passai dietro a un albero e, facendo attenzione a non farmi vedere, mi diedi da fare, scoreggiando rumorosamente. Altre risate.

Quando tornai alla macchina, Mary Jo era al volante; il motore era acceso e tutti sembravano impazienti di partire. Trent sorrise consapevolmente mentre si piegava in avanti sul suo sedile, permettendomi di salire dietro insieme a Karen, che aveva deciso di prendersi una pausa dalla guida. Eravamo in viaggio da circa quarantacinque minuti, quando un aroma familiare cominciò a filtrare dal finestrino aperto. Inspirai profondamente attraverso il naso e la bocca, cercando con tutte le mie forze di identificare la fragranza misteriosa. Gli altri si voltarono e mi fissarono con curiosità, chiedendosi ovviamente cosa diavolo stessi facendo ansimando come un cane in calore. All'improvviso, mi misi a sedere e gridai: "Ce l'ho!"

"*Che cosa?*" disse Trent.

"*L'odore!*" esclamai.

"Quale odore?"

"È una lozione abbronzante," dissi.

Gli altri mi guardarono come se fossi pazzo. Rendendomi conto che non avevano la minima idea di cosa stessi parlando, feci un sorriso da ebete e spiegai. "Scusate, gente. Sono impazzito per cercare di capire cos'è questo odore nell'aria. Finalmente l'ho capito. È una lozione abbronzante. Almeno, questo è l'odore che sento io. Forse c'è una fabbrica da qualche parte qui intorno."

Mary Jo ridacchiò, mettendosi una mano sulla bocca nel tentativo di non ridere ad alta voce. Alla fine, non riuscì più a contenersi. "Dave, stronzo, quella non è crema abbronzante. Sono *fiori d'arancio*! Usano il *profumo* dei fiori nella crema abbronzante." Accostò l'auto al lato della strada e spense il motore. Ero totalmente perplesso. Mary Jo indicò fuori dal finestrino un lontano boschetto di alberi. "Vedi quegli alberi laggiù? Sono aranci. È questo l'odore che sentivi."

"Ohhh," risposi. Mi sentivo un'idiota.

La luce del giorno cominciava appena a farsi sentire e riuscivo a malapena a scorgere un'enorme distesa di alberi bassi e dalle foglie verdi, più simili a grandi cespugli, tutti disposti in file ordinate, a perdita d'occhio. A un esame più attento, individuai tracce di frutti arancioni che facevano capolino tra il fogliame prevalentemente verde, confermando la spiegazione di

Mary Jo e stuzzicando contemporaneamente il mio appetito. Un attimo dopo, Mary Jo accostò la Chevrolet alla fresca ombra dei rami straripanti degli alberi da frutto e l'aroma stucchevole degli agrumi mi invase immediatamente. Scesi di corsa dall'auto, schiacciando succo d'arancia in ogni direzione, mentre i miei piedi nudi pestavano i frutti morbidi che erano caduti prematuramente a terra. "Ehi, Trent," gridai, "porta qualcosa in cui mettere queste arance!"

In un attimo mi raggiunsero Karen, Mary Jo e Trent, che avevano portato un sacco della biancheria con il logo della nostra scuola per contenere la frutta. Come un gruppo di lavoratori migranti che vengono pagati al minimo salariare, ci mettemmo a raccogliere tutta la frutta che potevamo. Ben presto il sacco di lino si riempì di arance e pompelmi maturi. Non contenti, ci infilammo in tasca tutto quello che potevamo e tornammo alla macchina come un branco di topi. Quando le quattro portiere si chiusero, Karen schiacciò l'acceleratore e noi partimmo di corsa, mentre i pneumatici rotanti lasciavano l'erba umida e prendevano piede sull'asfalto. Urlai: "Sì!" mentre sfrecciavamo sull'autostrada.

Mary Jo fu la prima ad assaggiare il bottino, infilandosi in bocca diversi spicchi di agrumi di dimensioni esagerate, con il succo d'arancia che le colava sul mento e sulla maglietta, mentre esclamava: "Dio, sono buoni!"

Staccai con impazienza la buccia da un altro pezzo di frutta e ne diedi un enorme morso. Il succo freddo e dolce si sprigionò, inondandomi la bocca con il suo sapore succulento. Divorai l'arancia con frenesia, abbandonando l'ordine in favore della convenienza. Ruscelli di liquido mi uscirono dagli angoli della bocca e mi traboccarono sul mento. Non mi importava. Rumori di schiocchi, risucchi e sorsate riecheggiarono in tutta l'auto e tutti ridemmo selvaggiamente, assecondando il nostro appetito per quasi quindici minuti. Dopo un po', con le pance gonfie fino a quasi scoppiare, ripartimmo, sorridendo compiaciuti della nostra fortuna. Più tardi seppi che avevamo attraversato i boschetti di Indian River. Finché vivrò, ogni volta che sentirò l'odore della crema abbronzante Coppertone, mi ricorderò per sempre di quella meravigliosa mattina in Florida.

Ci fermammo di nuovo a fare benzina lungo la Sunshine Parkway e, mentre il serbatoio veniva riempito, cercai un bagno, non solo per svuotare la vescica dall'eccessivo carico di succo d'arancia e di pompelmo, ma anche per evitare di essere presente al momento del pagamento del conto della benzina. Girando l'angolo della stazione di servizio, scoprii che non c'erano solo due servizi, come di solito accadeva nella maggior parte delle stazioni di servizio del nord, ma tre. Su una porta c'era un cartello con scritto 'Uomini bianchi', su un'altra c'era scritto 'Donne bianche' e su una terza c'era scritto 'Di colore' sulla sua superficie sporca. Quando entrai nell'apposito bagno, il mio pensiero andò subito a Joe Boley e agli altri studenti neri del campus e sentii un senso di tristezza. Feci una breve ipotesi su come se la stessero cavando, poi allontanai il pensiero dalla mia mente e tornai di corsa dai miei compagni che mi aspettavano.

Ben presto ci rimettemmo in viaggio. Verso le cinque e mezza ci fermammo davanti a una piccola casa a un piano, situata in un vicolo cieco di Fort Lauderdale. La piccola casa bianca aveva un tetto a tegole arancioni in stile spagnolo e si trovava dietro un vialetto semicircolare, fiancheggiato da alte palme, le prime che avessi mai visto. Ci accolse una coppia di anziani che si rivelò essere i nonni materni di Karen, Sol ed Eileen Tevis. Si erano trasferiti in Florida dal Bronx, spiegò la signora Tevis, "quando Sol ottenne finalmente il foglio di via dal sindacato dei Teamsters."

"Quindi," disse, "voi ragazzi dovete essere affamati!"

Era più un'affermazione che una domanda, e ovviamente non richiedeva risposta, perché la nonna di Karen iniziò immediatamente a trasferire enormi quantità di cibo preparato dal frigorifero al tavolo della cucina. Ben presto la sua superficie traboccò di piatti di ogni tipo, la maggior parte dei quali non assomigliava a nulla che io avessi mai mangiato. Perché, mi chiedevo, gli anziani pensavano *sempre* che tutti avessero fame? Anche se dicevi loro che avevi appena cenato, se ne uscivano con qualcosa del tipo: "Oh, voi ragazzi. Probabilmente avete appena scelto. Prendete un po' di cheesecake, un pezzo di frutta. Mangiate qualcosa." In quel caso, si dava il caso che avessero ragione. A parte il banchetto di agrumi che ci eravamo goduti quella mattina, non avevamo mangiato nient'altro per tutto il giorno, a parte qualche patatina. Eravamo affamati.

"Ecco," disse il signor Tevis, spingendo un pezzo di cibo sconosciuto nella mia direzione, "prendi un blintz."

"Che cos'è un blintz?" chiesi.

"È buono. Mangialo e basta."

Non ho mai scoperto cosa fosse un *blintz*, né tantomeno come pronunciarne il nome, ma quella sera ne mangiai sei, insieme a enormi quantità di altre delizie kosher, come frittelle di patate e carne in scatola. Per mandare giù il cibo c'erano bottiglie fredde di una bevanda aliena chiamata Dr. Brown's Cel-Ray Tonic, una bevanda dal sapore malvagio che era un incrocio tra una crema di soda e un'insalata di giardino passata al frullatore. Ehi, era bagnata!

Dopo cena, sopportammo una raffica di 'domande e risposte' da parte degli anziani, fornendo loro una forma di pagamento perverso per il nostro pasto. Si divertirono a torchiarci senza pietà sui dettagli della vita universitaria. Il signor Tevis era quasi sordo e borbottava continuamente: "Eh?" che sebbene assomigliasse a una domanda non era altro che una risposta primitiva alla confusione che regnava nella conversazione della sera. Ehi, chi lo sa, forse lo faceva solo per partecipare alla conversazione.

Verso le undici, Trent e io accennammo al fatto che avremmo dovuto metterci in cammino. Dopo tutto, si stava facendo tardi e dovevamo ancora raggiungere Key West, la nostra destinazione finale. La coppia di anziani si era addormentata da tempo, russando rumorosamente mentre si accasciavano l'uno contro l'altro sul divano. Naturalmente le ragazze volevano che restassimo, ma noi eravamo decisi ad andare e spiegammo il più gentilmente possibile che Henry ci stava aspettando e che 'dovevamo proprio andare'.

Karen svegliò i nonni che, dopo essersi scusati per le cattive maniere, si rianimarono come crochi dopo la prima pioggia di primavera. La signora Tevis iniziò di nuovo con la faccenda del cibo e insistette per mettere alcuni *matzos* e un paio di cosce di pollo in un sacchetto di carta, facendomi l'occhiolino e dicendo: "Solo nel caso in cui voi ragazzi abbiate un po' di fame." Ricambiai l'occhiolino e afferrai il sacchetto dalla sua mano, spingendo contemporaneamente la porta d'ingresso. Io schizzai attraverso l'apertura e Trent seguì l'esempio, ma non prima che la signora Tevis avesse infilato un'altra busta, questa contenente frutta, nella mano del mio amico. "E Trent, tesoro," gridò dopo la sua fuga, "passa quando sei nei paraggi." *Oye vey,* pensai. Ok, avevo imparato quell'espressione yiddish solo anni dopo, ma se l'*avessi* conosciuta, l'avrei sicuramente pensata allora!

Karen e Mary Jo ci seguirono fuori dalla porta e, senza nemmeno uno sguardo all'indietro, salimmo sulla Chevrolet, uscimmo dal vialetto e ci dirigemmo in fondo alla strada verso l'autostrada 1. Dieci minuti dopo, con la Chevrolet parcheggiata di fronte alla spiaggia, concludemmo i nostri affari con le due ragazze, coinvolgendole in una sessione spontanea di pomiciate che ci lasciò tutti un po' senza fiato, con Trent e io meno sicuri di andarcene. Ma ce ne andammo, promettendo di scrivere, ma sapendo che non l'avremmo mai fatto.

Alla fine, Trent e io ci trovammo da soli nella strada buia, con nient'altro che il suono dell'oceano che lambiva il bordo della spiaggia come compagnia. Camminammo e facemmo l'autostop per quasi un'ora e presto cominciammo a dubitare della saggezza della nostra decisione di lasciare le ragazze a un'ora così tarda. In effetti, sembrava che saremmo rimasti a Fort Lauderdale un po' più a lungo del previsto. All'improvviso, una Chevrolet decappottabile nera del '58 ci passò davanti, e altrettanto improvvisamente si fermò con uno stridio a un paio di centinaia di metri dalla strada. Prendemmo le nostre borse e corremmo verso l'auto in attesa. Una voce densa di ebbrezza urlò dal finestrino: "Diavolo, ragazzi, salite!" Guardai Trent e scossi furiosamente la testa da una parte all'altra. Trent flesse il bicipite destro in modo teatrale e mi fece cenno di dirigermi verso la portiera ora aperta della Chevrolet. Con riluttanza, lo seguii mentre si arrampicava sul sedile posteriore. Una volta dentro, feci il punto sui nostri ospiti davanti. Erano due marinai, entrambi palesemente ubriachi e letteralmente sommersi da lattine di birra, alcune piene, ma per lo più vuote.

"Mi chiamo Bob," farfugliò il marinaio biondo e basso sul sedile del passeggero. L'allampanato autista dai capelli scuri gridò: "Sono Harry, piacere di conoscerti!" sopra il rombo del motore V-8 al minimo.

Trent e io borbottammo i nostri rispettivi nomi e, facendo attenzione a evitare qualsiasi macchia di bagnato, ci sistemammo contro il vinile arrotolato e plissettato. Non avevamo ancora toccato il sedere al sedile, la portiera era ancora aperta, quando Harry mise la leva del cambio in prima, schiacciò il pedale dell'acceleratore e spinse la Chevy in avanti con pneumatici stridenti e scarichi fumanti. Con la stessa rapidità con cui l'auto era partita in avanti, si fermò scivolando, con le gomme calve che vomitavano ghiaia in ogni direzione in segno di rabbiosa protesta. Harry si girò verso di noi e sorrise stupidamente.   Trent e io ci stringemmo in un'attesa nervosa.

"Scusate, ragazzi.   Ho dimenticato le buone maniere," disse Harry.   Perplessi, attendemmo una spiegazione. Senza esitare, Harry consegnò a ciascuno di noi una lattina di birra tiepida e un apribottiglie. Prima che potessimo ringraziarlo, si girò in avanti, fece scattare la frizione e premette l'acceleratore. Partimmo di nuovo, bruciando gomme e sbandando selvaggiamente, mentre correvamo nell'oscurità.

"Dove andate, ragazzi?" urlò Harry al di sopra delle sue spalle.

"Key West!" gridammo all'unisono.

"Key West, eh? Merda, è lì che stiamo andando, alla base navale. Non è vero, Bob?" Guardai verso di me e vidi che Bob stava dormendo profondamente, con la testa rovesciata all'indietro sul sedile e la bocca spalancata in una smorfia esagerata.   Harry aveva l'inquietante abitudine di voltarsi verso di noi ogni volta che parlava, dandoci motivo di grande preoccupazione. Infatti, ogni volta che si voltava verso la strada, l'auto sbandava selvaggiamente e lui doveva lottare per riprendere il controllo. Le cose si fecero estremamente interessanti quando iniziammo a percorrere la Seven-Mile Highway, una strada a forma di pontone che collega Key West alla vicina Marathon, l'ultima Key. Quel pezzo di autostrada è a malapena a due corsie ed è perfettamente dritto per tutta la sua lunga e noiosa lunghezza di undici chilometri. Non c'era nulla di noioso, tuttavia, nel nostro viaggio. Ogni incontro con un veicolo in arrivo era simile a una roulette russa, con *noi* come proiettile!

"Cavolo, c'è mancato poco, eh, Harry?" chiese Trent, dopo che un autoarticolato pesante ci aveva quasi buttato fuori strada mentre passava. "No," rispose Harry. "Ho solo bisogno di un'altra birra per calmare i nervi." I miei stessi nervi si stavano rapidamente scollando e per un attimo pensai che avrei potuto piangere. In qualche modo, Harry riuscì ad aprire a forza un'altra birra senza perdere il controllo del volante e ne trangugiò il contenuto in un unico, lungo sorso. Con mio grande stupore, la sua guida sembrò migliorare. A un certo punto, la carreggiata si trovava a soli tre o quattro metri sopra le acque scure del Golfo del Messico e la mia immaginazione iperattiva continuava a immaginare la Chevy con il muso a terra nella salamoia, con noi intrappolati all'interno con l'aria sufficiente a resistere per circa trenta secondi. Dire che ero terrorizzato sarebbe stato un grossolano eufemismo. Alla fine, con mio grande sollievo, passammo dal ponte/autostrada alla *terraferma* di Key West.

Harry insistette per lasciarci direttamente davanti alla casa di Henry, anche se avrei fatto volentieri a piedi la distanza rimanente, e dopo esserci infilati nelle strette strade di Key West, arrivammo sani e salvi al 1814 di Peachtree Lane. Scendemmo dall'auto in pochi secondi e rimanemmo a bocca aperta mentre la Chevy spariva in fondo alla strada, con un rumore di lattine di birra che riecheggiava nella notte. Tirammo un sospiro di sollievo collettivo e ci avviammo verso la casa.

La struttura era quella che viene comunemente chiamata 'casa delle Bermuda'. Era alta due piani, dipinta di bianco e aveva un portico su ogni piano. Tutte le

311

finestre erano dotate di persiane a grandezza naturale che funzionavano davvero; erano necessarie per proteggere i vetri dagli uragani, o almeno così ci fu detto. L'esterno era un po' malandato e molte delle persiane pendevano come francobolli storti applicati da un impiegato ubriaco. Il mio orologio segnava le quattro e mezza del mattino e non c'erano luci visibili quando ci affacciammo con cautela sul portico marcescente, che gemeva in segno di disapprovazione. Senza la minima esitazione, Trent si avvicinò alla porta d'ingresso sfregiata e bussò con forza. Non sapevo bene cosa aspettarmi e mi misi di lato. Dopo una breve attesa, la porta si aprì leggermente per rivelare un uomo piccolo e snello con i capelli ricci. Era nudo. Si strofinò il sonno persistente dagli occhi e rimase nudo sulla soglia, con le forme magre incorniciate dalla luce del soggiorno.

In che cosa mi ero cacciato?

30

"... Fanculo a lui e alle sue fottute pulci!"

Una traccia di riconoscimento attraversò lentamente il volto del piccolo uomo, che sorrise calorosamente e disse: "Trent, tesoro, perché cazzo non hai chiamato?" Trent si limitò a sorridere. La vista di quei due lì, faccia a faccia, era la cosa più incongrua che avessi mai visto. C'era Henry, alto al massimo un metro e cinquanta, con il pene moscio che pendeva sopra un paio di testicoli enormi, e Trent, che sembrava un gigante, che lo sovrastava, in jeans e maglietta. Era più di quanto potessi sopportare e scoppiai a ridere. Poi, imbarazzato, mi coprii la bocca e feci finta di tossire. Trent si girò e mi guardò con un cipiglio, come per dire: "Ehi, non fare il cretino," e poi tornò a guardare Henry.

"Henry," disse, "questo è il mio amico Dave. Dave, questo è Henry." Almeno non aveva dimenticato le buone maniere.

Con il polso completamente floscio, Henry allungò la mano in segno di amicizia, mentre io di riflesso ritirai la mia.

"Ma che *cazzo*, tesoro!" esclamò Henry. "Non si attacca!"

Rise istericamente alla sua stessa battuta. Io arrossii di diverse tonalità di rosso e sorrisi malinconicamente, ma rimasi ancorata al mio posto.

"Oh, *andiamo*, tesoro. Non mordo," disse, e allungò di nuovo la mano, quella volta afferrando la mia e trascinandomi attraverso la porta. "A meno che, naturalmente, tu non *voglia che* lo faccia," aggiunse, ridendo forte del proprio gioco di parole.

Una cosa era certa: non c'era nessuna finzione con Henry, no, signore. Era una vera e propria checca, e non ne faceva mistero. L'unico modo in cui avrebbe potuto essere più effeminato era se avesse indossato un vestito. Di certo sembrava abbastanza innocuo, così decisi di fidarmi del giudizio di Trent sull'interesse del piccolo artista nei miei confronti e presto mi permisi di rilassarmi un po'.

Ormai Henry si era infilato un paio di pantaloni di cotone a pieghe e si stava dando da fare in cucina, canticchiando ad alta voce una melodia classica mentre lavorava. Io passeggiavo dolcemente nel soggiorno buio, senza sapere bene cosa fare o dire. Una collezione di strani dipinti decorava le pareti squallide, la maggior parte dei quali raffigurava fantasmi e folletti di vario genere. Mi chiesi che tipo di fantasmi infestassero l'anima di quel piccolo uomo dai capelli ricci.

"Trent," sussurrai, "c'è qualcun altro che vive qui?"

"No, solo Henry," rispose con un'alzata di spalle. Un rapido movimento nell'angolo più lontano della stanza attirò la mia attenzione e guardai Trent in cerca di una spiegazione. Lui rise e aggiunse: "Oh sì, solo Henry e i suoi animali."

Scrutai intensamente nell'oscurità e riuscii appena a scorgere l'immagine di una forma felina che scivolava silenziosamente sul pavimento. Il gatto era un siamese grigio ed era piuttosto carino, cioè se ti piacevano i gatti. Quasi subito se ne aggiunsero altri quattro, e in seguito avrei scoperto che la casa era occupata da quasi due dozzine di gatti, oltre a due cani collie e una capra.

L'aroma familiare del bacon in cottura aleggiava nell'aria e potevo sentire anche lo schiocco e lo sfrigolio delle uova che friggevano. Era strano, ma fino a quel momento non mi ero reso conto di quanto fossi affamato. Pochi minuti dopo, la voce stentorea di Henry annunciò: "O-k-a-a-a-y, gente, mangiamo!"

A quanto pareva, quando parlava rivolgendosi a 'tutti', intendeva proprio quello, letteralmente. Uno dopo l'altro, i gatti si riversarono nella piccola sala da pranzo e ognuno si diresse verso una grande ciotola di latte che si trovava in un angolo. La capra sgranocchiò rumorosamente una mela, mentre i due cani si abbuffarono di cibo secco. "Non *farci* caso," disse Henry ridendo. Sgranò gli occhi e fece un cenno alle spalle del serraglio che sgranocchiava. *"Noi abbiamo il nostro e loro hanno il loro!"*

Trent e io divorammo la colazione improvvisata senza badare al galateo o a possibili ripercussioni gastronomiche. Mentre mangiavo, di tanto in tanto intravedevo Henry, con uno stupido sorriso stampato in faccia, seduto di fronte a noi, e non potevo fare a meno di chiedermi cosa stesse pensando di mangiare. A pancia piena, fummo accompagnati in una piccola camera da letto al piano superiore e salutati da Henry con un 'notte notte', che promise di svegliarci come prima cosa al mattino. Dormimmo come sassi, finché Henry non ci svegliò verso mezzogiorno, la sua idea di mattina. Entrò saltellando nella camera da letto indossando il più piccolo dei costumi da bagno, un cappello di paglia esageratamente grande e sventolando quello che sembrava un fazzoletto in ogni mano. "Ecco, cari," cantilenò, "indossate questi costumi, oh, ecco *cosa sono, e andiamo in* spiaggia. Non vedo l'*ora* di mettervi in mostra!" Arrossii immediatamente e mi tirai le coperte intorno al collo. "Oh, sciocchino," disse Henry, "non essere così timido. Trent mi ha detto tutto di te. Voglio solo divertirmi un po'. E poi, *io ho* Trent! Ora sbrigatevi, voi due, o faremo tardi." Trent scoppiò in una risata isterica e io gli lanciai il mio cuscino, che servì solo ad aumentare le sue risate.

Noi tre trascorremmo la giornata in una spiaggia isolata, frequentata quasi esclusivamente da uomini e donne omosessuali. Per prima cosa incontrammo Rex, proprietario di una galleria d'arte, che continuava a dire a Henry che voleva la mia 'ciliegina'. Henry sgranava gli occhi, si girava verso di me e diceva: "Oh, tesoro, Rex pensa che tu sia così tanto carino." Io rispondevo: "È bello," chiedendomi cosa intendesse. Poi c'era Robert. Robert era un parrucchiere, dall'aspetto estremamente maschile, che fingeva di essere 'etero'. Henry sorrideva consapevolmente ogni volta che il suo amico passava di lì e sussurrava a voce abbastanza alta perché Robert e l'intera popolazione di Key West sentissero: "È *proprio* uno stronzo!" Robert, a sua volta, fingeva di essere sordo e sorrideva a Henry, che poi aggiungeva: "*Lo sanno* tutti, sciocco."

La maggior parte delle donne assomigliava a camionisti, ma c'era una lesbica di nome Pat, che mi incuriosiva moltissimo. Sarà anche stata una 'lesbica', ma, oh, quanto mi sarebbe piaciuto *farla salire* sul sedile posteriore di un'auto, o su un letto, o su un divano. Aveva lunghi capelli biondi che le toccavano quasi il sedere e una camminata sensuale che sapeva di sesso, purtroppo per me, del tipo sbagliato.

Continuammo a rosolarci sotto il sole cocente per la maggior parte del pomeriggio, con le nostre fantasticherie interrotte periodicamente dalle presentazioni di vari amici di Henry. Verso le quattro, Henry tirò fuori un pranzo al sacco che aveva preparato e tutti noi mangiammo affamati pollo fritto, gombo fritto e biscotti, innaffiati da enormi quantità di limonata. "Mangiate, bellezze," disse Henry. "Stasera andiamo da Capitan Tony a *bere!*"

"Che cos'è Capitan Tony?" Chiesi.

"Vedrai," rispose Henry, con un occhiolino. "Vedrai."

Beh, *lo vidi*, eccome. Abbiamo visto tutto quello che c'era da vedere, e anche di più! Il Captain Tony era un bar gay, il che di per sé non era poi così male. Ma quello era solo l'inizio. Probabilmente la metà degli uomini erano travestiti e, per rendere le cose ancora più difficili, alcuni di loro erano *piuttosto* belli. Per parafrasare: non si potevano distinguere i giocatori senza una scheda di valutazione. Certo, c'erano molti 'uomini veri'. Erano per lo più marinai arrivati dalla base navale. Ma, come noi, volevano solo bere. Il fatto che le bevande fossero fornite gratuitamente dalla 'signora' del bar non faceva che aumentare il divertimento. Nella stanza sul retro si trovava un tavolo da biliardo a grandezza naturale e la maggior parte dei marinai naturalmente gravitava in quell'area del locale. Tutti erano impegnati a bere, imprecare e giocare a biliardo, oppure a bere, ballare e *flirtare*! Dipendeva solo dalle preferenze. Io e Trent bevevamo e giocavamo a biliardo, mentre Henry preferiva bere e *guardare* le palle. Era in paradiso. E tutti noi eravamo sempre più ubriachi.

La setosa voce italiana di Al Martino stava cantando 'Blue Spanish Eyes' al jukebox. Henry si stava davvero sbronzando e continuava a ondeggiare suggestivamente avanti e indietro davanti a Trent, mormorando le parole della canzone ogni volta che veniva riproposta, il che, secondo il mio conteggio non ufficiale, avveniva circa diciassette volte. Credo che lui e Trent avessero una relazione più intensa di quanto Trent avesse lasciato intendere, ma ero convinto che fosse Henry ad avere una 'cotta'. C'era una disperata tristezza legata agli uomini gay, in diretto contrasto con l'atteggiamento da diavolo di turno esibito dai marinai e dagli altri avventori eterosessuali del bar.

Verso mezzanotte, Henry si avvicinò barcollando al tavolo da biliardo, dove io e Trent eravamo impegnati in una partita a Palla Nove. Era molto ubriaco e farfugliava male le parole.

"Trent, tesoro," disse, "io-s-s-s-sto andando a casa, ok?"

"Oh, andiamo, Henry, abbiamo appena iniziato."

"Voglio solo andare a dormire. Andiamo a casa. P-e-r-f-a-v-o-r-e. Per favore."

"Cazzo, no, Henry. Vai tu; torneremo a casa quando avremo finito."

Henry continuò. "Beh, allora beviamo qualcosa," disse. "Solo io e te, eh? Che ne dici?" Trent scosse la testa, no. Era davvero eccitato e non c'era modo di andarsene. Henry si girò verso di me e io indietreggiai automaticamente. Henry sorrise.

"Oh, volevo dire, anche tu, tesoro," biascicò. "Ho un berretto da notte." Era patetico e mi dispiaceva per lui.

Trent si stava davvero pavoneggiando, in quel momento, muovendosi con disinvoltura intorno al tavolo, con la stecca in mano, preparando un colpo dopo l'altro, con il petto gonfio e ovviamente consapevole dell'impatto che stava avendo sugli uomini gay del bar. Molti flirtavano apertamente con lui, facendo trasalire Henry in risposta. Il povero ragazzo stava davvero soffrendo. Alla fine, percependo la disperazione di Henry, Trent cedette.

"Ok, Henry, hai vinto tu. Berremo *un* drink. Ma solo *uno*! Poi, *ti* chiamerò un taxi per portarti a casa. Dave e io riporteremo la macchina quando saremo pronti." Henry fece un sorriso sciatto e poi si girò verso il bar in stile polinesiano, facendo cenno al barista con un gesto zoppicante della mano. Trent e io salimmo ciascuno su uno sgabello di bambù e insieme trascinammo Henry su uno sgabello tra di noi.

"Cosa prendete, ragazzi?" disse la barista, una vera bellezza con lunghe trecce ramate che le scendevano fino al sedere, che sembrava una pesca matura.

"Toni, tesoro," disse Henry, "Dacci qualche Snug Fox." In realtà, probabilmente suonava più come:

319

"Ton'tesor'dacc'qualchsnnnnufffossses."   Era davvero sbronzo.

Lo Snug Fox era una libagione esotica che conteneva una mezza dozzina di liquori, mescolati con diversi succhi di frutta tropicale e serviti con ghiaccio tritato, in una tazza smerigliata. Era corredato da un ombrellino e da una piccola cannuccia ed era, in una parola, micidiale! Da dove venisse il nome non lo sapeva nessuno e non mi interessava. Mi limitai a trangugiare quell'intruglio con la cannuccia e a godermi il sapore dolce e ghiacciato per quanto ne valeva la pena. Anche Trent non perse tempo a divorare il suo, facendo cenno al barista di fare il bis. Nel frattempo, Henry si era addormentato e giaceva con la testa sul bancone, mentre il suo drink era lì vicino, intatto. Trent prese il bicchiere, ne trangugiò il contenuto in un unico, lungo sorso e ruttò sonoramente. Henry si contorse, ma rimase addormentato.

Trent scivolò dallo sgabello e si spostò accanto a Henry, che a quel punto russava forte, con la guancia appoggiata alla superficie del bancone.

"Henry!" gridò Trent. "Svegliati! Svegliati, Henry!"
Henry rimase addormentato.

Impassibile, Trent scosse delicatamente la spalla dell'amico, sussurrandogli all'orecchio: "Henry, svegliati. È ora di andare a casa."

Finalmente Henry aprì un occhio, scrutando senza vedere Trent, che sorrise e sollevò facilmente la forma flaccida di Henry dallo sgabello. Con un braccio enorme che cingeva la vita di Henry, Trent mi fece un cenno con la testa e con grande attenzione iniziò a spostare il suo carico inebetito verso la porta.

"Dai, Henry," disse, "ti portiamo a casa." A quanto pareva, aveva cambiato idea sul chfiamare un taxi.

"Casa. È una buona idea," biascicò Henry. "Andate a casa."

Trent mi fece un segno di 'ok' con il pollice e l'indice e disse a voce alta: "Torno subito." Subito dopo, aveva issato la forma zoppicante di Henry sulla spalla e lo stava portando fuori. Stranamente, nessuno sembrò accorgersene. Pensando di dovermi unire a loro, mi alzai dallo sgabello, poi ci ripensai e tornai a sedermi, scegliendo invece di finire il mio secondo drink. Magari avrei anche fatto colpo sulla barista.

Si scoprì che Toni non era una 'lei', dopo tutto, ma era in realtà Anthony, un 'lui' di New York City, che era arrivato a Key West più di vent'anni prima, come marinaio di stanza nella base navale. Dopo essere stato congedato con disonore (per aver fatto un lavoretto con la bocca al cuoco di bordo), Tony, o 'Toni', come preferiva essere chiamato, aveva assunto un ruolo femminile e aveva aperto il bar con un altro amico gay (e a volte amante) di nome George.

"George è stato il miglior amante che abbia mai avuto," disse Toni, leccandosi le labbra in modo sexy. "Ma quel bastardo non sapeva resistere alle rosse. Una sera ho beccato quel figlio di puttana che si faceva la cuoca, e ho buttato fuori il suo culo peloso. Da allora sono un solitario."

Mi sedetti in silenzio, aspettando che Toni continuasse. Mi fissò, senza vedere, con uno sguardo distante, e poi continuò la storia. "Naturalmente, se fosse arrivato l'uomo giusto . . . beh, sarebbe stata un'altra storia."

Mi spostai scompostamente sullo sgabello, incerto su cosa dire.

"Non preoccuparti, tesoro," disse Toni. "Sei troppo giovane per *me*. Mi piace un uomo con esperienza, se capisci cosa intendo." Naturalmente non lo sapevo, ma feci finta di saperlo. Era strano come il sesso assumesse un significato completamente diverso in quell'atmosfera crepuscolare. *Niente* era ciò che sembrava, e *tutto* sembrava ciò che non era.

Fortunatamente Trent tornò al bar una ventina di minuti dopo e passammo l'ora successiva a giocare a biliardo e a bere altri Snug Fox, che mettemmo sul conto di Henry, che aveva raggiunto proporzioni considerevoli. Bevevamo i drink come se fossero acqua, cosa che non era affatto, e facevamo finta di non sentirli, cosa che invece *era* assolutamente *vera*!

Mentre sorseggiavo il mio drink, la mia mente finì a pensare a Craig, in Vietnam, e mi chiesi cosa stesse facendo in quel preciso momento. Non dovevo preoccuparmi, perché in quel preciso istante Craig se lo stava facendo succhiare da una puttana di quattordici anni, di nome Ho Ni, e non stava pensando a me. Quindi, almeno per il momento, Craig era in vantaggio nel gioco della vita. Non sarebbe durato a lungo.

Verso le tre del mattino, lasciammo finalmente Capitan Toni e tornammo a casa con l'auto di Henry. L'indomani saremmo partiti per Fort Lauderdale e avevamo davvero bisogno di recuperare un po' di sonno. Salimmo le scale fino alla piccola camera da letto vicino al bagno, senza nemmeno preoccuparci di spogliarci, ci sdraiammo sui nostri lettini e ci addormentammo subito.

Meno di un'ora dopo, ne sono certo, mi svegliai. Mi stavo grattando come se avessi mille punture di zanzara e mi prudeva ovunque. Mi scavavo le ascelle, l'inguine e persino il cuoio capelluto. "Trent," sussurrai, "sei sveglio?" Sentii le molle del suo letto scricchiolare e attesi una risposta.

"Sì?" disse. "Cosa vuoi?"

"Hai prurito?"

"Sì," rispose lui. "E tu?"

"Cazzo, sì! Che diavolo sta succedendo?"

"Non lo so, amico, io . . ."

"Ho un prurito pazzesco!"

Raggiunsi la lampada accanto al letto e l'accesi. Rimasi a bocca aperta per quello che vidi. Minuscoli insetti, a centinaia, forse a migliaia, saltellavano vigorosamente sul mio copriletto.

"Trent!" gridai. "Che cazzo . . ."

"PULCI!" urlò. "Sono delle dannate PULCI!"

Contemporaneamente balzammo fuori dal letto. Graffiando e imprecando, ci infilammo a fatica i vestiti e uscimmo di corsa dalla stanza, scendendo le scale e uscendo dalla porta. Trent aveva ancora le chiavi dell'auto di Henry e ci accompagnò con la vecchia Ford station wagon fino alla casa del Capitan Toni che, per nostra fortuna, era aperta ventiquattro ore su ventiquattro. A quanto pareva, Toni aveva già assistito a quella scena e non sembrava preoccupato, perché non fece altro che scrollare le spalle quando gli raccontammo la nostra storia. "Sono quelle maledette capre," osservò.

"Ho detto a Henry di cucinare quelle brutte bastarde dagli occhi di marmo un centinaio di volte." Trent e io lo guardammo con un'espressione perplessa.

"È così dannatamente tenero," continuò Toni, "credo che probabilmente lascerà la sua cazzo di casa e tutto ciò che possiede a quei dannati animali." Sospirò teatralmente, in segno di finta esasperazione.

Trent e io passammo le due ore successive a giocare a biliardo e a bere Tequila Sunrises, ci sembrava appropriato, mentre grattavamo gli insetti, sia reali che immaginari, e aspettavamo l'alba vera e propria. Verso le otto, Toni ci salutò quando fu sollevato dai suoi compiti da Tiny, il barista del giorno. Non c'era da stupirsi che Tiny fosse enorme, e ovviamente era il 'Butch' della 'Queen' di Toni.

Verso le nove squillò il telefono del bar e Tiny rispose, pronunciando un attimo dopo il nome di Trent ad alta voce. Pensai che probabilmente era Henry che chiamava, e così fu. Trent prese il ricevitore e ascoltò attentamente per almeno un minuto intero, senza dire una parola. Lentamente il suo viso si arrossò e la sua espressione si irrigidì notevolmente. Alla fine esplose, imprecando nel telefono e poi, senza preavviso, sbatté lo strumento a terra con un forte botto.

"Figlio di puttana!" urlò. "È proprio come una donna del cazzo!"

"Che cosa c'è?" chiesi.

"È incazzato perché gli abbiamo fatto salire il conto del bar," disse Trent. "Avete fatto lievitare il mio conto del bar," tagliò corto, imitando ovviamente Henry. "Un bel problema, cazzo. Non gliene fregava un *cazzo di* quelle dannate pulci. Pensava che fosse *davvero* divertente!" Poi, come ripensamento, Trent aggiunse: "Beh, *che si fotta*! Che si fotta lui *e* le sue cazzo di pulci!"

Mi associai alla sua opinione e, per ripicca, ordinai altri due Tequila Sunrise. "E mettili sul conto di Henry!" ordinò Trent. Tiny scrollò le sue enormi spalle e obbedì. Dopo aver mandato giù le potenti bevande in un sol sorso, tornammo a casa di Henry, dove il nostro ospite, che ormai aveva assunto un atteggiamento contrito, ci accolse.

"Trent, tesoro," disse, "mi dispiace tanto. Mi sono comportato da vero stronzo. *Ti prego,* non arrabbiarti. Sai come divento. Ti prometto che mi farò perdonare."

"Senti, Henry," disse Trent. "Non siamo arrabbiati, ok. Ma dobbiamo andare."

Henry sembrava distrutto. "Non puoi restare un altro giorno?"

"Mi dispiace, Henry," disse Trent. "Dobbiamo *proprio* muoverci."

I due andarono avanti e indietro così per circa dieci minuti, finché alla fine Henry accettò con riluttanza di accompagnarci a Fort Lauderdale. Andai di sopra, raccolsi le mie cose e mi affrettai a uscire dalla porta d'ingresso e a salire sull'auto in attesa, con Trent a fare da retrovia. Henry rilasciò il freno a pedale, inserì la marcia e la vecchia Ford si mise in moto. Eravamo in viaggio verso il Paradiso.

Joe Perrone Jr.

31

Fort Lauderdale
(Addio, Henry . . . Ciao, Sally!)

Il volto di Henry era una maschera di tristezza e non disse quasi una parola, mentre iniziavamo il lungo viaggio verso nord fino a Fort Lauderdale. Il retro della station wagon era pieno di quadri, tutti destinati a mecenati di Boca Raton e dintorni. Le opere di Henry viaggiavano in ambienti *molto* ricchi.

Ci incamminammo per le strette strade di Key West, con Henry che stringeva il volante sovradimensionato con una mano delicata e con l'altra salutava i marinai di passaggio. A quanto pareva, si era rassegnato alla nostra partenza e stava cercando carne fresca. Ogni segnale stradale era un'avventura, con Henry che affiancava un'auto piena di marinai, salutava furiosamente e poi aspettava pazientemente una risposta incoraggiante. Era piuttosto triste, in realtà, e ricordo di aver pensato a quale vita solitaria dovesse condurre.

La nostra prima tappa fu Marathon e Henry ci offrì una fetta di torta al lime e un tè dolce in una bancarella lungo la strada. Ingoiai la colazione improvvisata a tempo di record ed esortai Henry a continuare a muoversi. La giornata stava prendendo velocità e già pregustavo le decine di ragazze universitarie in bikini che mi aspettavano sulla spiaggia di Fort Lauderdale. Tornai di corsa alla station wagon, lasciando Trent e Henry seduti a tavola, ancora intenti a mangiare. Cinque minuti dopo, il duo arrivò alla macchina e Henry mi diede un colpetto sulla spalla, agitando il mignolo sotto il mio naso, in segno di finto ammonimento.

"Che fretta c'era, tesoro?" mi rimproverò, "avevi paura di lasciare qualche briciola?" Percepii la disapprovazione nel tono della sua voce.

"Mi dispiace, Henry," dissi. "È solo che, beh, non sono riuscito a pensare ad altro che a Fort Lauderdale da quando abbiamo lasciato la scuola, e . . ."

"E a tutta quella figa che *ti* aspetta, vero, tesoro?"

"Beh, sì," risposi sorridendo. "Qualcosa del genere."

"Non preoccuparti, tesoro, ti aspetteranno."

Mi arrampicai sul sedile posteriore, lasciando che Trent si sedesse davanti con il suo amico.

"I ragazzi *saranno* ragazzi," sospirò Henry. "È quello che dico sempre." Scosse la testa avanti e indietro, con disapprovazione. Poi si voltò e si rivolse a Trent, che era impegnato a leccare briciole immaginarie dal suo piatto di carta vuoto. "Forza, amore, è meglio che ci muoviamo. Il principe azzurro laggiù non vede l'ora di scopare, sempre che riesca a trovare il suo cazzo con una lente d'ingrandimento!" *Molto divertente.*

Una volta ripreso il viaggio, le cose tornarono alla normalità e iniziammo persino a cantare insieme ad alta voce, armonizzando in modo strampalato qualsiasi canzone familiare passasse alla radio. Quando entrammo a Boca Raton, l'architettura assunse un aspetto decisamente raffinato. Le case erano più grandi e decorate e la cura del prato assumeva un significato completamente nuovo. Ovunque guardassi c'erano eleganti palme Royal Hawaiian che fiancheggiavano il vialetto di qualcuno, e ogni proprietà presentava una fontana traboccante che spargeva il suo contenuto nell'aria salata come un geyser sotto steroidi.

Imboccammo un vialetto di ciottoli ben nascosto e ci incamminammo lungo il suo stretto percorso. Al suo termine, si allargò in un cerchio, rivelando quello che sembrava essere una specie di complesso, dominato da un'enorme villa bianca in stile spagnolo, con un maestoso ingresso ad arco. Intorno ad essa c'era una serie di edifici più piccoli, ognuno dei quali avrebbe fatto sembrare la modesta casa dei Tevis una dependance. Ogni struttura era coperta da piastrelle di ceramica blu che scintillavano alla luce del sole. C'erano numerose fontane e troppe statue da contare. Ma la cosa più impressionante erano le due immacolate Rolls Royce Corniche, una nera e una bianca, che facevano da guardia alla facciata della villa. Il significato della scelta dei colori divenne subito evidente quando si spalancò la porta d'ingresso. All'ingresso si trovava un uomo nero, grande e calvo, accompagnato da una donna bianca, minuta e bionda, che ovviamente era la moglie o l'amante dell'uomo.

"Sarò fuori tra pochi minuti!" urlò Henry, che aveva raccolto diversi quadri dal retro del carro e, mentre parlava, stava scomparendo nella casa cavernosa. Erano passati meno di dieci minuti quando riapparve, con un grande sorriso stampato sul volto. A quanto pareva, gli avventori di Henry pagavano piuttosto bene, *e* in contanti, a giudicare dalle dimensioni del rigonfiamento della tasca dei pantaloni di Henry.

Arrivammo a Fort Lauderdale verso mezzogiorno. La station wagon non aveva l'aria condizionata e, anche con tutti i finestrini abbassati, cominciava ad assomigliare a una sauna. Henry guidò su e giù per alcune strade secondarie finché non trovò un piccolo alimentari e parcheggiò rapidamente la station wagon.

"Venite, cari, vediamo cosa c'è di bello," gridò alle sue spalle, facendosi strada tra un gruppo di giovani che si aggiravano fuori dal negozio.

"Non voglio che i miei ragazzi muoiano di fame mentre sono impegnati a farsi delle tipe." Ammiccò sfacciatamente a noi due, e Trent e io facemmo del nostro meglio per apparire invisibili. Henry prese un carrello della spesa e iniziò a spingerlo lungo il corridoio. Lui era la 'mamma chioccia' e noi eravamo i suoi bambini. Oh Dio!

Prendemmo diversi polli da barbecue, un paio di sacchetti di patatine, dell'insalata di Cole, dei sottaceti e una confezione da sei di birra. Henry ci aggiunse due scatole di biscotti Oreo per buona misura e finimmo di fare la spesa. Una volta tornati in macchina, Henry divenne subito impaziente. "Allora, dove vi lascio voi due maniaci del sesso?"

"Non lo so," dissi. "Credo che potremmo . . ."

"Lasciaci al Elbow Room!" ordinò Trent.

All'inizio rimasi perplesso, ma poi ricordai che era già stato lì e decisi di fidarmi del suo intuito. Alcuni minuti dopo, mentre Henry seguiva le indicazioni piuttosto confuse di Trent, arrivammo davanti a un edificio a due piani proprio di fronte alla spiaggia. L'insegna dell'edificio recitava 'Elbow Room'. Naturalmente si trattava di un bar ed era pieno di giovani, tutti vestiti o svestiti (a seconda del punto di vista) in costume da bagno. Henry saltò fuori e si precipitò sul retro della station wagon. Ci aiutò a scaricare le valigie e mise un sacchetto della spesa tra le braccia di ciascuno di noi.

Nonostante la sua sessualità spesso palese, avevo trovato Henry estremamente generoso e premuroso. Immaginavo che probabilmente si fosse approfittato di molte volte, così mi decisi a dimostrargli il mio apprezzamento. Gli allungai la mano e Henry la strinse con sorprendente forza.

"Grazie di tutto, Henry."

"Oh, tesoro, di niente. Voi ragazzi rimanete in contatto, capito?"

Feci un cenno di assenso e Trent abbracciò Henry. Resistetti alla tentazione.

"Bene, cari, arrivederci," disse Henry. "E ragazzi . . ."

"Sì, Henry?" rispondemmo all'unisono.

"Non beccatevi la piattole!"

E con quell'ultimo ammonimento, Henry salì in macchina e si lanciò all'inseguimento di una macchina di marinai che era appena passata. Rimanemmo in piedi sul marciapiede bollente, in mezzo a una pila di generi alimentari e a borse piene di vestiti, salutando il retro della station wagon che si allontanava.

Mi voltai verso la spiaggia e fischiettai dolcemente mentre scrutavo la sabbia, che era letteralmente ricoperta di ragazzi e ragazze adolescenti. Anche l'acqua verde-azzurra, che si infrangeva a intermittenza sulla riva, era piena di giovani che si divertivano a fare il bagno, incuranti del sole cocente che batteva su di loro come una gigantesca lampada termica. Alla mia sinistra c'era una piccola capanna con il tetto di paglia. Su ogni estremità del tetto erano montati degli altoparlanti e all'interno c'era un microfono su un'asta, gestito da un giovane brufoloso che periodicamente faceva annunci alla folla. A quanto pare, si trattava di una sorta di cabina per gli oggetti smarriti costruita in fretta e furia, per consentire ai compagni di scuola di ritrovarsi o per fare un annuncio di servizio pubblico.

Ogni pochi minuti veniva trasmesso un messaggio del tipo: *'Mike, vieni subito alla cabina dell'amicizia. Il tuo amico Tom è malato e ha bisogno delle sue medicine.'* Oppure: *'Attenzione, Joanie! Randy è dispiaciuto, per favore incontralo da Elbow Room stasera alle sette.'* Quello potrebbe tornarci utile, pensai.

"Mi scusi," dissi. "Pensa di poter fare un annuncio per noi?"

"Cosa vuoi che ti dica?"

Guardai Trent per avere un sostegno.

"Beh, che ne dite di 'due ragazzi hanno bisogno di un posto dove stare fino a venerdì. Chiedete di Trent alla cabina dell'amicizia?"

"Sì," risposi. "Che ne dici?"

"Ok, certo!" rispose il ragazzo. E così fece l'annuncio. Ci accovacciammo accanto alla cabina e attendemmo una risposta. Non dovemmo aspettare molto. Nel giro di dieci minuti, una bella rossa con l'apparecchio ai denti, con la coda di cavallo, si avvicinò alla cabina.

"Scusa," disse trafelata, "sto cercando Trent. Sa, i due ragazzi che cercano un posto dove stare?" Il ragazzo nella cabina puntò il dito nella nostra direzione.

Immediatamente, Trent balzò in piedi e si inchinò platealmente davanti alla ragazza sorpresa, che arrossì per l'imbarazzo. "Eccoci qui, signora," disse. "Trent Thompson al suo servizio." Il viso della ragazza arrossì ancora di più e ridacchiò nervosamente. Trent le prese la mano e, tenendola delicatamente nella sua zampa gigante, disse: "Cucinare, pulire *e* qualsiasi altra cosa possa servire a voi signore." A quel punto ero *io* ad arrossire. Dio, che conta balle che era!

I gruppi rock and roll inglesi stavano diventando popolari e io, nel tempo libero, mi ero esercitato con l'accento cockney ed ero diventato piuttosto bravo. Era il momento perfetto per provarlo.

"'Salve, miss," dissi senza problemi, "sono Roger." La ragazza urlò. "Oh mio Dio, sei inglese!"

"È vero, tesoro. Vengo da Liverpool. Sono qui per un programma di scambio con l'estero."

"Oh Dio, davvero? LIVERPOOL?" E gridò ancora più forte iniziando a saltellare su e giù come se dovesse andare in bagno. Mi piacque molto.

"Calma, tesoro. Non eccitiamoci *troppo*, cosa? È solo un posto."

"Solo un posto," disse. "Stai scherzando? Tu vieni dall'INGHILTERRA!"

Le misi un braccio intorno alla spalla sussurrandole in un orecchio: "Beh, non diciamolo al mondo intero. Ok, tesoro?" Lei sgranò gli occhi e sussurrò: "Mi dispiace, ma non ho mai incontrato nessuno dall'Inghilterra." Nemmeno io, ma non lasciavo che la realtà si intromettesse nella finzione.

"Allora, come ti chiami, tesoro?"

"Sally," rispose lei. "Sally Simmons."

Era originaria di Mount Holyoke, Massachusetts. Era anche una matricola della Temple University, laureata in storia. "Sentite, ragazzi," disse Sally, "spero che non vi dispiaccia dormire sul pavimento." Scusandosi ulteriormente, aggiunse: "Abbiamo sei ragazze e un paio di altri ragazzi che stanno con noi, quindi è un po' affollato."

Un grande affare! Il prezzo era giusto, di cosa potevo lamentarmi?

"Ascolta, tesoro. Dov'è esattamente il tuo appartamento?"

Sally ridacchiò e si coprì la bocca alla parola 'appartamento' detta alla maniera britannica. "Oh, non te l'ho detto? Abbiamo un piccolo bungalow tutto per noi, a un paio di isolati da qui. Proprio di fronte alla spiaggia."

"Beh, è fantastico, tesoro."

Raccogliemmo le nostre cose e seguimmo da vicino Sally mentre arrancava sulla sabbia verso il bungalow. Il sole di mezzogiorno era davvero cocente e, quando arrivammo all'affollato cottage, perle di sudore decoravano il mio finto labbro superiore inglese, che era tutt'altro che rigido. Spingemmo la porta d'ingresso e ci inoltrammo coraggiosamente nel bungalow affollato. Corpi e coperte coprivano il pavimento, disseminato di zaini, valigie e indumenti vari. Presi il braccio di Sally e la guidai delicatamente verso un angolo vuoto.

"Senti, tesoro," dissi, "è *davvero* fantastico, e Trent e io apprezziamo *molto* che tu ci faccia restare. Ma ho la schiena molto malandata a causa di un incidente in montagna, e devo solo dormire su un letto." (Lo stavo davvero dicendo senza vergogna). "Non mi dispiace se non lo fai, e prometto di comportarmi bene e tutto il resto. Che ne dici, tesoro? Affare fatto?"

"Beh," disse Sally, "io . . . ehm . . . cavolo, non so . . ."

"Parola d'onore, tesoro. Non ti farò una piega. Nessuna bugia."

Sally si stava visibilmente indebolendo, così insistetti sul vantaggio. "Sulla vita di mia madre," promisi. "Prometto, croce sul cuore." avrei dovuto vergognarmi di me stesso, ma non lo feci.

"Beh, credo che se mi prometti . . ."

"Oh, te lo assicuro, tesoro."

"Allora credo che vada bene. Ma, se si tratta di cose strane, io . . ."

"Cosa farai, tesoro? Chiamerai la mamma?" Risi e le strinsi il braccio. "Te lo prometto, tesoro, non te ne pentirai. Sarò quasi invisibile."

"Meglio per te."

"Non solo," dissi. "Ci daremo anche una mano. Io sono un ottimo cuoco e Trent è pulitissimo. Vero, Trent?" Trent sgranò gli occhi. "Oh, sì," disse, "sono una vera regina di Hoover."

I primi giorni li trascorremmo come una coppia sposata. Io mi sdraiavo sul mio lato del lettino e Sally si teneva il più lontano possibile, aggrappandosi al bordo del materasso sul suo lato. Trent passava le sue notti in un sacco a pelo, insieme agli altri corpi che si contorcevano sul pavimento del soggiorno. Facendo finta di dormire, ogni notte mi giravo e rigiravo stancamente, e di tanto in tanto mi sentivo addosso una sensazione da quattro soldi in preda a un finto incubo. Anche Trent aveva la sua parte di rogne, rigirandosi tra le studentesse che dormivano accanto a lui nell'altra stanza.

Avevo un budget limitato, così, dopo aver esaurito le provviste che Henry aveva acquistato per noi, iniziai un rituale che continuai a seguire per il resto del mio soggiorno in Florida. Ogni mattina, non appena il locale Blimpy apriva le porte, compravo un panino submarino lungo 30 centimetri, lo dividevo a metà, ne mangiavo una parte per colazione e l'altra la conservavo per il pranzo. La cena era un gioco da ragazzi. In qualità di 'chef' designato, preparavo tutto il cibo che Sally e le sue amiche avevano acquistato quel giorno, giustificando i miei insuccessi culinari come piatti 'tipicamente britannici' e accettando modestamente il merito per qualsiasi piatto risultasse commestibile. Naturalmente, tutti i fondi che rimanevano dopo il mio rituale quotidiano dei panini, li spendevo in . . . cos'altro se non birra? Non si trattava esattamente di una gestione del budget come l'avrebbero approvata i miei genitori, ma per me funzionava!

Durante il giorno, ci accontentavamo di stare sdraiati senza far nulla sulla spiaggia costellata di palme, a prendere i raggi e a sguazzare di tanto in tanto nelle tiepide acque dell'Oceano Atlantico meridionale. L'osservazione delle ragazze occupava il resto del nostro tempo, ma dovevo stare attento a non esagerare, soprattutto alla luce del mio rapporto precario con la mia padrona di casa e compagna di notte, 'Sally, tesoro'. Nel tardo pomeriggio ci ritrovammo a sorseggiare birra nella Elbow Room.

Al terzo giorno, Sally si era sciolta un po', al punto da piantarmi baci sciatti sulla guancia tra un boccale di birra e l'altro. La logica diceva che era solo questione di tempo prima che avessi la possibilità di fare centro; l'ostacolo più grande sarebbe stato come farlo. Ma, che diamine, potevo sempre improvvisare, no?

Quel pomeriggio uscimmo barcollando dall'affollato bar, ognuno di noi più che 'sotto tono'. Trovammo un negozio di liquori e comprammo un quarto di quello che era diventato il veleno preferito di Sally, il bourbon, la marca più economica che riuscimmo a trovare. Dopotutto, data la nostra mancanza di finanze, si trattava di quantità, non di qualità. Aggiungemmo delle patatine e mezzo litro di cola e tornammo al bungalow. Le bevande che intendevamo mescolare e consumare erano intrugli che Sally aveva battezzato 'Bourbon Flats'. Il procedimento era piuttosto semplice. Prendete un litro e mezzo di RC Cola (nessun'altra marca sarebbe stata sufficiente), fatelo raffreddare completamente e poi versate un terzo del suo contenuto. Sostituite immediatamente la cola mancante con una quantità equivalente di bourbon, agitare la miscela per tutto il tempo necessario a eliminare la frizzantezza, lasciandola 'piatta', da cui il nome "Bourbon Flat", e versatela in tazze da caffè di grandi dimensioni. Non restava che bere.

Tornati al cottage, eseguimmo rapidamente il rituale richiesto per mescolare i cocktail e ci imbarcammo nel compito di consumarne il più possibile nel minor tempo possibile. In breve tempo, entrambi non sentivamo più dolore. Per tutta la durata del mio soggiorno, la sfida più difficile per me fu quella di rimanere nel personaggio di un inglese. Non solo avevo scelto di usare un accento cockney, cosa non facile, ma avevo anche optato per lo pseudonimo di 'Roger'. Prima o dopo avrei pagato a caro prezzo entrambi gli inganni. Ma, per il momento, tutto andava bene nel mio mondo di finzione.

Verso le nove e mezza di sera, Sally e io ci ritrovammo da soli nel bungalow, accoccolati sul divano. Tutti gli altri erano in giro per i bar o, immaginavo, ad amoreggiare sulla spiaggia. Quella era la mia grande occasione.

"Sally, tesoro," dissi.

"Eh?" disse Sally.

"Beh, tesoro, si tratta del nostro piccolo accordo." Esitai per ottenere l'effetto desiderato, poi mi tuffai a testa bassa nella mia proposta, immerso in un mare di stronzate. "È stato terribilmente difficile per me stesso e tutto il resto, dormire con te e non . . . beh, sai cosa intendo, non . . ."

"Senti, Roger. Non ho promesso *io* di comportarmi bene, ma *tu*!"

È vero, e sta diventando difficile controllare il mio . . . *cosa?!*"

"Ho detto che l'*hai* promesso *tu*, *non* io. Quindi, se stai avendo dei ripensamenti sul nostro accordo, forse dovremmo . . ."

"Forse dovremmo *cosa*?"

"Beh, forse dovremmo . . . .." La voce di Sally si interruppe e rimase in silenzio a fissare il vuoto.

Interpretai la sua esitazione come una specie di segnale e decisi di, come si suol dire, 'cogliere l'attimo'. In realtà, lo afferrai e lo tenni stretto per tutta la vita. Mi avvicinai a Sally, le misi un braccio intorno alla spalla e le sussurrai piano all'orecchio: "Sally, tesoro, ho promesso di *comportarmi bene,* non di *sparire.* Per l'amor di Dio, tesoro, sono solo un essere umano."

Sally si afflosciò contro di me, protestando debolmente: "Roger, *ti prego. Sai* cosa succederà se solo *pensiamo* di fare qualcosa." Oh, *lo sapevo* benissimo. Non avevo mai smesso di pensare di fare *qualcosa da* quando ci eravamo conosciuti.

"Sciocchezze!" dissi, fingendo indignazione. "Mi dispiace, ma sono stato a dir poco un santo. Sono stato un perfetto gentiluomo e tu non hai motivo di . . . ."

"Shhhhhh," disse Sally, mettendomi un dito sulle labbra. "So che sei stato bravo, Roger. Sono *io* che dovrei essere dispiaciuta. Sono io che ho fatto il dispetto."

E con quello, Sally mi guardò negli occhi e, prima che potessi fermarla, non che ci avrei provato, mi tirò a sé e mi baciò sulla guancia. Con riflessi fulminei, la tirai più vicino, circondandola tra le mie braccia e premendo le mie labbra sulle sue in un bacio profondo e appassionato. Afferra, tesoro, afferra! Sally lottò brevemente e senza convinzione, poi non solo si arrese, ma addirittura contrattaccò! Premette le sue labbra contro le mie con tanta forza che i nostri denti si unirono con un suono stridente. Ricambiai i suoi sforzi, non sapendo bene dove si andasse a parare, ma più che desideroso di scoprirlo.

A quanto pareva, Sally sapeva *esattamente* dove stava andando, perché mi prese silenziosamente per mano e mi condusse lungo lo stretto corridoio fino alla camera da letto, chiudendo la porta dietro di noi. Rimasi lì, rigidamente, accanto al letto, sapendo cosa avrei dovuto fare, ma terrorizzato allo stesso modo dal fatto che il mio bluff sarebbe stato scoperto. Una parte di me voleva gridare: "Va bene! Finalmente scoperò!" Ma un'altra parte di me continuava a ricordarmi che non sapevo cosa diavolo stavo facendo e che forse, dopo tutto, non era una buona idea. Non importava. Con calma e innocenza, Sally iniziò a spogliarsi. Per prima cosa, fece scivolare la camicetta sopra la testa, lasciando la parte superiore del corpo esposta, con il solo reggiseno al suo posto. Piegò con cura l'indumento e lo posò sulla parte superiore del comò. Poi aprì la cerniera dei jeans, li lasciò cadere a terra e ne uscì, tutto con un unico movimento. Anche questi li piegò, mettendoli sopra la camicetta. La guardai incredulo. Le nostre precedenti serate insieme avevano comportato un rituale che non si discostava troppo da un romanzo rosa degli anni Trenta. Lei si spogliava con la porta chiusa, mentre io aspettavo pazientemente fuori dalla stanza. Poi, quando era al sicuro sotto le coperte, spegneva la luce e io entravo nella stanza per spogliarmi al buio. Ora ero lì, con le luci accese, a guardare mentre si toglieva i vestiti, con la bocca aperta per lo stupore.

"Beh, non stare lì impalato, Roger," disse Sally. "Non mi spoglierò solo perché tu possa guardare."

Ero paralizzato, congelato sul posto come un manichino, o più precisamente come un tonto, che è esattamente quello che Sally deve aver pensato di me. Ridacchiò e cominciò a tirarmi la camicia sopra la testa. Con mani esperte, riuscì presto a liberarmi non solo della camicia, ma in breve tempo anche dei sandali. Poi, all'improvviso, prese la mia cintura. *Aiuto!* Le afferrai la mano, troppo terrorizzato per parlare. Lei tolse la mano e io mi accasciai sul letto accanto a lei, coprendomi il viso con le mani.

"Roger, cosa c'è che non va?" chiese.

Scrollai le spalle.

"Sto andando troppo veloce?"

Scossi violentemente la testa avanti e indietro.

"Allora, cosa c'è che non va? Non capisco . . ."

"Siamo in due, tesoro."

"*Cosa* non capisci?"

"Niente! *Tutto!* Oh, diavolo, non lo so."

"Oh, Roger, va tutto bene. Non dobbiamo *fare* nulla. Possiamo solo divertirci un po', tutto qui. Sai, solo un po' di contatto. Non faremo nulla di più. Te lo prometto."

Quello sì che era uno scambio. La situazione stava diventando decisamente imbarazzante. In tutta quella confusione, Sally era riuscita in qualche modo a togliersi il reggiseno e ora era seduta accanto a me sul letto con indosso solo le mutandine del bikini. Io indossavo ancora i miei jeans, naturalmente, e in quel momento la disparità del nostro stato di svestizione cominciò a mettere più che a disagio entrambi, soprattutto Sally. Reagendo per prima, si coprì i seni con le braccia e indietreggiò contro la testiera del letto. La mia reazione fu esattamente l'opposto: mi alzai immediatamente e mi tolsi i jeans, calciandoli in un angolo della stanza con una risata. Che diamine, pensai, "Paese che vai . . ." Sally sorrise in segno di apprezzamento, visibilmente sollevata, e si spostò accanto a me mentre mi sedevo di nuovo sul suo lato del letto. Mi prese la mano e la appoggiò delicatamente su uno dei suoi seni. Ora sì che ci voleva! Mi girai verso di lei, chiusi gli occhi e attesi con ansia che le sue labbra sfiorassero le mie. Niente. Aprii gli occhi giusto in tempo per vederla prendere l'interruttore della luce e poi . . . tombola! Si scatenò l'inferno. Una cosa tira l'altra e presto ci trovammo alle prese come lottatori di Sumo in una pozzanghera di fango. Credo di essermi lasciato trasportare, perché subito dopo mi ero tolto le mutande e stavo strattonando la fragile controparte in bikini di Sally.

"Ehi, aspetta un attimo!" gridò.

"Sì, certo," risposi, un po' sarcasticamente. Continuai a tirare e alla fine riuscii a farle scivolare le mutandine garzate lungo i fianchi e oltre le gambe che si contorcevano.

"ROGER!" gridò, con la voce che si tingeva di una traccia di paura.

"Oh, andiamo, tesoro. Sto solo . . ."

SLAP!

Sally mi aveva dato uno schiaffo così forte che mi sanguinava il labbro e mi ronzava la testa. L'orecchio destro era caldo e pulsante e ogni mia idea di fare *qualcosa* era stata efficacemente smorzata.

"Sally, io . . ."

"Oh, stai zitto, Roger," sussurrò dolcemente.

"Non volevo . . ."

"Rog-ger!" ripeté, "*non è* colpa tua. Finisce *sempre* così. Non vedi? Porto qualcuno proprio dove voglio, e poi faccio quello che faccio *sempre*: me la faccio sotto!"

"Vuoi dire che non hai mai . . ."

"Sì, è vero. Non l'ho mai fatto prima. Sono vergine. È una cosa importante. La metà delle ragazze che conosco si comportano come se fossero le più grandi troie del mondo, e nemmeno *loro l'hanno* mai fatto. Quindi, fammi causa!"

Ero sbalordito. Forse avrei dovuto confessare la mia inesperienza, pensai. Ma, dovrei? O, più precisamente, potevo? Dovevo decidere, e in fretta! La scelta era facile.

"Senti, tesoro," esordii, "va tutto bene, davvero. Lo capisco perfettamente. Voglio dire, dev'essere dura, essere una giovane innocente. Cristo, mi ricordo quando ero ancora vergine."

"Ah, sì?" esclamò Sally, "beh, alcuni di noi non sono così fortunati!" Era ferita e arrabbiata. In silenzio, iniziò a piangere. Mi sentivo malissimo e all'improvviso non avevo più parole. Rovistando nel buio sul pavimento, riuscii a trovare i miei pantaloncini e li indossai rapidamente. Mi avvicinai all'interruttore della luce e poi mi fermai, ricordando che Sally era ancora nuda.

"Ecco, tesoro," le dissi, "mettiti questi." Avevo raccolto i suoi vestiti dal pavimento e glieli avevo consegnati in un mucchio. "Sarò in salotto."

Uscii in punta di piedi dalla camera da letto, con i vestiti in mano, e chiusi silenziosamente la porta dietro di me, senza osare voltarmi indietro. Mi sedetti sul divano fatiscente e cominciai a vestirmi, cercando una linea d'azione. Se avessi lasciato perdere il pretesto e le avessi detto che non ero inglese, probabilmente l'avrei fatta soffrire. A peggiorare le cose, probabilmente avrebbe buttato fuori me e Trent, lasciandoci nel proverbiale torrente senza letto. No, non potevo assolutamente mettere a nudo la mia anima, per quanto lo volessi, almeno non ora. Quello mi lasciava solo una scelta.

Dovevo continuare la farsa, anche solo per autoconservazione.

In camera da letto c'era un silenzio assoluto e mi stavo preoccupando.

"Sally, tesoro," chiesi attraverso la porta chiusa, "esci?"

"Tra un minuto, Roger," rispose lei. La sua voce era appena un sussurro.

Camminai avanti e indietro fuori dalla camera da letto, finché alla fine Sally apparve sulla soglia. Striature nere di mascara le ricoprivano le guance e gli occhi erano rossi e gonfi per il pianto. Tirò su con il naso dolcemente ed evitò i miei occhi, che ormai erano diventati anch'essi un po' umidi.

"Potremmo fare una piccola passeggiata, per favore?" chiese.

"Certo, tesoro," risposi, e le avvolsi teneramente il braccio intorno alla spalla, guidandola verso la porta d'ingresso del bungalow. Passando davanti al divano, recuperai una coperta e la infilai sotto il braccio libero. La luna era poco meno che piena e il suo riflesso sull'acqua era mozzafiato. Insieme, camminammo lungo il bordo dell'oceano, senza osare parlare. Piccole onde spumeggianti schiaffeggiavano i nostri piedi nudi e il caldo umido ci dava conforto.

"Sai," disse Sally, "immagino che tu pensi che io sia un vero idiota, ma . . ."

"Ehi, ehi, non entriamo di nuovo nel merito della questione, ok? Sei stato fantastico, tesoro, davvero. E dopo tutto, abbiamo promesso di comportarci bene, no?"

"Ma questa è la parte peggiore. Non capisci? *Non ho mai avuto* intenzione di mantenere la mia promessa. Speravo che tu ci provassi e che io protestassi quel tanto che basta . . . e poi, beh, l'*avremmo* fatto."

Fu una follia. Eravamo lì, entrambi vergini, cercando di fare del nostro meglio per non esserlo più, eppure entrambi spaventati a morte dall'idea di andare fino in fondo. Se non fossi stata attento, avrei potuto *davvero* imbattermi in un'altra persona. Faticai a mantenere il mio equilibrio emotivo.

"Senti, Sally. Niente di personale, ma non esiste che io sia *quello giusto*. Sai . . . quel ragazzo che . . . beh, non c'è alcuna possibilità. Voglio dire, ti conosco a malapena e tu non mi conosci affatto." Cavolo . . . a proposito di confusione. Ero qlì, praticamente *invitato*, e tutto quello che potevo fare era rifiutare per motivi morali, nientemeno. Che ipocrita! Mi allontanai da lei e scesi sulla sabbia, stendendo con cura la coperta e sedendomi. Accarezzando un posto accanto a me, feci cenno a Sally di sedersi anche lei. Esitò un attimo, poi si accasciò su di me in modo rigido. La tirai vicino e la strinsi saldamente, protettivamente, tra le mie braccia. Lei sembrò percepire la mia emozione e rispose appoggiando la testa sulla mia spalla.

Guardando il suo viso così sereno, con gli occhi chiusi, fiducioso e infantile, mi commossi oltre ogni dire. Molto lentamente, piegai il viso verso il suo e la baciai dolcemente sulle labbra. Lei sospirò e ricambiò il bacio, prima dolcemente, poi con maggiore intensità. Ben presto fummo stretti in un abbraccio febbrile, senza esclusione di colpi, e la testa mi girava. Ci abbassammo gradualmente fino a quando non fummo sdraiati fianco a fianco sulla coperta. Oh, cavolo, pensai, ci risiamo. Smisi di baciarla e mi alzai per prendere un respiro disperato. Sally mi raggiunse, riacquistando la sua compostezza. Rimanemmo seduti in silenzio, fissando la luna dall'altra parte dell'acqua scintillante, che ormai era così grande che sembrava dominare il cielo notturno con la sua presenza gialla e luminosa.

"Roger?" sussurrò Sally.

"Eh?"

"Penso che tu sia il ragazzo più dolce che abbia mai conosciuto."

Sì, giusto. Roger lo stupratore. Un ragazzo davvero dolce!

"Sì," sospirai. "Anche tu, tesoro."

Rimanemmo a guardare la luna e le stelle mentre la cullavo tra le mie braccia finché, finalmente, la sua testa si abbassò e percepii il respiro regolare e ritmico che indicava che si stava addormentando. Confortato dalla consapevolezza che, dopotutto, tutto sarebbe andato bene, abbassai con cura la sua forma addormentata sulla coperta e mi unii a lei, accoccolando il mio corpo contro il suo fino a quando, misericordiosamente, anch'io mi addormentai.

32

"Mi dispiace, Dave, ha solo una Volkswagen."

Ci svegliammo al suono di una ruspa da spiaggia che ronzava rumorosamente davanti alle nostre orecchie. L'uomo dall'aspetto ispanico che manovrava la macchina ci fece un occhiolino sornione e continuò per la sua strada. Un po' imbarazzate, Sally e io ci sforzammo goffamente di piegare la coperta e ci affrettammo a lasciare la spiaggia, ridacchiando fino al cottage. Il piccolo bungalow era pieno di attività, con persone che si affannavano avanti e indietro, chi facendo le valigie e chi preparandosi per andare in spiaggia. Ci infilammo senza farci notare tra la folla di corpi abbronzati ed entrammo nella camera da letto di Sally. A turno ci cospargemmo il corpo di lozione alla calamina per lenire i morsi che le pulci del letto ci avevano inflitto mentre dormivamo sulla sabbia.

Trent si era messo con una biondina carina dell'Università del Kentucky e stava andando a Lexington proprio quel pomeriggio. Tirandomi da parte, mi sussurrò all'orecchio: "Mi dispiace, Dave, ha solo una Volkswagen," come se quello spiegasse tutto e mettesse a posto le cose.

"Oh, fantastico," risposi. "Allora, come diavolo faccio a tornare al college?"

"Non preoccuparti, amico, ho visto un cartello alla lavanderia a gettoni. C'è un'azienda che cerca autisti per consegnare auto. Forse ne hanno una che va verso Berea."

"Oh, davvero?"

"Sì. Non c'è da preoccuparsi. E puoi sempre fare l'autostop, no?"

"Sì, certo."

Dopo aver spiegato a Sally la mia situazione, mi affrettai ad andare al Soap 'n' Suds e a scrutare le pareti alla ricerca dell'insegna di cui mi aveva parlato Trent. C'erano annunci di servizi per appuntamenti, manifesti che annunciavano concerti imminenti, cartelli di richiesta di aiuto e infine, vicino alle asciugatrici, c'era un piccolo pezzo di cartone blu, tenuto fermo da una graffetta attaccata a una puntina. Staccai il cartello dal muro e lo lessi. C'era scritto:

"TRASPORTI USA
Gli autisti vi consegnano auto di ultimo modello a tutte le principali città. Voi pagate la benzina, noi forniamo l'auto. È richiesta una patente di guida valida. Tutte le auto sono completamente assicurate
CHIAMARE: 777-USA1"

Passai accanto a diverse donne anziane che facevano il bucato e mi catapultai nella cabina telefonica situata sul retro dell'edificio. Dopo alcuni minuti e molte chiacchiere veloci, avevo 'prenotato' il mio passaggio a casa su una nuovissima Oldsmobile Luxury Sedan del 1966. La destinazione era la casa di una coppia di anziani a

Elizabethtown, nel Kentucky, dove ha sede anche una famosa distilleria di bourbon di cui mi sfugge il nome.

La 'E-Town', come la chiamavano quelli che la conoscevano bene, distava circa centotrenta chilometri da Lexington, che distava altri quaranta dal campus, per cui sarei stato costretto a fare l'autostop. Oh, beh, era così che ero arrivato lì, pensai. Non è un problema.

Guardai l'orologio e vidi che erano quasi le dieci del mattino. Non c'era tempo da perdere, perché avrei dovuto ritirare l'auto a mezzogiorno. Mi precipitai al bungalow e informai Trent della mia fortuna. Sembrava sinceramente contento e si scusò di nuovo per non avere posto nella VW. Naturalmente Sally non era entusiasta della notizia, perché significava che ci saremmo separati quasi subito. Ciononostante, ci scambiammo gli indirizzi, il mio era fittizio, insieme al mio nome, ovviamente, e io feci rapidamente i bagagli e fui subito pronto a partire.

Mani sui fianchi, Sally bloccava la porta d'ingresso, con uno sguardo duro sul volto. Quando mi avvicinai e cercai di passare, lei improvvisamente allungò le braccia intorno al mio collo, tirandomi a sé. Le sue guance erano bagnate di lacrime e si aggrappò disperatamente a me per circa mezzo minuto. Poi, con un respiro profondo e un sospiro, si ricompose, asciugandosi le lacrime dagli occhi mentre parlava.

"Sai, Roger, alla fine ho capito che c'era qualcosa di sbagliato in te. Mi ci è voluto un po', perché . . ."

Cominciai a protestare, ma lei mi fermò con un dito sulle labbra.

"Non riuscivo a capire bene cosa fosse," proseguì. "Ma sapevo che c'era qualcosa di strano."

Cercai nella mia memoria tutti gli errori che avrei potuto commettere, ma non mi venne in mente nulla.

"So di aver sentito Trent chiamarti 'Dave' un paio di volte, ma ho pensato che fosse solo un soprannome o qualcosa del genere. Così ho dimenticato tutto, fino a ieri sera. È stato allora che ho capito."

"Capito cosa?" Chiesi, stupefatto. "Che cosa ho fatto, tesoro?"

"Ti sei ubriacato, sciocco. Ecco cosa."

"E?"

"E a volte avevi un accento inglese, e a volte no. Una volta, per metterti alla prova, ti ho persino chiamato Dave e tu hai risposto senza accorgertene."

"Io? Cioè, l'ho *fatto*?" Ormai tutti i miei sforzi per sembrare inglese erano andati a vuoto. Ero spacciato.

"Sì," rispose Sally, con un sorriso sulle labbra.

"Beh, se eri così intelligente, perché non hai detto nulla? Perché non mi hai fermato? O mi hai buttato fuori?" Non riuscivo a credere che lo sapesse davvero.

Sally arrossì per l'imbarazzo. "Beh, credo di aver pensato che fosse carino," spiegò. "Adoro gli accenti inglesi e, inoltre, non c'era nulla di male. Comunque, sei stato *tu,* e non solo il tuo stupido *accento*, a eccitarmi davvero. Inoltre, sei stato davvero molto gentile. Ed eri così adorabile che non volevo far scoppiare la tua bolla di sapone."

Abbassai gli occhi per la vergogna e fissai il suolo. Accidenti, come mi sentivo stupido. "Allora non sei arrabbiata?"

"No, sciocco, non sono arrabbiata."

"Allora credo sia meglio che ti dia il mio *vero* nome e indirizzo, o le tue lettere non mi arriveranno mai . . ."

"E non vorremmo che *ciò* accadesse, vero?" rispose Sally.

"Certo che no!" risposi.

Sally si mise a ridere e io rimasi perplesso dalla sua reazione.

"Cosa c'è di così divertente?" chiesi.

Lei fece uno strano sorrisetto, poi rispose: "Oh, niente. Lo scoprirai." Scrollai le spalle e mi chiesi cosa volesse dire con la sua osservazione. "Sì," aggiunse, "lo scoprirai." Le diedi un rapido bacio sulla guancia. Poi, senza nemmeno voltarmi, spalancai la zanzariera di legno e uscii nel sole di mezzogiorno.

Dopo aver firmato tutti i documenti necessari per la Transport USA, mi furono consegnate le chiavi della 'mia' auto. Il responsabile era un uomo fumatore di sigari sulla sessantina che mi salutò frettolosamente, ma non prima di avermi augurato un insincero "Buona fortuna, ragazzo!" L'auto era tutto quello che speravo e anche di più. Era fantastica: cambio automatico, alzacristalli elettrici, serrature elettriche, servosterzo e freni elettrici, *tutto quanto!* Aveva persino una radio AM/FM a pulsante. Ma tra tutte le caratteristiche di quella bellissima 'macchina delle meraviglie' di Detroit, di colore verde metallizzato, nessuna mi affascinava di più dell'innocente strumento attaccato all'indicatore di direzione, con la scritta 'cruise control'.

Se quello che avevo letto era vero, il cruise control era quel meraviglioso dispositivo che permetteva a chi lo utilizzava di scivolare lungo l'autostrada senza l'ausilio dell'acceleratore. Con l'aggeggio regolato a una modesta velocità di un centinaio di chilometri orari, volavo sulla strada. Naturalmente, poiché non ne avevo 'bisogno', tenevo i piedi comodamente sotto di me sul fresco sedile in pelle. La radio di lusso, con gli altoparlanti anteriori e posteriori che suonavano ugualmente ad alto volume, mi forniva un accompagnamento musicale costante, e io fischiavo e cantavo ad alta voce per quanto valevo.

Tutto andò bene per buona parte del pomeriggio. Rinfrescato dall'aria condizionata regolabile, percorsi l'autostrada senza preoccuparmi di nulla. I cartelli che annunciavano città dai nomi improbabili di Kissimmee, Apopka e Alachua passavano davanti al mio finestrino senza suscitare in me più di uno sguardo curioso. Alle cinque la mia fame non poteva più essere contenuta e mi fermai a un chiosco per un hamburger, patatine e un frullato. Grande errore! Il pasto consumato in fretta ebbe un duplice effetto. Soddisfò il mio appetito iperattivo e fornì al mio corpo il nutrimento di cui aveva bisogno. Ma, cosa ancora più significativa, allontanò contemporaneamente il prezioso ossigeno dal mio cervello per portarlo allo stomaco, dove era destinato ad aiutare la digestione del contenuto di quell'organo grottescamente gonfio. In quel modo, il mio cervello doveva cavarsela da solo. Non c'era gara.

Privato della sua scorta di carburante e senza nulla che lo occupasse, grazie anche a quella 'meraviglia delle meraviglie' che è il cruise control, il centro di comando del mio corpo si trovò presto cullato in uno stato di cruise control. In breve, mi addormentai al volante. Ero un vero e proprio missile *senza guida*, diretto in autostrada con il pilota automatico. C-R-U-N-C-H si sentì la ghiaia, mentre i grossi pneumatici dell'Oldsmobile sbandavano in modo impreciso fuori dall'asfalto e andavano a finire sul ciglio della strada. Mi svegliai di soprassalto e istintivamente diedi una scrollata al volante verso sinistra, riportando bruscamente l'auto sulla strada e attraversando la riga di mezzeria. Per fortuna non c'erano auto che venivano in direzione opposta. Dopo una breve lotta, ripresi il controllo della Olds e rallentai fino a fermarmi sul lato destro dell'autostrada. Era buio pesto. Il mio cuore batteva all'impazzata e mi sembrava che il mio petto stesse per esplodere. La mia immaginazione iperattiva proiettava immagini di me e della nuova berlina avvolti senza tanti complimenti intorno a un albero, e rabbrividii al pensiero spiacevole di ciò che sarebbe potuto accadere.

Nel corso dei successivi chilometri, la stessa scena si ripeté almeno una mezza dozzina di volte o più, alla faccia della mia curva di apprendimento. Ogni volta raccoglievo la mia determinazione, giuravo di non permettere che accadesse di nuovo e ogni volta mi ritrovavo a tremare, sul ciglio della strada, ringraziando Dio per avermi salvato la vita. Riflettendoci, sono *assolutamente* certo che *solo* l'intervento di una presenza divina potrebbe spiegare come riuscii a evitare il disastro. "Si muove per vie misteriose," avrebbe detto mia madre.

L'ultima volta che finì fuori di strada, erano circa le tre del mattino e alla fine cedetti e mi fermai in un'area di sosta, dove dormii, sfinito, fino all'alba. Arrivai a Elizabethtown verso le undici e mi fermai a una stazione di servizio per chiamare i miei clienti, Bob e Wanda

353

Johnson, per avere indicazioni sulla loro casa. Avevano settant'anni e trascorrevano l'inverno a Deerfield Beach, un sobborgo di Fort Lauderdale. Di solito andavano e tornavano con l'auto nuova che acquistavano ogni autunno. "Bob passa sempre all'ultimo modello," disse la signora Johnson. Tuttavia, quell'anno i pensionati del Kentucky stavano iniziando a sentire il vero inizio della vecchiaia, come dimostrava il loro utilizzo dei miei servizi.

Quando arrivai al loro piccolo cottage postbellico di Cape Cod, fui accolto come un figliol prodigo perduto da tempo e per un istante pensai seriamente di non andare oltre, tanto era travolgente la mia accoglienza. L'anziana coppia battista non aveva figli propri. "Per qualsiasi motivo, Dio ha scelto di non benedirci con un figlio," spiegò la signora Johnson. Quello spiegava, in parte, la loro eccessiva ospitalità. Bob era un venditore ambulante in pensione che aveva ottenuto un modesto successo piazzando dadi e bulloni in innumerevoli negozi di ferramenta in tutto il Sud-Est. Wanda, invece, si era accontentata di mantenere la residenza della famiglia, occupando le giornate con le faccende domestiche e leggendo voracemente la notte per passare le ore di solitudine.

"Allora, come se l'è cavata?" chiese Bob. "Come un sogno?"

Cosa potevo dire? *Oh sì, è stato fantastico, tranne quando mi sono addormentato al volante.* Naturalmente feci un cenno di assenso.

Bob era alto circa un metro e ottanta, dall'aspetto atletico, con un taglio di capelli argenteo. Wanda poteva essere la sua gemella, con l'unica differenza della lunghezza dei capelli e dell'ampiezza del petto, che era notevole.

"*Devi* essere affamato," suggerì Wanda.

"Certo che lo è," confermò Bob.

"Ti preparo uno spuntino," disse Wanda. "Solo qualcosa che ti aiuti a recuperare le energie. Immagino che   tu   sia   esausto."

"Beh, sono un po' . . ."

"È stanco morto. Non è vero, figliolo?" disse Bob.

Ormai cominciavo a capire le regole, quindi rimasi in silenzio.

"Certo che lo sei," rispose Wanda. Io boccheggiai in silenzio divertito la mia stessa risposta.

Mezz'ora e un panino al tacchino dopo, scappai dai Johnson, portando con me un sacco di carta pieno di cibo. Bob mi infilò in tasca una banconota da venti dollari nuova di zecca, dicendo: "Solo per il disturbo. Tutto qui." Wanda mi diede un bacio sulla guancia, lasciandomi una macchia di rossetto profumato di violetta, che mi ripulii prontamente non appena uscii dalla vista della casa. Almeno non mi aveva fatto promettere di scrivere. Per fortuna la Bluegrass Parkway era a pochi isolati dalla casa dei Johnson e riuscii a percorrere la breve distanza in meno di dieci minuti. Non appena tirai fuori il pollice, ottenni un passaggio con un assistente sociale ben intenzionato in una sudicia Chevrolet del '54 con il parabrezza spaccato.

Per le due ore successive, ascoltai con attenzione l'autista che mi teneva una lezione ininterrotta sulle virtù del lavoro sociale, in particolare per quanto riguardava 'la gente di colore'. Non osavo menzionare il mio coinvolgimento con i miei amici neri al campus per paura che lui volesse 'essere coinvolto'.

Finalmente arrivammo a Lexington e Jim mi lasciò al terminal degli autobus Greyhound. Lo ringraziai per il passaggio e gli promisi di 'impegnarmi di più'. Non sapeva quanto fossi già *coinvolto*. Acquistai un biglietto per Berea e mi sdraiai su una delle tante panchine di legno, ormai scrostate, sparse per l'antico terminal. Il ritmo incalzante del viaggio mi aveva finalmente raggiunto e presto mi addormentai velocemente, con il biglietto al sicuro in tasca e la borsa sotto la testa.

"Ehi, ragazzo! Svegliati! Hai perso l'autobus!"

Aprii gli occhi e fui sorpreso di trovare una strana faccia nera che mi fissava. Un odore di vino stantio e di vomito ancora più stantio mi assalì le narici, provocandomi un conato. "Forza, figliolo. Muovi il culo o resterai qui fino a domani mattina. Questo è l'ultimo autobus della notte." Frugai in tasca e con sollievo trovai il biglietto e gli spiccioli intatti. Alzandomi di scatto, risposi: "Grazie, amico. Ehi, grazie mille!"

L'omino salutò con un cenno della mano e scomparve nell'oscurità. Presi la mia borsa e mi affrettai a uscire, giusto in tempo per salire sull'autobus, che si stava preparando a partire. Una volta seduto, reclinai lo schienale, strinsi forte il borsone in grembo e chiusi gli occhi. In pochi secondi mi ritrovai nel mondo dei sogni e mi svegliai solo quando il sibilo dei freni d'aria dell'autobus segnalò il nostro arrivo a Berea. Le tracce di un sogno bizzarro che coinvolgeva enormi figure di neri che inseguivano piccoli uomini bianchi con catene ai piedi si agitavano nella mia testa, svanendo rapidamente nell'oblio.

L'orologio sulla parete del terminal segnava la mezzanotte e mi meravigliai della rapidità con cui erano passati gli ultimi giorni. Sembrava tutto confuso e all'improvviso mi sentivo molto solo e avevo più di una nostalgia di casa. Mi avvicinai al vecchio telefono a gettoni appeso al muro e iniziai a chiamare un taxi. Poi accadde qualcosa di molto strano. Invece di chiamare un taxi, chiamai l'operatore e chiesi di fare una chiamata a carico del destinatario. Tamburellai il piede con impazienza, in attesa di una risposta. Finalmente al quarto squillo rispose una voce densa di sonno. Era papà.

"Sì, operatore, accetto la chiamata," disse.

"Papà? Sono io, Dave."

"Lo so. Ho accettato la chiamata, no?"

"Oh, sì."

"C'è qualcosa che non va? È terribilmente tardi."

"Oh, no," risposi. "Non è niente. Ho solo . . . beh, voglio dire . . . mi sei mancato, tutto qui. Non c'è niente che non vada, davvero."

"Dove sei?" chiese papà.

"Oh . . . siamo appena tornati dalla Florida. Sono a scuola."

"Allora, com'è andato il viaggio? Vi siete divertiti?"

"Oh, fantastico," dissi. "Ti racconterò tutto in una lettera."

"Bene, bene. Oh, ehi, vuoi che chiami tua madre?"

"Oh, no, no, va bene così. Lasciala dormire."

"Beh, a entrambi manchi molto," disse papà. "Soprattutto a tua madre. Lei è quella che sente di più la tua mancanza, lo sai."

Esitai, forse un po' troppo a lungo, prima di rispondere: "Sì, anch'io." Papà sembrò recepire il messaggio e ci fu una lunga pausa prima che parlasse di nuovo.

"Ok, ascolta. Devi essere stanco morto. Oh, e non dimenticare la lettera. Tua madre e io vogliamo sapere tutto del tuo viaggio, ok?"

"Sì, certo, papà. Non c'è da preoccuparsi. Ehi, è meglio che torni a letto."

Come di solito accadeva quando parlavamo al telefono, la conversazione stava diventando imbarazzante, ma nessuno dei due era disposto a dirsi addio. Fui il primo a rompere il silenzio.

"Ehi, questo deve costarvi una fortuna. Allora, credo che ci vedremo presto, eh? Mancano solo sei settimane, sai."

"Sì, sei settimane," disse papà. "Sarai qui prima che te ne accorga."

"Sì, prima che tu te ne accorga."

"Beh, credo che ti darò la buonanotte."

"Già. Oh, ehi, papà?"

"Sì."

"Oh, niente," risposi.

"Cosa?"

"Ti voglio bene, papà," dissi, la mia voce era appena un sussurro. "È tutto."

"Anch'io te ne voglio, Dave," rispose. "Buona notte."

"Buonanotte," risposi.   "Oh, ciao, e salutami la mamma, ok?"

"Lo farò," disse, e poi riagganciò.

Joe Perrone Jr.

33

"Certo che balli bene, per essere un ragazzo bianco!"

Tornai al campus di sabato sera. Trent tornò a casa solo il martedì. Quando arrivò il venerdì, tutto era tornato alla normalità, beh, quasi alla normalità, a meno che non foste neri e foste stati coinvolti nell'incidente di Pop's. A quanto pareva, le lettere che avevo scritto ai vari giornali dello Stato, tra cui *The Campus Crier*, erano state pubblicate e gli studenti e la maggior parte della popolazione si erano schierati in campi opposti, a favore o contro la mia posizione.

La maggior parte dei bifolchi locali considerò l'intero episodio come un altro esempio di 'quei negri arroganti che ficcano il naso dove non devono'. Gli intellettuali del campus vedevano le cose sotto una luce diversa, che ha messo in evidenza il significato dell'evento ben oltre quello che era. Invece di considerare l'incidente come un altro esempio di abuso da parte della polizia e di bigottismo, quei 'pensatori lungimiranti' scelsero di coglierlo come un'opportunità su misura per riparare a tutte le ingiustizie sociali che erano state perpetrate nei confronti della razza nera.

Le riunioni clandestine si tenevano nelle stanze dei dormitori dopo il tramonto. Tra gli studenti neri e i loro colleghi bianchi si diffusero petizioni anonime. Quelle sollecitavano un'indagine completa per scoprire i partecipanti colpevoli della polizia e i loro superiori.

Joe Perrone Jr.

Naturalmente, feci la mia parte inviando una vignetta al giornale del campus che raffigurava una studentessa bianca che teneva per mano uno studente nero. La didascalia recitava: 'Esposizione indecente? Mai!' Come mi aspettavo, il giornale progressista della scuola pubblicò immediatamente il disegno e io divenni subito una celebrità, almeno in alcuni ambienti.

Una sera, non molto tempo dopo l'apparizione della striscia, Ray Clary e io tornammo in camera mia dopo cena e trovammo un pezzo di carta gialla e rigata attaccato alla porta. A quel punto, il mio compagno di stanza (parente stretto di un noto politico segregazionista) se ne era andato, adducendo come *ragione d'essere* problemi di orario. Mentre mi trovavo davanti alla mia stanza con Ray al mio fianco, trattenni il respiro e lasciai correre la mia immaginazione, mentre dispiegavo il biglietto frettolosamente scarabocchiato. Il suo contenuto era molto peggiore di quanto potessi immaginare. Recitava: 'AMANTE DEI NEGRI VAI A CASA! O TI SUCCEDERÀ ALTRO!!!' Era firmato 'KKK'. Sotto le parole offensive, disegnata in quello che senza dubbio doveva sembrare sangue, c'era l'immagine di un teschio e di ossa incrociate. Un brivido freddo mi corse lungo la schiena. Allo stesso tempo, Ray deglutì con forza e strinse i pugni. Sentii il mio viso diventare rosso porpora e guardai Ray. Ero troppo imbarazzato per parlare.

Ray rimase in silenzio, guadagnando la sua compostezza, finché, finalmente sicuro che la sua voce non avrebbe smentito le sue emozioni, parlò. "So che *pensi di* capire cosa sta succedendo qui, ma amico . . ."

362

Esitò prima di continuare, facendo un respiro profondo ".
. . non *sai* quanto sia grave la situazione!"

Rimasi in silenzio e considerai l'affermazione di Ray.
Era vero. Dopo tutto quello che era stato detto e fatto, che
cosa sapevo *veramente* di cosa significasse essere una
persona di colore? Certo, ero cresciuto accanto a bambini
neri a Brooklyn. Ma quello non mi rendeva certo un
esperto dell'essere di colore. Le parole successive di Ray
mi colsero completamente di sorpresa. "Ehi, amico,
perché non vieni a casa con me questo fine settimana?"

Ero sbalordito. Ray mi aveva chiesto di andare a casa
con lui in diverse altre occasioni, ma ogni volta avevo
sempre un motivo legittimo per non poter andare. A quel
punto non c'erano più scuse e mi trovavo di fronte a un
vero dilemma. Se avessi detto di sì, avrei rischiato di
ricevere altre note sulla mia porta. Se avessi detto di no,
sarebbe sembrato che fossi un ipocrita, coinvolto nella
'lotta' solo per le apparenze.

"Un sacco di feste, amico," disse Ray, come se avesse
percepito la mia indecisione.

Questo è il momento. O si alza o si sta zitti.

"Certo," mi sentii dire. "Perché no? Sarà divertente."

"Ottimo!" rispose Ray. "La mia ultima lezione di
venerdì finisce verso le tre. Verrò a prenderti verso le
quattro. Va bene?"

Feci un cenno di assenso. Oh, cavolo, pensai, questo
dovrebbe essere buono per un intero barile di lettere
d'odio!

Il venerdì arrivò fin troppo presto e alle 16.15
eravamo già carichi e pronti a partire. Prima di partire,

Ray mi offrì un'ultima opportunità di tirarmi indietro. "Sei sicuro di volerlo fare?" mi chiese.

Avevo riflettuto a lungo su ciò che stavo per fare e risposi quasi subito. "Assolutamente sì! Andiamo, amico."

"Hai capito, fratello!" rispose Ray.

E così partimmo.

La casa di Ray si trovava a circa centoquaranta chilometri a ovest della scuola e vi arrivammo in poco meno di due ore. Attraversammo la zona bianca di Mount Zion, con le sue belle case ben tenute separate da staccionate bianche, e poi entrammo nel piccolo quartiere commerciale. C'erano una mezza dozzina di edifici in mattoni rossi, ognuno con un'insegna ben dipinta sulla facciata. Infine, attraversammo un ponte di metallo verniciato d'argento che attraversava un fiume poco profondo e fangoso. Lo stretto corso d'acqua non divideva la città solo geograficamente, ma anche razzialmente.

Il contrasto era davvero notevole. Mentre la parte bianca della città era verde e viva con l'inizio della primavera, la parte nera di quel piccolo borgo sembrava impantanata nei toni grigi e marroni dell'inverno. Era come se le acque del fiume nutrissero una parte della città a spese dell'altra. Naturalmente, i residenti bianchi potevano permettersi la cura del prato e i fertilizzanti che i cittadini neri non potevano permettersi, e quello, per la maggior parte, spiegava gli elevati livelli di clorofilla. Ma c'era un'altra differenza, forse immaginata da me, forse no. Sembrava che i neri che incrociavamo per strada non fossero vestiti altrettanto bene dei bianchi. Soprattutto, sembravano avere una sorta di letargia. Le loro spalle apparivano più ingobbite e i loro volti cupi, quasi tristi.

"Bene, eccoci qua!" annunciò Ray.

Sbattei le palpebre e mi guardai intorno.

Era incredibile. Per un attimo pensai che si fosse sbagliato. Sicuramente quella casa apparteneva a una famiglia *bianca*. Una staccionata bianca appena dipinta separava la struttura a due piani dai suoi vicini. Gerani arancioni e brillanti traboccavano da fioriere immacolate sotto ogni finestra del primo piano. Le tende a frange pendevano come palpebre cadenti in ogni apertura del piano superiore. Come Ray stesso, quella casa irradiava ottimismo, rifiutandosi di soccombere al pallido ambiente circostante.

Un'esile donna nera con i capelli argentati legati in un fazzoletto era intenta a spazzare la polvere immaginaria dal portico immacolato. Alla vista dell'auto di Ray, lasciò cadere la scopa e iniziò a scendere i gradini del marciapiede.

"Ciao, mamma!" chiamò Ray, uscendo di corsa dalla Volkswagen gialla e malconcia. Mi stampai in faccia un sorriso da ebete, mentre mi dirigevo con cautela verso i due.

"Mamma, questo è il mio amico Dave. È il ragazzo di cui ti ho parlato, lo scrittore di lettere."

Si guardarono consapevolmente l'uno con l'altro e poi con me. Poi, entrambe scoppiarono a ridere. La signora Clary si avvicinò e mi strinse le mani tra le sue. "Giovanotto," disse, "ho sentito che ultimamente hai ricevuto molte attenzioni non gradite."

"Sì, signora," risposi.

"Beh, non importa. Di certo sei più che il benvenuto qui."

Il padre di Ray arrivò a casa di lì a poco e si presentò come 'Ray Senior'. Ci riunimmo nel piccolo soggiorno, arredato in modo confortevole, e discutemmo educatamente della vita universitaria, con le relative difficoltà. Inevitabilmente, la conversazione si spostò sulle attuali tensioni razziali e sul mio limitato ruolo in esse.

"Perché un bel ragazzo bianco come te vuole invischiarsi in una cosa del genere?" chiese Ray Senior, con una nota di diffidenza nella voce.

Diventai rosso e tossì. Ray capì il mio disagio e intervenne per aiutarmi. "Papà, Dave non è esattamente un ragazzo *bianco*. È solo un altro studente che ci tiene, come Henry e tutti gli altri." Avvertivo un pizzico di ansia nel tono della sua voce.

"Uh huh," mormorò il padre.

Risposi alla domanda di Ray Senior con una convinzione che sorprese persino me. "Signor Clary, non posso farci niente se sono bianco, e non mi importa davvero di che colore siano gli altri. Il fatto è che io e Ray siamo buoni amici, proprio come Joe Boley e me. E se posso fare qualcosa per aiutare, è quello che farò. Mi dispiace, ma è così che mi sento."

Il silenzio era assordante e l'inquietudine palpabile come qualsiasi oggetto nella stanza. Il signor Clary sedeva tranquillamente fumando la pipa, dondolandosi sulla sedia. Era visibilmente turbato.

"Papà," disse Ray, con calma, "Dave è mio amico, punto e basta. E in questo momento non ha molti amici, soprattutto nel campus e soprattutto bianchi."

Appena in tempo, la tensione fu spezzata dalla signora Clary, che apparve sulla porta, con le mani sui fianchi e l'attenzione concentrata sul marito. "Ok, *ragazzi*, e questo include anche *te*, Ray Senior, la cena è pronta. Mangiamo." Si spostò in fondo alla scala e gridò al secondo piano: "Michael! La cena!"

Guardai Ray, che rispose alla mia domanda inespressa: "Oh, Michael è il mio fratello minore, quello militante." Alzò gli occhi al cielo.

Mi preparai a un confronto. Subito un ragazzo alto e molto scuro, sulla tarda adolescenza, scese le scale di moquette. I suoi capelli erano lunghi e scompigliati nell'allora popolare stile afro, adottato da un numero crescente di giovani neri con nomi come Mohammed e Kareem. Ray fermò il fratello appoggiandogli una mano sul petto muscoloso. "Michael," disse, "questo è Dave. Dave, questo è mio fratello Michael."

Allungai la mano, dicendo: "Piacere di conoscerti. . ."

"Sì, amico. Scanzati. Su," disse Michael, spingendomi davanti a sé verso la sala da pranzo. Ray scrollò le spalle come per dire: "Cosa vuoi fare?" e mi fece cenno di seguirlo a tavola. Una volta seduti, la signora Clary si fece il segno della croce e recitò la preghiera. Le sue parole furono un gradito balsamo per il mio spirito ammaccato.

"Grazie oggi, caro Signore," recitò, "per le tue tante benedizioni. Per la nostra salute, la nostra famiglia e, soprattutto, per i nostri numerosi amici." Mi guardò negli occhi e sentii un'ondata di sollievo che mi investì. "E grazie, caro Signore, per questo cibo che benediciamo ai nostri corpi. Nel nome di Gesù, amen."

Per l'ora successiva, la conversazione educata coprì l'aria come l'aroma soffocante dei fiori in un'impresa di pompe funebri, mentre mangiavamo il modesto pasto a base di costolette di maiale, gombo fritto, fagioli al burro e biscotti. Dopo cena, Ray e io aiutammo a sparecchiare e poi ci precipitammo al piano di sopra per fare la doccia e cambiarci. Rinnovati nello spirito e con i vestiti nuovi, uscimmo di corsa dalla porta d'ingresso, evitando gli sguardi severi di Ray Senior e di suo figlio minore.

Tornando a casa da scuola, Ray aveva accennato alla possibilità di organizzarmi un appuntamento, ma io avevo completamente rimosso l'idea dalla mia mente. Era quindi naturale che, quando fermò la VW vibrante davanti a una piccola casa in mattoni rossi, non prestassi molta attenzione quando un trio di simpatiche liceali di colore uscì dalla porta d'ingresso e si avvicinò all'auto. Fu uno shock totale quando una delle ragazze mi gettò le braccia al collo e gridò: "Oh, Ray, avevi ragione! È proprio carino come avevi detto!"

Mi liberai e mi voltai verso Ray, che sembrava il proverbiale gatto che aveva ingoiato il canarino. "Ehi, amico," disse, "questa è Cheri. Cheri, lui è Dave, il ragazzo di cui ti ho parlato."

La consapevolezza che quella giovane ragazza nera, vivace e di bell'aspetto, fosse il mio 'appuntamento', mi travolse completamente. Per un attimo rimasi senza parole. Nell'eccitazione di organizzare il nostro fine settimana insieme, l'idea che la ragazza che Ray aveva in mente per me potesse non essere bianca *non* mi *era mai* passata per la testa. Allungai la mano in segno di saluto.

"Come va?" dissi, come se l'incontro con la mia ragazza, che per caso era una nera, fosse l'evento più naturale del mondo. Ero pietrificato.

"Proprio bene," rispose Cheri, con un ampio sorriso.

"Allora, immagino che tu . . ."

Prima che potessi dire qualcosa che potesse metterci in imbarazzo, Ray prese il comando e presentò le altre due ragazze. Audrey era la fidanzata del fratello di Ray, Michael, e Darnelle era l'ex 'cotta' liceale di Ray, che si considerava ancora la sua principale compagna, nonostante le sue proteste private per il contrario. Secondo me erano una bella coppia.

Lasciati alle spalle i convenevoli sociali, entrammo in casa, che vibrava di musica rock 'n' roll ad alto volume. Proprio come era successo da Pop, i volti bianchi scarseggiavano. In effetti, la mia risultò essere l'unica presente. Dopo che Cheri mi fece fare un rapido giro della casa, fui presentato uno per uno a tutti gli amici di Ray, ognuno dei quali mi diede un'occhiata educata, ma riservata, mentre mi stringevano cautamente la mano. Ero perfettamente consapevole del mio status unico di 'bianco di riserva' e non potevo fare a meno di sentire gli sguardi e, in alcuni casi, le alzate di sopracciglia, mentre ci muovevamo nella stanza affollata.

A poco a poco mi rilassai e, con l'aiuto di un paio di birre, raccolsi il coraggio sufficiente per chiedere a Cheri di ballare. Lei non sembrò affatto turbata dalla situazione e si strinse a me, appoggiando la sua guancia alla mia. Mentre ballavamo, mi stupii di quanto fosse morbida la pelle di Cheri; tanto che mi ritrovai a ridere ad alta voce mentre riflettevo su come mi aspettavo che fosse la sua pelle.

"Cosa c'è di così divertente?" chiese.

"Oh, niente," risposi.

"Bugiardo. Dai, a cosa stavi pensando?"

Stavo pensando che la tua pelle è davvero morbida, anche se sei una nera. "Niente," risposi. "Onestamente."

Cheri mi spinse le braccia lungo i fianchi e fece un passo indietro. Un cipiglio si stava facendo strada sul suo viso altrimenti radioso. "Senti, amico. Cerchiamo di essere calmi, ok? Non ti prenderò per il culo, se tu non prenderai per il culo me."

Ero mortificato e annuii furiosamente su e giù per farle capire che avevo capito.

"Andiamo fuori e parliamo un po'," disse Cheri. Mi prese per mano e mi condusse verso la porta d'ingresso.

Una volta fuori, ci dirigemmo verso la VW di Ray e appoggiammo le spalle alla fiancata dell'auto, stando fianco a fianco, di fronte alla casa. Fissai il cielo notturno e cercai di raccogliere i miei pensieri. Cheri ruppe il silenzio con una risatina. La guardai sorpreso e lei deglutì rapidamente. A quel punto toccava a me fare le domande.

"Ok, cosa c'è di così divertente?"

"Beh, stavo solo pensando che tu balli bene per essere un ragazzo *bianco*!" Lei scoppiò di nuovo a ridere.

"Oh, fantastico," risposi. "E immagino che anche tu pensi che la mia famiglia appartenga a un country club?"

"No, ma . . ."

"E immagino che pensiate che i miei bisnonni possedessero una piantagione con molti schiavi e che avessimo . . ."

"Ehi! Ehi, amico. Calmati!" disse.

"Ah, sì?" risposi. "Beh, qui stiamo parlando di stereotipi piuttosto seri, non è vero?"

"Beh, sì, credo," disse Cheri. "Ma non volevo dire nulla. Davvero. Tu mi credi, vero?"

"Non ne sono sicuro. Dovrei?"

"Sarà meglio che sia come dici," disse Cheri.

La guardai con finta rabbia, persi il controllo e cominciai a ridere. Lei mi mise subito una mano sulla bocca, soffocando il mio sfogo. Senza pensarci, le afferrai le dita, allontanandole dalle mie labbra, e le strinsi tra le mie. Lei prese l'altra mano nella sua e, prima che ce ne accorgessimo, ci stavamo baciando. Proprio mentre stavo pensando di spingere il mio vantaggio, Cheri smise di baciarmi e si staccò, senza preavviso.

"Ehi, dai, Cheri, sono stato *così* cattivo?"

"No, ma . . ."

"Ma niente," dissi. Allungai la mano verso di lei, ma mi spinse via.

"Senti, Dave. Mi dispiace, ma credo di sentirmi un po' strana. Sai, tu sei *bianco* e io sono . . . beh, lo sai. Voglio dire, se fossimo dello stesso colore non *saremmo* nemmeno qui, non insieme, comunque. Diavolo, non ti *conosco* nemmeno!"

La sua voce era quasi un grido e mi resi conto che le cose stavano rapidamente sfuggendo al controllo. Dov'era Ray quando avevo bisogno di lui?

"Senti," dissi, "aspetta solo un dannato minuto. Noi *siamo* uguali. E per tua informazione, tu *non* mi conosci. Non *mi conosci* affatto! Perché, se mi conoscessi, sapresti che non hai nulla di cui preoccuparti."

Cheri rimase lì sotto shock. Poi, molto lentamente, si spostò accanto a me contro la portiera della Volkswagen. Allungò un piccolo dito e lo fece scorrere sulla superficie del mio polso. Immediatamente mi sentii *molto* eccitato. Il sentimento doveva essere reciproco, perché, senza una parola, ricominciammo a baciarci per quanto valevamo, ma quella volta sul serio, senza badare a razza, religione o altro. All'improvviso qualcuno parlò e, poiché le nostre labbra erano occupate, sapevamo che non eravamo noi.

"E bravo ragazzo. Ti porto a una festa e subito dopo ti ritrovo fuori a limonare con la ragazza più bella della città." Era Ray e aveva un sorriso a trentadue denti. Cheri si allontanò e si ricompose. Io la seguii, sentendomi molto impacciato e imbarazzato. Ray continuò a sorridere. Aprii la bocca per parlare, ma non mi uscì nulla.

"Ascolta, amante," disse. "Credo sia meglio andare. C'è un piccolo problema . . ."

"Oh, andiamo, Ray. Andrà tutto bene. Non stavamo facendo niente."

"Lo so, amico. Non è questo il problema. A qualche negro dentro non piace che tu sia alla festa."

Guardai Ray con stupore. Non potevo credere a ciò che stavo sentendo.

"Che cosa hai detto?" chiesi, stupefatto.

"Cosa? Oh," rise, "Vuoi dire *negro*?"

Annuii con la testa su e giù. Non avrei osato dire 'quella' parola, tanto meno mi sarei aspettato che Ray la pronunciasse.

"Ehi, senti, amico," disse. "Alcune cose sono difficili da spiegare. Voglio dire, va bene se *noi* lo diciamo, ok?"

Di nuovo, annuii con la testa. Mi stavo sforzando di capire. "Ma, pensavo . . ."

"Non pensare. Non dirlo e basta, ok?"

"Ho capito," dissi. "Perché se lo dico *io* . . ."

"Allora *qualcuno* potrebbe prenderti a calci nel sedere," disse Ray, con una risatina.

"Capito," risposi. Mi grattai la testa, non capendo del tutto, ma sapendo abbastanza da tenere la bocca chiusa, solo per quella volta!

In quel momento, Michael, il fratello di Ray, irruppe dalla porta d'ingresso con uno sguardo selvaggio stampato sul volto. "Lo fai di nuovo, eh, Ray?" disse, con la voce piena di accuse.

"Senti, negro," rispose Ray. "Stai calmo, ok?"

"Sì, stai tranquillo," imitò Michael. "Sii figo, proprio come te, eh? Mr. Figo. Negro che lecca il culo ai bianchi, come al solito!" Non avevo mai visto un tale odio da vicino, ed era veramente spaventoso.

Rapidamente, Ray si mosse verso il fratello minore e, con mia grande sorpresa, gli ritirò un pugno. Mi precipitai in avanti e afferrai il mio amico da dietro, trattenendolo come meglio potevo, mentre lui lottava per liberarsi. Poi, con un grande slancio di energia, spinsi Ray da parte e saltai tra lui e suo fratello.

"Ehi, ehi!" gridai: "Andiamo. Smettetela, voi due!" Poi mi voltai verso Michael. Il suo volto era contorto dalla rabbia e per un attimo pensai che mi avrebbe colpito. Mi tenni forte.

"Senti, Michael, ce ne stavamo andando," disse Ray. "Quindi, perché non vai dentro, ok?"

Michael continuò a fissare il fratello davanti a me.

"Sai una cosa, Michael," disse Ray. "Non sei altro che un dannato negro. Quando diavolo crescerai, ragazzo?"

"Chi chiami ragazzo, negro?" gridò Michael.

"Ecco, questo è esattamente ciò di cui parlavo," rispose Ray.

"Sì, beh, è meglio che essere uno zio Tom leccaculo!" gridò Michael.

"Ecco, amico," annunciò Ray, "ce ne andiamo da qui. Andiamo, Dave. Non posso sopportare un altro minuto di queste stronzate." Si girò e spalancò la portiera della Volkswagen.

Esitai un attimo e poi saltai sul sedile del passeggero, scambiando nel frattempo un'occhiata con Cheri, che stava rigidamente accanto a Michael, il quale continuava a guardare suo fratello. Ray mise in moto l'auto e, mentre ingranava la marcia e cominciava ad allontanarsi, fui sopraffatto dal senso di colpa e gridai dal finestrino: "Ehi, Cheri. Mi dispiace molto!" Lei fece un piccolo sorriso e scrollò le spalle come in segno di sconfitta. Stava ancora salutando quando svoltammo dietro l'angolo, fuori dalla loro vista.

Quella sera io e Ray andammo a diverse altre feste, ma io rimasi sempre vicino a lui per evitare di creare altri problemi. Quando tornammo a casa, il comportamento di Ray era cambiato in modo evidente. Percepii il suo disagio e, dopo aver viaggiato per un po' in silenzio, decisi di parlare.

"Ray, mi dispiace molto per quello che è successo."

Un'espressione severa gli attraversò il viso e mormorò: "Lascia perdere, ok?"

"No, dico sul serio," continuai, "mi sento davvero in colpa per te e tuo fratello." Anche al buio, riuscii a vedere i denti bianchi e uniformi di Ray, che scoppiò in un sorriso.

"Merda," disse a bassa voce, "quel negro non imparerà mai. È pieno di odio, proprio come mio padre."

Rimasi in silenzio a riflettere sulle conseguenze delle mie azioni di quella sera. Indipendentemente dalla mia valutazione, ne uscii comunque maleodorante.

"Sai, forse a volte tuo fratello ha una buona ragione per odiare." Ray si limitò a scuotere la testa. "Voglio dire, gli hai detto di quello che è successo al dormitorio?"

"Sì," disse Ray, "ma è successo a *te*, non a lui."

"Non importa," risposi. "Per lui è lo stesso."

"Senti, Dave. Se Cheri fosse stata bianca, ci sarebbe stato qualcosa di male se ci avessi provato con lei?"

"Beh, no, ma . . ."

"Questo è il punto! Certo che non ci sarebbe! Quindi perché dovrebbe fare differenza solo perché *tu sei* bianco e *lei è* nera?"

"Credo che non dovrebbe, ma . . ."

"Ma, niente!" gridò Ray. "È una stronzata, ecco tutto. E fa schifo!"

"Beh, su questo non posso darti torto," dissi ridendo.

"Benvenuto nel mio mondo," disse Ray. "Ma, parlando seriamente, non migliora le cose che mio fratello si comporti come uno stronzo. Non fa altro che rafforzare gli stereotipi su noi neri. E il Signore sa che *ce* ne sono già abbastanza per tutti."

Il mio silenzio era come un segno di punteggiatura alla dichiarazione di Ray, e mi sentivo in imbarazzo. Pochi minuti dopo ci fermammo davanti alla casa dei Clary. Ray bloccò l'auto con un colpo secco, spense il motore e scese dall'auto e salì sul portico prima ancora che io aprissi la portiera. Era buio pesto quando scesi dalla Volkswagen e salii i gradini del portico. Un cigolio lento e ritmico mi condusse dal mio amico, che si dondolava avanti e indietro su una vecchia poltrona con lo schienale alto. Mi sedetti dietro di lui sulla superficie di legno del portico, con la schiena ben premuta contro il muro e le ginocchia sollevate sotto il mento. Rimanemmo seduti così per circa dieci minuti; nessuno dei due disse una parola. Alla fine ,trovai il coraggio di parlare.

"Immagino che il mio ritorno a casa con te sia stato un grosso errore, eh?"

"Cosa vuol dire che è stato un errore?" disse Ray, "Non lo pensi *davvero*, giusto?"

"Beh, voglio dire, guarda tutto il dolore che ti ho causato."

"Non è un problema," rispose Ray. "Vedila in questo modo. Almeno hai avuto un piccolo assaggio di cosa significa essere all'esterno, guardando dentro."

In risposta scrollai le spalle.

"Senti, senza offesa, Dave, ma questo non può far male, vero?"

"No, credo di no," risposi onestamente. Poi, con voce grondante di finto sarcasmo, aggiunsi: "Basta che non succeda più."

Entrambi scoppiammo a ridere. Poi la situazione si fece di nuovo molto tranquilla e rimanemmo seduti senza parlare per almeno altri dieci minuti. A un certo punto, guardai Ray che se ne stava seduto a dondolare con gli occhi chiusi e mi meravigliai della sua capacità di razionalizzare anche le situazioni peggiori. Più tardi, da solo a letto, poco prima di addormentarmi, mi venne in mente esattamente perché Ray mi piaceva così tanto. Mi piaceva perché era così dannatamente intelligente!

Joe Perrone Jr.

34

Heckle e Jeckle e 'la lettera'.

L'ultima settimana di scuola arrivò sulle ali di un'ondata di caldo soffocante. Nonostante fosse solo maggio, le temperature superavano regolarmente i trentadue gradi durante il giorno e dormire di notte era *davvero* difficile, soprattutto senza aria condizionata. Dato che rimanevano solo gli esami finali, riuscivo a godermi un po' di sole, e il tanto necessario sonno, stando in piscina ogni pomeriggio, tra un esame e l'altro. Tutti i pensieri sulle tensioni razziali furono messi da parte e ogni sera fu dedicata alla preparazione dell'esame finale del giorno dopo. Avevo un solo obiettivo, che non aveva nulla a che fare con i bianchi e i neri. Volevo tutti i voti.

Mercoledì, mentre me ne stavo tranquillamente sdraiato sul mio asciugamano, con gli occhi chiusi e la mente lontana un milione di miglia, una nuvola singolare passò davanti al vecchio sole, bloccando momentaneamente i raggi riscaldanti e facendomi rabbrividire. In breve tempo, la nuvola si spostò e fui nuovamente avvolto dalla magica coperta solare. La mia radio a transistor trasmetteva ininterrottamente musica country (non necessariamente la mia preferita, ma doveva bastare) e tutto era a posto nel mondo. Quello fino a quando un'altra formazione di nuvole mi spinse ad aprire gli occhi. Era meglio lasciarli chiusi!

Schermandomi gli occhi, fissai incredulo non una, ma *due* nuvole che si libravano sopra di me. In realtà, erano più che altro montagne, montagne di uomini per la precisione. Il più grande dei due uomini-montagna parlò per primo. "Lei è David Justin?" chiese. Aveva un modo di parlare forbito che ricordava i tanti vigili urbani che avevo incontrato nel mio breve periodo al volante. Feci un cenno con la testa e aspettai che la situazione precipitasse. Quando finalmente cadde, fu più simile a una valanga che a un sassolino.

"Vorremmo parlarle da soli per qualche minuto," disse il più piccolo dei due uomini-montagna. "*Se non le dispiace*" aggiunse. Per come la vedevo io, non era una vera e propria richiesta, ma più un ordine. Mi stavo preoccupando.

I due uomini erano vestiti in modo identico, con abiti a tre pezzi; ognuno di loro portava un taglio di capelli molto corto. Era una cosa seria.

"Io sono Ferguson," disse il più alto. "Il mio collega qui è Casey. Siamo dell'FBI." Mostrarono i loro documenti. Saltai in piedi.

Cosa diavolo vogliono?

Ferguson (o era Casey?) chiese se potessimo salire nella mia stanza. Domandai se potessi vedere di nuovo i loro badge. Mi risposero: "Certo" e ripeterono il processo di lampeggiamento. Mi sembrava di essere in un episodio di 'Dragnet'. Avete presente? *'Nient'altro che i fatti, signora.'*

"Va bene," risposi. "Credo che non ci siano problemi. Seguitemi."

Doveva essere uno spettacolo incongruo, mentre sfilavamo davanti a decine di figure pronte in vari stati di svestizione, tutti con il collo teso per vedere chi fossero i pezzi grossi con Dave. Due omaccioni in abito a tre pezzi,

380

nel bel mezzo di un'ondata di caldo, e un nanerottolo con un asciugamano marrone avvolto intorno alla vita che guidava la processione. Era un'immagine davvero curiosa.

Nella mia stanza, da solo con i due agenti dell'FBI, mi sedetti sul lato del letto, agitandomi nervosamente mentre i due uomini facevano avanti e indietro. Immaginavo già cosa mi aspettava. Dopo tutto, *ero* una specie di agente sovversivo, no? Non avevo forse fomentato disordini razziali e suscitato l'ira di nientemeno che il famigerato Ku Klux Klan? Me lo meritavo.

"Signor Justin, ha scritto una lettera al *Louisville Star Journal*?" Era Ferguson che tirava le fila. (Almeno io credevo che fosse Ferguson, ma la situazione stava diventando un po' confusa).

"Beh, sì, credo di sì."

"Era direttamente coinvolto nell'incidente?" (Quella volta era Casey).

Tirai un sospiro di sollievo. *Grazie a Dio!*

"Oh, no, signore. No, no, non ero affatto *coinvolto*. Se è questo che intende."

"Allora perché hai scritto quella lettera?" ribatté Ferguson.

"Che ne dici, ragazzo? Perché hai scritto la lettera?" Ancora Casey.

"Beh, voglio dire . . . L'ho fatto e basta," balbettai. "Qualcuno doveva fare *qualcosa*. Non era giusto quello che avevano fatto."

I due agenti mi fissarono. Li guardai avanti e indietro, scrutando i loro volti alla ricerca di qualche indizio su cosa stessero cercando. Erano impenetrabili, come il granito.

"Per voi lo era?" ripetei. "Era giusto?"

Nessuna risposta. Niente. Provai una fitta d'ansia quando Ferguson mi lanciò un'occhiata improvvisa, poi al suo collega.

"Ehi, aspettate un attimo," dissi a Pinco Panco e Panco Pinco, "cosa sta succedendo qui? Ho fatto qualcosa di sbagliato?"

"Rilassati, figliolo," disse Ferguson. "Abbiamo persone che controllano costantemente i giornali alla ricerca di articoli e lettere come questa. Quando abbiamo letto la tua, abbiamo pensato che forse c'era stata una qualche violazione dei diritti civili."

Sorrisi compiaciuto. *Ora sì che si ragiona.*

"Allora, cosa c'è? Perché hai scritto quella lettera?" Ancora Casey.

"Sì," disse Ferguson. "Non ci hai *ancora* detto come mai hai scritto la lettera."

C'è un'eco qui dentro?

Ero così sollevato di poter finalmente raccontare la mia storia a *qualcuno* che iniziai a cantare come il proverbiale canarino. Ero come un ragazzino in un confessionale, che finalmente ammette di aver ricevuto una palpatina dalla sua ragazza di tredici anni.

"Ok," esordii, "in realtà non ero *presente* quando sono stati arrestati. Ma *sono* miei amici. *E* ho sentito tutto da persone che *erano* lì. E sicuramente gli credo. Perché non dovrei? Non è un segreto il modo in cui le cose vanno qui . . ."

Venti minuti dopo, con il fiatone e la voglia di bere un po' d'acqua, finalmente smisi di parlare. Avevo fornito a Casey e a Ferguson tutti gli orribili dettagli, compresi i nomi di tutti i partecipanti agli eventi della serata.

"Allora, cosa succederà adesso?" chiesi.

"Ci terremo in contatto!" dissero i due all'unisono. Sospettavo che si esercitassero nelle stanze dei motel di notte, quando erano in viaggio insieme.

Fedeli alla loro parola, il giorno seguente ebbi notizie di Heckle e Jeckle. Ray, Joe Boley e tutti gli altri studenti arrestati si incontrarono con gli avvocati dell'organizzazione e di altri gruppi di difesa in un YMCA di Lexington. Mi fu permesso di unirmi a loro, grazie alle lettere che avevo scritto. A un certo punto fu deciso che sarebbe stata intentata una causa contro la città e il suo dipartimento di polizia. Per citare uno dei rappresentanti dell'ACLU.

"Li denunceremo tutti, anche le loro madri e i loro padri."

La mia situazione era andata di male in peggio. Sempre meno studenti bianchi erano disposti a farsi vedere nel campus con me, mentre alcuni degli studenti neri meno progressisti iniziarono a evitarmi apertamente. Per loro ero un 'piantagrane del Nord', mentre i bianchi bigotti mi chiamavano semplicemente 'amante dei negri'. Non potevo vincere.

Una sera presi una decisione dolorosa ma necessaria: mi sarei trasferito in un'altra scuola, preferibilmente al nord. Quello avrebbe posto fine alle mie sofferenze immediate e mi avrebbe permesso di ricominciare da capo. *Sì, è quello di cui ho bisogno: un nuovo inizio!* Le cose *dovevano* essere migliori da qualche altra parte.

Comunicai a Ray la mia decisione di lasciare la scuola e lui, senza esitare, convenne che probabilmente sarebbe stata la cosa migliore da fare.

"Non hai bisogno di tutte queste stronzate, amico. Diavolo, alcuni dei fratelli non apprezzano nemmeno quello che hai fatto. Io farei la stessa cosa se fossi in te. Supereremo questa merda." Ve lo dicevo che Ray era intelligente.

Appena tornato a casa, feci domanda di trasferimento al Mount Hope College di Schuyler Falls, in Pennsylvania. I miei voti erano buoni e non prevedevo alcuna difficoltà ad essere accettato. La sfida più grande fu convincere i miei genitori ad approvare il cambiamento. Ma alla fine compresero, soprattutto dopo che mostrai loro il famigerato biglietto del KKK. Come mi aspettavo, il Mount Hope era più che disposto ad aprirmi le sue braccia istituzionali e io presi le disposizioni necessarie per iniziare il nuovo anno scolastico in Pennsylvania.

Verso la fine di giugno, ricevetti indietro due delle lettere che avevo inviato a Sally. Ognuna di esse recava un messaggio ufficiale del servizio postale statunitense timbrato sul fronte che diceva: 'Ritorno al mittente, destinatario sconosciuto'. Era quello che intendeva quando aveva detto: "Lo scoprirai." Oh, beh, ragionai, sarebbe stata comunque una vera rottura di scatole avere una fidanzata in Massachusetts.

Fuga dall'innocenza (Il racconto di un risveglio)

A luglio Ray mi scrisse per aggiornarmi su quanto stava accadendo a Berea. Mi disse che l'ACLU aveva presentato la sua causa. Ritenevano di avere buone possibilità di successo e Ray sperava che ci riuscissero. Mi disse che Joe Boley aveva lasciato la scuola e che lui stesso stava pensando di trasferirsi in un college per soli neri vicino ad Atlanta. Era la prima volta che si riferiva alla sua razza come a qualcosa di diverso da un negro. Gli risposi, augurandogli ogni bene e chiedendogli di farmi sapere un giorno come se la fossero cavata. Dubitavo che l'avrei mai più sentito.

Joe Perrone Jr.

PARTE QUARTA
(Il vero risveglio)

35

"Lascia perdere i popcorn, entriamo e basta."

Schuyler Falls, a differenza di Berea, non esisteva solo per servire il college residente e i suoi studenti. I circa quarantamila cittadini permanenti dell'attiva comunità suburbana di Filadelfia vedevano il Mount Hope College come una sorta di 'brufolo sul sedere'. Le fabbriche tessili davano lavoro a tutti, tranne che a una piccola percentuale della popolazione di Schuyler Falls, che si vantava di produrre i migliori corridoi in nylon per scale 'autentico' del Paese. Era una distinzione dubbia per una città, ma pur sempre una distinzione. Il college fu un ripensamento, incoraggiato da quei membri lungimiranti della comunità che ritenevano che la loro città 'avrebbe dovuto avere un college tutto suo'. Il nome della scuola sembrava riflettere accuratamente il sentimento prevalente al momento della sua creazione. L'avevo scelta sia per la sua retta minima che per la sua vicinanza a casa.

Avevo trascorso l'estate sonnecchiando nel mio lavoro al negozio di liquori ed ero ansioso di ricominciare da capo nella mia nuova casa accademica. Ok, a dire il vero non vedevo l'ora di ricominciare da capo con ognuna delle circa 500 studentesse iscritte alle classi del primo e del secondo anno. Inoltre, speravo che un cambiamento di scenario potesse aiutarmi a liberarmi di quell'indicibile fardello che era la mia verginità.

Non ero solo.

Loretta Arnold era stata una 'benedizione della mezza età', secondo la madre e il padre. Era stata concepita una sera durante un momento di passione seguito a una campagna di reclutamento dell'Esercito della Salvezza. Secondo la signora Arnold, "*Non abbiamo mai avuto intenzione* di avere figli. Anzi, ci era stato assicurato che *non avremmo potuto*. I medici dicevano che i piccoli 'comesichiamano' di mio marito erano troppo deboli. Immaginate la nostra sorpresa quando arrivò Loretta. Entrambi sentivamo che era una delle piccole benedizioni di Dio che ci aveva portato il nostro bambino."

I genitori di Loretta erano fanatici religiosi con umili origini del Midwest. Suo padre, Alfred, era uno dei pochi uomini di Schuyler Falls a non essere impiegato in una fabbrica; lavorava come bidello in un piccolo ginnasio fatiscente nella parte meno abbiente della città. Le sue serate venivano trascorse girando di porta in porta, facendo proselitismo per il Signore, nel tentativo di convertire 'fino all'ultimo peccatore' che poteva. La 'signorina', come il signor Arnold si riferiva alla moglie di 'quarantuno anni suonati', era letteralmente e figurativamente un pilastro della comunità. Aveva cinquantanove anni e stava dritta come un fulmine, con un metro e ottanta e un centimetro di altezza. Aveva capelli grigio argento tagliati corti, che incorniciavano un viso finemente cesellato che suggeriva un'eredità nordica. L'Esercito della Salvezza era la sua passione e gestiva il capitolo locale praticamente da sola.

Fuga dall'innocenza (Il racconto di un risveglio)

Se Loretta era una delle benedizioni di Dio per i suoi genitori, lei era la *mia* salvezza. Come sua madre, era alta: un metro e novanta, ben tre centimetri più di me. La sua altezza, tuttavia, mi andava benissimo, poiché metteva la maggior parte delle cose di importanza anatomica alla mia portata. Loretta era una di quelle ragazze che fanno impazzire gli uomini. Più protetta e un po' ingenua, irradiava innocenza; in effetti, la portava come un distintivo, un distintivo attaccato a un corpo che apparteneva a una regina del burlesque. Per me fu amore a prima vista.

Osservai Loretta per la prima volta da dietro. Quello sarebbe stato sufficiente ad attirare la mia attenzione. Tuttavia, quando girò la sua testa bionda in risposta al mio 'fischio da rimorchio' e diedi una prima occhiata al suo fisico da 'Wonder Woman', mi trovai davvero nei guai. In realtà non avevo intenzione di fischiare; *accadde* e basta. Non appena il rumore mi sfuggì dalle labbra, capii che non avrei dovuto farlo. Pochi secondi dopo, quando gli occhi blu di Loretta incontrarono i miei, realizzai che la mia 'ricerca' era finita. Era la ragazza che avevo aspettato per ventidue anni di incontrare. Era *quella giusta!* Non c'era nulla che potessi definire con precisione, ma *sapevo* solo che era lei, *il caso era* chiuso! Oh, non sarebbe successo subito, quello era certo. Ma, credetemi, *sarebbe* successo. Questa era una certezza.

La prima cosa che disse quando si voltò fu: "Sai, non è una cosa molto carina da fare."

Stavo ancora cercando di riprendere fiato (ecco l'effetto che Loretta aveva avuto su di me). "Mi dispiace," dissi, "non so cosa sia successo. Non sono riuscito a trattenermi." Dopo tutto, era la verità. Eravamo su un sentiero che portava dall'ufficio del cancelliere alla libreria, e io mi misi subito al suo fianco, lottando per tenere il passo con le sue lunghe gambe. I suoi seni rimbalzavano con forza mentre camminava e io facevo di tutto per non fissarla. Credo di non aver avuto troppo successo nei miei sforzi, perché un attimo dopo lei mi diede uno schiaffo in faccia . . . forte!

Mi fermai bruscamente e mi sfregai la guancia. Loretta continuò a camminare.

"Ehi!" urlai. "Perché diavolo l'hai fatto?"

Si fermò e si girò verso di me prima di rispondere. "Perché sì."

"Che significa?"

"Perché non è bello fissare." Riprese a camminare.

Mi stavo innervosendo. "Beh, ehi, non è nemmeno bello andare a prendere a schiaffi la gente!"

Si fermò di nuovo e io mi affrettai a raggiungerla. Rimasi a distanza, diffidando della sua prossima mossa.

"Senti," disse, "mi dispiace, ma mi hai *costretto* tu a farlo."

Con cautela, mi avvicinai.

"Oh, va bene," disse, "mi scuso, ok?"

"Non così in fretta. Ti dispiace *davvero*?"

"Sì," disse lei. "Mi dispiace *molto*. Cosa vuoi, delle scuse scritte?"

"No, solo il tuo nome."

Mi studiò attentamente e poi sorrise. "Sono Loretta."

"Io sono Dave."

"È bello," disse.

"Cosa c'è di bello?"

"Il tuo nome. Dave. David è un nome biblico. Lo sapevi?"

"No."

"Beh, lo è. Significa 'amato'."

Sorrisi al pensiero. "Sei una matricola?"

"Ah-ah," rispose Loretta.

"Da dove vieni?"

"Da qui."

"Intendi la *Pennsylvania*?"

"No," disse, "intendo *qui, a Schuyler* Falls."

"Scommetto che anche tu pensi che io sia una matricola, eh?"

"No," rispose lei.

"Perché no?"

"Perché sì," disse Loretta.

Oh, ragazzi, ci risiamo!

"Perché?" chiesi.

"Perché ho visto la tua lista di libri," disse. Indicò la mia mano destra, che di certo conteneva la suddetta prova.

Rimanemmo a guardarci senza parlare.

"Sai," dissi, "non parli molto, ma di sicuro noti le cose."

Loretta sorrise, rivelando una piccola fossetta ai lati della sua bellissima bocca. Sentii il mio battito accelerare. "Senti, visto che andiamo entrambe in libreria, ti dispiace se vengo con te?"

"Non puoi," rispose lei.

"Perché no?" chiesi, sinceramente perplesso. "E non dire perché."

"Hmmm," disse lei. "Ok, non puoi accompagnarmi in libreria, perché non *vado* in libreria. *Vado a* casa." Rise della sua piccola battuta.

All'inizio non mi sembrava così divertente, ma più ci pensavo e più mi sembrava divertente. Ben presto ridemmo entrambi in modo isterico.

"Beh," disse Loretta, "devo andare." E così dicendo, si avviò lungo il sentiero. Si fermò di colpo e si girò di scatto verso di me. "È Loretta!" gridò.

"*Cos'è* Loretta?" Ho urlato.

"Il mio *nome*, stupido. Mi chiamo *Loretta!*"

"Loretta *come?*" gridai.

"Non importa," rispose lei. E poi se ne andò.

Il mio dormitorio si chiamava Andrews Hall e la mia stanza era al primo piano, in fondo all'atrio. Dalla sua posizione strategica, sarei stato in grado di monitorare l'andirivieni della maggior parte del corpo studentesco. A me, però, interessava solo un membro del corpo studentesco, e, in realtà, solo uno dei suoi *corpi, e basta*.

Poiché ero uno studente trasferito, mi fu assegnato un dormitorio per matricole, nonostante fossi al terzo anno. Il mio compagno di stanza era un ragazzo tarchiato di New Albany, Indiana, che si stava specializzando in musica. Non mi preoccupai di chiedergli perché fosse venuto a Mount Hope. Avevamo fatto il solito rituale di presentarci l'un l'altro e poi l'avevo informato senza tanti complimenti che avrei occupato il letto vicino alla finestra, dato che *ero* al terzo anno e avevo l'anzianità. Si chiamava Roger *Roget* (lo giuro su Dio, proprio come il famoso tesauro). Era 'di origine francese' e un bravo ragazzo; andavamo molto d'accordo. Io davo gli ordini e lui li eseguiva.

"Rog," gli dicevo, "corri giù nell'atrio e prendici un paio di Mountain Dews, ti va?". E lui se ne andava di corsa, senza nemmeno chiedermi i soldi. Avete presente la vecchia routine dell'esercito in cui il sergente grida: "Salta!" e la recluta risponde: "Quanto in alto?" Beh, quello era Roger. Oltre alla sua personalità accondiscendente, c'era un'altra cosa che rendeva Roger utile, o, dovrei dire, utile per me? Quella 'cosa' era l'orientamento delle matricole.

Dato che Loretta era una matricola, e anche Roger lo era, sarebbe stato facile per lui scoprire il suo nome per me. Era perfetto. Non solo *poteva* scoprire il suo nome, ma *lo avrebbe fatto*! Ma non fu facile. All'inizio si rifiutò di farlo. Riuscite a crederci? Roger 'la recluta' si è rifiutò!

"Scordatelo, Dave. Non se ne parla!" disse quando glielo chiesi per la prima volta.

"Ma perché no?" dissi.

"Io e le ragazze non andiamo d'accordo, ecco perché," spiegò.

"Ma, Roger, non capisci? È questo il bello di tutto. Non si sentirà minacciata."

"Sì, ma io?" piagnucolò.

Guardai il suo corpo paffuto e il suo viso segnato dall'acne e provai una fitta di senso di colpa. Ma non durò a lungo.

"Rog'," lo implorai, "sono disperato. Devi aiutarmi."

"Non posso farlo," disse.

"Ti prego, Roger, sei l'unica possibilità che ho."

"Bene, vedremo," concluse.

C'era speranza.

Accompagnai personalmente Roger al primo giorno di orientamento e ci mettemmo insieme, di fronte al piccolo auditorium dove si sarebbe svolto l'evento. Eravamo in posizione perfetta. Sentii un groppo in gola e nei pantaloni quando Loretta girò l'angolo e si presentò alla mia vista. I suoi capelli color grano erano legati in un'unica treccia che le pendeva lungo la schiena. L'effetto era spettacolare, poiché permetteva di mettere in mostra al meglio i suoi zigomi alti e il suo collo lungo e aggraziato. Una semplice camicetta di cotone faceva ben poco per nascondere il suo seno più che abbondante. Indossava jeans attillati e scampanati che abbracciavano le curve aggraziate delle cosce e dei glutei sodi. I modesti mocassini indiani che indossava non solo completavano perfettamente il suo insieme, ma avevano anche l'invidiabile piacere di accarezzare i suoi piedi sottili.

"È lei!" esclamai a denti stretti.

"Quale?" chiese Roger.

"Quale? Sei *impazzito*? *Quella*!" Indicai sottilmente la direzione di Loretta. "*Lei!*"

"Oh," disse Roger.

"*Oh*?" dissi. "È tutto quello che sai dire? *Oh*?"

"Scusa," disse Roger, "volevo dire, *oh!*"

"Così va meglio," dissi. "Shhhhh, si sta avvicinando."

Roger aveva decisamente ragione. Lui e le ragazze *non* andavano d'accordo. Non avrebbe riconosciuto una bella ragazza nemmeno se ci fosse caduto sopra. Non importava. Gli afferrai la manica. "Ora, ascolta, *so il* suo nome, ok? È il *cognome che sto* cercando."

Da qualche parte nella testa di Roger deve essersi accesa una luce.

"Allora vuoi che scopra il suo *cognome*?" chiese.

Che genio!

"Esattamente," sospirai.

Alla fine della giornata, la ragazza dei miei sogni aveva un cognome e io ero un uomo completo. Nel giro di una settimana, Roger e Loretta erano diventati amici e, nel giro di dieci giorni, mi preparai a trasformare la 'allegra coppia' in un trio.

"Mi limiterò a camminare accanto a voi due, come se stessi andando a lezione," dissi. "Poi dirai qualcosa come: 'Ehi, Dave, hai conosciuto Loretta?'."

"Ma vi siete già incontrati," disse Roger.

"Lo so, scemo," risposi. "Ma non dovresti saperlo, ricordi?"

"Oh, sì, è vero."

L'incontro 'casuale' avvenne il giovedì pomeriggio successivo. Roger e Loretta si stavano recando in biblioteca e, per puro caso, anch'io mi stavo recando lì, quando intercettai la coppia a pochi metri dalle porte della biblioteca. Fedele alla parola data, Roger fece la sua presentazione accuratamente preparata e, non appena ebbe finito, Loretta esclamò: "Allora, ci incontriamo di nuovo. Mi *chiedevo* perché ci metteste tanto," sogghignò.

"Ma, pensavo che tu avessi detto . . . oh, non importa." Rimasi senza parole.

"Beh, volevi conoscermi, non è *vero*?" disse lei.

A bocca aperta, guardai Loretta, i cui profondi occhi blu erano fissi sui miei. "Se *avessi* voluto davvero conoscere qualcuno, puoi star certa che non avrei aspettato tutto questo tempo per farlo," disse sbuffando.

Ancora una volta, la capacità di parlare mi sfuggiva. Rimasi lì come un tonto, troppo perplesso per fare altro che grattarmi la testa per lo stupore. *Non c'è da stupirsi che io sia vergine.*

"Allora, non è vero?" ripeté Loretta.

"Beh, sì, certo," dissi. "Certo che sì."

"Ok, ci siamo conosciuti. *E adesso?*"

Questa ragazza era *troppo*!

"Ehi, voi due," disse Roger. "Vado avanti in biblioteca."

Avevo dimenticato il mio compagno di stanza. "Sì, vai pure. Ci aggiorniamo tra un minuto."

Loretta e io ci dirigemmo lentamente verso il grande edificio a colonne di calcare. Mentre lo facevamo, non potevo fare a meno di stupirmi della sua bellezza. Portava poco o niente trucco, niente lacca per capelli, niente di niente. Semplicemente non aveva bisogno di alcun supporto se non quello che Madre Natura le aveva già fornito.

"Senti," disse, "mi dispiace per la prima volta che ci siamo incontrati. Sono stato davvero un furbacchione."

"Certo che lo sei stato," commentai.

"Beh, non volevo renderti le cose troppo facili."

Riflettei sul nostro incontro iniziale e su quanto dovessi apparire 'facile'.

"Sembravi così ferito quando ti ho dato lo schiaffo, e *così* adorabile," disse. "Non so cosa mi sia preso. Potrai mai perdonarmi?"

"Non lo so, sono piuttosto ferito."

"Ti ho fatto davvero male?"

"Terribilmente," risposi. "Non so se mi riprenderò mai."

Entrambi ridemmo, rompendo di fatto la tensione.

"Vediamo," disse Loretta, "come posso farmi perdonare?"

Avevo *molte* idee, nessuna delle quali mi avrebbe fatto guadagnare il favore di Loretta. *Potresti lasciare che io ti faccia perdere la testa,* fu la prima che mi venne in mente. *Non c'è speranza!*

"Lo so," esclamò Loretta, "perché non mi porti al cinema stasera, il mio regalo!"

"Va bene," risposi, dopo aver esitato quanto bastava per essere educato. "Ma i popcorn li offro *io*. D'accordo?"

"Affare fatto!" Cominciò ad allontanarsi.

"Ehi!" dissi, "A che ora devo passare a prenderti?"

"*Ci vediamo* lì, se va bene per te."

Loretta sembrava nervosa e mi chiesi cosa avesse in mente. Mi immaginavo in piedi, da solo davanti al cinema, per l'ennesima volta nella mia giovane vita. Non sapevo come rispondere.

"Per favore, incontriamoci lì, ok?" implorò.

Annuii. Come se mi leggesse nel pensiero, mi assicurò le sue buone intenzioni. "*Ti prometto che ci sarò.* Alle sette in punto, ok?"

"Sì, certo," gracchiai. "Nessun problema." Poi, rendendomi conto che non avevo idea di dove trovarmi, dissi: "In quale cinema dobbiamo vederci?"

"Ce n'è solo *uno*, sciocco," rispose lei. "È l'Oritani, in King Street. È meglio che vada," disse. "Ho un sacco di studio da fare. Ci vediamo alle sette?"

"Sì, alle sette," risposi. Poi, come ripensamento, aggiunsi: "Ehi! Cosa proiettano?"

"Chi se ne frega!" gridò Loretta al di sopra delle sue spalle.

Sì, chi se ne frega: probabilmente non ti presenterai comunque.

Mi sbagliavo.

Molte domande mi passarono per la testa mentre mi dirigevo in centro quella sera. Per cominciare, perché Loretta insisteva tanto perché la incontrassi in centro? Che cosa aveva da nascondere? Si vergognava di presentarmi ai suoi genitori? Forse erano poveri. Forse viveva in una brutta zona della città. *Lo so; scommetto che il suo vecchio è un ubriacone. No!* Era troppo gentile per provenire da una brutta famiglia. Cosa poteva essere? *Sapevo* cosa *non volevo*: non volevo che mi desse buca!

Il tendone del cinema apparve alla mia vista e, in un primo momento, sembrava che sotto di esso non ci fosse nessuno ad aspettare. Ma, aspetta! Lì, nell'ombra, un movimento catturò la mia attenzione! Poteva essere? Ma sì! Loretta era in piedi con la schiena premuta contro il manifesto delle proiezioni in arrivo, con le braccia incrociate strette sul petto. Mi affrettai verso di lei.

Guardò nervosamente su e giù per l'isolato e sembrò sollevata quando mi vide correre verso di lei.

"Ciao," disse agitando le braccia con entusiasmo. Si affrettò verso di me e mi afferrò saldamente il braccio, spingendomi verso le doppie porte che conducevano all'atrio. "Ho già comprato i biglietti. Dai, entriamo."

Feci una pausa, guardando verso il botteghino, cercando di capire quanto avesse speso. Ma uno strattone alla manica e una spinta nella parte bassa della schiena mi informarono che Loretta faceva sul serio.

Andiamo. "Ci perderemo i cartoni animati," disse. Di nuovo, mi spinse verso le porte dell'atrio.

"Ok, ok. Rilassati," abbaiai. "Ci arriveremo, d'accordo. Come stai?"

"Sto bene. Ne parleremo dentro."

Con ciò, mi guidò attraverso le porte rivestite di ottone e nell'anticamera fresca e climatizzata. L'addetto in uniforme ci prese i biglietti e sorrise gentilmente. Loretta sembrò imbarazzata e ci costrinse ad andare avanti, oltre il bancone delle caramelle.

"Ehi!" dissi. "E i popcorn?"

"Lascia perdere i popcorn, entriamo e basta."

Una volta seduti nei bui recessi del teatro, Loretta sembrò rilassarsi un po' e io colsi l'occasione per incalzarla sul suo evidente disagio. "Ok, che succede? Perché tutta questa segretezza?"

Guardando ovunque tranne che verso di me, sussurrò: "Cosa vuoi dire?"

"Sai benissimo cosa intendo. Perché tutto questo mistero? Come mai sei così . . . non so . . . nervosa?"

"Oddio, si vede *così* tanto?"

"Sì," risposi. "Si vede che è così!"

"Oh, cavoli, mi dispiace molto. Non era mia intenzione."

"Senti," dissi, "vado a prendere i popcorn. Poi parleremo un po' e tu mi dirai cosa diavolo sta succedendo." Loretta trasalì alla parola 'diavolo', come se le avessero dato un calcio negli stinchi.

Comprai i popcorn e quando tornai in sala ci accomodammo in un paio di posti nella stretta balconata. Lo schermo era vuoto e la musica d'organo suonava silenziosamente attraverso gli altoparlanti, sottolineando l'atmosfera cupa che improvvisamente pervadeva il nostro spazio. Loretta iniziò a parlare.

Due ore dopo, stava ancora parlando. Solo che ormai la sua testa era comodamente appoggiata sulla mia spalla e le nostre mani erano caldamente intrecciate sul bracciolo. Non era così grave come mi aspettavo, ma per lei era terribile. Si sentiva come una prigioniera, mi spiegò. I suoi genitori la facevano impazzire con 'tutta la loro religione'. Suo padre leggeva costantemente la Bibbia, interpretando ogni passaggio alla lettera, e sua madre passava tutte le sue ore di veglia ad assistere l'Esercito della Salvezza nella sua crociata per salvare il mondo dal peccato.

"A volte la situazione diventa così grave che vorrei urlare," sussurrò Loretta. "Li sento pregare e vorrei che fossero entrambi morti non *proprio*, naturalmente. Vorrei solo che sparissero. *Non mi è mai* permesso di uscire con qualcuno. E, Dio non voglia che io *nomini* un ragazzo, beh, non c'è bisogno che ti dica qual è la loro reazione."

Cominciavo a capire.

Loretta imitava la madre. "'Ora, Loretta, sai *che sono* tutti uguali, quei ragazzi! Vogliono solo *una* cosa da una ragazza."

Le diedi una stretta di mano per rassicurarla.

"Oh, so che non sei così," sospirò. "Ma forse è di *me che* dovrebbe preoccuparsi."

"Cosa vuoi dire?" chiesi, con una punta di spudorato ottimismo nella voce.

"Beh, forse sono proprio come lei pensa che siano i ragazzi. Dopo tutto," disse, "non penso ad altro."

"Cosa?"

"Sai . . . farlo."

Il mio viso arrossì per quello che pensavo volesse dire.

"Oh, non fraintendermi," si affrettò ad aggiungere, "non l'ho mai *fatto*. Ma ci *penso* continuamente."

"Davvero?"

"Ma dai, non succede anche a te? Pensarci, voglio dire."

Arrossii ancora un po'. Dannazione, ci pensavo.

Loretta rise ad alta voce. "Pensano che io sia in biblioteca stasera. È così che sono uscita. *Non potevi* venire a casa mia. Per questo ho dovuto incontrarti."

Il film stava finendo e le luci della sala si alzarono lentamente, immergendoci nel loro bagliore giallastro. Loretta si guardò intorno e ritirò rapidamente la mano dalla mia. "È meglio che vada," sussurrò. "Se faccio tardi, mi faranno il terzo grado."

Saltai in piedi, facendo cadere la scatola di popcorn mezza vuota nella fila successiva. "Ti accompagno," mi offrii.

"No!" abbaiò. Poi, percependo il mio dolore, aggiunse: "Mi dispiace. Volevo solo dire che non puoi. Mi metterò nei guai."

Non ero ancora pronto per la fine della serata e cercai un compromesso. "Lascia che ti accompagni almeno a metà strada," suggerii.

"Ti prego, non farlo," implorò. "Ci rivedremo, te lo prometto. Domani!"

"Promesso?"

"Promesso. All'ora di pranzo, all'unione degli studenti." Iniziò ad andare, poi si fermò. "Non preoccuparti," disse, e mi baciò leggermente sulle labbra come per suggellare l'accordo. Ricambiai il bacio con forza, ma prima che potessi insistere sul vantaggio, Loretta si staccò. Respirava pesantemente. Mi fece piacere.

Uscimmo dal teatro e Loretta si precipitò in strada. "Domani!" gridò sopra le spalle, con i capelli intrecciati che le rimbalzavano avanti e indietro, mentre correva via dalla vista. Fissai a lungo e intensamente l'oscurità, chiedendomi se sarei mai riuscito ad arrivare a domani.

36

"E se lo facessimo a Capodanno?"

Non solo riuscii ad arrivare al giorno successivo, ma vidi Loretta quel venerdì *e* quel sabato. In realtà, la vidi quasi ogni giorno per le sei settimane successive. La maggior parte delle volte ci incontravamo dopo le lezioni in biblioteca o all'unione degli studenti. Restavamo seduti per ore, tenendoci per mano e guardandoci negli occhi. Di tanto in tanto, ma non spesso, Loretta usciva di notte. Fingendo di partecipare a una lezione, o magari di andare in biblioteca, riusciva a guadagnare qualche ora di libertà in una sera della settimana. In quelle occasioni speciali in cui riusciva a uscire, ci incontravamo, come al primo appuntamento, al cinema. Lì, stretti l'uno all'altro nella buia sicurezza del balcone, sgranocchiavamo popcorn e ci tenevamo per mano, incuranti delle immagini tremolanti proiettate sul vecchio schermo sfregiato. Ci baciavamo dolcemente, ma mai per periodi prolungati, mentre entrambi facevamo del nostro meglio per tenere a freno la nostra lussuria.

Un lunedì sera, Loretta si eccitò particolarmente durante i nostri baci e mi portò la mano al seno. Mi allontanai con un sussulto. "Va tutto bene," disse dolcemente.

"Sei sicura?"

"Ah-ah," sospirò, riposizionando delicatamente la mia mano.

Passarono diversi minuti prima che trovassi il coraggio di muovere le dita. Lentamente, cominciai ad accarezzare la morbida curva del suo seno. Lei sospirò e si strinse forte contro il mio palmo.

Ero in un bagno di sudore! Loretta aveva gli occhi chiusi e si era appoggiata al sedile con le gambe aperte. Il suo respiro era affannoso e pesante, e io esplorai il suo corpo, facendo molta attenzione a essere delicato mentre la mia mano scivolava verso il suo stomaco. Invece di fermarmi lì, Loretta allungò una mano tremante e guidò la mia mano ancora più in là, finché alla fine si posò sulla sua femminilità.

"Loretta?" sussurrai.

"Ah-ah," sospirò.

"Sei sicura che vada bene?"

Rispose muovendo la mia mano avanti e indietro contro il suo inguine, prima lentamente, poi più rapidamente. All'improvviso, il suo respiro si fece ancora più corto e lei sussultò spasmodicamente contro la mia mano, stringendola tra le cosce. Con un sospiro, espirò dolcemente e si accasciò contro la mia spalla. Mi girai verso di lei, circondandola con il braccio, e la tenni dolcemente così per diversi minuti. Mi baciò dolcemente, le sue dita si muovevano continuamente, accarezzandomi il viso e il collo. Ormai completamente eccitato, gettai al vento la prudenza. Con coraggio, presi una delle sue mani e la posai con forza sul mio inguine. La mossi avanti e indietro come lei aveva fatto prima con la mia. La sua mano si muoveva su e giù in modo legnoso e solo quando sentii le sue spalle tremare violentemente mi resi conto che stava piangendo.

"Loretta. Cosa c'è che non va?"

"Niente," gridò. Mi alzai a sedere e le presi il viso tra le mani. Lacrime calde le rigavano le guance; il petto le si gonfiava di spasmi mentre cercava di trattenersi dal piangere.

"Ma pensavo che tu già . . . sai . . ." La mia voce si interruppe per l'imbarazzo. "Volevo solo . . ."

"So cosa volevi," disse. "Credimi, anch'io lo volevo. Ma non posso, soprattutto non qui e non ora. Non è giusto."

"Ma dove?"

"Non lo so."

"Non è proprio giusto," mi ritrovai a dire.

"Non ho potuto farne a meno!" ribatté lei. Sorrisi, compiaciuto di me stesso.

"Beh, e io?"

Ci fu un lungo silenzio, rotto infine da una sola parola; non era la parola che speravo di sentire, ma sarebbe stata sufficiente.

"Presto," disse.

Rimanemmo seduti in silenzio, senza parlare, per la mezz'ora successiva. Alla fine il film finì e le luci si accesero, spingendoci ad alzarci dai nostri posti e a uscire dalla piccola sala. L'aria autunnale era fresca e frizzante, non diversamente dal mio stato d'animo di quel momento. "Allora, quando sarà presto?" Chiesi, mentre attraversavamo la strada e ci dirigevamo verso la casa di Loretta in Catawba Street. Di recente l'avevo convinta a lasciarmi almeno accompagnare quasi fino a casa sua, a condizione, naturalmente, che fingessi di non conoscerla se avessimo incontrato inaspettatamente i suoi genitori o chiunque altro conoscesse, se è per quello. Loretta si fermò di colpo e si girò verso di me. "Voglio farlo quanto te, ma . . ."

"Ma cosa?" risposi.

"Non lo so. Credo di avere paura, ecco tutto."

"Oh, fantastico! Beh, anch'io, ok?"

"Davvero?"   Loretta   sembrava   sinceramente sorpresa.

"Beh, sì, voglio dire che dovrebbe essere . . ."

"Speciale! Vero?" Loretta era proprio brava a finire le mie frasi. "Beh, non credi?"

"Certo che sì," mentii. *Soprattutto con te e quelle tette enormi!*

"Bene!" disse lei.

"Sì, bene!" concordai. "Allora, quando . . ."

"Ecco perché penso che dovremmo aspettare fino a quando non ci . . ."

"Cosa?" dissi. Era il mio turno di interrompere. "Finché non facciamo cosa?"

"Beh, sai . . . posiamo." Lo disse come se fosse la cosa più naturale del mondo.

"*SPOSIAMO?!*" gridai. Per me *non era* la cosa più naturale del mondo. Era strano.

"Beh, sì. Credo che sia quello che sto dicendo." Loretta mi guardò con un'espressione che diceva: "Non vuoi capire, per favore?"

Mi guardai intorno come se mi aspettassi che un giudice di pace saltasse fuori dai cespugli con una Bibbia in mano e ci dichiarasse 'marito e moglie'. Era una follia! Non potevo credere a quello che stavo sentendo. Tutti i miei amici lo facevano al secondo appuntamento e la mia ragazza lo teneva per la prima notte di nozze.

"Non ti sembra di esagerare un po'?" chiesi. "Voglio dire, *siamo* nel ventesimo secolo." (Qualcuno doveva pur esercitare un po' di ragione).

Prima che Loretta potesse rispondere, andai avanti. "Voglio dire, certo, sarebbe bello se tutti aspettassero di sposarsi. Ma se non stessero bene insieme? E allora?"

Loretta mi guardò con curiosità.

Feci un respiro profondo e continuai. "Ehi, non fraintendermi. Sono sicuro che sarai perfetta." Ora stavo davvero girando e non volevo perdere lo slancio. "Diamine, probabilmente saremo *entrambi* perfetti. Ma se . . ."

"E se *non lo* fossimo?" disse Loretta.

"Beh, sì. Voglio dire, non sarebbe terribile rimanere bloccati *per sempre* e non stare bene insieme?"

"Non lo so," rispose lei. "Credo di non averci mai pensato." Era visibilmente turbata.

"Beh, io l'ho fatto," dissi.

"Ma i miei genitori hanno sempre detto che . . ."

"I tuoi genitori sono *pazzi!*" urlai.

"Ehi!" ribatté lei. "Lascia fuori i miei genitori da questa storia!"

"Oh, sai cosa intendo," dissi. "Ok, mi dispiace."

"Non hai mai conosciuto i miei genitori." I sentimenti di Loretta erano feriti.

"Ma l'hai detto tu stessa che sono dei fanatici. E se non ti sposerai mai? Rimarrai vergine per il resto della tua vita?"

Ah-hah! Ora l'avevo in pugno! Loretta si allontanò lentamente come per ritirarsi in uno spazio separato. Rimase così, di spalle, per diversi minuti. Non osavo dire

407

una parola. Infine, fece un respiro profondo e si girò bruscamente.

"Va bene! Lo faremo!" gridò. "Ma non ancora." Poi aggiunse, con voce appena superiore a un sussurro: "Ma *presto*, lo prometto."

"B-e-h, ok," dissi. "Ma spero che non mi farai aspettare per sempre."

Il mio ventiduesimo compleanno si avvicinava rapidamente e, nonostante il mio atteggiamento esteriore di cavalleria nei confronti della mia verginità, l'argomento stava diventando sempre più difficile da affrontare. Su due piedi, decisi che, poiché Loretta rappresentava la mia migliore occasione per perdere la verginità, avrei giocato le mie carte con molta attenzione. Avrei coltivato la nostra relazione come un contadino fa con il suo raccolto.

E avevo previsto un raccolto invernale.

In un classico esercizio di autoillusione, cominciai lentamente a convincere me stesso (e anche Loretta) che non solo ero innamorato di lei, ma che anch'io aspettavo con ansia il giorno in cui ci saremmo sposati. La ricoprii di biglietti d'amore, di piccoli regali e, a volte, di fiori. Nei mesi successivi non le feci mai più pressioni e non accennai nemmeno a 'farlo'. A volte, addirittura, fingevo indifferenza per l'argomento.

Una sera, stretti in un profondo abbraccio nell'ormai familiare balcone dell'Oritani, le nostre passioni ci travolsero. Loretta, persa nelle pulsioni della sua sessualità, aveva appena raggiunto un orgasmo bollente sul mio dito medio. (Oh, sì, avevamo fatto *dei* progressi).

O per sincera preoccupazione, o forse per un crescente senso di colpa, allungò inaspettatamente la mano verso il mio inguine.   Con calma, quasi con un'aria di compassione, dissi: "No, no.   Non c'è problema.   Posso aspettare."

"Ma, Dave," fece lei, "sei stato così bravo.   Mi sento davvero in colpa."

"Non essere sciocca," dissi, "so che pensavi davvero quello che hai detto.   E posso aspettare finché non sei pronta.   Non è un problema." (Avevo preso abitualmente in mano la situazione dopo ogni appuntamento, quindi non c'era alcun problema).   Massaggiando distrattamente un bottone della mia camicia, Loretta disse: "Ci ho pensato."

"A cosa?" chiesi.

"Sai, quello che avevamo concordato.   Sul fatto di farlo presto."

"Già.   E cosa hai deciso?"

"E se lo facessimo a Capodanno?"

Scoppiai a ridere.   "Come iniziare il nuovo anno con un 'botto'?"

Scherzai.

Si accigliò.   I suoi occhi cominciarono a lacrimare e presto una lacrima le scese lungo la guancia.   Mi resi conto di aver esagerato e mi avvicinai per prenderle la mano.   "Ehi," dissi a bassa voce, "non volevo essere così idiota." *Non rovinare tutto adesso!* "Se significa davvero così tanto per te, beh, che diamine, facciamolo!   Certo, perché no?   Vuoi *davvero farlo* a Capodanno?"

"Ah-ah," sorrise.   "Ho pensato che sarebbe stato davvero speciale.   Non credi?"

Non potevo credere a quello che stavo sentendo.

"Dave?"

"Eh? Oh, sì, assolutamente! Ma come? Voglio dire . . . e i tuoi genitori?" Non riuscivo a immaginare come avremmo potuto farlo.

Loretta sorrise eccitata. "Ho capito tutto." Era estremamente animata, con gli occhi che brillavano e le mani che si agitavano nell'aria. Come se non bastasse, le sue parole successive mi fecero quasi rimanere di sasso. "Oh, a proposito," annunciò con calma, "verrai a casa mia per il Ringraziamento."

Loretta Arnold era piena di sorprese.

37

Il Ringraziamento agli Arnold ("Oh, e potresti passarmi la salsa di mirtilli rossi?")

Prima di riuscire a sollevare anche solo una forchetta per il giorno del Ringraziamento, dovetti affrontare il poco invidiabile compito di incontrare i genitori di Loretta. La possibilità che quell'incontro si rivelasse tutt'altro che positivo non faceva che complicare le cose. Per quanto mi riguardava, le mie possibilità di passare davvero il Capodanno con Loretta erano scarse e, più probabilmente, impossibili.

Loretta e io ci stringemmo nel seminterrato dell'unione studentesca. Lei sedeva contenta sulle mie ginocchia, succhiando un lecca-lecca, mentre illustrava i dettagli di un piano che aveva escogitato per realizzare 'la grande presentazione'. Era praticamente infallibile. "C'è un gruppo di giovani dell'Esercito della Salvezza a cui mamma mi ha fatto iscrivere," disse. "E il prossimo fine settimana faremo un'escursione alle cascate di Bushkill."

"Allora?"

"Allora, mamma e papà fanno da accompagnatori. Ti invito a venire con me e *così* li conoscerai." Era praticamente raggiante. "È perfetto." (Sì, perfetto se si è golosi di punizioni). Mi immaginavo cinquanta cadetti in uniforme che marciavano a passo serrato attraverso il bosco cantando a squarciagola 'Onward Christian Soldiers'. L'immagine mi fece trasalire. Osservando la mia reazione, Loretta si affrettò a presentare uno scenario molto più gradevole di quello che stavo evocando.

"No, no, no," disse lei. "Non è come pensi. Te lo giuro. Sarà divertente. Prima conoscerai i miei genitori e poi . . ."

"E poi mi ammazzo," scherzai.

"Ehi, dai," disse Loretta. "È per questo che lo stiamo facendo, ok? Così potrai conoscere i miei genitori."

"Ah, sì? Beh, io pensavo che fosse per poter scopa . . ."

Un'espressione di esasperazione attraversò il volto di Loretta. "Non mi stai aiutando," disse.

"Ok, ok. Mi dispiace. Continua."

"Beh, prima conoscerai la mamma e il papà, che ti adoreranno assolutamente, e poi potremo andare al falò e . . ."

"Ohi, ohi, ohi!" esclamai con sarcasmo. Senza preavviso, Loretta mi diede un forte pugno sul braccio.

"Ahi!" Urlai, strofinando il punto incriminato.

"Allora dacci un taglio, ok?"

"Va bene, va bene. Verrò alla tua dannata escursione. Andrò anche al dannato falò. Ma, seriamente, pensi davvero che piacerò ai tuoi genitori?"

"Ti *ameranno*, sciocco! Io lo faccio *già*!"

Ero sbalordito.

"Davvero?" chiesi, con totale stupore.

"*Certo che* sì," rispose Loretta. "Non lo sapevi?"

"Beh, sì, credo di sì. Ma è la prima volta che lo dici davvero."

"Beh, allora lo dirò di nuovo, così non ci saranno errori. Ti *amo*!"

Lei mi amava. Cosa dovevo fare? Era il momento giusto, il grande momento!

Feci quello che *dovevo fare*. "Anch'io ti amo!" Sbottai, incerto se fosse vero o meno, ma in qualche modo disperatamente sperando che lo fosse.

"Oh, David!" urlò Loretta, lasciando cadere il lecca-lecca e stringendomi così forte che riuscivo a malapena a respirare. "Sono così felice!"

La cosa buffa è che lo ero anch'io. All'improvviso era meraviglioso essere innamorati, o qualunque cosa fosse. In realtà ero nei guai. Solo che ero troppo stupido per rendermene conto.

Loretta aveva ragione, ovviamente. Gli Arnold mi amavano. Diavolo, mi piacevano persino! È vero, il signor Arnold *era* molto religioso, forse anche un po' fanatico, ma di certo non era il mostro prepotente ritratto da Loretta. E anche 'zia Elsa', come la signora Arnold preferiva che la chiamassi, non era pazza, ma puramente e semplicemente sola! Il suo coinvolgimento nell'Esercito della Salvezza serviva solo a sfogare il suo desiderio represso di interazione sociale. L'escursione si rivelò una passeggiata!

Ci incontrammo tutti nel parcheggio della vecchia chiesa battista di Walker Street e Loretta non perse tempo a fare le presentazioni. "Mamma, papà, vorrei presentarvi David. È il ragazzo di cui vi ho parlato." (Mi chiedevo cosa avesse detto loro). Con ansia, allungai la mano sudata del signor Arnold e la strinsi con la mia.

"Piacere di conoscerla, signore," gracchiai.

"Anche per me è un piacere," sorrise.

Non è stato così difficile, pensai.

"Ci stavamo chiedendo quando Loretta avrebbe incontrato un bravo ragazzo come te," commentò la signora Arnold.

Circa tre mesi fa, non potei fare a meno di pensare.

"Immagino sia difficile, essendo uno studente trasferito e tutto il resto," disse. "Da dove Loretta ha detto che vieni?"

Dio, quante cose sa?

"Kentucky State Teachers College," risposi.

"Oh, sì, è vero, ora ricordo," disse la signora Arnold. "Loretta ha detto qualcosa anche sul fatto che hai cambiato specializzazione. Ammiro il tuo coraggio." Annuii con un cenno di assenso. "I giovani di oggi sono certamente ambiziosi." Loretta era raggiante, mentre stava in silenzio al fianco di sua madre, assorbendo tutto. Proprio in quel momento, l'autista dell'autobus suonò il clacson per segnalare l'inizio del viaggio. Al riparo da ulteriori domande e dal possibile imbarazzo di essere colto in fallo, afferrai il braccio di Loretta e la portai di corsa verso il fatiscente autobus rosso scrostato, lasciando i suoi genitori nel parcheggio.

Il resto del pomeriggio fu una lezione da manuale su come leccare i piedi ai genitori della propria ragazza, fare amicizia con un gruppo di emarginati sociali e gettare le basi per l'evento più importante nella vita di un giovane uomo. In una parola, fui magnifico. Prossima tappa: superare le vacanze del Ringraziamento e poi il Capodanno.

Più tardi, quella notte, mi rigirai nel letto, pregustando e temendo la grande festa degli Arnold.

Fuga dall'innocenza (Il racconto di un risveglio)

Verso mezzanotte, poco dopo essermi addormentato, fui visitato da un incubo bizzarro:

Loretta era vestita come una fanciulla pellegrina. I suoi capelli erano raccolti in uno chignon e il suo abito nero, molto semplice, era abbottonato fino alla gola. I suoi genitori e i miei erano seduti intorno al tavolo, che curiosamente era coperto da un lenzuolo di raso. Loretta si avvicinò con disinvoltura al bordo del tavolo e senza preavviso vi salì sopra, sdraiandosi sulla schiena, con un ampio sorriso sul volto.

Il signor Arnold chinò il capo solennemente e iniziò a parlare.

"Carissimi, siamo qui riuniti in questo Giorno del Ringraziamento per assistere all'unione in spirito e carne di questi due giovani." Guardò nella mia direzione e poi continuò. "David, vuoi fare tu gli onori di casa?"

Sorrisi in modo malinconico a tutti coloro che erano riuniti intorno al tavolo, poi mi voltai e salii sulla superficie accanto a Loretta, che si era tirata su il vestito sopra la testa. Mi inginocchiai tra le sue gambe e l'aroma del tacchino mi arrivò alle narici. Mi leccai le labbra, guardando gli ospiti intorno al tavolo. Mi voltai e trovai la madre di Loretta sdraiata dove Loretta era stata solo pochi secondi prima. (Ricordate, questo era un sogno). Mi ritrassi inorridito, ma il signor Arnold si avvicinò e afferrò la mia mano, immergendola in profondità tra le ampie gambe di sua moglie. Mi tirai subito indietro così rapidamente che la mia mano fece un forte 'woosh' quando si liberò, piena di ripieno.

"Vai avanti, David," disse una voce. Mi girai e vidi Loretta, ora nuda, seduta sulle ginocchia del padre. "Fai pure,"

415

mi guaì. "Mangiala. Lei lo vuole. E papà vuole guardarti. Fallo, David."

"Ma io voglio te, Loretta," gridai.

Un'altra voce risuonò ancora più forte, mentre il sogno cominciava a svanire. Era mia madre.

"David, non osare! Oh, e potresti passarmi la salsa di mirtilli rossi . . ."

Mi svegliai sudando freddo. Mi resi conto che dovevo dare molte spiegazioni ai miei genitori. Quello sarebbe stato il secondo Ringraziamento consecutivo in cui sarei stato via. Non ero sicuro della mamma, ma ero certo che papà avrebbe capito. Avevo ragione! Naturalmente ci volle un po' di tempo per convincerlo, ma alla fine era il 'buon vecchio papà', lo stesso uomo su cui avevo sempre potuto contare. Alcune cose non cambiano mai.

Finalmente arrivò il giorno del Ringraziamento. La signora Arnold andava avanti e indietro nella piccola cucina. "Siamo così felici che Loretta ti abbia invitato a quell'escursione," disse. "È sempre stata una ragazza così timida. Cominciavamo a pensare che non avrebbe mai incontrato *nessuno*."

Le statuette di porcellana in miniatura riempivano ogni scaffale della casa, sottraendo piuttosto che esaltando quel poco di fascino che la modesta abitazione possedeva. La zia Elsa non era certo un'esperta di decorazioni.

"Credo che si veda ancora come una piccola e grassa palla di burro," proseguì la mamma di Loretta. "È così che la chiamavamo, sai, 'palla di burro'."

Cominciai a ridere, ma immaginai Loretta accigliata e mi fermai immediatamente.

"Davvero?" dissi. "Non riesco proprio a immaginarlo." (Loretta avrebbe sorriso di quello, ne ero certo).

"Sì, era la bambina più grande e più grassa della classe, fino alla terza media. Poi, lei . . . beh . . . sa . . . è diventata una signorina. Fu come una magia! Un giorno era alta *e* grassa, il giorno dopo era solo *alta*. Loretta è sempre stata alta. Credo che sia una cosa di famiglia; mia zia Jessie è quasi un metro e ottanta." Credo di essere arrossito, perché all'improvviso la signora Arnold smise di parlare e rimase a fissare il soffitto. "Perdonami se ho parlato troppo," disse. "Non abbiamo molta compagnia e credo di essermi lasciata trasportare."

"Oh," dissi schiarendomi la gola. "Non c'è problema."

Proprio in quel momento, Loretta irruppe dalla porta della cucina, con l'aspetto di una palla di burro.

"Wow!" esclamai.

"Ti piace?" chiese Loretta. Si girò in una piroetta esagerata, che fece sollevare pericolosamente il suo nuovo vestito. Ammirai le sue lunghe gambe rivestite di calze e sussultai ad alta voce. Loretta sorrise in segno di apprezzamento. *Devo essere* innamorato, pensai. Come spiegare altrimenti il battito accelerato del mio cuore e l'improvvisa secchezza della gola? Tossii nervosamente.

"Ok, Jackie Onassis," disse la madre di Loretta. "Aiutami a preparare la tavola."

Guardai Loretta muoversi con grazia in cucina e pensai a che sollievo fosse non doversi più incontrare di nascosto. Da quando avevo conosciuto i suoi genitori, potevo accompagnarla a casa dal campus e persino portarla al cinema senza dovermi guardare alle spalle. A quanto pareva, gli Arnold avevano sempre sospettato che Loretta frequentasse qualcuno, soprattutto quando aveva mostrato un improvviso e smodato interesse per la biblioteca. Dire che erano sollevati per aver scoperto che ero la *ragione d'essere delle* escursioni serali di Loretta sarebbe stato un grossolano eufemismo.

Finalmente la cena era pronta e ci riunimmo intorno al tavolo per la preghiera. Il signor Arnold disse una breve preghiera e si guardò intorno al tavolo. I suoi occhi incrociarono i miei e sorrise. Ricambiai il sorriso e pensai a mio padre. Dissi una mia piccola preghiera e sperai che avesse capito.

"Loretta mi ha detto che lei è stato molto attivo nel movimento per i diritti civili nel Kentucky," disse il signor Arnold, con un tono di domanda nella voce.

Mi contrassi a disagio in previsione di una possibile ramanzina giudicante. Non dovevo preoccuparmi.

"Abbiamo sempre pensato che *tutti* fossero uguali agli occhi di Dio," dichiarò.

"Sì, è certamente quello che proviamo *entrambi*," aggiunse la signora Arnold, mettendo a tacere ogni dubbio che avrei potuto avere sui suoi sentimenti in proposito.

Il mio disagio doveva essere evidente, perché il signor Arnold intervenne subito con un altro commento rassicurante.

"Troviamo che i giovani di oggi abbiano un vero senso di coscienza. Non è sempre facile fare la cosa cristiana."

"Sì," aggiunse la signora Arnold, "ti ammiriamo molto."

"Grazie," dissi, accettando il premio a nome di tutti i giovani degli Stati Uniti. "Non ero sicuro di come l'avreste presa. In realtà, questo è stato uno dei motivi per cui mi sono trasferito. Non tutti nel Kentucky condividevano esattamente i miei sentimenti."

"Beh," disse la signora Arnold, "questi sono tempi difficili."

"Sì, signora," risposi.

La cena proseguì senza intoppi e assaggiai ogni piatto presente sul tavolo; alcuni assaggi si trasformarono in porzioni abbondanti. La conversazione fu educata e non si parlò (grazie a Dio) di politica, di religione e nemmeno di sport; per lo più, si parlò solo di ciò che accadeva nel quartiere.

Quando finimmo il dolce, Loretta tossì e mi diede un calcio alla gamba sotto il tavolo. Le lanciai uno sguardo indagatore. Con un piccolo movimento della testa, mi fece cenno di andare in salotto e ridacchiò. Guardai intorno al tavolo e trovai i suoi genitori che guardavano oziosamente il soffitto, fingendo di non accorgersi della nostra non proprio sottile comunicazione reciproca.

Ruppi il silenzio.

"Allora, signora Arnold . . . ehm . . . Voglio dire, zia Elsa, le dispiacerebbe se io e Loretta andassimo a fare una piccola passeggiata? Uh . . . sa, per smaltire questo ottimo pasto."

Prima che potesse rispondere, Loretta interruppe la madre. "Prima ti aiuto a sparecchiare, va bene, mamma?"

"Oh, va bene così, tesoro. Voi due andate avanti. Ci penso io."

"È sicura?" chiesi, gentilmente.

"Assolutamente sì!" affermò il papà di Loretta.

Ridacchiando istericamente, Loretta mi afferrò la mano e mi trascinò fuori dalla porta d'ingresso. Una volta fuori, mi voltai verso di lei in preda all'esasperazione e le chiesi: "Sei pazza?"

"Solo di te, scemo," disse Loretta. "Non posso crederci. Sono assolutamente pazzi di te. Voglio dire . . . Non sono sorpresa o altro. Ti avevo detto che ti avrebbero amato. Ma sono così felice."

"Sì, anch'io," dissi. "Ma, dopo tutto (esitai per l'effetto), cosa ti aspettavi?"

Loretta rise e poi si fece seria. "Sono davvero contenta che tu piaccia loro. Ci renderà le cose molto più facili."

"Cosa vuoi dire?" Mi informai.

"Oh, niente. Stavo solo pensando ad alta voce." Un'espressione strana le attraversò il viso.

"Dimmi, dimmi," implorai. "Cosa ti passa per la testa?"

"Niente, davvero," disse Loretta.

"Stronzate! Sputa il rospo!"

"Beh, stavo pensando . . . oh, penserai che è davvero stupido . . ."

"Cosa c'è di stupido? Dai, Loretta, dimmelo."

"Beh, quello che pensavo era . . ."

"Sì?"

"Che visto che evidentemente gli piaci così tanto . . . che . . . beh . . . che non gli dispiacerà se ci sposiamo."

"Oh, no. Non di nuovo," gemetti.

"Non intendo subito," ribatte Loretta. "Pensavo che forse il prossimo giugno, dopo la fine della scuola."

"Mio Dio," sussurrai. "Fai sul *serio*, vero?"

"Certo, perché no?"

"Beh, per cominciare, non credi che ci conosciamo appena?"

"Non è vero," rispose Loretta, compiaciuta.

"È così," risposi.

"Beh, allora credo che forse non dovremmo farlo a Capodanno," disse Loretta. "Voglio dire, se siamo così *estranei*." Mi sfidò con uno sguardo che diceva: 'Ok, Buster, o paghi o niente!'

"Dai, Loretta. Smettila. Sai che una cosa non ha niente a che fare con l'altra."

"Oh sì, invece!" esclamò lei. "Non andrò a letto con uno qualunque, soprattutto con uno che non vuole nemmeno parlare di matrimonio."

"Aspetta un attimo!" gridai.

"No, aspetta tu!" disse Loretta, con rabbia.

Ero nel panico. Mancavano solo sei settimane al Capodanno. Non potevo mandare tutto all'aria a quel punto.

"Senti," esordii, "non abbiamo mai parlato di sposarci definitivamente. Oh, certo, probabilmente ci *sposeremo*, ma diamine, questo è solo il mio terzo anno. E tu sei solo una matricola. Non credi che dovremmo almeno aspettare di aver finito la scuola?"

"Billy Taylor non pensa che sia troppo presto!" sbottò Loretta.

Da dove diavolo era venuto fuori, pensai. Billy Taylor era il capitano della squadra di wrestling. Era anche all'ultimo anno e *molto* eleggibile. "*E* Billy Taylor?" chiesi, veramente perplesso.

"Beh, io e Billy uscivamo insieme al liceo, sai, e . . ."

"No, *non lo sapevo!*"

"Beh, l'abbiamo fatto," disse Loretta.

"E allora? È stato *allora*. Cosa c'entra con il *presente?*"

"C'entra eccome," disse lei. "E, se non sei disposto a sposarmi, sono sicura che Billy sarebbe più che felice di farlo."

Capii dove si andava a parare e decisi di non farmi beccare con i pantaloni abbassati (se capite cosa intendo). "Come mai sei così sicura che ti sposerebbe? Te l'ha *chiesto?*"

"Sì, signor sapientone; lo ha fatto!"

"Ah, sì? Quando?"

"La settimana scorsa! Nell'unione degli studenti," sbraitò Loretta, con rabbia. Sembrava quasi contenta di dirmelo.

"Vuoi dire . . . Billy Taylor ti *ha chiesto di sposarlo* nell'*unione degli studenti?*" dissi. "Non ci credo."

"Beh," rispose Loretta, "non *esattamente*, ma ci è andato abbastanza vicino."

"Ah sì? Beh, *cosa* ha detto esattamente?"

"Non importa!" Loretta ribatté. Incrociò le braccia sul petto con aria di sfida.

"Oh no, non è vero," dissi. "Andiamo, Loretta. Che cosa ha detto?"

Loretta lasciò cadere le braccia in grembo e mise il broncio. "Ha detto, e cito testualmente: 'Quando hai finito con quell'idiota di Dave, fammelo sapere e arrivo subito'."

"Ah!" esclamai. Ero leggermente sollevato, ma ancora arrabbiato e più che preoccupato. "Ci sei andata vicino, mia cara, ma niente anello!" Loretta scrollò le spalle.

"E, ehi," aggiunsi, "perché gli hai permesso di parlare di me in quel modo, comunque?" Stavo lottando per la mia vita. Dopo tutto, stavamo parlando di problemi importanti. La mia virilità era a rischio. Loretta non si preoccupò di rispondere alla mia ultima domanda, ma continuò a parlare della sua immaginaria proposta. "Comunque, mi sposerebbe, lo so e basta!"

Sentendo la vittoria a portata di mano, offrii compassione, sperando di guadagnare abbastanza punti per consolidare il mio tenue rapporto con Loretta. Inoltre, non volevo rovinare il mio 'appuntamento con il destino' di dicembre, se potevo evitarlo. Misi il mio braccio (indubbiamente grondante di sudore) intorno alla sua spalla e la tirai vicino a me.

"Ehi, ehi," sussurrai. "Tirati su. Sai che ci sposeremo. Ho solo bisogno di più tempo." (Sì, tipo altri cinque anni, pensai).

Il volto di Loretta si illuminò in un sorriso e appoggiò la testa sulla mia spalla, sospirando dolcemente. Avrei dovuto sentirmi sollevato, anzi eccitato, ma non lo ero. Mi sentivo un verme. Perché non potevo semplicemente scopare come tutti quelli che conoscevo? Perché dovevo *essere* coinvolto in una sorta di 'gioco della passione'? Era vero, Loretta mi piaceva, molto. Chi lo sapeva, forse un giorno l'avrei sposata. Ma non volevo che una *cosa* così banale intralciasse il quadro generale.

Negli ultimi cinque minuti, un fattore completamente nuovo si era aggiunto a un'equazione già complicata. Dopo tutto, ragionavo, essere innamorati (o pensare di esserlo) era una cosa. Ma il *matrimonio?* Beh, quello era un bel altro paio di maniche.

Avevo decisamente bisogno di più tempo.

38

Il biscotto della fortuna
("Sposarsi in fretta . . . pentirsi a tempo debito")

Mancava ormai poco a Capodanno e mi chiedevo non solo come Loretta sarebbe riuscita a separarsi dai suoi genitori, ma anche come avrei fatto a spiegare ai miei genitori che non avrei trascorso una festa importante con loro.   Per quanto riguardava Loretta, non dovevo preoccuparmi. Come sempre, aveva escogitato un piano incredibile per trasformare la nostra fantasia in realtà.

"Ho pensato a tutto," mi spiegò. Mancavano solo due settimane al grande evento, così la ascoltai con attenzione mentre svelava la sua strategia. "I miei genitori andranno in Ohio a trovare mia zia Edna. Così ho detto loro che devo consegnare una tesina importante a Psicologia e che ho bisogno di stare a casa per lavorarci."

"E te *lo lasciano fare?*" chiesi, incredulo.

"Beh, non proprio . . ."

"Allora come . . ."

"Calma! Sto da Jennie Dyer," rispose compiaciuta.

Soppressi una risata. "Allora, è tutto qui?" chiesi, solo leggermente sollevato. Dopo tutto, non era possibile che le cose si risolvessero così facilmente, no?

"Beh, non è proprio così," disse Loretta. "È qui che entra in gioco Roger."

"*Roger?* Che diavolo c'entra lui?"

"È semplice," rispose Loretta. *"Farà* finta di essere il signor Dyer. Capito?"

"Ma . . ."

"L'hai detto tu stesso," disse Loretta. "Farà tutto quello che gli dirai di fare. Giusto?"

"Beh, sì, ma . . ."

"Quindi, dirà semplicemente che stanno organizzando una piccola festa di Capodanno e che Jennie sarebbe molto delusa se io non ci fossi. È semplice."

"Ok, ok. Ma ancora non capisco perché hai bisogno di Roger. Perché il signor Dyer non chiama suo padre di persona?"

"Perché non può," disse Loretta.

"Perché no?"

"Perché è morto!"

"È morto?"

"Sì, è morto dieci anni fa. Jennie vive con sua madre, da sola."

"Ma i tuoi genitori non lo *sanno*?" chiesi.

"No, sciocco. Non conoscono nemmeno i miei *amici*, tanto meno i genitori dei miei amici. Inoltre, è meglio così. Roger può davvero sfogarsi. Può dire a mio padre tutto quello che vuole sentire. È perfetto."

"È una follia," risposi.

"No, non lo è," disse Loretta. "È *perfetto* e funzionerà a *meraviglia*."

Pensavo che fosse un po' più perfetto di quanto potessi gestire. Ero stupito. Sapevo che Loretta era una calcolatrice, ma non avrei mai immaginato che si sarebbe spinta così lontano. Ancora più stupefacente era il fatto che io fossi disposto ad assecondarla! Tuttavia, come Craig mi diceva nelle sue lettere dal Vietnam: 'Un cazzo rigido non ha coscienza'.

Mi venne in mente un altro pensiero. "Aspetta un attimo," dissi. "Perché hai bisogno di Roger? Perché la signora Dyer non chiama direttamente tua madre?"

Loretta sorrise. "Perché non *sa che mi* fermo qui. *Sta* andando a Chicago. Jenny resterà a casa da sola, almeno per quanto ne sa sua madre. Non ci sarà nessuna festa di Capodanno. Dio, David, sei così stupido."

Poi, come se mi leggesse nel pensiero, Loretta gridò: "Oh, no! Non puoi!"

"Perché no?" dissi. "Sarà perfetto. Potremmo farlo ogni sera."

"Perché non sarà speciale," disse Loretta. "Non voglio farlo a casa di Jenny. Voglio farlo bene."

"Dove si può fare *bene?*"

"Il Regency!"

"IL REGENCY?!" Il Regency era l'hotel più esclusivo di Schuyler Falls. (In realtà era l'unico albergo di Schuyler Falls; tutti gli altri alloggi erano motel). "Cosa ti fa pensare che abbiano una stanza? Soprattutto a Capodanno?"

"Perché ho già prenotato." (Ve l'avevo detto che Loretta era piena di sorprese).

"Non riusciremo mai a farla franca," sospirai.

"Certo che lo faremo," rispose lei. Era piena di fiducia.

A quel punto dovevo solo convincere Roger a fare la sua parte e addio verginità, ciao mascolinità! Naturalmente, era meno entusiasta di noi del piano. Ma,

427

dopo molte insistenze, alla fine accettò, ma solo dopo che gli promisi di fargli il bucato per il resto dell'anno *e di* rifornirlo di Mountain Dew per le feste. Naturalmente i miei genitori erano delusi dal fatto che non sarei tornato a casa per le vacanze, ma ammisero a malincuore che aveva senso che rimanessi al campus per lavorare al mio saggio di psicologia (grazie a Dio non sapevano che non avevo nemmeno un corso di psicologia).

"Non preoccuparti," dissi a mio padre, "ti chiamerò a Natale *e a* Capodanno. Te lo prometto." (Dopotutto, c'erano *alcuni* sacrifici *che bisognava fare*, mi dissi).

Roger si comportò in modo brillante, convincendo il padre di Loretta a permetterle di stare con Jenny. Improvvisamente mancava solo una settimana a Natale e non si poteva più tornare indietro. Tuttavia, provavo sentimenti contrastanti nei confronti di Loretta e un senso di colpa si stava insinuando nel mio stomaco e stava facendo crescere il mio desiderio in un angolo. Il problema ero *io*. Ero spaventato a morte e più che confuso. Da quando io e Loretta avevamo 'forse' deciso di sposarci, lei era stata un angelo assoluto. Più mi trattava bene, più mi sentivo male con me stesso. La verità era che non ero affatto sicuro della 'cosa del matrimonio'.

La Vigilia di Natale arrivò sulla scia di una grande tempesta di neve e, per un po', sembrava che Madre Natura avrebbe avuto l'ultima parola.

"David," disse Loretta, "è terribile!" Tenni il telefono ascoltando incredulo. "Cosa c'è che non va?" chiesi.

"Papà sta aspettando notizie da Cleveland," sussurrò Loretta. "Potrebbero chiudere l'aeroporto. Se lo fanno, mamma e papà non andranno. Tutto sarà *rovinato*."

Immaginai Loretta all'altro capo del filo e per un attimo provai un senso di sollievo. Dopo tutto, se i suoi genitori non potevano volare a Cleveland, allora non avremmo potuto realizzare il nostro piccolo piano e non avrei dovuto preoccuparmi di sentirmi così in colpa.

"David, ci sei?" sussurrò Loretta.

"Ah-ah," risposi distrattamente. Mi sentivo come se fossi sott'acqua. Non riuscivo a respirare.

"David, devo chiudere il telefono," disse. "Ti chiamo appena so qualcosa."

Annuii, dimenticando completamente che non poteva vedermi.

"Forse dovresti andare con loro," sussurrò una voce; era la mia. Le parole erano appena udibili. Mi sentivo stordito.

"Cosa?" chiese Loretta.

"Oh, niente," risposi. "Niente. Stavo solo scherzando. Ci sentiamo più tardi."

Riattaccai il telefono con delicatezza, come se fosse un candelotto di dinamite. Il mio cuore soffriva. Come potevo farlo? Lei mi amava davvero. Lo sapevo e basta. Quello che non sapevo era se l'amavo davvero anch'io. Oh beh, ragionai, dipendeva tutto da Madre Natura.

In quel preciso momento, Madre Natura decise di prendere una decisione.

Smise di nevicare.

Jenny, Loretta e io trascorremmo il giorno di Natale in un ristorante cinese sgranocchiando involtini primavera e mangiando Moo-Goo-Gai-Pan con le bacchette, mentre la cameriera ci guardava divertita. Dopo cena, il cameriere portò al nostro tavolo il consueto piatto di biscotti della fortuna e lo pose davanti a me. Ci facemmo tutti una bella risata mentre prima Loretta e poi Jenny aprirono i loro biscotti e lessero la loro fortuna. Quella di Loretta era la solita, e prevedeva l'incontro con uno sconosciuto alto e scuro; mentre Jenny fu informata che avrebbe potuto trovare ricchezza in 'modo insolito'. Mi venne quasi un conato di vomito quando aprii il mio biscotto e lessi il mio destino previsto. Jenny si avvicinò ed estrasse la piccola striscia di carta dalla mia mano tremante.

"Oh, mio Dio!" esclamò dopo aver letto il testo.

"Che cosa c'è?" chiese Loretta, innocentemente.

"Niente," disse Jenny. "Non leggerlo. È una cosa stupida."

Prima che potessi fermarla, Loretta si avvicinò e prese il messaggio dalle mani di Jenny. Mentre lo leggeva con attenzione, il suo volto divenne lentamente cinereo. Il piccolo nastro di carta bianca volò sul tavolo, dove atterrò a faccia in su, con il suo sinistro messaggio esposto a tutti: 'Sposarsi in fretta, pentirsi a tempo debito'. Loretta afferrò il piccolo messaggio e lo strappò selvaggiamente.

"Oh, andiamo, Loretta, è solo uno stupido biscotto della fortuna," rise Jenny.

"Sì," commentai io. "Lascia perdere. Tanto a nessuno interessa quello che dice quella stupida cosa!"

Fuga dall'innocenza (Il racconto di un risveglio)

Loretta scosse violentemente la testa, avanti e indietro, e scappò verso il bagno delle donne, con Jenny alle calcagna. Io rimasi a bocca aperta, aspettando al tavolo il loro ritorno. Diversi minuti dopo, Loretta emerse, con un'aria un po' contratta ma più composta, con Jenny al suo fianco. In silenzio, pagai il conto e tutti e tre uscimmo nell'aria gelida del pomeriggio. Camminammo in silenzio verso la casa di Jenny, con le due ragazze davanti e io dietro come un cucciolo. Finalmente arrivammo davanti alla modesta casa di mattoni a due piani, e io mi precipitai accanto a Loretta e le afferrai delicatamente il braccio. Lei si girò e nei suoi begli occhi azzurri c'erano delle lacrime. "Non sei *obbligato a* sposarmi, lo sai," disse con rabbia.

"Lo so," risposi seriamente. "Ma, ehi, non l'ho scritto io quello stupido biglietto della fortuna."

Ci fissammo intensamente.

"Penso che entrerò," disse Jenny. Ci passò davanti e scomparve dietro la pesante porta di quercia, chiudendola dolcemente dietro di sé e lasciandoci finalmente soli.

"Senti," cominciai, "a proposito di quello stupido biscotto della fortuna. Voglio dire, era solo quello, sai, solo uno *stupido* biscotto." Sorrisi nervosamente. Loretta annuì in silenzio.

"Non so te, ma io non faccio caso a queste cose," dissi.

"Oh, lo so," rispose Loretta, "è solo che mi ha spaventato, ecco tutto. Avevo paura che potesse metterti in testa delle idee."

"Oh, andiamo, Loretta!"

"Beh, non credi che potrebbe?"

431

"No, non è vero!" Risposi con rabbia. *Beh, forse.*

"Ok, ok," disse Loretta tirando su col naso, "ma non puoi arrabbiarti con me perché sono arrabbiata, vero?"

"Certo che no," le assicurai. Cavolo, se ero arrabbiato! L'ultima cosa di cui avevo bisogno era di sentirmi ancora *più in* colpa proprio prima della nostra grande serata.

"Ehi!," dissi. "Ho un'idea fantastica. Perché non vai a fare shopping domani e scegli una bella camicia da notte? Qualcosa di veramente sexy, solo per la notte di Capodanno."

"Oh David! Davvero? Non ti dispiace?" Mi strinse forte.

Annuii con la testa. "Certo, perché no? Ma non voglio vederlo prima di Capodanno. Me lo prometti?"

"Lo prometto," disse lei. "Oh David, potrei amarti alla follia!"

"Ehi, ehi, vacci piano. Se continui a stringermi così, non ti resterà altro che un pezzo di me!"

Loretta rise e smise di abbracciarmi. Poi mi guardò molto seriamente. "David?" disse.

Oh, ragazzi, ecco che arriva. "Sì?"

"Ti amo davvero."

"Lo so," risposi in tono sommesso. Non riuscivo a sopportarlo. Lei mi piaceva davvero, mi piaceva molto. Ma *l'amore*? Come potevo *essere* innamorato? Ero troppo *giovane* per essere innamorato. Inoltre, non sapevo nemmeno cosa *fosse* l'amore. Una cosa però la sapevo. Se non me ne fossi andato subito da lì, avrei aperto la mia boccaccia e avrei mandato all'aria tutto.

"Ehi!" gridò Loretta. Per poco non saltai fuori dalle scarpe.

"Cosa?" risposi.

"Quasi dimenticavo. Il tuo regalo!"

La fissai, completamente al buio.

"Aspetta qui, ok? E chiudi gli occhi," ordinò Loretta.

Con i piedi incollati a terra e gli occhi chiusi, rimasi immobile mentre Loretta saliva i gradini ed entrava in casa. Non avrei potuto muovermi nemmeno se avessi voluto. Mi resi conto che non avevo nemmeno pensato di regalare a Loretta anche solo un biglietto di auguri per Natale. Ero mortificato.

Proprio in quel momento, Loretta irruppe dalla porta d'ingresso. Strinsi gli occhi ancora di più di prima. Sospirando forte, Loretta mi mise in mano un piccolo pacchetto. "Buon Natale!" gridò. Rimasi immobile.

"Aprilo!" disse, con la voce piena di eccitazione.

"Posso aprire gli occhi prima?"

"Certo, sciocchino," disse Loretta ridendo.

Aprii gli occhi e fissai il piccolo pacchetto che avevo in mano. Era perfettamente avvolto nella carta da pacchi verde. Aveva anche un piccolo fiocco bianco, di quelli con i riccioli che pendono come ghiaccioli. Cominciai a disfare con cura l'involucro, facendo del mio meglio per non rovinarlo.

"Strappalo!" ordinò Loretta. "Non mi interessa. Aprilo e basta!"

Alla fine, tirai via la carta e aprii la scatola. All'interno c'era una piccola bottiglia verde con un tappo dorato. La bottiglia stessa era ricoperta di paglia intrecciata e recava un'etichetta in rilievo.

"È *San Giovanni!*" disse Loretta. "È l'ultima novità. Annusa!"

Svitai il tappo per annusare. Ah! Lo odiavo.

"È fantastico," dissi (una bugia). "Davvero."

"Sapevo che avevi bisogno di acqua di colonia e non vedevo l'ora di dartela. Ti piace davvero?"

"Se mi piace? Lo adoro!" (una bugia ancora più grande).

"Oh bene! Temevo proprio che non l'avresti fatto."

All'improvviso mi sentivo malissimo. Tutto stava andando terribilmente male. Non doveva essere così gentile. Perché stava rendendo tutto così difficile? Mi sentivo un idiota.

"Loretta," balbettai. "Mi dispiace molto, ma avrei aspettato fino a Capodanno per darti il tuo regalo. Spero che non ti dispiaccia." "

Lei sorrise e scosse la testa.

Feci un respiro profondo, cercando disperatamente di pensare a qualcosa da dire, qualcosa che migliorasse la situazione. Ero nel panico. "Beh, ok," dissi alla fine, "credo sia meglio che vada."

Loretta mi guardò allarmata.

"Voglio dire . . . ehm . . . Ho del lavoro da fare, e . . . uh . . . Ho promesso di chiamare i miei genitori, e . . ." Dovevo andarmene da lì, e in fretta!

Gli occhi di Loretta erano spalancati per l'incredulità. Improvvisamente, mi sollevai sulle punte dei piedi e la baciai delicatamente sulla guancia. "Ti amo, Loretta," sussurrai.

"Cosa?" mormorò.

"Devo andare!" dissi.

Fuga dall'innocenza (Il racconto di un risveglio)

"Ma . . ."

"Ti chiamo dopo!" Gridai al di sopra delle mie spalle, con gli occhi che si riempivano di lacrime. "Buon Natale!" Ero già a metà dell'isolato e stavo correndo a più non posso sul terreno coperto di neve verso il mio dormitorio e il mio rifugio!

Più tardi, seduto sul mio letto, guardavo la notte dalla mia stanza non illuminata. Roger era tornato a casa dai suoi genitori nel Connecticut e io ero solo con i miei pensieri, che non erano particolarmente brillanti. Cosa stava succedendo, pensavo. Ero davvero innamorato? Oppure mi stavo solo illudendo? Cercai di concentrarmi sull'imminente assegnazione. Con la coda dell'occhio individuai la presenza di una giovane coppia dall'altra parte della strada, stretta in un abbraccio febbrile. Invidiai la loro mancanza di inibizione e la loro evidente passione, mentre si abbracciavano e si baciavano sotto un albero coperto di neve di fronte al dormitorio. Mi chiesi se avrei mai più condiviso quei sentimenti con Loretta o con chiunque altro, se era per quello. Ero pervaso da un opprimente senso di solitudine.

Con un'urgenza che smentiva i miei veri sentimenti, mi affrettai lungo il corridoio verso il telefono pubblico, con l'intenzione di chiamare Loretta, come avevo promesso. Il corridoio era vuoto e buio, tranne che per il bagliore rosso del cartello di uscita situato in fondo al corridoio. Subito a sinistra dell'insegna, era appeso il telefono; era nero e minaccioso. Mi affrettai comunque verso di esso. Improvvisamente fui preso dalla disperazione e, una volta raggiunto il telefono, tolsi il ricevitore e cominciai a comporre furiosamente il numero.

Un attimo dopo, una voce registrata mi ricordò che non avevo inserito le monete necessarie. Frugai in tasca e tirai fuori una manciata di spiccioli. Inserendo le varie monete nelle apposite fessure, attesi il segnale di chiamata e composi nuovamente il numero. Quella volta, il suono rassicurante dello squillo accolse le mie orecchie. Tuttavia, quando dopo dieci squilli non rispose nessuno, riagganciai il ricevitore e mi accasciai contro il muro. Lacrime calde mi rigavano le guance. Reinserii le monete e composi nuovamente il numero. Quella volta, con mio grande sollievo, il telefono rispose dopo soli due squilli.

"Mamma?" chiesi "Sei tu?"

"David!"

"Buon Natale, mamma."

"Buon Natale, figliolo. Vado a chiamare tuo padre. È un po' nervoso." Guardai l'orologio e notai che erano le undici passate. Ero impegnato a pensare a quanto fosse bello sentire la voce della mamma e a Dio, a quanto avrei voluto essere a casa e . . .

"Dave? Come stai?" Era papà.

"Ciao papà. Grande. Buon Natale!"

"Buon Natale, Dave. Allora . . . che c'è di nuovo? Come ti trattano le ragazze?"

"Oh . . . uh . . . *fantastico!* Sì, fantastico," dissi. Dubito di essere stato molto convincente. La mia mente cominciò a traboccare di pensieri folli.

Papà, ho un problema, vedi. Si tratta di questa ragazza. Voglio dire, è molto bella e tutto il resto, e mi piace molto. È pazza di me, vedi? L'unico problema è che io voglio solo scopare

*come tutti gli altri, e lei vuole sposarsi, e io non voglio farlo e .
. .*

"Dave?"

Mi liberai dalla trance in cui mi trovavo e risposi debolmente: "Sì?"

"Ti ho chiesto come sta venendo il tuo *saggio*."

"Il mio cosa?"

"Sì, sai . . . a tua tesina di psicologia?"

Ero *sparito, perso* anche, da qualche parte tra la scopata e il matrimonio. Feci fatica a ricompormi. "Oh, sì, la tesina. Sì, la mia tesina! Fantastico. Sì, fantastico! Diamine, è quasi finita." E anch'io, pensai.

"È un bene, Dave, perché ci manca molto averti a casa per le vacanze."

"Sì," dissi, con gli occhi che si riempivano di lacrime, "anche tu mi manchi. Ma non preoccuparti, va tutto bene." *Mi faccio anche una scopata a Capodanno. Non preoccuparti, papà, vedrai. E poi potrò tornare a essere un normale incasinato, come tutti gli altri.*

Le lacrime mi scendevano sul viso e avevo difficoltà a sentire, perché il mio cuore batteva così forte che il sangue mi scorreva nelle orecchie. Non riuscivo più a parlare.

"Ora devo andare, papà, ok?" singhiozzai. "Ti scriverò presto, ok? Mi manchi, papà, e anche la mamma. Dille che la saluto, ok?" La voce mi si spezzò e allontanai la cornetta dalla bocca. Mi colava il naso e me lo asciugai sulla manica.

"Dave, stai bene?" chiese papà.

"Sì, sì, sto bene, papà," tirai su con il naso. "Credo che mi stia venendo il raffreddore. Ehi, senti, qualcun altro vuole usare il telefono. Devo proprio andare, ok? Ci vediamo presto."

Riattaccai il ricevitore e corsi in camera mia. A faccia in giù sul cuscino, completamente vestito, piansi fino ad addormentarmi. Solo al mattino mi resi conto di aver dimenticato di chiamare Loretta. In qualche modo, avrei dovuto sistemare le cose.

Dopo tutto, dovevamo ancora affrontare il 'Gran Evento'.

39

"L'hai messo al contrario!"

Finalmente era la vigilia di Capodanno del 1967 e stavo per porre fine alla più lunga striscia di rapporti senza risultato nella storia sessuale degli adolescenti. Dopo innumerevoli sessioni di sesso in solitaria in bagni del campus, di sesso finto nelle balconate dei film e sui sedili posteriori delle auto, stavo per passare dalle serie minori al 'Big Show'.

Nonostante avessi la certezza che quella notte fosse davvero 'la notte', non ero ancora sicuro di come avrei ottenuto l'unico oggetto necessario per portare a termine con successo la mia missione. In particolare, avevo bisogno di qualcosa che catturasse la mia 'missione'; dovevo mettere le mie manine arrapate su una scatola di preservativi.

"Assicurati di prendere i Trojan con il serbatoio sulla punta," era il saggio consiglio offerto anni prima da un buon amico, la cui esperienza personale si era limitata a trovare una scatola nel cassetto dei calzini di suo padre. "Ehi, se li usa il mio vecchio devono essere buoni," aveva insistito. Sicuramente era quel tipo di saggezza che tradizionalmente aveva ispirato gli uomini in battaglia.

Mentre passeggiavo nervosamente su e giù per gli stretti corridoi dell'antico Rexall Drug Store, riflettevo sul modo migliore per raggiungere il mio obiettivo. Forse avrei dovuto avvicinarmi al commesso e dire qualcosa del tipo: "Ehi, che succede? Vai a una festa di Capodanno stasera?" *Poi,* quando l'impiegato rispondeva affermativamente, potevo dire qualcosa come "Sì, anch'io. Oh, a proposito, mi serve una scatola di Trojan, con il serbatoio, ovviamente." Mi avviai verso il bancone, ma proprio mentre stavo per avvicinarmi alla cassa, una donna di mezza età apparve dal nulla e mi si parò davanti. Mi ritrassi inorridito. Nel tentativo di riprendermi, girai intorno al reparto vendite e aspettai un'apertura. Alla fine, la donna si voltò, portando con sé una grande scatola avvolta in carta verde (senza dubbio una scatola di Kotex) e uscì dalla farmacia.

La mia fiducia vacillò, ma non per quello fu meno sicura, e mi preparai nuovamente a colpire. Prima che potessi agire, però, una voce richiamò la mia attenzione.

"Posso aiutarla, giovanotto?"

Oh Dio! Era il proprietario, il signor Garabedian in persona, in piedi alla cassa. Non avrei potuto essere più sconvolto, ma non potevo tornare indietro. Così, mi precipitai in avanti e spinsi una banconota da cinque dollari macchiata di sudore verso il proprietario dai capelli grigi, mormorando "Trojan" attraverso le mie labbra serrate.

Il droghiere si chinò in avanti e mi guardò sopra i suoi occhiali con montatura metallica. "Mi scusi. Che cosa ha detto?"

"Trojan," sussurrai.

"Collant?" chiese.

"No, TROJANS!" gridai.

Un sorriso benevolo si allargò sul suo volto di nonno mentre regolava il grande apparecchio acustico color marrone che portava nell'orecchio sinistro. *Oh, merda!* Avevo dimenticato che il vecchio bastardo era quasi sordo. Molto lentamente, si avvicinò al bancone e posò non una, ma *quattro* scatole di profilattici sulla superficie di vetro di fronte a me. Senza esitare, allungai la mano e afferrai la più vicina, poi mi girai sui tacchi e mi avviai verso l'uscita.

"Oh, e tieni il resto," dissi sopra le mie spalle mentre correvo fuori dal negozio verso la sicurezza della notte.

Va bene, quindi non erano quelli col serbatoio. Ma almeno avevo una scatola di gomme al sicuro in tasca. Fischiettai dolcemente mentre fluttuavo lungo il marciapiede. Prendevo fiducia ogni secondo che passava. Dopotutto, si trattava della grande serata. Certo, ero apprensivo, ma chi non lo sarebbe stato? Ok, forse ero anche un po' terrorizzato, ma potevo farcela. Dopo tutto, leggevo *Playboy*!

Oh, merda! Avevo quasi dimenticato gli alcolici. Non solo alcolici, ma anche champagne.

"Ricorda, quando hai la tua occasione devi prendere il meglio. Prendi lo champagne e assicurati che sia di Taylor. E prendi il brut, altrimenti sarà troppo dolce e la ragazza finirà per vomitarti addosso." Quel delicato consiglio proveniva nientemeno che dal mio vecchio capo, Harry Feinstein, il proprietario del negozio di liquori. Farsi uno 'shot' era il suo eufemismo descrittivo per dire scopare, cosa che senza dubbio aveva sperimentato prima di compiere dieci anni.

Corsi in strada fino al piccolo negozio di liquori che si trovava tra un negozio di lingerie e un centro per il sonno (evidentemente qualcuno sapeva cosa stava facendo) e mi fiondai dentro per acquistare lo champagne.

"Hai un documento?" chiese il ragazzo dai capelli grigi dietro il bancone. *Merda, è più giovane di me, per l'amor di Dio.*

Armeggiai con il portafoglio e estrassi la patente di guida, porgendola all'imbranato con il sorriso stampato in faccia.

Dopo aver esaminato il documento per quella che sembrò un'eternità, lo riconsegnò dicendo: "Allora, cosa vuoi?"

"Una bottiglia di champagne Taylor's. Brut."

Il suo sorriso da 'mangiamerda' si allargò ancora di più e scosse la testa mentre spariva nel frigorifero. Un attimo dopo riapparve con una bottiglia verde, con il sorriso ancora stampato sul volto segnato dall'acne.

"Cosa c'è di così divertente?" chiesi.

"Ti piace quello *brut*, eh?" Ridacchiò come se avesse pronunciato l'insulto definitivo.

Decisi di ignorare il sarcasmo, scegliendo invece di fargli impacchettare la bottiglia come forma di punizione. Inoltre, quella sera non era *lui* a scopare, ma io.

Mentre tornavo verso il campus, mi venne in mente che non avevo ancora comprato un regalo a Loretta. *Merda!* Tirai fuori dalla tasca posteriore il mio portafoglio logoro e feci l'inventario dei miei fondi. Quarantatré dollari, senza contare gli spiccioli che avevo in tasca, erano tutto ciò che mi separava dalla povertà assoluta. Mi ci erano volute sei settimane per mettere da parte *quella* cifra e avevo anche riflettuto per un po' se comprare o meno un regalo. Ma, secondo Harry, 'non si può pretendere di farsi una donna e non farle nemmeno un regalo', così, a malincuore, mi impegnai a fare proprio quello.

Esclusi il negozio di lingerie, dato che non avevo idea della taglia di Loretta, e scelsi il negozio di dischi in fondo alla strada. Un ritaglio di cartone a grandezza naturale di Dionne Warwick mi accolse quando aprii la porta e, senza pensarci, iniziai subito a canticchiare 'Do You Know the Way to San Jose?' Sapevo quanto *mi* piacesse Dionne Warwick, ma che dire di Loretta? Ero in difficoltà. Poi mi venne in mente una cosa che mi aveva detto mia madre quando ero piccolo: "Se scegli come regalo qualcosa che ti piace davvero, è probabile che piaccia anche all'altra persona." Almeno così ricordavo. Così, sicuro che il mio non fosse un secondo fine, comprai l'album. Dio, quanto mi piaceva Dionne Warwick!

Alle otto in punto sentii il familiare bip del clacson di Loretta che diceva 'ammazza la mosca . . . col flit'. Afferrai la mia borsa da notte e presi la bottiglia di champagne dal frigorifero, mettendola con cura in una busta di carta per la spesa insieme al 'regalo' di Loretta. Mentre mi avviavo verso la porta, qualcosa in fondo alla mia mente mi fece fermare. *Merda! I preservativi!* Avevo quasi dimenticato la cosa più importante.

"Arrivo subito," gridai dalla finestra del dormitorio al secondo piano.

Mollando tutto, rovistai nel cassetto della biancheria intima e recuperai la scatola di Trojan dal suo nascondiglio sotto una pila di magliette piegate in modo approssimativo. Era rimasta nascosta lì (da cosa, non lo saprò mai) per tutto il pomeriggio. Soddisfatto di essere ben protetto *e* altrettanto ben fortificato, mi affrettai a

443

scendere le scale e a uscire dall'atrio per incontrare Loretta. Nonostante la temperatura fresca della giornata, stavo sudando.

Uno sguardo all'auto di Loretta, con il motore acceso, la portiera anteriore del passeggero aperta e Loretta aggressivamente ingobbita sul volante, e capii immediatamente cosa dovesse significare essere Clyde Barrow.

"Dai gas, Bonnie!" Urlai, mentre saltavo sul sedile anteriore. Loretta mi lanciò un'occhiata perplessa, poi rise e gridò: "Ok, 'Clyde'" e per poco non mi staccò la testa mentre eseguiva alla lettera il mio ordine. Lasciammo il dormitorio in una nuvola di fumo oleoso. Ormai non si poteva più tornare indietro.

Cinque minuti dopo eravamo davanti al Regency e Loretta guidò la sua vecchia Chevrolet del '55 in un posto fuori mano sul retro del parcheggio dell'hotel. Ridacchiando come ragazzini, prendemmo le nostre borse e ci dirigemmo verso la porta d'ingresso dell'antico edificio. All'improvviso, mi fermai bruscamente. Afferrai la mano libera di Loretta e la tirai vicino a me con uno scatto.

"Cosa c'è?" chiese con un'espressione perplessa.

"Non ne sono sicuro," risposi.

"Allora perché ti sei fermato?"

"Ho paura."

"Un bel problema! Anch'io."

"Sì, ma . . ."

"Ma *cosa*? Non è che *adesso te la fai* sotto, vero?"

Loretta rimase con le mani sui fianchi, fissandomi in attesa di una risposta. La guardai bene, con i capelli raccolti sulla testa, gli occhi azzurri che brillavano, le labbra lucide di rossetto, e capii cosa dovessi dire.

"No, non mi tirerò indietro!"

"Bene. Allora andiamo," disse.

Le presi il braccio e, tenendole strette, le feci attraversare la porta d'ingresso per entrare nell'atrio del Regency. Davanti a noi c'era il banco della registrazione e senza pensarci un attimo guidai Loretta verso di esso. L'anziano impiegato del banco lasciò perdere quello che stava facendo e si mise sull'attenti.

"Sì, signore!" disse, più forte del necessario.

Girai la testa a destra e a sinistra, poi guardai dietro di me. Loretta mi diede una gomitata nelle costole, ricordandomi che l'uomo si stava rivolgendo a *me* e non a un estraneo immaginario. Guardai verso di lei per avere un sostegno, con uno sguardo che diceva: "Aiuto!" Era più che all'altezza del compito.

"Signore e signora Justin," disse dolcemente ma con aria autorevole. "Credo che abbiate una prenotazione da noi."

L'impiegato mescolò alcune carte finché non trovò quella che stava cercando e annunciò: "Sono diciotto e cinquanta. Contanti o carta?"

Quella volta, però, Loretta guardò a *me, per* un altro tipo di sostegno.

Senza esitare, presi il portafoglio e tirai fuori una banconota da venti dollari. Sorridevo come un idiota mentre porgevo i soldi all'impiegato. "Sono contanti," dissi.

"Certo, signore. Firmi qui, per favore."

Scrissi "Mr. and Mrs. David Justin," inserii un indirizzo fasullo del New Jersey e riconsegnai frettolosamente il biglietto all'impiegato. Lui la girò un paio di volte, scrutandola come se fosse una banconota falsa, poi fece un sorriso untuoso che rivelava una dentiera ingiallita che calzava male. Si spostò da dietro la scrivania, senza fare alcuno sforzo per portare le nostre borse. "Non volete venire da questa parte?" disse, senza cercare di nascondere il suo divertimento.

Prendemmo le nostre cose e lo seguimmo fino all'ascensore, dove aspettammo pazientemente in silenzio fino a quando il campanello suonò debolmente e le doppie porte si aprirono per rivelare l'interno in ottone appannato della cabina. La nostra camera era al secondo piano, adiacente al distributore di bibite, al refrigeratore per il ghiaccio e al ripostiglio della biancheria (molto chic). Il vecchio fece un grande spettacolo nell'aprire la porta e, con un gesto di stizza, tese il palmo della mano rugosa. Istintivamente allungai la mano, afferrai la sua fredda e ossuta e la strinsi con forza.

"Grazie mille," dissi. Abbassò lo sguardo sulla sua mano vuota, scrollò le spalle, aggrottò le sopracciglia e mise la chiave della stanza nella mia mano tesa.

"Il check-out è alle undici del mattino, precise!" annunciò.

Poi girò sui tacchi e si spostò con sorprendente rapidità lungo il corridoio verso l'ascensore. Salutai timidamente quando le porte metalliche si chiusero davanti al suo volto disapprovato. Chiusi la porta e mi voltai verso Loretta. Eravamo finalmente soli. Insieme, tirammo un sospiro di sollievo collettivo e crollammo sul letto che odorava di muffa, ridacchiando selvaggiamente.

Dopo un po' le risatine cessarono e la serata ebbe inizio. Scesi dal letto, mi avvicinai al televisore e girai la manopola su 'on'. Quando lo schermo si illuminò lentamente, spensi altrettanto rapidamente il televisore. Ci sarebbe stato molto tempo per la televisione più tardi. Loretta, nel frattempo, era impegnata a sistemare i pochi indumenti che aveva portato nella vecchia cassettiera. Osservai in silenzio mentre riponeva con cura ogni capo in un cassetto, affascinato dalla sua pulizia. L'ultimo capo estratto dalla sua borsa da notte era una vestaglia nera e setosa. Mi avvicinai per vedere meglio. Loretta percepì la mia presenza alle sue spalle e chiuse rapidamente il cassetto.

"Oh, ma dai!" dissi con un filo di voce.

"Più tardi," disse con fermezza.

"Ti prego," implorai. "Fammi vedere."

"No, sciocco. Dovrebbe essere una sorpresa."

"Per favore. Per favore."

"No!"

"Ok, ok. Mi arrendo," dissi.

Mi buttai di nuovo sul letto, poi mi rimisi subito a sedere. "Ehi," dissi, "non dimenticare di chiamare tua madre e tuo padre alle undici." Loretta mi guardò con un'espressione vuota sul volto.

"Invece di mezzanotte, per via dei fusi orari; lì sono un'ora prima, ricordi?"

"Oh, mio Dio! L'avevo dimenticato."

"Sì, beh," dissi compiaciuto. "io non l'ho fatto."

Loretta mi guardò con ammirazione. "Cavolo, hai fatto bene a ricordartene. Ti immagini se mia madre chiamasse a casa di Jenny e non rispondesse nessuno? Merda, avrebbe una crisi di nervi!"

Mi immaginai la scena. "Facciamo dieci, non si sa mai," suggerii.

"Buona idea," concordò Loretta.

Mi tolsi la giacca sportiva e calciai via le scarpe prima di sdraiarmi comodamente sul letto. Incrociando le braccia dietro la testa, mi appoggiai alla testiera e feci cenno a Loretta di raggiungermi. "Vieni qui, donna!" comandai. Esitando giusto il tempo di togliersi le scarpe, saltò in aria e si tuffò tra le mie braccia in attesa.

Schianto! Il letto si ruppe. Beh, non del tutto: crollò, piuttosto. Diverse doghe di legno, che sostenevano la molla, erano scivolate fuori posto, facendo cadere un lato del letto sul pavimento. Scoppiammo a ridere e ci alzammo a fatica. Diversi minuti dopo, avevo riportato il letto in condizioni utilizzabili e ci sdraiammo di nuovo l'uno accanto all'altro, prevedendo il peggio.

Non accadde nulla, né al letto né a noi! Rimanemmo lì in un silenzio imbarazzante. Dopo quella che mi sembrò un'eternità (e non potendo più sopportare la tensione), mi alzai e andai verso la finestra. Per un po' rimasi lì a fissare il nulla in particolare. Finalmente Loretta mi raggiunse e mi mise un braccio intorno alla spalla. Mi avvicinai e presi delicatamente la sua mano nella mia. Rimanemmo lì insieme, senza osare parlare. Finalmente Loretta ruppe la situazione di stallo.

"Va tutto bene, sai," disse dolcemente.

"Mi dispiace," risposi. "Ma mi sembra così strano, sai, essere qui e tutto il resto." Feci un respiro profondo. "Credo di dovermi rilassare. Starò bene." Loretta sorrise in accordo.

Guardai fuori dalla finestra. Era buio pesto, l'oscurità rotta solo da un lampione solitario che sorvegliava il parcheggio. Il mio orologio segnava le nove.

"Ehi," dissi sbadigliando, "hai fame?"

"Muoio dalla fame!"

"Bene. Anche io! Cosa ti va di mangiare?"

Loretta si avvicinò a me e mi sussurrò all'orecchio: "Che ne dici dell'italiano?"

Sentii un brivido lungo la schiena e immediatamente la pelle d'oca ricoprì il mio corpo. Una sensazione di calore si diffuse nel mio inguine. La sensazione era un po' sconcertante, ma piacevole. Scoppiai a ridere nervosamente e gracchiai: "Loretta, dacci un taglio."

"Perché?" disse, senza staccare le labbra dal mio orecchio.

"Perché." Avevo la bocca secca e faticavo a deglutire.

"Beh . . . perché?" chiese Loretta, con le labbra ancora premute sul mio orecchio. "Dimmi."

"Solo perché, tutto qui."

Loretta fece un respiro profondo e sospirò. "Ok, forza gattino spaventato. Andiamo a mangiare."

Arrossendo dalla testa ai piedi, mi voltai e mi avviai verso la porta.

"Non pensi di averne bisogno, scemo?" Loretta mi lanciò le scarpe. "Onestamente, David, non so proprio che dirti."

Sorrisi in modo peccaminoso, troppo imbarazzato per rispondere.

Trovammo un minuscolo ristorante italiano con un'insegna al neon che ronzava continuamente e recitava 'Pizza' mentre lampeggiava e si spegneva in spasmi nervosi. Ci infilammo all'interno, dove fummo subito accolti da un giovane cameriere nero che ci indicò un tavolo sul retro. Prendemmo le nostre ordinazioni: per me le lasagne, per Loretta gli ziti al forno; e aspettammo in silenzio che il cibo arrivasse. Loretta si accoccolò vicino a me, con la mano intorno alla mia vita. Dopo qualche minuto di silenzio totale, mi sentii in dovere di parlare.

"Pensi che *sia* italiano?" ridacchiai.

"Chi?" chiese Loretta.

"Il cameriere, stupida."

"Non *credo proprio*, scemo."

"Scommetto che viene dalla Sicilia, o da qualche altra parte intorno alla punta dello stivale."

"Davvero? Lo pensi davvero?"

"Assolutamente," risposi, sforzandomi di mantenere una faccia seria.

Loretta mi fissò con un'espressione perplessa. Io ricambiai lo sguardo. Alla fine, cedetti e cominciai a ridere. Loretta mi diede un pugno sul braccio.

"Sei proprio un furbacchione," disse lei. "Mi avevi quasi convinto."

All'arrivo del cibo ordinammo una bottiglia di Chianti e, in breve tempo, non solo divorammo la pasta e l'insalata, ma consumammo anche una pagnotta di pane italiano, due zuppe inglesi *e* la bottiglia di vino. Mettendo insieme le nostre risorse, pagammo il conto, assicurandoci di lasciare una generosa mancia al nostro cameriere 'siciliano', e tornammo nella nostra camera d'albergo.

Erano passati meno di quindici minuti quando Loretta annunciò: "Non mi sento molto bene" e corse in bagno, vomitando prontamente nel lavandino.

Oh, meraviglioso. Così romantico! Semplicemente fantastico!

Accesi la televisione e girai la manopola fino a trovare il *Dean Martin Show*. Sullo schermo, le Gold Diggers zoccolavano suggestivamente intorno a Ken Lane e al suo pianoforte, mentre il vecchio 'Dean-o' si sdraiava sul piano e cantava la sua sigla. Loretta, nel frattempo, era rimasta in bagno, facendo del suo meglio per pulirsi.

Dopo un po', visto che non era tornata, abbassai la televisione e sentii il suono di Loretta che singhiozzava pateticamente in bagno. *Oh Gesù.* "Loretta?" La chiamai. "Stai bene?"

Nessuna risposta. Ancora pianti.

Mi avvicinai alla porta del bagno e bussai. Non c'era ancora risposta.

"Loretta, stai bene?" Non un fiato. Ma almeno non sentivo più il suono del pianto. Forse era al sicuro. Aspettai qualche secondo, poi girai lentamente la maniglia e spinsi la stretta porta. Loretta stava finendo. Aveva un aspetto orribile: gli occhi iniettati di sangue per il pianto e il mascara sbavato. Sorrise malinconicamente e mi cadde tra le braccia, puzzando di profumo e di vomito: che combinazione!

"Mi dispiace tanto," disse, ricominciando a piangere. Le sue spalle tremavano e io le massaggiavo la schiena in risposta. Sembrava che le piacesse e, prima che me ne accorgessi, mi stava abbracciando forte e mi stava appoggiando il mento alla base del collo. L'aroma mi fece venire i conati di vomito.

Improvvisamente, la piena consapevolezza del *luogo in cui* ci trovavamo e, forse, soprattutto, del motivo per cui eravamo lì, si fece sentire. Quella che avrebbe dovuto essere un'esperienza calda e bella stava rapidamente diventando niente di più che uno sgradevole, persino sgradevole, noia. Soprattutto, non ero sicuro di essere all'altezza. Ma *doveva* succedere, pensai. *Doveva* proprio succedere! Dopotutto, razionalmente, quella era la mia 'occasione' e dovevo approfittare dell'opportunità, o più precisamente di Loretta. Decisi di perseverare. Feci scivolare le mani dalle spalle alla vita e la girai verso di me.

"Allora, lo facciamo o no?" chiesi.

Senza rispondere, Loretta uscì silenziosamente dalla porta aperta del bagno e tornò in camera da letto. La seguii, come un devoto accolito. Si avvicinò allo scrittoio, aprì con deliberata attenzione il primo cassetto e ne estrasse con cura la nuova vestaglia, stringendola al petto. Si girò e mi passò davanti, sventolando l'indumento nero sotto il mio naso. Poco prima di entrare in bagno, si fermò, si girò e mi sussurrò alle spalle: "Ci vediamo tra un minuto, tesoro."

Portando un sigaro immaginario alle labbra, alzai le sopracciglia in una parodia esagerata di Groucho Marx ed esclamai: "Lo farai sicuramente, mia cara."

Fuga dall'innocenza (Il racconto di un risveglio)

Non appena Loretta chiuse la porta del bagno, mi precipitai alla valigia ed estrassi la scatola di preservativi. Appoggiai il contenitore rosso e bianco sul comodino accanto alla mia testiera, dietro la lampada.

Ero pronto.

In rapida successione, mi tolsi la cravatta, la camicia, i pantaloni di velluto a coste, le scarpe e i calzini. Vestito solo di biancheria intima, gonfiai il petto, mi avvicinai e mi misi davanti allo specchio appeso sopra la cassettiera. Mentre assumevo e mantenevo varie pose da body-builders, iniziai a cantare una canzone di Frank Sinatra:

"L'uomo nello specchio,
*   Chi può essere?*
L'uomo nello specchio,
*   È possibile che sia io?*
L'uomo nello specchio."

Ma, aspettate! Cos'era quel rumore? Smisi di cantare e sentii il suono di Loretta che rideva istericamente da dietro la porta del bagno.

"Grazie mille!" gridai.

"Non posso farci niente," rispose lei, con la voce attutita dalla porta del bagno. "Sembri così carino."

"Sì, beh . . .," Mi girai e guardai di nuovo la mia immagine nello specchio. Risi ad alta voce mentre mi vedevo davvero per la prima volta. Nemmeno la mia immaginazione iperattiva era in grado di colmare il divario tra l'immagine riflessa nello specchio e quella che avevo evocato nella mia mente. Sembravo proprio quello che ero, un ragazzino inesperto che cercava di passare per un adulto navigato. Non ci si avvicinava nemmeno: specchio dieci, ragazzo niente.

All'improvviso, Loretta gridò: "Chiudi gli occhi!"

Istintivamente mi voltai e la vidi uscire dal bagno, vestita solo della sua nuova camicia da notte. Quando si accorse che la stavo guardando, lanciò un urlo e si precipitò dietro la porta, sbattendola alle sue spalle.

"Loretta?"

Silenzio.

"Oh, andiamo, Loretta. Vieni fuori."

Più silenzio.

"Loretta!!!

"Cosa?"

"Vieni fuori!"

"Prometti di non sbirciare?"

"Lo prometto."

"Spegni la luce, allora," disse.

"Non è possibile . . ."

"Ma l'hai promesso."

"Ok," ho detto, "chiuderò gli occhi. Bene. Non c'è problema. Ma lascia le luci accese, ok? Ti prometto che non guarderò finché non sarai pronta."

"Uh, uh. Non se ne parla. Spegni le luci o non esco."

"Ma a cosa serve se non posso vederti?"

"Non lo so, ma non esiste che io esca con le luci accese."

"Per favore, Loretta. Qual è il problema? So che starai benissimo."

"Lo pensi davvero?"

"Certo!" mentii.

"Beh, ok, ma non guardare finché non te lo dico io."

"Lo prometto."

"Ok, arrivo."

Con un sussurro appena accennato, la porta del bagno si aprì e sentii Loretta entrare in punta di piedi nella camera da letto. Mi costrinsi a mantenere la promessa e strinsi forte gli occhi.

"Ok, ora puoi guardare," disse.

Aprii lentamente gli occhi, uno alla volta.

Poi ridacchiai.

Loretta urlò.

Risi ancora di più.

"BASTA!" gridò.

Ruggì di gioia. Ridevo così tanto che mi faceva male lo stomaco.

"*Perché* stai ridendo?" gridò.

"È al contrario," ridacchiai.

"*Cosa c'è* al contrario? Di cosa stai parlando?"

"La *camicia da notte*," dissi. "L'hai indossata al contrario."

Loretta si guardò allo specchio e poi giù, incredula. Certo, quella che avrebbe dovuto essere la parte posteriore scollata era sul davanti, esponendo il seno, mentre la parte anteriore alta e trasparente era posizionata erroneamente sul retro. Rendendosi conto dell'errore, anche Loretta si mise a ridere. Era proprio quello di cui avevamo bisogno entrambi e la tensione che era cresciuta costantemente da quando eravamo arrivati cominciò a diminuire. Eliminati tutti i pretesti, esplodemmo in ondate di risate isteriche, con le lacrime che ci scendevano sulle guance.

Dopo uno o due minuti, ci ricomponemmo e ci sedemmo tranquillamente insieme sulla sponda del letto. Poi, Loretta si soffiò il naso con un forte rumore che ci mandò entrambi in un'altra convulsa crisi di risate. Alla fine, esauste e senza fiato, crollammo sul letto in un mucchio, con Loretta distesa sopra di me.

Subito dopo, mi accorsi dell'aroma pungente del profumo di Loretta e della pressione decisa dei suoi seni morbidi contro il mio petto. La baciai delicatamente sul collo, meravigliandomi del morbido battito che le scorreva nelle vene. Si irrigidì al mio tocco e gemette sommessamente. Il mio respiro si fece affannoso e sentii un tremito attraversarmi. Lei percepì la mia crescente eccitazione e cercò la mia bocca con le sue labbra.

Un senso di terrore irrefrenabile mi assalì, e rantolai per prendere aria mentre mi allontanavo e mormoravo l'unica cosa che avesse un senso. "Champagne," dissi.

"Cosa?"

"Champagne," ripetei. "Non abbiamo bevuto lo champagne."

"Ma . . ."

"No, no, insisto. Dopo tutto, vogliamo fare le cose per bene, no?"

Loretta annuì muta.

Saltai giù dal letto e andai verso lo scrittoio per recuperare la bottiglia. La scatola aveva ancora la carta da regalo e io la strappai con un gesto di stizza, tenendo la bottiglia in alto come un premio. "Ta da!" esclamai.

"Beh, aprilo, idiota."

"Rilassati, ho tutto sotto controllo," dissi. "Io . . . uh . . . mmm . . . Io"

"Forza, aprilo!"

Guardai Loretta, poi la bottiglia e di nuovo Loretta.

"Beh, non hai intenzione di aprirla?" chiese lei.

"Non posso," sospirai. "Non ho un cavatappi."

"Non serve un cavatappi per lo champagne, sciocco," disse Loretta.

"Non è vero? "

"Certo che no, ho visto mio padre farlo ogni Capodanno da quando ero bambina."

"Beh, *non ne ho mai* aperto uno," replicai sulla difensiva. "Vado di sotto a chiedere a qualcuno come si fa."

Indossai rapidamente i pantaloni, i calzini e le scarpe e uscii dalla stanza. Avevo mentito sull'apertura dello champagne; Harry mi aveva mostrato come fare la prima settimana di lavoro al negozio di liquori. Stavo prendendo tempo. Alla fine, dopo aver rimandato l'inevitabile il più a lungo possibile, tornai in camera.

Loretta era sdraiata a pancia in giù a guardare la televisione. Aveva risistemato la vestaglia e apparentemente aveva applicato altro profumo. Inventai una sciocca storia su come l'impiegato del banco mi avesse mostrato cosa fare con il tappo, e finalmente riuscii a estrarre il dannato oggetto dalla bottiglia. Invece di un forte 'pop!', sentimmo solo un debole *'pffffft'*, a indicare che lo champagne era probabilmente sgasato.

"Merda!" Esclamai. "è sgasato."

Ormai Loretta era sotto le coperte, con le ginocchia tirate su sotto il mento e le lenzuola strette intorno al collo.

"Va tutto bene," disse lei. "Facciamo finta che vada bene, comunque."

Riempii due bicchieri d'acqua di plastica fino a farli traboccare e li portai sul letto. Mentre porgevo a Loretta il suo, lei allungò prematuramente la mano e lo fece volare. Lei urlò e io istintivamente tirai fuori l'altra mano per afferrare il bicchiere che cadeva, scaraventando il contenuto del mio bicchiere sul viso stupito di Loretta.

"Oh mio Dio, Loretta, mi dispiace tanto." Corsi in bagno a prendere un asciugamano e, quando tornai, la trovai a gambe all'aria sul letto, apparentemente in lacrime. Mi chinai per confortarla, ma mi resi subito conto che non stava piangendo. Stava ridendo istericamente. Aspettai che smettesse, poi cominciai ad asciugarle i capelli, poi il viso e infine il corpo. Mentre lo facevo, contemporaneamente le feci il solletico con la mano libera, provocando un altro scoppio di risa che presto le fece mancare il respiro.

La camicia da notte di Loretta era fradicia e anche il mio cuscino. Tolsi il poggiatesta fradicio dal letto e lo misi su una sedia. Mi tolsi la maglietta e la offrii a Loretta. Lei allungò la mano, la prese e mi voltò le spalle. Con un movimento rapido, sollevò la camicia da notte sopra la testa e, senza fermarsi, indossò rapidamente il ricambio di fortuna. Poi si girò verso di me.

"David," disse con calma, "che ora è?"

"Chi se ne importa?" risposi.

"I miei genitori, *ecco a* chi importa," rispose.

"I tuoi *genitori*? Oh, merda! I tuoi GENITORI!" Presi il telefono dal comodino e glielo porsi. Iniziò subito a comporre il numero, poi si fermò.

"Cosa c'è che non va?" chiesi.

"Non voglio chiamarli troppo presto. Che ora è?"

Guardai l'orologio. "Sono le dieci e cinquantotto."

Loretta ricominciò a comporre e mi fece cenno con un dito alle labbra di fare silenzio.

"Zia Edna?" disse Loretta. "Ciao, buon anno anche a te!" Sorrise nella mia direzione per indicare che andava tutto bene.

In rapida successione, ripeté gli stessi saluti allo zio Harry, ai cugini Roy e Corrine, alla nonna e al nonno Higgins, allo zio Jake e infine alla zia Constance, che le ricordò di 'venire a trovarci quando puoi'. Finalmente la madre di Loretta fu in linea e dall'espressione di Loretta capii che avrebbe potuto rimanere in linea per un po'.

Dovevo riconoscerlo: era una cliente in gamba. Mi spiegò che Jenny e i suoi genitori erano andati a mangiare cinese e sarebbero tornati presto.

"Oh, sono sicura che anche loro ti augurano buon anno, mamma," disse lei.

Allontanò il telefono dall'orecchio e lo agitò, fingendo di ascoltare. Di tanto in tanto, appoggiava il ricevitore all'orecchio e ribatteva qualche 'ah-ah' nel ricevitore. Dovetti mettermi una mano sulla bocca per non ridere di gusto. Ben presto fu chiaro che il padre di Loretta era in linea e Loretta si comportò di nuovo in modo impeccabile. Ripeté la storia del ristorante cinese, abbellendola con i dettagli di un pratico menu da asporto che qualcuno aveva lasciato sul tavolo da notte.

Infine, la conversazione sembrò avviarsi alla conclusione.

"Allora, ci vediamo dopodomani, ok?" disse Loretta, dandomi un bacio.

"Beh, credo sia meglio che vada ora. David dovrebbe chiamarmi dal New Jersey a mezzanotte e non voglio che riceva un segnale di occupato, ok?"

Sorrisi alla sua finta preoccupazione. Mi fece il segno del pollice in su e disse: "Anch'io ti voglio bene, papà," prima di riattaccare il ricevitore.

Tirammo entrambi un sospiro di sollievo. Mi versai dell'altro champagne e ne feci un lungo sorso.

"Ehi!," disse Loretta, "e io?"

Le passai con noncuranza la bottiglia e lei lo bevve direttamente dalla bocca, succhiando avidamente più della sua parte prima di passarlo a me. Dopo altri passaggi, la bottiglia era vuota e nessuno dei due sentiva dolore. Loretta spense il televisore e sostituì il suo rumore insensato con il gradito suono della radio. Con grande sforzo, mi sollevai dal letto e la coinvolsi in un debole fox trot. Ci muovemmo goffamente sul pavimento, cercando disperatamente di non cadere. Di tanto in tanto ci fermavamo e ci baciavamo, barcollando in un abbraccio alticcio. I baci erano umidi e sciatti (proprio come piacevano a me) e presto mi accorsi che mi stavo eccitando. Loretta, invece, sembrava pronta ad addormentarsi. *Fantastico!* Guardai l'orologio e vidi che mancavano meno di cinque minuti alla mezzanotte *e al* nuovo anno.

Scossi delicatamente Loretta, che sorrise debolmente ed emise gas. Ridacchiò e si coprì la bocca (come se l'emissione involontaria provenisse da lì). La scossi di nuovo, questa volta un po' più vigorosamente e dissi: "Loretta! Loretta! È quasi mezzanotte. Mettiamo su Guy Lombardo."

Loretta mi disse un sommesso 'eh eh' all'orecchio e si accoccolò di più sulla mia spalla. La condussi delicatamente sul letto e, non appena il materasso toccò la parte posteriore delle sue gambe, si sistemò di lato in un mucchio ordinato sopra le coperte. In pochi secondi russò.

Accesi il televisore e girai la manopola fino a trovare una stazione che trasmetteva in diretta da Times Square, proprio mentre la palla si avvicinava al fondo della sua discesa, segnalando l'inizio del nuovo anno. Con l'anno vecchio ufficialmente finito e quello nuovo iniziato, la telecamera passò alla sala da ballo del Waldorf Astoria Hotel, dove Mr. Lombardo e i suoi Royal Canadians si stavano appena lanciando nelle note iniziali di *Auld Lang Zyne*. I toni lussureggianti dei sassofoni della band evocavano i ricordi di quei primi anni dell'infanzia, quando ogni Capodanno veniva trascorso con i miei genitori, insieme a tutti i parenti di mio padre, nella casa di Flatbush, a New York, di mia nonna.

Sopraffatto da un impeto spontaneo di malinconia, presi il telefono e composi i miei genitori; lasciai che il telefono squillasse una dozzina di volte senza risposta, prima di ammettere finalmente la sconfitta e riagganciare.

"Loretta, svegliati. È mezzanotte."

Si agitò inquieta e mormorò: "Ehm . . ."

"Buon anno," le sospirai all'orecchio.

"Buon anno . . ." rispose lei, con la voce che si perdeva nel sonno.

Non sapendo cosa dire, pronunciai la prima cosa che mi venne in mente. "Ti amo, Loretta," dissi, così dolcemente che non potevo essere sicuro di aver pronunciato quelle parole o di averle solo pensate. Pensavo davvero a quello che avevo detto? Chi lo sapeva? Ma, in quel momento, mi sembrò la cosa più appropriata da dire e la dissi.

Lasciando la televisione accesa, misi il copriletto delicatamente sopra le forme di Loretta addormentata e, facendo molta attenzione a non disturbarla o toccarla, mi infilai sotto le coperte al lato opposto del letto. Spensi la luce, appoggiai la testa alla testiera del letto e osservai distrattamente le coppie dai capelli bianchi che fluttuavano sulla pista da ballo. Alla fine, anestetizzato dal bagliore blu che emanava dallo schermo e dal suono profondo e regolare del respiro di Loretta, mi abbandonai anch'io al mondo dei sogni.

Buon anno!

Verso l'una di notte mi svegliai di soprassalto e mi accorsi di una mano sul mio inguine. Un po' disorientato, mi alzai a sedere e fissai un'erezione molto solida, stretta nella mano tesa di qualcuno. La mano, ovviamente, apparteneva a Loretta. Mi girai e la guardai in faccia sorridente, mentre il mio viso diventava immediatamente di una tonalità di rosso intenso e arrossivo per l'imbarazzo.

"Buon anno!" esclamò.

"Ah, sì, buon anno," borbottai.

La mano di Loretta rimase dov'era, sulla mia virilità; i suoi occhi si concentrarono su di essa come se fosse un albero di Natale appena acceso. "Non credi che dovremmo metterci qualcosa sopra?" chiese.

"Come cosa?" Chiesi. *Certo, che ne dici di qualche soprammobile?*

"Sai," rispose lei, "il coso."

"Quale 'coso'?" chiesi. Poi si accese una luce nella mia testa. "Oh, sì, il *'coso'*." Oh, Dio, pensai, sta per accadere davvero. Mi venne un sudore freddo.

"Allora?" incalzò Loretta.

"Sì, beh, ok. Ma non ho mai . . ."

Loretta si avvicinò, afferrò la scatola di Trojan ed estrasse uno dei pacchetti avvolti nella pellicola, tenendolo a distanza per ammirarlo. Poi, con i denti, strappò la pellicola e, liberando il mio pene, estrasse il profilattico dall'involucro. "Posso provare?" chiese.

Non risposi. Riuscivo solo a pensare a quanto sembrasse sciocca con indosso la mia maglietta.

"Beh, posso?"

"Cosa? Oh, sì, certo, se vuoi," risposi.

Come se percepisse il mio disagio, Loretta disse: "Rilassati. Dovrebbe essere divertente, ricordi?"

Oh, sì, davvero?

Naturalmente, ormai ero un po' moscio, così per i venti minuti successivi giocammo a far diventare duro 'Li'l Dave' per potergli mettere l'impermeabile. Fu imbarazzante. Ero così nervoso che riuscivo a malapena a controllare i miei tremori, per non parlare di mantenere un'erezione sufficiente a permettere a Loretta di mettermi il profilattico.

Prima provammo a lasciare la luce accesa, poi a lasciarla spenta. Non faceva alcuna differenza. Ero quasi in lacrime.

"È inutile, Loretta," mi scusai. "Non funzionerà mai."

Mi avvolse con le braccia e mi tirò al suo petto. "Forse, se restiamo molto fermi e io ti stringo, andrà tutto bene," mi disse.

Non andrà mai bene.

Per la mezz'ora successiva rimanemmo in silenzio nel buio, Loretta sulla schiena e io sopra di lei, stretto tra le sue braccia. A un certo punto, mi addormentai in un sonno superficiale. Non so per quanto tempo dormii, ma a quanto pareva fu sufficiente per farmi rilassare. Quando mi svegliai, scoprii, con mia grande gioia, che Loretta stava ancora dormendo.

Scostai il mio corpo dal letto, controllai se Loretta stesse ancora dormendo, lo stava facendo, e andai in bagno in punta di piedi. Frugai nella sua borsetta, finché non trovai un rossetto in stick. Con attenta determinazione, disegnai un cuore sullo specchio appeso all'armadietto dei medicinali e scrissi: 'Ti amo'. Poi tornai in punta di piedi in camera da letto, mi infilai sotto le coperte e mi addormentai subito.

Il giorno seguente cenammo a casa di Jenny. Fu un evento dimenticabile, pieno di cibo dimenticabile e di conversazioni altrettanto dimenticabili. Loretta e io ci guardammo a malapena negli occhi. Poco prima di andare via, mi ricordai di dare a Loretta il suo regalo. Non era molto, solo un album di Dionne Warwick. Finalmente era arrivato il momento di andarsene.

"Beh, credo sia meglio che vada," dissi. Presi la mia borsa da notte e mi avviai verso la porta.

Loretta saltò in piedi e disse: "Prendo il cappotto. Devo riaccompagnarti al dormitorio."

"Oh, non c'è problema. Posso camminare. Mi aiuterà a smaltire la cena."

Loretta era in piedi, incorniciata sulla porta, e aspettava goffamente che le dessi il bacio della buonanotte. Rimasi congelato sul posto, incapace di muovermi. Alla fine, riuscii a barcollare verso di lei e a darle un rapido bacetto sulla guancia, entrando appena in contatto con la sua pelle. Senza dire una parola, mi girai e trasudai fuori dalla porta, iniziando a scendere le scale del portico. Prima che potessi raggiungere il fondo, Loretta superò di slancio una Jennifer attonita, mi afferrò, mi fece girare e mi baciò così forte sulle labbra che per poco non persi l'equilibrio e caddi.

"Grazie," disse lei. "Grazie di tutto, Dave."

Confuso, borbottai: "A te" e mi allontanai in fretta.

Joe Perrone Jr.

40

Cattive notizie

Quella sera ero seduto sul mio letto e mi sentivo dispiaciuto per me stesso, non tanto perché non avevo ancora perso la verginità (era solo questione di tempo prima che lo facessi, ne ero certo), ma soprattutto per quanto era cambiato il mio rapporto con Loretta, e non in meglio, per quanto potevo dire. Le cose non sarebbero mai state le stesse. Avevamo perso qualcosa, forse la nostra innocenza. Mi immersi nei miei pensieri, esaminando ogni aspetto del fiasco della notte precedente.

Passò un po' di tempo prima che mi accorgessi che il telefono stava squillando. Sollevai delicatamente il ricevitore dalla culla. "Loretta?" Dissi: "Sei tu?"

"Mi dispiace disturbarti, David," disse la voce all'altro capo del filo, "ma temo di avere brutte notizie . . ."

"Mi scusi, chi parla?" chiesi, non capendo l'identità del chiamante.

"È tuo padre, David," disse la voce.

Era la seconda volta che mi chiamavano David all'ultimo minuto. Improvvisamente ero molto concentrato. Papà non mi chiamava mai David, a meno che non fosse importante.

"Cosa c'è che non va?" chiesi. "È la mamma?"

Esitò solo un secondo, poi rispose. "No, temo che sia Craig."

"Craig?" dissi. "E Craig?"

"Beh, non so come dirtelo, figliolo, ma è stato ucciso. Era di pattuglia, e . . ."

Il resto delle sue parole era confuso e tutto ciò che ricordo era la sensazione di essere immerso in una vasca di acqua ghiacciata. Non sentivo le braccia e le gambe e non riuscivo a respirare. Poi, tutto divenne nero.

41

Gli omini in pigiama nero

Il 24 dicembre era iniziato come un giorno qualsiasi nel Vietnam del Sud. Certo, negli Stati Uniti era la Vigilia di Natale, ma per Craig era solo un altro segno di spunta sul calendario che si aggiungeva al numero di giorni che mancavano alla fine del suo servizio attivo. Si era svegliato come al solito alle 6 del mattino. Faceva già un caldo infernale e si pulì la faccia unta con la manica, schermandosi contemporaneamente gli occhi dal sole già cocente. Con studiata attenzione, si alzò a sedere e iniziò a smontare, pulire, ispezionare e rimontare la sua arma, un fucile semiautomatico M-14. Era il suo migliore amico in terra. Era il suo migliore amico in una terra di nemici senza volto.

Craig si stiracchiò, sbadigliò e scoreggiò. Poi aprì una scatoletta di razioni e fu momentaneamente respinto dall'aroma offensivo, nonostante non avesse mangiato altro negli ultimi sei mesi. A certe cose non ci si abitua mai. Consumò il contenuto a morsi misurati, masticando meccanicamente e deglutendo con notevole sforzo finché la lattina non fu vuota. Poi bevve un sorso d'acqua tiepida dalla borraccia, la fece girare in bocca e la sputò sul terreno asciutto, sollevando una nuvola di polvere. Un'altra scoreggia.

Intorno a mezzogiorno, si diffuse la voce che il battaglione di Craig, parte della 172ma Brigata aviotrasportata, doveva muoversi. A quanto pareva, l'intelligence aveva appreso che un consistente contingente vietcong era stato avvistato a breve distanza da Bienho, e aveva effettivamente sparato contro due plotoni prima di essere costretto a ritirarsi. L'intenzione della 172ma era quella di attaccare i Vietcong in ritirata, circondarli e distruggerli con un movimento a tenaglia.

Le cose andarono più o meno come previsto e la vittoria americana fu la più sostanziale della guerra fino a quel momento. Furono uccisi quasi quattrocento vietcong, molti dei quali erano stati colpiti a distanza ravvicinata in combattimenti feroci durati più di otto ore, in cui i vietcong avevano usato per la prima volta nella guerra i lanciafiamme e le granate di metallo fuso. Sebbene le perdite da parte degli Stati Uniti siano state considerevoli, solo nella battaglia di Chulay un'unità americana aveva inflitto al nemico perdite così pesanti. Fu un momento di orgoglio per lo Zio Sam. Fu un momento di orgoglio anche per il soldato semplice americano di prima classe Craig Reilly.

Quando iniziò la battaglia, Craig si concentrò molto sul mantenimento della sua posizione di punta per il suo plotone. Era sorprendente quanto fosse facile eliminare i vietcong in arrivo mentre sfilavano, uno per uno, attraverso la stretta apertura tra le palme. Con una generosa scorta di munizioni a portata di mano, Craig era effettivamente in grado di eliminare i giovani vietcong con raffiche economiche del suo pesante, ma estremamente preciso M-14. Solo dopo diverse ore si accorse che le sue scorte di munizioni stavano improvvisamente diminuendo. Fu a quel punto che Craig Reilly commise il più grande errore della sua giovane vita. Rendendosi conto di essere a corto di munizioni, Craig decise di usare una delle sue granate M-79. Solo dopo aver estratto la spoletta e lanciato l'ordigno, si ricordò dell'unico difetto dell'arma: l'M-79 era progettato per esplodere solo dopo aver percorso *almeno* dodici metri. Inorridito, Craig rimase immobile, mentre la granata rimbalzava innocua contro il sorpreso studente sedicenne diventato soldato, che si trovava a soli sei metri di distanza. Stordito, guardò con morbosa incredulità il giovane asiatico che gli sparava a bruciapelo in faccia, con il proiettile che gli esplodeva nell'occhio sinistro e usciva da un foro di quattro centimetri nella parte posteriore del cranio.

Fortunatamente, Craig morì all'istante e non soffrì. Gli sarebbe stata conferita postuma una Purple Heart. Il *New York Times* riportò la battaglia come una grande vittoria degli Stati Uniti in un breve articolo dal titolo: *GI segna una grande vittoria.*

Martha Reilly canticchiava 'What the World Needs Now Is Love Sweet Love', di Burt Bacharach, mentre si dirigeva verso la porta d'ingresso per recuperare la posta del mattino. Aprì la pesante porta di quercia e cercò distrattamente il coperchio della cassetta delle lettere in ottone lucido appesa a lato del portico, e le sembrò di percepire un accenno di neve nell'aria. Sorrise. Pensò che un po' di neve sarebbe stata gradita per dare il benvenuto al nuovo anno, così come una lettera di Craig. La scatola era vuota. Delusa, si voltò e cercò il postino lungo l'isolato. Quello che vide invece le fece gelare il sangue.

Il suo urlo forte e lamentoso trapassò l'aria fredda di dicembre come un bisturi che taglia un bubbone troppo maturo. L'orribile suono esplose incontrollato, squarciando la calma del gelo invernale e cogliendo completamente di sorpresa il capitano dell'esercito americano Skip Dougherty di Columbus, Ohio. Strinse i denti, chiuse gli occhi e si preparò allo sgradevole compito che stava per compiere. Si chiese tristemente quante altre volte sarebbe stato costretto a infliggere un dolore così inutile ad altre brave persone come la signora Reilly. Rabbrividì alla prospettiva e poi continuò a dirigersi verso il rumore che stava aumentando di intensità, come una sirena che segnala un incendio che non potrà mai essere spento.

42

Da qualche parte nello spazio

La mattina dopo aver ricevuto la telefonata di papà, presi il primo autobus da Schuyler Falls e arrivai a casa giusto in tempo per la veglia funebre di Craig, quella sera. C'era una bara chiusa, con un paio di foto di Craig e alcuni fiori sopra il contenitore di quercia. La signora Reilly sedeva immobile, con le braccia inutilmente poggiate in grembo, con lo sguardo fisso sulla bara di quercia, mentre i benefattori sfilavano, uno dopo l'altro, davanti ai suoi occhi morti e al suo sguardo cieoc. Al contrario, lo zio di Craig, Roger, si muoveva energicamente avanti e indietro, salutando amici e parenti con un sorriso sincero e una stretta di mano, la sua spavalderia rafforzata senza dubbio dal consumo periodico di whisky irlandese che teneva nascosto nel suo logoro cappotto di lana, appeso con cura nell'armadio.

Tirai un sospiro di sollievo quando Monsignor Scioscio entrò maestosamente nella sala tappezzata e invitò tutti i presenti a unirsi a lui in un momento di preghiera silenziosa. Quando alzò il suo volto scabroso per parlare, chiusi gli occhi e non li riaprii finché mio padre non mi posò delicatamente la mano sulla spalla e mi fece cenno di andarmene.

Quella notte non sognai la donna in vestaglia nera, ma giovani prostitute vietnamite in pigiama di seta nero, con le unghie lunghe come baionette e le bocche piene di denti marci, che mi invitavano a unirmi a loro in atti sessuali voluttuosi e perversi. C'era anche Craig, il cui occhio sinistro era un'orbita nera, la nuca un buco spalancato, pieno di vermi verdi che si contorcevano. Giacevo inerme, mentre macabre immagini di morte sfilavano nei miei sogni, assalendo senza sosta i miei sensi prigionieri. Alla fine, le immagini svanirono e caddi in un sonno profondo e senza sogni, dal quale mi svegliai straordinariamente riposato e sorprendentemente sereno.

Una settimana dopo tornai a scuola, pronto a riprendere gli studi. La mattina dopo, però, mi svegliai con un senso di determinazione totalmente diverso da quello che mi aveva guidato senza sosta nelle settimane precedenti agli eventi di Capodanno. Mi vestii in fretta e andai a fare una passeggiata per schiarirmi le idee. Mi ritrovai davanti all'edificio dell'amministrazione. Mi voltai e salii i gradini di marmo, attraversai la porta ed entrai nell'atrio. Studiai l'elenco e trovai quello che cercavo. Senza esitare un attimo, salii le scale fino al terzo piano e varcai la porta dell'ufficio di registrazione.

"Posso aiutarla?" La domanda proveniva da una giovane donna ben vestita, con i capelli rossi e la coda di cavallo. La mia risposta è arrivata da qualche parte nello spazio.

"Sì," ho detto, "vorrei ritirarmi."

Per non lasciarvi con la falsa impressione che il mio abbandono dell'università sia stato motivato da un opprimente senso di colpa, permettetemi di ricordarvi che *non* avevo rubato la verginità di Loretta, nonostante i migliori sforzi da parte di entrambi. È vero che *ero* un verme e che provavo un po' di rimorso, ma non abbastanza da indurmi a ritirarmi dall'università. Non avevo dubbi che, a tempo debito, avrei trovato un modo per riparare le cose con Loretta.

E non fu nemmeno la morte di Craig la mia motivazione. È vero che mi sentii come se una parte di me fosse stata strappata dal mio corpo dalla forza dell'esperienza. Ma, come ci ricorda il luogo comune: 'Il tempo guarisce tutte le ferite'. Ed ero certo che anch'io sarei guarito. Ma, più di ogni altra cosa, sentivo il bisogno di scendere dalla giostra, di fermarmi e di fare il punto su chi ero e dove stavo andando. Mi rifiutavo di essere motivato solo da un impulso sessuale primordiale, con nient'altro che la gratificazione fisica come obiettivo nella vita. Doveva esserci qualcosa di più, ne ero certo.

Un giorno, diversi mesi dopo il mio ritorno a casa, ricevetti una lettera con il timbro postale: 'Mt. Zion, KY'. Era indirizzata al Mount Hope College ed era stata inoltrata al mio indirizzo del New Jersey. Era di Ray Clary e recitava:

"Caro Dave,

Ho pensato che sareste stati felici di sapere che la nostra causa civile contro il Dipartimento di Polizia di Berea ha avuto successo. Naturalmente, nessuna somma di denaro potrà mai guarire le ferite, fisiche e mentali, che sono state inflitte quella notte per mano di quegli 'illuminati' agenti di pace del Sud. Tuttavia, 10.000 dollari per uomo (questo era l'importo del risarcimento) saranno sicuramente un buon modo per dare un po' di sollievo, non crede?

Comunque, non è cambiato molto da queste parti. Mio fratello sta ancora cercando di vendicarsi dei bianchi e Cheri pensa ancora che tu sia il miglior ballerino che abbia mai visto (per essere un ragazzo bianco). Spero che tu ti stia prendendo cura di te stesso. Resta in contatto. Stai tranquillo.

Il tuo amico,

Ray"

Sorrisi compiaciuto tra me e me, ripiegai con cura la lettera e la infilai di nuovo nella busta. Poi andai in cucina, presi carta e penna, mi sedetti e cominciai a scrivere:

"Caro Ray,

Non crederai mai . . ."

Epilogo

Non ho mai riparato le 'cose' con Loretta, ma ho finito l'università (e sono anche riuscito a scopare, più di una volta, in realtà). Alla fine tornai a Berea e riallacciai l'amicizia con Ray, che finì per fare da testimone al mio matrimonio. Poi andai a studiare legge e, beh, il resto lo sapete.

La prossima settimana c'è la riunione e finalmente ho preso una decisione: ci vado! Non sono sicuro che Loretta ci sarà, ma se ci sarà . . . beh, chi lo sa, forse potrei avere una seconda possibilità.

Joe Perrone Jr.

Ringraziamenti

Grazie innanzitutto a tutti i miei familiari per il loro amore e il loro sostegno, perché senza di loro questo libro non sarebbe mai potuto diventare realtà. A tutti gli amici e conoscenti e alle esperienze speciali che abbiamo vissuto in quegli anni formativi, che mi hanno fornito tanta ispirazione per la mia scrittura.

A Helen Coughlin, Eugene Prandato e Marguerite Scanlon, tutti insegnanti di inglese al liceo, che mi hanno fornito solide basi linguistiche. Alla signora Rudy, la mia insegnante di poesia al Montclair State College, che mi ha aiutato a iniziare a credere in me stessa.

Ad Athena Koomos, la mia consulente scolastica, che mi ha aiutato a trovare la strada per l'università, dove sono sfuggita alla mia innocenza.

A mia moglie, Becky, che continua a far risplendere su di me la luce del suo amore.

Infine, vorrei offrire un ringraziamento speciale e delle scuse alla 'vera' Loretta (sai chi sei). Forse questo libro aiuterà a spiegare cosa è successo veramente. Non è stata colpa tua.

Sull'autore

Joe Perrone Jr. ha iniziato a scrivere seriamente nel 1969 come giornalista sportivo per il Passaic-Clifton, NJ, *Herald News*. Da lì è passato alla scrittura freelance per diverse agenzie pubblicitarie.

Il suo primo libro è stato *Pesca con i figli (come portare tuo figlio a pesca e rimanere amici)*, una collaborazione saggistica con l'amico e co-autore Manny Luftglass. Il libro è stato pubblicato nel 1997.

I primi due romanzi di Joe sono stati pubblicati nel 2005: *Fuga dall'innocenza (storia di un risveglio)* è un romanzo di formazione ambientato nei turbolenti anni '60; *La mela non cade mai lontano* è un giallo/thriller ambientato a New York e ha dato il via alla serie di grande successo *Un Mistero di Matt Davis*. Quando è stato pubblicato per la prima volta, *La mela non cade mai lonta*no (*As the Twig is Bent*) ha raggiunto il numero 24 dei bestseller come e-book.

A quello ha fatto seguire altri quattro misteri di Matt Davis, tra cui *Il giorno di apertura, Doppio morso, Promesse infrante* e *Riscatto mortale*. *Il giorno di apertura, Promesse infrante* e *Riscatto mortale* sono stati premiati con il prestigioso Indie BRAG Medallion per l'eccellenza nell'editoria indipendente. Nel 2009, Joe ha pubblicato il suo altro libro di saggistica, *Guida al divorzio per un uomo "vero" (Prima ti pieghi e . . .)*, che è esattamente ciò che il titolo implica, con un tocco di umorismo.

Nel 2012 ha fondato Escarpment Press, una società di consulenza editoriale che offre servizi di editing, formattazione e progettazione di copertine ad autori indipendenti. Inoltre, Escarpment Press pubblica ogni anno diversi libri con il suo marchio.

Joe e sua moglie, Becky, vivono a Indian Land, nella Carolina del Sud, con il loro mix di Jack Russell, Willow. Ex guida professionista per dieci anni, l'autore ama la pesca a mosca, la legatura a mosca, la cucina, la musica e la visione di film. Ama ascoltare i suoi lettori e accoglie commenti e richieste di informazioni via e-mail all'indirizzo: joetheauthor@joeperronejr.com.